KB171958

우리들이 본 중국

우리들이 본 중국

발 행 | 2022년 06월 15일
저 자 | 〈우리들이 본 중국 프로젝트〉 공동 작가 46인
펴낸이 | 한건희
펴낸곳 | 주식회사 부크크
출판사등록 | 2014.07.15(제2014-16호)
주 소 | 서울특별시 금천구 가산디지털1로 119 SK트윈타워 A동 305호
전 화 | 1670-8316
이메일 | info@bookk.co.kr

ISBN | 979-11-372-8584-2

www.bookk.co.kr

우리들이 본 중국

〈우리들이 본 중국 프로젝트〉 공동 작가 46인 지음

목 차

제3장 〈정치〉

3.1 외교

3.2 정부 정책

3.3 환경오염

3.4 정책

머리말

중국은 전 세계를 통틀어 가장 빠르게 발전과 변화를 거듭해왔고, 앞으로도 그럴 것입니다. 지정학적으로도 중국은 한국과 떼려야 뗄 수 없는 관계를 형성했습니다. 미중갈등이 심화되는 요즘, 두 강대국 사이에 놓인 한국은 마치 '안보' '경제' 중 양자택일의 선택지만 존재하는 듯합니다.

현재 한국에서는 중국에 대한 부정적인 언론매체의 보도가 대부분이고, 그로 인한 중국에 대한 편견과 막연한 혐오가 이미 도를 넘었다고 생각합니다. 우리가 생각하는 중국의 문제점만큼이나 그동안 알지 못했던 새로운 점이나 배울 점이 많지만, 한국에 만연한 '혐중' 정서 속에 소신껏 견해를 밝히는 데 두려움을 느끼는 것도 사실입니다.

그러나 선택에 앞서 우리나라 많은 사람들이 갖고 있는 중국에 대한 편견과 오해를 바로잡는 것이 중국에 유학하고 있는 저희들의 사명이라 생각하여 유학생의 이야기를 책으로 엮었습니다.

이 책의 취지는 맹목적이고 무비판적인 중국 친화적인 글을 쓰려는 것이 아닙니다. 중국의 실제 모습을 다년간 현지에서 체험한 46명 유학생의 진솔한 46개 이야기입니다. 저희의 이야기가 정답이라고 할 수 없습니다. 주관적이고 개인의 경험을 일반화하는 글일 수도 있습니다. 읽다 보면 글끼리 내용이 상충하거나 틀렸다고 생각되는 부분도 더러 발견하실 수도 있습니다. 다만 사실과 다른, 중국을 혐오하는 글이 여론을 호도하지 않기를 바라는 마음을 모았습니다.

그런 만큼 '이런 식으로 생각하는 사람도 있구나' '이런 경험도 존재하는구나' 하는 너그러운 마음으로 46개의 서로 다른 의견으로 봐주시면 감사하겠습니다. 혹은 저희의 글을 비판적 시각으로 바라보는 과정에서 더 이상 평면적이지 않은, 중국의 입체적 실체를 알아 가셨으면 합니다. 저희가 쓴 글이 우리나라 사람들에게 좀 더 다양한 각도에서 중국을 바라보는 데 도움이 되면 좋겠습니다.

〈우리들이 본 중국〉 프로젝트 팀 일동

1.1 유학

1;

네가 알던 중국이 아냐

〈정해인〉

유학을 준비하는 학생이라면, 누구나 환상을 가지고 있을 것이다. 나 또한 중국 유학을 떠나기 전 엄청난 환상을 품고 비행기에 올랐다. 다양한 나라의 친구들과 함께하는 파티, 캠퍼스 잔디에서 여유롭게 즐기는 독서, 바닷가로 훌쩍 떠나는 배낭여행… 그러나 막상 내가 맞닥뜨린 유학 생활은 내가 상상해왔던 것과 사뭇 달랐다. 중국 사람들은 나의 미숙한 중국어를 알아듣지 못했고, 중국 학우들은 생각보다 유학생에게 먼저 다가오지 않았으며, 한국의 가족들과 소통할 수 있는 SNS조차 자유롭게 쓸 수 없어 항상 외로움 속에 유학 생활을 이어나갔다. 어린 시절의 나는 유학을 선택한 것을 끊임없이 후회했고, 상상과는 다른 유학 생활의 이유를 찾기 위해 부단히도 애썼다.

처음에는 '중국'이라는 나라를 택한 것이 잘못이었나? 하는 생각을 했다. 그러나 나는 나의 선택을 되돌릴 만한 용기도, 시간도 부족했다. 그렇게 3년, 4년 시간은 계속 흐르고, 나는 점점 자책하기 시작했다. 뭐든지 하기 나름인데, '나 스스로 노력하지 않고 유학 생활을 망치고 있는 것이 아닐까?' 하는 생각을 했다. 몇 년 동안 나는 내 선택을 후회하고, 중국을 원망했으며, 그동안의 나의 노력을 부정했다. 그리고 나는 수많은 시행착오 끝에 깨달았다, 이 모든 것은 나의 '편견'에서 비롯된 것이었다는 사실을.

사실 중국 유학의 계기는, '도피'였다. 나에게 중국은 한국 대학 입시 실패 후 '이 알 싼 쓰'도 모르는 상태에서 무작정 도망쳐 온 곳이었다. 나는 중국이 도피처이자, 안식처가 되길 바랐지만, 유학은 환상이 아닌 현실이었다. 유학의 로망을 이룰 새 없이 생존을 위해 중국어를 익혔고, 한국에 있는 대학생 친구들에게 '쪽팔리기' 싫어서 공부했다. 부모님이 걱정하는 것이 싫어서 힘들지 않은 척하기 바빴다. 게다가 1년이라는 짧은 기간 동안 첫 학교의 입학과 자퇴, 그리고 두 번째 학교의 합격이라는 경험을 했고, 여유 따위 누릴 겨를이 없었다. 이러한 상황에서, 중국에 대한 편견이 생기는 건 시간문제였다.

생각해 보면, 중국에서의 첫 1년이 조금 힘들었을 뿐이지, 나의 5년 유학 생활은 꽤나 파란만장하고 재미있었다. 많은 친구들을 사귀지는 못했어도 나와 마음 맞는 소중한 중국인 친구가 생겼다. 띠엔동(电动, 전기 오토바이)을 타고 학교 구석구석을 누비며 피크닉을 했고, 바닷가보다 예쁜 상하이 와이탄의 야경도 보았다. 이렇게 돌이켜보면 행복했던 기억이 많은데, 왜 나는 늘 나의 유학 생활은 '실패했다'고 생각했을까? 솔직히 처음에는 자격지심이었던 것 같다. 나 스스로 이미 한번 실패한 대학생활이라고 생각했기 때문이다. 중국에서도 충분히 후회 없이 멋진 유학 생활을 할 수 있음에도 불구하고, 나는 무의식적으로 '중국에서 뭘 할 수 있겠어?'라는 생각을 가지고 있었던 것이다. 그리고 그것을 깨닫게 된 순간부터, 나의 유학 생활을 돌아보기 시작했고, 지난 5년은 절대 실패한 유학이 아니었다.

미우나 고우나 중국은 나의 청춘을 보낸 곳이고, 앞으로 몇 년이나 더 중국에 머무를지 모른다. 좌절로 시작했던 유학 생활이지만, 지금의 나는 누구보다 중국에 애정을 갖고 공부하고 있다. 누군가는 늦었다고 생각할지도 모른다. 그러나 나는 지난날에 대한 후회와 현재의 마음가짐이 절대 늦었다고 생각하지 않는다. 만약 누가 나에게 "중국? 장점이 뭐가 있어?"라고 묻는다면, 자신 있게 중국이라는 나라의 매력에 대해 대답할 수 있다. 중국 유학의 단점만을 줄줄이 늘어놓던 과거의 나는, 이제는 자랑스럽게 장점을 내세우는 나로 성장했다.

그렇다면, 내가 생각했던, 그리고 사람들이 흔히 생각하는 중국의 단점에는 무엇이 있을까? 우선 한국 학생들이 가장 큰 불편함으로 꼽는 것으로, 인스타그램이나 구글, 그리고 때때로 카카오톡 등의 해외 앱을 제대로 사용할 수 없다는 것이 있다. 그러나 이것은 유학 생활에 전혀 문제가 되지 않는다. 나를 비롯한 많은 유학생들은 VPN을 이용해 문제없이 SNS를 사용했고, 사랑하는 가족 친구들과는 위챗을 이용해 연락을 주고받았으며, 구글이 아닌 바이두를 사용하며 중국어 독해 능력을 기를 수 있었다. 그리고 이와 같은 문제는 중국 유학을 결심한 사람이라면 당연히 감수해야 할 불편함이라고 생각한다.

두 번째, 중국에 대해 잘 모르는 사람들이, "중국 사람들은 날개 달린 건 비행기, 다리 달린 건 책상을 제외하고 다 먹는다." 같은 이야기를 늘어놓으며 질색하곤 한다. 물론 생각지도 못한 것을 먹는 다는 뜻의 과장된 표현임을 알지만, 그 속에 미약한 혐오의 느낌을 지울 수 없다. 나는 이것이 중국에 대한 가장 큰 오해라고 생각한다. 중국 음식은, 사람들이 생각하는 것만큼 혐오스럽지 않다. 2018년부터 한국에 대유행 하기 시작한 마라탕, 마라샹궈, 양꼬치 모두 중국 음식인데 말이다. 하나 어필하자면, 한국 사람들이 환장하며 만 오천 원 주고 먹는 마라탕을, 중국에서는 6천 원 주고 먹을 수 있다. 중국에는 마라탕 말고도 한국에 알려지지 않은 맛있는 음식이 정말 많고, 사람들이 상상하는 혐오음식이 즐비하지도 않으며, 중국 사람들도 우리와 똑같은 음식을 먹고 생활한다. 사람들이 생각하는 중국 음식에 대한 이미지는, 우리 부모님 세대가 어렸을 때부터 떠돌아다니던 '소문'일 뿐이다.

마지막으로, 혐한 문제 및 사상 강요에 대한 편견이다. 예민한 문제일 수도 있지만, 이번 기회에 꼭 짚고 넘어가려고 한다. 물론 Case By Case라는 말이 있듯이, 모두가 같은 것은 아니지만 나는 지난 5년간 한국인이라는 이유로 차별을 당하거나, 중국 사람들에게 그들의 사상을 강요받은 적은 단 한 번도 없다. 그리고 이것은 당연한 것이라고 생각한다. 정치적 갈등은 국가간에 해결해야 할 문제이지, 유학생들이 짊어져야 할 숙제가 아니다. 또한, 그 어떤 중국인도 유학생들에게 부당한 대우를 할 권리는 없다. 물론 우리 스스로 만든 유학생에 대한 이미지와 그에 대한 대우는 우리가 책임져야 하겠지만, '한국인'이어서, '체제가 달라서' 생기는 문제들에 대해서 우리는 당당해질 권리가 있다. 그리고 설령 내 주위의 중국인 친구들이 불순한 사상을 가지도 있다고 해도, 그것을 한국인인 우리에게 억지로 우기거나 주입하는 경우는 드물다. 실제로 2017년 사드, 2019년 홍콩 사태, 2021년 김치 논란 당시에 나의 중국인 친구들은 이러한 문제들에 대해 나에게 그들의 생각을 강요하거나, 내 생각을 묻지 않았다.

앞서 몇 가지 중국에 대한 편견과 그와 다른 실제 모습에 관해 이야기했지만, 사실 편견과 달랐던 중국의 모습은 앞서 언급한 것들 외에 훨씬 많다. 그런데 사람들은, 또 대부분의 중국 유학생들은 중국에 대한 편견에 지레 겁을 먹고, 중국에 대한 무분별한 정보를 계속해서 퍼뜨리거나, 그 편견 속에 자신을 가두고 잘못된 유학 생활을 지속하곤 한다. 나의 경우처럼, 중국이라는 나라의 문화가 처음에는 조금 생소하고 적응하기 어려울 수 있지만, 조금씩 중국이라는 나라를 이해하려고 노력하다 보면, 어느 순간 중국에 애정을 가지게 될 것이다.

사실 한번 편견을 가지게 되면, 그 생각을 바로잡는 데에는 꽤 오랜 시간이 걸릴 것이다. 과거의 나도 그랬듯이, 나 스스로 갖게 된 편견이 잘못됐다는 것을 인정하는 것이 쉽지만은 않다. 그러나 중국 유학을 결심했다면, 이러한 과정이 꼭 필요하다. 우리는 자의든 타의든 중국을 선택했고, 중국에서 공부를 하고 있고, 앞으로의 인생에서도 중국이라는 나라는 큰 부분을 차지할 것이다. 스스로가 가진 작은 편견 하나가 자신의 미래에 어떤 영향을 미치게 될지는, 현재의 우리가 어떤 마음가짐을 가지느냐에 따라 달라질 것이다.

물론 매스컴에 오르내리는 '일부' 중국인들의 만행이나 문화적 갈등에 대한 문제는 충분히 비판받을만하다. 하지만 이런 사회적 문제를 넘어서, 나는 중국에서 공부하는 많은 친구, 선후배들에게 우리 스스로 편견을 만들지는 말자고 얘기하고 싶다. 중국에서 한 번이라도 공부해 본 친구들이라면, 중국에 대해 좋지 않은 감정만 갖고 있지는 않을 것이다. 또 중국이라는 나라가 얼마나 매력 있는 나라인지 분명히 한 번쯤 느껴보았을 것이다. 그리고 그들에게 아직 늦지 않았다고 말해주고 싶다. 우리는 우리가 모르는 새에 중국을 사랑하게 되었고, 편견을 바꿀 용기를 가지고 있다.

끝으로 이 글을 통해 중국에 대한 편견으로 스스로 유학 생활을 망치고 있는, 또 아직도 중국이라는 나라에 대해 좋지 않은 생각을 가지고 있는 많은 사람들에게 중국은 충분히 멋진 나라라고 말해주고 싶다. 그리고 겪어보지 않으면 실체를 알 수 없듯이, 중국을 경험해 보지 못 한 사람들이 만든 중국에 대한 이미지는 결국 우리 유학생들이 바꾸어 나가야 할 숙제라고 생각한다. 우리가 중국에서 직접 겪은 소중한 기억들은, 변화의 시작이 되고, 앞으로 우리 인생에서 큰 교훈이 될 것이다. 부디 중국에서 공부하는 많은 학생들이 자신의 유학 생활에 자부심을 가지길 바라며, 글을 마친다.

1.2 학업

2;

저를 포기해 주세요

〈김효진〉

내가 중국 유학을 결심했을 때 부모님께서 그러셨다. "중국인은 돈이면 사람도 판다는데… 그 위험한 곳에 가지 않았으면 하는구나." 그렇다. 많은 사람들은 '중국'하면 '물질에만 가치를 두는 곳, 인정 없는 매우 차가운 나라'라고 생각한다. 앞으로 애정을 가져야 할 곳이었기에 큰소리로 '중국에 대한 편견이 짙어 그렇지 안전하고 좋은 나라'라고 대변했지만 마음 한쪽엔 불안했는지 짐을 꾸려 중국으로 떠날 때 캐리어와 가방 곳곳에 자물쇠를 채웠고 심지어 여행용 안전 복대를 구매해 여권과 돈은 몸 깊숙한 곳에 숨겼다.

하지만 이제 중국은 나에게 매우 따뜻한 곳이 되었고 한국으로 돌아온 지 여러 해가 지났지만 여전히 그립고 꼭 다시 가고 싶은 곳이다. 의사소통이 자유롭지 않은 타국에서 시장을 보는 것부터 혼자 방 계약을 하는 등 모든 순간이 긴장이었고 실수투성이였다. 그럴 때마다 중국 친구들은 외국인의 귀여운 실수로 봐줬고 순수한 마음으로 진심을 다해 도와줬다.

많은 분들이 뉴스를 통해 중국의 어두운 면과 부정적인 부분을 자주 접하기에 편견이 더욱 짙어진 것 같다. 정치색을 걷어낸 중국은 매우 매력적인 나라이며 대부분의 중국인은 여느 이웃 동네 어르신들처럼 따뜻하다는 것을 이야기하고 싶다.

유학 생활을 보내며 겪은 많은 경험 중 두 가지 이야기를 적어보려 한다.

"저를 포기해 주세요."

무슨 용기였는지 수업이 없는 어느 주말에 혼자 버스여행을 나섰다. 호기롭게 마을버스에 올라타기는 했지만 가는 방향은 맞는지, 내려야 할 곳이 정확히 어디인지…… 초조한 마음에 그냥 집으로 돌아가고 싶은 생각이 금세 들었다. 여유로운 여행을 기대한 건 아니었지만 처음부터 삐걱거리고 불안만 가득한 여행이 시작된 것이다. 휴대전화는 인터넷이 안 돼 무용지물이었고 주변 사람들의 도움을 받자니 당시 나의 중국어 실력은 형편없었다. 그때 눈치 빠른 할머니 한 분이 '저 외국인 나의 도움을 필요하겠군'하는 눈빛으로 흔들리는 버스 안이었지만 재빠르게 나에게 돌진해 오셨다.

그녀는 정확한 목적지로 안내하기 위해 나를 향해 계속 말씀하셨지만 그녀와 내가 소통할 수 있는 언어는 없었다. 손가락으로 연신 무엇을 가리키시는데 이해할 수 없었던 내가 멀뚱거리자 답답하신지 종이에 뭔가를 써 내려가신다. 이 또한 나에겐 아랍 글자 같을 뿐이고 생각보다 일이 쉽게 해결되지 않겠다고 생각하신 할머니의 목소리는 더욱 커져만 갔다. 버스 안은 덜컹거리는 소리와 나를 향한 할머니 목소리뿐이었다. 나에게 집중된 시선이 너무 불편해 '목적지를 바꿔도 좋으니 제발 저를 포기해 주세요'라며 속으로 연신 외쳤지만 할머니는 이미 지식인의 눈빛, 경찰의 눈빛, 그 중간의 어떠한 사명감으로 가득 차 빛나고 있었다.

한두 명 사람이 모이더니 어느새 모든 사람이 외국인 길 찾아주기에 혈안이다. 버스 안 승객 모두가 나를 집중하고 있다는 사실이 매우 부담스러웠고, 이 무지한 외국인이 여행한다고 설치는 통에 그들의 생활에 불편함을 준 게 아닌가 미안한 생각도 들었다. 그들 모두는 내가 그들의 표현을 이해했는지 궁금해하는 눈치였다. 모두가 온전히 나에게만 집중해 있었고 내가 조금씩 이해하는 거 같아 보이자 길 잃은 양을 구원이나 한 듯 다 같이 기뻐해 줬다.

그들의 도움으로 무사히 목적지와 가까운 버스정류장에 내릴 수 있었고 한바탕 소동에 정신이 없었던 나는 정류장 의자에 한동안 멍하니 앉아 있었다. 한숨 돌리고 나니 피식 웃음이 났다. 할머니가 내게 선뜻 다가올 수 있었던 건 타인의 시선을 생각하지 않고 오롯이 도움이 필요한 이를 돕고자 하는 순수함 때문이었고 그런 할머니를 괴짜라 수군거린 게 아니라 함께 낯선 이를 도우려는 다른 승객들의 여유가 시간이 지나서야 포근

함으로 다가왔다.

한편 또 다른 감정이 들었다. 미안한? 겸연쩍은? 어떤 형용사가 적당한지 고민스럽다. 예전에 어떤 남자가 빠른 걸음으로 나를 쫓아온 적이 있는데 그때 나는 손에 들고 있던 우산을 꼭 쥐고 한껏 경계의 눈초리로 고개를 홱 하고 돌렸다. 그러자 그 남자가 "떨어트리셨는데요." 하며 카드를 전해주는데 어찌나 민망하던지. 그때의 감정과 비슷했던 것 같다.

뭐든 의심의 눈초리로 '눈 뜨고 있어도 코 베어 간다'라는 생각으로 중국을 대하며 생활했던 나에게 그들은 따뜻했다.

한국에서도 종종 이런 경험을 한다. 누군가가 도움이 필요함을 눈치로 알 수 있지만 모르는 사람에게 도움을 청하는 것도, 도움을 주는 것도 선뜻 나서기가 어렵다. 과거와 비교하면 현대인들이 '개인주의적'이라고 이야기한다. 마음이 차가워진 것일까? 타인에 대한 관심이 없어진 것일까? 몇 마디 문장으로 정의 내릴 수 없겠지만 사람들 대부분은 누군가가 도움이 필요할 때 비록 시선은 휴대전화를 향해 있어도 귀와 정신은 그 사람을 향해 있고, 그 사람이 원하는 답을 찾기를, 문제가 해결되기를 바랄 것이다. 다만, 정확하지 않은 정보가 '그 사람에게 피해가 되는 건 아닐까?', '낯선 사람의 도움을 받는 게 부담스럽지는 않을까?' 혹은 '괜히 나섰다가 오지랖이라고 욕을 먹지는 않을까?' 하는 여러 생각에 주저하는 것뿐.

기억에 남는 공익광고가 있다. 연예인 황광희가 여기저기 나타나 스마트 기기를 다루기 어려워하는 어르신들을 돕고, 길을 헤매는 사람을 돕는다. "오지랖이다!"라는 타인의 목소리에 황광희는 "그냥 오지랖이 아니거든요." 대답하고 '함께 배우고 나누는 소통. 세상을 살아가는 큰 힘이 됩니다.'라는 자막이 뜬다.

용기가 필요하겠지만 기회가 된다면 나도 이런 '선한 오지랖'을 부려보려 한다. 낯선 타국, 낯선 이들에게 받은 '선한 오지랖'에 생소했지만 따뜻했다. 사실 처음엔 너무 생소해서 '노망난 할망구, 제발 나를 포기하고 제자리로 돌아가!'라며 속으로 외쳤지만 지금은 이렇게 따뜻한 중국을 소개하는 글 속 주인공으로 등장하고 계시니 말이다.

그날 목적지에 도착해서 뭘 봤는지 자세히 기억나지 않는다. 하지만 작은 마을버스가 창문을 열고 흙길을 달리는 통에 텁텁했던 공기, 여러 사람의 땀 냄새가 뒤섞여 나는 쿰쿰한 냄새, 그리고 뭐라 하는지 알아들을 수는 없었지만 나를 위해 꽤 열정적이었던 그들의 표정과 목소리, 그 공간의 모든 것이 지금도 내 기억 속에 선명하다.

"일 없습니다."

중국 북쪽 지방은 누안치(暖器)라는 공동난방을 사용한다. 관할기관이 늦가을부터 틀어주는데 난방이 시작되면 영하로 내려가는 날씨에도 실내는 아주 따뜻해 반팔을 입고 생활할 정도다. 겨울 난방비를 한꺼번에 내지만 매달 난방비를 내는 한국에 비해 체감상 훨씬 저렴하다 느껴지고 한국 겨울 필수 아이템인 수면 바지, 수면 양말에서 벗어나 찜질방 같은 실내 생활은 훨씬 만족도가 높다.

그렇게 포근하고 온기 가득한 겨울을 보내며 즐거웠다. 길거리에 파는 쯔란(孜然)이 가득 뿌려진 양꼬치를 사 와 따뜻한 방 안에서 살얼음이 있는 맥주와 함께하는 시간은 '행복'이었다. 그런데, 떨어졌다. 물이. 하늘에서, 아니 천장에서... 침대로 물이 떨어져 이불이 다 젖었고 천장과 벽에 물이 스며 색이 변하고 눅눅해졌다. 나중에는 주방 쪽으로도 물이 흘렀는데 이건 범람의 정도였다. 바닥에 물이 차서 감전될까봐 모든 코드를 뽑았고 밖으로 넘치지 않게 물을 퍼다 화장실로 날랐다.

모든 상황이 혼란스럽고 먼 타국까지 와서 물에 젖은 생쥐꼴이 된 거 같아 너무 서러웠다. 지금 생각해 보면 별일 아닌데 당시에는 주변에 도움을 청할 사람도 없고 혼자서 일을 처리해야 한다는 생각에 겁을 먹었나 보다.

잠옷 바지는 물에 다 젖었고, 울어서 눈은 부었는데 누군가 문을 두드렸다. 그동안 문을 두드린 사람들은 배달하시는 오토바이 삼촌들뿐이었는데 이번엔 낯선 아주머니였다. 본인은 윗집에 살고 있고 누안치(暖气) 밸브를 잘못 건드려서 보일러 배관이 터졌다고 했다.

들어오시더니 평온하게 메이설, 메이설(没事)만 외치신다. '일 없다', '괜찮다'라는 뜻인데 뭐가 일이 없고, 뭐가 괜찮다는 건지. 일주일 동안 고민해 타오바오로 주문한 귀여운 곰돌이 이불은 검은 물로 얼룩졌고, 유학생의 가벼운 지갑에서 거금 들여 산 Zara 핑크 니트도 더 이상 사랑스럽고 영롱한 핑크가 아니다. 아침마다 소소한 행복을 가져다준 3시 15분 밀크티도 크루아상도 전부 물에 불어 입을 벌리고 있는 아주 처참한 상황인데 말이다. 그뿐인가. 학과 교재야 용서할 수 있지만 새로운 중국 유학 생활의 희로애락이 담겨 있는 다이어리에 적어 놓은 글들이 눈물처럼 흘러 번지고 있노라니 내 마음도 흘러내렸다.

그분이 일부러 밸브를 망가뜨리기야 했겠느냐만 내가 생각하는 일의 순서는 많이 놀라게 해서 미안하다고, 얼마나 놀랐냐고 상대의 마음을 헤아리는 게 우선이었다. 가뜩이나 독이 올라 있는데 물기로 축축하게 젖은 바닥을 흙 묻은 신발로 이 방 저 방 누비면서 이곳저곳 흔적을 남겼다. 그러고는 속사포 랩을 하고 나가버리신다. 태어나 누군가를 그렇게 짧은 시간 마음을 다해 미워한 적은 없었던 거 같다.

며칠 뒤 집을 고치러 기술자 아저씨가 오셨고 집에 페인트 가루가 날리니 집 안에 있는 모든 물건을 비닐로 감싸라고 했다. 모든 살림살이를 한곳으로 모아 이불로 덮고 다시 비닐로 감쌌다. 그렇게 할머니 댁에서나 보던 큰 짚더미가 방에도, 거실에도, 주방에도 크게 자리 잡고 있으니 황당했지만 이런 경험을 또 어디서 해보겠는가. 그렇게 긍정적으로 생각하며 허탈하고 우스꽝스러운 표정으로 사진을 남겼다.

페인트가 마를 때까지 기다려야 했고 나중엔 그 가루들을 다 닦고 치워야 했다. 윗집 이모는 나에게 페인트가 마르는 동안 본인의 집에 올라와 있으라고 초대했다. 나는 이 모든 고생과 시간 낭비의 원인이 윗집 이모라 생각했고 그 감정은 쉽사리 사그라지지 않았다. 알량한 친절에 절대 타협하지 않으리라 다짐했지만 춥고 배고프고 언어가 자유롭지 못한 외국인에게 자존심은 사치였다.

결국, 윗집으로 올라가 노크를 했고, "짜이마(계세요)?" 이 말을 내뱉음으로 결국 나는 패배를 인정했다. 문이 열리자 느껴지는 따뜻한 온기, 그리고 방 안 가득 고소한 밥 냄새에 하마터면

‘씨에씨에(감사합니다)’를 외치는 실수를 할 뻔했다.

윗집은 우리집과 구조는 똑같았지만 현대적인 구조물을 어찌 이리도 향토적으로 꾸몄을까 싶을 만큼 새로웠다. 현관문 앞에는 길게 말린 쑥과 마늘이 걸려있었고, 현관문을 열자 정면에는 버스 타이어만 한 복(福)자가 노란색 술을 달고 거꾸로 매달려 있었다. (중국인들은 글자를 거꾸로 매달아 놓으면 ‘희망하는 일이 이루어진다’라고 여긴다) 거실에는 이걸 어떻게 들고 옮겼을까 싶은 큰 다도 테이블이 놓여있었고 한쪽에는 커다란 수족관이 있었는데 그 속에는 거북이만큼이나 느린 빨간 물고기가 몇 마리 있었다. 그 옆으로 보이는 딸 방에는 아주 연한 분홍색부터 진한 분홍색까지 중국에 있는 모든 핑크를 모아 놓은 것 같은 너무나도 화려한 인테리어를 뽐내고 있었다. 거실이며 주방이며 시선이 닿는 모든 곳엔 물건이 빽빽하게 놓여있었는데 마치 아래 물건을 빼면 위에 쌓아 놓은 물건이 무너져 내릴 것 같았다. 하지만 그 속에서 이모와 이모의 딸은 필요한 물건을 한 번의 오차 없이 정확히 찾아냈다. 분명 그들만의 어떤 규칙으로 정리되어 있는 것 같았고 잠깐은 정갈하다 생각이 들 정도였다.

새로운 공간이 무척이나 흥미로웠고 이모가 내어주는 맛있는 음식들로 배를 채우고 나니 “누안치 사건”으로 좋은 친구가 생겼다는 생각까지 들었다. 조금 전까지만 해도 안락했던 내 삶을 방해한 귀찮은 이웃이었지만 오해가 풀리고 나니 외로운 타국 생활에 든든한 이모가 생긴 거 같아 기뻤다.

이모는 페인트가 마르고 집을 정리할 때도 내려와 같이 짐을 정리해 줬고, 페인트 가루가 몸에 들어가면 좋지 않다며 마스크도 챙겨 주고, 집 안 구석구석 쌓인 먼지도 같이 닦아 줬다. 이 일이 정리된 후에도 내가 혼자 처리하기에 벅찬 일이 있으면 이모는 항상 나를 도와 통역사가 돼 줬으며, 명절날이면 이모 가족들과 함께 만두를 빚고, 완자탕을 먹으며 연휴를 보낼 수 있었다. 덕분에 유학생들에게 가장 고비라고 이야기하는 중국의 긴 연휴를 외롭지 않게 보낼 수 있었으리라.

한국인보다 김치를 더 좋아하는 이모 덕에 엄마가 보내온 김치 절반은 윗집으로 가져가 함께 나눴고, 한쥐(韩剧, 한국드라마)가 최고라며 설레는 표정으로 이민호, 김수현은 실제로 봤냐고 묻는다. (많은 중국인이 한국은 작아서 다 이웃이고 길에서 연예인을 자주 본다고 생각한다) 그렇게 이모와 둘도 없는 친구가 되었고 지금도 종종 연락하며 안부를 묻고 그때마다 이모는 중국에 빨리 돌아오라고 성화다.

2019년 겨울방학, 북경 여행 중 범상치 않은 바이러스가 중국 우한시에서 여러 사람을 감염시키고 있다는 뉴스가 나왔다. 그냥 독한 감기겠거니 안일하게 생각하며 여행을 계속하다가 북경발 항공편, 고속도로를 봉쇄한다는 소식에 서둘러 한국으로 나왔다. 그렇게 코로나19는 전 세계를 공포로 몰아넣었고 덕분에 나는 막 적응하고 재미있어진 중국 생활을 이어나가지 못한 채 내 방 작은 책상에 앉아 온라인으로 선생님을 만나고 친구들의 목소리를 들으며 매우 지루하게 중국어 공부를 해야만 했다.

그뿐만 아니라 학교 인근에 방을 구해 생활하고 있던 나는 매달 적지 않은 월세를 내고 있었다. 아직 계약 기간이 남아 있었고 내가 중국으로 들어갈 수 없는 상황이기에 다른 방법이 없었다. 그때 상황을 알고 있던 이모는 본인이 직접 집 정리를 해주겠다고 했다. 내가 곧 들어갈 수 있으니 당장 필요한 짐은 보내주고 나머지는 이모집에 보관하고, 집을 비운 후 월세를 돌려받는 게 좋겠다고 이야기했다. 짐을 정리해 주고, 또 그 짐을 자기 집에 맡아 보관해 준다니… 얼마나 고생스러운 일인가. 너무나 감사한 일이지만 미안한 마음에 한사코 괜찮다고 거절했다.

역시나 터프한 이모는 "메이설!"을 외치더니 일주일 만에 짐을 정리하고 집주인이랑 이야기를 끝낸 뒤 남아있는 월세를 받아 줬다. 내가 너무 미안해하자 "그럼 수고비 받을게."하며 100원(대략 한국 돈 18,000원)을 빼고 나머지 돈을 쯔푸바오(支付宝)로 입금하는 쿨한 이모.

한국 생활에 비해 중국 생활은 어쩌면 조금 불편할 수 있다. 어떤 면으로는 합리적이지 않다고 생각되는 부분도 있고 융통성 없어 보이는 일 처리 때문에 매우 답답함을 느낀 적도 있다. 그럼에도 내가 여전히 중국을 그리워하고 격리가 필요 없는 그날이 오면 당장 중국으로 날아가고 싶어 하는 이유는 아마 이런 무뚝뚝함 속에 숨어 있는 꽉 찬 정 때문이 아닐까?

나는 "죄송합니다."라는 말을 불편한 상황을 빨리 모면하고 싶어 진심이 아님에도 종종 내뱉곤 한다. 그럴 땐 상대방도 석연치는 않지만 사과를 받았으니 어쩌겠느냐 하는 경직된 무표정으로 살짝 입꼬리만을 올린 채 "그래요" 하며 상황이 정리되곤 하는 것이다. 물론 진정한 사과도, 진정한 용서도 아닌 의미 없는 화해의 과정을 거치고 그렇게 다시 보지 않을 인간관계로 정리된다.

나는 만약 누군가에게 실수 혹은 잘못으로 불편함을 줬다면 가장 먼저 취해야 하는 행동은 '사과'라고 생각했다. 그런 사과의 행동이 설령 진심이 아닐지라도 말이다. 하지만 윗집 이모는 나에게 미안하다는 말을 먼저 하지 않았다. 나의 규칙대로 이모가 반응하지 않자 불쾌함을 느꼈고, 무례한 사람이라 단정 지었다. 하지만 이모는 단순히 상황을 모면하려는 표면적인 사과가 아닌 적극적인 행동으로 나를 도우려고 노력했다. 때문에 우리의 관계는 의미 없는 화해로 원만히 끝난 관계가 아니라 처음은 조금 무뚝뚝했지만 관심과 희생적인 행동으로 진정한 친구가 될 수 있었던 것이다.

언젠가 중국 친구가 "메이설"을 외친다면 서운해하지 말고 잠시 기다려주길 바란다. 곧 당신이 처한 문제를 고민하고 그들만의 방법으로 따뜻하게 다가올 테니.

가끔, 불안하고 불편했던 중국생활이 여전히 그리운 이유는,

시장바구니를 들고 흔들리는 버스 안에서 나에게 와준 멋쟁이 할머니와

무표정한 얼굴로 "메이설"을 쿨하게 외치는 윗집 이모처럼

투박하지만 구수한 중국인들의 정 때문이 아닐까?

3;

북경 대학생활 적응기

〈이지윤〉

성인이 되고 나서 처음으로 맞이하는 여름에 나는 한국이라는 태어나고 자란 나라를 벗어나 중국 베이징으로 유학 오게 되었다. 내 몸만 한 큰 캐리어 두 개와 가방만 가지고 두려움 반 설렘 반으로 베이징 유학길에 올랐다. 그 감정들은 아마 처음 시작해 보는 성인으로서의 대학생활에 대한 설렘, 내가 가보지 않았던 미지의 세계에 대한 호기심, 그리고 이제 홀로서기를 시작해야 하는 어른의 삶을 앞뒀던, 이제 갓 성인이 된 당시의 내가 가졌었던 복잡한 감정이었다. 그리고 거기에는 19년 동안 한국에 살던 내가 가졌던 '중국'이라는 나라에 대한 나의 편협한 사고에서 발생한 두려움도 있었다.

처음 내가 한국 대학교가 아닌 중국 대학교에 가겠다고 마음먹었을 때, 주위에서는 격려를 보내기도 했지만, 한편으로 걱정 어린 시선을 보내기도 했었다. 농담 반 진담 반으로 '장기 조심해라'며 얘기를 해주던 친구들도 있었고, 내가 생활해야 할 환경의 위생을 걱정해 주는 사람들도 있었다. 그리고 편안한 한국 대학교를 놔두고 중국 대학교를 '굳이 왜 선택했는지'에 대한 의문을 품는 사람들도 있었다. 그에 대한 질문의 답으로는 '더 넓은 세상을 보고 싶어서'였다. 한국, 그것도 부산에서만 태어나고 자랐기에 더 넓은 세상을 보고 다양한 사람들의 이야기를 듣고 싶었기 때문이다. 결론적으로 내 선택으로 이루어진 22년의 인생에서, 가장 좋았던 선택은 바로 중국 '칭화대학교'에 입학하는 것이었다. 내가 그전에 가지고 있었던 중국에 대한 편견을 깨트려 주었고, 중국이 앞으로도 얼마나 세계에서 큰 영향력을 가질 것인지에 대해 몸소 체험하게 되는 기회가 되었기 때문이다. 또한, 교과서를 통해서만 배웠던 중국어와 직접 현지에서 공부하며 생활하는 중국어의 차이가 얼마나 큰지도 느낄 수 있었다.

처음 베이징에 와서 약 3개월 정도는 현지 생활과 대학 생활에 적응하느라 매우 정신이 없었다. 언어, 문화, 교육, 생활 모든 것들이 내가 살던 곳과 달랐기에 매일매일 중국에 대한 것들을 하나씩 배워나가며 유학 생활에 적응하기 위해 고군분투 중이었다. 물론 지금은 본과 3학년에 재학 중으로, 중국에서의 대학 생활에 익숙해졌지만 이렇게 익숙해지기까지는 많은 어려움이 있었다.

그중 가장 놀라웠던 것 중 하나는 바로 'QR 코드'의 존재였다. 한국에서는 외출할 때 가져가야 할 필수품으로는 휴대폰 그리고 지갑이 있다. 현금이나 카드로 계산을 하는 것이 당연하기 때문이다. 하지만 중국 유학 생활을 하는 내게 있어 지갑이란 쓸모없는 물건 불과했다. 여기서는 휴대폰으로 모든 결제가 가능하기 때문이다. 한국의 카카오톡과 같은 비슷한 앱인 '위챗'과 결제 프로그램인 '알리페이'만 핸드폰에 있다면 지갑은 들고 다닐 필요가 없기 때문이다(그리고 이 두 앱은 중국 생활할 때 없어서는 안 되는 존재이다). 일반 음식점이나 상점에 가면, 카운터에 보통 두 가지의 'QR코드'를 볼 수 있다. 하나는 위챗용 QR 코드일 것이고 나머지 하나는 알리페이용 QR 코드일 것이다. 그리고 핸드폰을 켜서 그 코드를 스캔하고 돈을 지불하면 된다(물론 그전에 각각의 앱에 돈이 들어있는 은행 카드를 연동시켜야 한다).

또한 길거리에서 파는 음식, 시장에서 과일을 살 때도 모두 QR 코드로 계산한다는 점이 굉장히 놀라웠었다. 휴대폰 하나로 지갑을 들고 다닐 필요 없이 매우 간편하게 여행 다닐 수 있었기 때문이다. 북경이 얼마나 기술적으로 발전된 도시인지 내가 직접 몸소 경험한 사례 중 하나이다.

그렇게 발전된 북경에 적응도 체하기 전에 나는 칭화대학교 신입생 등록을 해야 했었다. 처음에는 혹시나 내가 모르고 빠뜨린 자료는 없는지, 기숙사 등록과 입학 등록을 나 혼자서 잘할 수 있을지 너무 불안했고 무서웠다. 다행히 내 불안과 달리 생각보다 순조롭게 입학 등록과 기숙사 등록을 마칠 수 있었다. 신입생들을 위한 유학생 담당 푸다우위엔(辅导员, 칭화대학교 재학 중인 석사생이자 본과생들을 담당하여 관리하는 분)이 있었기 때문에 많은 도움을 받을 수 있었다. 가장 걱정했던 입학 등록, 기숙사 등록 그리고 비자까지 다 받고 나니 한시름 놓아졌었다.

그렇게 내가 한숨을 돌릴 때쯤 기숙사 앞에는 자전거, 빨래 바구니 등 생활용품들을 파는 '장터'가 열렸었다. 북경, 특히 칭화대학교는 너무 넓기 때문에 나는 먼저 생활 '필수품'인 자전거를 사러 장터로 발걸음을 향했었다. 지금은 자토라는 스쿠터처럼 생긴 것을 타고 다니지만, 처음 북경에 왔을 때는 자전거 타는 것도 매우 무서웠다. 하지만 당시 넓디넓은 칭화대학교를 보고, 절대로 걸어서 수업 다닐 수 없겠다는 것을 직감했었다. 그리고 일종의 생존본능(?) 덕분인지 자전거를 사고(물론 몇 번 넘어지기도 했지만) 나름 수월하게 자전거를 잘 타고 다닐 수 있었다. 그렇게 생활필수품인 자전거를 산 다음에 나는 기숙사 생활에 필요한 빨래 바구니, 옷걸이 등을 구매했다.

지금도 선명하게 기억나는 한 장면이 있다. 장터에 많은 신입생과 가족들이 옹기종기 모여 재밌게 떠드는 소리와 물건을 파는 사람들의 소리 가운데 홀로 조용히 서 있는 내가 생각이 난다. 그런 시끌벅적한 소리 가운데 서 있었던 그날의 내가 느꼈던 감정은, 처음 느껴보는 '외로움'이었다. 나는 부산 토박이로서 가족, 이웃, 유년 시절을 함께한 동네 친구, 같은 학교 친구 모두 늘 내 곁에 있었기에 그전까지 한 번도 외롭다는 생각을 해본 적이 없었다. 늘 주위에 사람이 있었고 집 밖에 나가기만 하면 내가 아는 가게 아주머니들로 가득했기 때문이다. 그렇기에 처음 '이방인'으로서 느껴보는 감정은 내게 있어 매우 낯설었고 또 불편했었던 것 같다.

그렇게 정신없이 새로운 환경, 문화, 그리고 그 속에서 느끼는 새로운 감정들을 감당하기도 힘들던 나날이 지나고 신입생 오리엔테이션을 하는 날이 왔었다. 개학을 하기 전 유학생끼리 그리고 중국 학생끼리 다양한 프로그램을 진행했었는데, 그중 가장 기억에 남는 것은 중국 무술 배우기와 야외수영장에서 수영하기였다. 체육을 중시하는 칭화대학교답게 북경 체육대학교에서 선생님을 모셔서 신입생들에게 무술과 수영을 가르쳐주었다. 다양한 체육 수업을 미리 듣는 것도 좋았지만 가장 좋았던 것은 아무래도 다양한 국적의 친구들과의 교류였다. 한국, 태국, 미국, 중국 등 다양한 국적의 친구들과 얘기하면서 개학 전에 친해질 수 있어서 좋았다. 고맙게도, 대학 입학 전에 중국에서 유학한 경험이 있었던 많은 친구들이 나에게 도움을 줬었다. 휴대폰 개통 문제가 있을 때 당시 어설픈 중국어 실력을 가지고 있었던 나를 대신해 해결해 준 친구, 수강신청이라고 선배에게 받은 '꿀강'을 공유해 준 친구(나는 아는 선배가 한 명도 없었기 때문에 어떤 수업이 꿀강의인지 알 방법이 없었다), 금요일 저녁, 주말마다 같이 놀자고 불러주는 친구, 궁금한 점이나 도움이 필요하면 연락하라는 친구 등등 정말 고마운 친구들이 많았다. 본인이 북경 유학 생활에 나보다 더 익숙하다고 나를 도와주기 쉽지 않았을 때, 정말 고맙게도 선뜻 많은 도움을 줬던 친구들이 있었기 때문에 내가 지금 북경 유학 생활에 잘 적응할 수 있었던 것 같다.

마지막으로 유학 생활에 적응할 당시에 가장 재밌었고 신기했던 것은 바로 '타오바오'라는 쇼핑 앱이었다. 한국에서는 옷을 사고 싶을 때는 무신사나 지그재그, 음식이나 기타 물품들은 옥션이나 쿠팡 등에서 따로따로 인터넷 쇼핑을 하곤 했었다. 그러나 타오바오가 내게 '신세계'처럼 느껴졌던 이유는 이 모든 것들이 한 앱에 다 있었다는 점이었다. 정말로 딱 '없는 거 빼고 다 있다'는 말처럼 타오바오 앱 내에는 내가 찾는 '모든 것'

들이 들어있었다. 심지어 택배비도 거의 없었고 저렴한 물건이 많았던 탓에 북경 온 지 얼마 안 됐을 때 나는 일종의 관례처럼 잠들기 전 항상 타오바오에서 쇼핑을 했었다.

여기서 더 놀라웠던 점은, 타오바오 주문을 하고 난 뒤에 택배를 받는 방식이었다. 택배가 도착한 다음에는 휴대폰으로 한 통의 문자가 오는데, 그 문자에는 학교 안의 특정 장소(택배를 받는 곳)와 택배의 일련번호가 적혀져 있었다. 사물함같이 생긴 택배를 받는 장소에 물건을 넣어두는 경우도 있고, 택배를 가지고 있는 사람들에게 가서 일련번호를 말하고 받아와야 하는 경우도 있었다. 전자의 경우에는 휴대폰에서 간편하게 번호만 누르면 자동으로 사물함이 열렸다. 처음에는 이런 택배 받는 방식이 모순적으로 불편하면서도 매우 간편한 느낌이 들었었다. 그도 그럴 것이 한국에서는 항상 택배가 문 앞에 왔었기 때문이다.

전체적으로 나의 북경 유학 생활 적응기를 한마디로 표현하자면 '놀라움의 연속'이었다. 10대 시절 중국에 대한 관심이 많았기에 책과 미디어를 통해서 혼자 중국에 대해 공부하곤 했었다. 그리고 항상 나오는 대표적인 내용은 '매우 빠르게 발전되고 있다', '그러나 이제 경제 성장의 한계를 맞았다.'와 같은 것들이었다. 나는 당시 편견 아닌 편견으로, '중국이 발전되어봤자 얼마나 발전되었을까?'라는, 지금 생각하면 매우 부끄러운 생각을 하고 있었다. 하지만 직접 북경에 두 발을 내딛고 몸소 중국의 첨단 기술들을 체험하면서 이 생각을 바꾸게 되었다. 내가 생각한 것보다 중국은 훨씬 더 빠르게 성장하고 있었고(아니 정확히 말하자면 이미 성장한 상태였다), IT 강국에서 온 내가 놀랄 정도로 첨단산업이 실생활에 잘 녹여져 있었다.

그 외에도 '중국에서는 몸을 조심해야 한다.', '위생이 매우 안 좋다.'라는 편견 또한 바뀌게 되는 시간이었다. 오히려 곳곳에 공안이 있어 한국보다 북경에서의 생활이 더욱 안전한 느낌을 받았다. 한국에 비해서 위생이 좋지 않다고 느낀 것도 사실이다. 하지만 우리가 생각하는 것만큼 위생이 '너무 안 좋지도' 않고, 특히 북경과 상해의 경우에는 한국과 비슷하게 좋은 곳도 많다. 넓은 땅을 가진 중국인만큼 그 위생과 치안의 수준 차이가 심하다는 사실을 사람들이 알아줬으면 좋겠다. 그렇기 때문에 일부 낙후된 지역의 치안과 위생 수준을 '모든' 중국 지역의 수준으로 '일반화'한다는 사실은 옳지 못하다.

이처럼 내게 있어 인생에서 가장 잘한 선택 한 가지를 꼽으라고 한다면, 나는 '중국 대학교를 선택한 순간'이라고 망설임 없이 답할 수 있을 만큼 이 유학 생활은 나의 가치관과 사고방식에 지대한 영향을 미쳤다. 한국에서, 특히 부산에서만 살면서 내가 보는 세상은 매우 좁았었다. 더 넓은 사회로 나오면서 다양한 문화권에서 온 사람들을 만나고, 그 사람들의 세상을 알게 되면서 다양한 시각을 가지게 되었던 것 같다. 그리고 세상은 이렇게 서로 가까이 있으면서도 다양하다는 것을 깨닫게 되었다. 그렇기 때문에 조금 더 다양한 내가 모르는 세계를 알아가고 싶다는 생각이 커졌다. 앞으로 내가 졸업 후 중국에 남을지 아니면 한국에 갈지, 혹은 다른 나라에 갈지는 정확하게 알 수는 없다. 하지만 한 가지 확실한 것은 조금 더 다양하고 넓은 문화권을 경험해 보고 싶다는 것이다. 앞으로 어떠한 새로운 직장, 대학원, 혹은 기타 문화권에 떨어질지는 모르겠지만, 또 앞으로 인생을 살아감에 있어 어떤 난관들이 펼쳐질지는 모르겠지만, 이제는 더 이상 무서워'만'하지는 않을 것이다. 낯선 환경 속에서 적응했던 북경에서의 경험이 앞으로 내가 살면서 좌절

해도 다시 일어날 수 있게끔 만들어주는 용수철 같은 존재가 되어주었기 때문이다.

4;

내가 살아온 중국

〈양글〉

10년간 학생으로서 중국에서 살아오며 바라보고 느낀 중국

저는 어릴 적 아버지 회사 업무상의 이유로 중국으로 옮겨와 10년이 넘는 시간 동안 중국에서 생활한 학생입니다. 올해 2022년으로 해가 바뀌며, 제 중국 생활도 11년 차에 들어섰습니다. 10살 무렵 중국으로 와 오랜 시간 동안 이곳에서 생활하며 많은 중국인을 봐왔고 또 함께 지냈습니다. 10년간의 학창시절을 보내며 제가 보고 느낀 중국은 결국 '평범한 사람 사는 곳' 입니다.

처음 도착한 도시는 중국 산동(山东)성에 있는 웨이하이(威海)시로, 간간이 창밖에서 들려오는 아이들의 외침소리가 한국어일 정도로 많은 한국인이 거주하고 있는 지역이었습니다. 한국슈퍼와 한국식당, 한국 학생들이 많이 다니는 국제학교, 한국인이 운영하는 학원과 유치원 등등, 한국인들을 위한 편의시설이 굉장히 잘 마련되어 있었기 때문에, 중국에 처음 도착한 저에게도 적응하기에 굉장히 쉬운 곳이었습니다.

그러나 학교생활은 일상생활과 달랐습니다. 저는 처음 도착하자마자 중국에 익숙해져야 한다는 이유로 로컬 학교로 보내졌는데, 중국어에 익숙하지도 않을뿐더러 시스템 자체가 한국과 굉장히 달랐기 때문에 적응하는데 굉장히 힘들었습니다. 중국은 사람들이 부지런한 편이라 아침 일과가 한국보다 훨씬 이른 시간에 시작이 되는데, 학교도 마찬가지라 7시 30분까지 등교를 마쳐야 했습니다. 저는 어릴 적부터 아침잠이 많아 고등학교를 졸업하는 날까지 지각을 면치 못했습니다. 청소 당번이라도 맡은 날에는 아침이 지옥 같다고도 느꼈었습니다. 간신히 청소를 마치고 교실로 뛰어 들어가 보면 아침 자습이 끝나는 종소리가 울려 바로 수업 준비를 해야 하곤 했습니다.

한국인이 많은 지역답게 현지 학교임에도 한국인 학생들이 반마다 두세 명씩 배정되어있어 처음에는 그 친구들의 도움을 정말 많이 받았습니다. 중국어를 잘하지 못해 의사소통이 힘들어 혼자 앉아 있는 저에게 한국인 친구들이 다가와 다른 중국인 친구들과 친해질 수 있도록 통역을 해주는 등 많은 도움을 주었습니다. 중국인 친구들은 제가 다가가자 거리낌 없이 저를 반겨주었고, 쉬는 시간마다 말을 걸어주며 제가 중국어에 익숙해질 수 있게 도와주었습니다. 또한 알아듣지 못 하는 말은 하나하나 설명해주기도 하고, 가끔 말이 빨라져 못 알아들으면 처음부터 다시 천천히 얘기해주기도 했었습니다. 지금 생각해보면 꽤 귀찮은 일이었을 터라 그걸 해준 친구들에게 고마울 따름입니다. 그렇게 처음 갔던 중국 학교에서 좋은 친구들을 만났기에 후에 다른 중국인들에게 다가갈 때 겁내지 않을 수 있었던 것 같습니다.

10년의 중국 생활 중 5년은 웨이하이시에서 보냈는데, 사실 그곳에서 사귄 대부분의 친구들은 다 한국인이었습니다. 아무리 중국 학교에 다닌다고 하더라도 결국에는 한국인 커뮤니티 안에서 생활했기에, 한국 친구들에게 더 정이 가는 것은 어쩔 수 없었습니다. 말이 통하는 것은 당연했고, 그 나이 때 관심 있는 분야에 관해서 얘기를 나누는 것도 한국 친구들이 훨씬 편했습니다. 중국인 친구들은 친절했고 저도 좋아했지만, 한국인이 많은 지역이어서인지 제가 마음을 열지 않은 탓인지, 일정 수준 이상으로 친해질 수는 없었습니다. 그래도 나름 학교에서 좋은 친구들과 즐겁게 지내고, 공부도 열심히 해 선생님께 예쁨도 받으며 순탄한 중학교 생활을 해나가고 있을 무렵, 저희 가족은 또 한 번의 이사를 하게 되었습니다.

웨이하이시 다음으로 지낸 중국 도시는 네이멍구자치구(内蒙古自治区)에 있는 바오터우시(包头市)였습니다. 바오터우시는 웨이하이시와 정반대로, 한국인뿐만 아니라 다른 외국인들도 거의 없는 지역이었습니다. 처음 도착해 길거리에서 가족들과 함께 한국말을 하며 지나가면 거리에서 힐끗힐끗 쳐다보는 시선도 느껴졌습니다. 택시를 타고 한국말로 대화하면 어느 나라 사람이냐고 물어보시는 기사분들도 정말 많았습니다. 학교도 마찬가지라, 처음 등교했을 때는 옆 반에서 한국인이 있다는 소문을 듣고 저희 반 교실 앞에 우르르 몰려와 저를 구경하기도 했습니다. 외국인이 신기한 건 학생들뿐만이 아니라 선생님들도 마찬가지여서, 수업에 들어오시는 선생님마다 제게 많은 질문을 하셨었습니다. 다들 외국인에 대한 순수한 호기심으로 제게 다가왔고, 모두 호의적으로 저를 대해주어 저는 쉽게 반에 녹아들

수 있었습니다.

바오터우시에서 다녔던 중학교는 몽골족 학교로, 학교에 몽골족반과 한족반이 나뉘어져 있었습니다. 한족반은 총 네 개가 있었는데, 한 반당 학생 인원은 스무명 정도로 사람이 굉장히 적었습니다. 보통 50명 정도의 학생이 있는 일반 학교들과 달라 처음에는 깜짝 놀랐는데, 학교생활 자체는 크게 다를 게 없었습니다. 다만 학생 수가 적어 그런지 반의 전체 분위기가 정말 화목했고 가족 같다는 느낌이 들었습니다. 담임 선생님은 50을 넘기신 여선생님이셨는데, 오랜 시간 동안 교직생활을 해오신 분 답게 엄하면서도 따뜻하신 분이셨습니다. 반 아이들은 모두 선생님의 성과 엄마를 함께 붙여 쉬마(徐妈)라고 불렀고, 선생님도 자신의 아들, 딸들을 돌보는 것 같이 아이들 하나하나를 다 돌봐주셨습니다. 가지고 있는 고민들을 잘 상담해주셨고, 때로는 따뜻하게 안아주시며 위로해주시기도 하셨습니다. 교무실로 불러 엄하게 혼내시는 날들도 있었지만, 교무실을 나갈 때는 손에 사탕들을 항상 쥐여주셨습니다. 정말 좋은 선생님 덕분인지, 반에는 크게 엇나가는 아이들도 없었고 저희 스무 명 모두 사이가 좋았습니다.

중학교 3학년, 고등학교 입시로 모두가 예민하고 힘든 시절도 잘 버텨냈습니다. 시험을 위해 수업이 끝나고 늦게까지 남아 공부를 하는 학생들이 많았는데, 담임선생님도 함께 남아 공부를 봐주시거나 교무실에서 저희를 기다려주셨습니다. 또한 저희는 매일 자습이 시작되기 전 소소한 즐거움을 느낄 수 있었는데, 늦게까지 저녁을 먹지 못하고 남아 공부하는 터라 배고픈 저희를 위해 선생님은 가끔 밀크티를 사주시곤 했습니다. 또 외출증도 자주 써주셔서 자습 전에 친구들과 우르르 몰려 나가 편의

점을 들르거나 간단한 주변 길거리 음식을 사 먹기도 했었습니다. 해가 지기 전 노을 지는 하늘을 보며 친구들과 뛰어다니는 순간은 학창시절의 소중한 순간들 중에서도 제일 기억에 남습니다.

중학교를 졸업하고 저는 또다시 이사를 했습니다. 이번에 도착한 곳은 네이멍구자치구의 대표도시인 후허하오터시(呼和浩特市)로, 고등학교 3년을 이곳에서 보냈습니다. 후허하오터시는 바오터우시보다 조금 더 도시화가 진행된 곳이었지만, 마찬가지로 외국인은 많지 않은 지역이라 주위 사람들의 호기심 어린 눈빛은 여전했습니다. 고등학교의 첫 시작은 중국에서 학생들을 대상으로 진행하는 군사훈련이었습니다. 1주일 동안 힘들다면 힘들다고 할 수 있는 간단한 군사훈련을 받았는데, 같이 고생하는 탓인지 저희는 금세 친해질 수 있었습니다. 쉬는 시간마다 운동장에 앉아 소소한 얘기들을 하고, 집에 가는 방향이 같은 친구와는 함께 등하교하기도 하는, 평범한 시작이었습니다.

군사훈련이 끝나고 본격적으로 시작된 학교생활은 중학교 때와 크게 다를 바 없었습니다. 오히려 훈련을 하면서 이미 친구들과 많이 친해졌었기 때문에 학교 가는 게 꽤 즐거웠습니다. 하지만 여전히 이른 아침에 시작되는 생활은 여전히 적응되지 않아 지각을 자주 했었는데, 학교에 도착해 헐레벌떡 뛰어가다 보면 바로 앞에서 뛰어가고 있는 친구들을 마주치는 일도 허다했습니다. 선생님께 오늘도 지각했냐는 잔소리를 듣고 머쓱하게 웃으며 교실로 들어가면 친구들은 장난스레 웃으며 보던 책 너머로 저를 쳐다봤습니다. 자리에 앉아 감기려는 눈을 붙잡고 억지로 책을 읽다가 수업 시간이 다가오면 잠을 깨기 위해 친구들과 화장실로 가서 10분 정도 수다를 떨고 선생님이 부르면 그제야 교실로 들어갔습니다. 아침 수업 시간에도 역시 졸린 눈을 하며 수업을 듣다가 3교시가 끝나면 흘러나오는 음악에 맞춰 늘 하는 눈 스트레칭을 끝내고, 다 같이 운동장으로 나가 아침 체조를 했습니다. 중국학교에서는 체육을 중요하게 생각하기 때문에 오전 운동을 매일 빼놓지 않고 하는데, 항상 제일 자고 싶은 쉬는 시간에 나가 몸을 움직이는 게 싫었던 저는 가끔은 친구들과 숨어 20분을 버티다가 아이들과 함께 교실로 아무 일도 없었다는 듯이 돌아가곤 했습니다. 주로 화장실에 숨거나 잘 쓰지 않는 계단으로 가 앉아 있는 경우가 많았는데, 그러다 선생님이 올라오는 소리가 들리면 같이 있던 친구들과 너나 할 것 없이 뛰어 도망치는 일도 있었습니다.

중국에서는 사람들이 낮잠을 자기 때문에 점심시간도 두 시간으로 꽤 긴 편입니다. 저 또한 오전 수업을 마치고 점심시간에 집으로 돌아가 행복하게 점심을 먹고 낮잠을 잔 후, 시작되는 오후 수업 시간에 맞춰 다시 오후 등교를 했습니다. 오후에는 오전보다 훨씬 또렷한 정신으로 수업을 듣고, 쉬는 시간에는 친구들과 서로 좋아하는 연예인 얘기를 하거나 시시한 농담을 하며 시간을 보냈습니다. 9교시까지의 수업을 끝마치고 나면 저녁 자습이 기다리고 있었지만, 제때에 맞춰 교실로 돌아오는 아이들은 드물었습니다. 자습이 시작한 지 10분이나 지난 후에 매점에서 돌아오는 아이들, 운동장에서 종소리를 듣지 못해 뒤늦게 사람이 없다는 걸 깨닫고 헐레벌떡 뛰어오는 아이들, 별 이유는 없지만 꼭 자리에 3, 4분씩 늦게 앉는 아이들. 가끔 그렇게 앉고도 선생님이 보이지 않는 날이면 자습은 물 건너간 것과 마찬가지였습니다. 그런 날은 떠드는 소리가 너무 커 교무실까지 들리는 바람에 주임선생님이 찾아오는 일도 많았습니다.

또 가끔은 시간표가 바뀌어 저녁 자습 바로 전 시간이 체육수업인 날도 있었는데, 그런 날이면 저희끼리 모여 체육수업이 끝나는 시간에 맞춰 밀크티를 주문하고 그늘에서 마시다 자습하러 들어가기도 했습니다. 어느 화창한 날에, 파란 하늘 아래서 친구들과 함께 그늘에 모여, 손에는 음료수 하나씩을 들고 노는 날이 있었는데, 그날의 기억이 정말 선명히 제 기억에 남아있습니다.

초등학교 때부터 한국인으로서 중국에서 생활하며 저는 많은 사람을 만나 보았고, 가끔 정말 이해가 안 되고 싫은 사람도 만났지만, 그 정도는 사람이 생활하는 데에 있어 당연한 것이라고 생각합니다. 한국에 있는 모든 사람이 다 좋은 건 아니듯이, 중국에 있는 모든 사람이 다 싫은 것도 아닙니다. 저는 한국이 아닌 다른 나라인 중국에서 생활하고 자랐지만, 정말 평범한 학창시절을 보냈고 평범하게 자랐습니다. 좋은 친구들과 좋은 선생님을 만나 즐거운 시간을 보냈고, 싫어하는 친구와 싸워본 적도 있고, 공부도 하고 놀기도 하며 정말 평범하게 지냈던 것 같습니다. 즐겁고 행복한 기억만 있는 건 아니지만 이는 제가 어디에서 지내든 다 똑같을 거라고 생각합니다. 중국이든 한국이든, 결국에는 다양한 사람들이 모두 평범하게 살아가는 곳이기 때문입니다.

5;

다른데 같은

〈정지예〉

오랜 기간 유학하면서 가장 크게 느꼈던 점을 묻는다면, 고민 없이 답할 수 있다.

어느 나라이든 사람은 결국 다 비슷하다는 것.

당장 월급을 사수하려는 우리 담임 선생님만 보아도 그 점을 뼈저리게 느낄 수 있다.

"이번 반빠오(板报)도 예쁘게 하는 거다! 반장이 나와서 디자인이랑 필요한 재료 정리해서 전달하고, 마지막 발표할 사람도 정해서 보고해라."

담임 선생님께서 그렇게 엄숙하게 말하고 나간 자리에는 여느 때처럼 피곤해 보이는 반장이 올라와 분필을 들었다. "이번 주제는 꿈(梦想)인데, 아이디어 있는 사람." 그 뒤로는 미술 좀 한다는 친구들 두세 명이 저마다 의견을 던졌다. "디자인 이거

어때? 흰색 도화지로 덮고 시작하는 게 좋을 것 같아. 저기에 공고란을 만들고, 노란색 큰 종이도 넣어줘."

선생님, 보이십니까. 선생님의 월급을 지켜주려는 저희의 노력이.

물론 그렇게 생각하는 건 나 하나였다. 소학교(초등학교의 중국식 표현) 때부터 반빠오를 꾸며온 아이들은 익숙하게 토론했고, 나는 새삼 반빠오와 반 점수의 상관관계에 대해 생각했다.

반 점수. 만점에서 시작해 그 반 학생들의 행실에 따라 점수가 깎이고, 그런 점수들이 담임 선생님들의 일종의 '실적'이 되는 제도이다. 만점을 유지하면 선생님에게 보너스가 들어간다는 소문이 맞는지는 모르겠지만, 우리 중학교 담임 선생님께서 그 점수에 굉장히 예민한 건 사실이었다. 선도부를 겸하는 학생회들이 날마다 반에 검사하러 오기 전에 먼저 매의 눈으로 쓱 훑으시던 그 광경이 아직도 생생할 정도니까. 내 담임 선생님은 어떻게든 점수를 높게 하시려고 악착같이 노력하시는 편이었다.

그렇기에 몇 안 되는 플러스 점수 활동 중 하나인 반빠오를, 선생님께서 허투루 보낼 리가 없었다.

한국에서도 이렇게 학급게시판을 꾸미나? 몇몇이 열심히 토론하는 모습에 문득 미술 시간에 그린 엉성한 자상화 만을 전시했던 초등학교 게시판이 떠올랐다. 반빠오는 여느 한국학교의 학급게시판과 크기와 용도는 비슷하지만, 그 스타일은 매우 다르다. 학년마다 주제를 가지고 반끼리 경쟁하는 구도는 분명 귀찮지만 어쩐지 의욕이 붙기도 했다. 후에 알게 된 이야기지만, 우리 학교 반빠오 규모는 굉장히 작은 편에 속했다. 수채화로 큰 벽을 칠하며 소위 작품을 만든다니, 그런 학교와 우리의 단순한 종이 오리기는 비교할 것이 전혀 못 되었다.

하지만 그 어디든 선생님들의 월급제도는 똑같겠지. 보고를 올린 바로 다음 날 종이 보따리를 들고 등장하시는 담임 선생님을 보며 한숨을 쉬었다. 당분간 자습은 물 건너갔다는 직감은 9교시 앞으로 나가는 반장에 의해 현실이 되었다.

반빠오의 시작은 언제나 옛것을 뜯는 일이다.

반에서 키가 비교적 큰 친구가 의자를 밟고 올라가 도화지들에 꽂혀 있던 압정을 하나씩 빼기 시작했다. 나는 그 밑에서 건네지는 압정을 조심히 받았는데, 이 전도 도화지로 모든 걸 해결했기에 건네지는 압정은 무척 많았다. 입에서 압정 조심하라는 말은 이제 자동응답기처럼 튀어나왔다. 고개를 잠시 돌리니 옆의 친구가 건네받은 종이들을 반으로 곱게 접고 있었다. 열심히 만들었는데, 라는 아쉬움은 초반에야 있지, 익숙해진 이제는 마지막 한 톨마저 한치의 주저 없이 접히는 종이 사이로 사라진다. 물론 도화지는 재활용하는 경우도 있지만, 대개는 한 학기 동안 다양한 방법으로 너덜너덜해지기 때문에 결국에는 다 같이 접히는 행이다.

그런데 이 헤진 종이의 주범들은 일을 안 하네. 아까부터 일은 안 하고 투덕거리는 애들을 보며 속으로 생각했다. 압정을 받고 있는데 부딪혀 와서 괜히 짜증 나는 것도 있었지만. 어쨌든 위험한 상황이 일어날 수도 있기에 나는 곧장 반대편에서 압정과 도화지를 빼던 반장에게 무언의 눈빛을 보냈다. 반장 한 번, 애들 한번. 두 번의 눈짓 후 결국 들려오는 반장의 호통 소리에, 나는 편안한 마음으로 유유히 마무리 정리를 했다. 만드는 건 늘 오래 걸리지만 뜯는 건 한순간인 만큼 회색의 게시판이 곧 깔끔한 모습으로 나타났다.

여백의 미도 괜찮지 않나? 압정을 교탁에 두곤 이런 실없는 생각을 하며 자리를 앉았다. 쉬고 싶지만, 어느새 책상을 가득 채운 도화지에 다시 마음을 가다듬어야 했다. 그래, 빨리 끝내야지. 주변을 보니 방금까지 장난치던 애들도 어느새 얌전히 가위를 들고 집중하고 있었다. 지금 보니 어느 나라든 뭐든 잘 자르고 싶다는 마음도 다 똑같다. 나도 얌전히 주위에 있던 가위와 앞자리 미술반장이 열심히 그린 도화지를 집어 들었다.

여기서 잠깐 소개를 하자면, 정말 귀여운 내 중학교 미술반장(편의상 친구의 성을 따 Z라고 부르겠다)은 일도 야무지게 하는 편이다. 그런 Z를 비롯한 몇 친구들이 도화지에 쓱쓱 그림을 그리고 옆에 쌓아 두면, 그 주변을 얼쩡거리던 우리가 가져가 열심히 자르고, 칠판에 크게 그려 놓은 디자인에 따라 끼워 맞추는 일을 맡았다. 물론 우리도 그 자리에서 즉석에서 아이디어를 내고, 괜찮은 것 같으면 바로 실행에 옮기기도 했다.

바로 저기 구름 위에 튀어나온 토끼같이.

열심히 오리던 도중 문득 어깨를 두드리는 느낌에 뒤돌아보니 반에서 비교적 어린 친구가 도화지를 들고 웃고 있었다. 이거 어때? 그 소리에 시선을 옮겨 본 도화지는, 조금 삐뚤어졌지만 크고

긴 귀 모양이 분명히 토끼였다. 웃는 표정까지 그려진 토끼를 붙여도 될까 하는 고민에, 연관성은 없지만 일단 귀여우니까 대충 끼워 맞추자는 생각으로 함께 움직였다. 개연성은 다 만들고

이어 붙여도 괜찮으니까. 구름 한쪽에 뛰는 모양새의 토끼를 올리니 원래 의도했다는 듯이 보이기도 했다.

그러다 괜히 Z와 반장의 눈치가 보여 Z에게도 물어보니 오히려 귀엽다며 좋아해 줬다. 어린 친구가 칭찬받아 부끄러워하는 것도 보였다. 같은 학년이면 다 친구로 지내지만, 이럴 때면 나이 차이가 드러나는 게 새삼 신기했다.

그렇게 어찌어찌 완성된 반빠오는, 아직 중학생이라 그런지 조금은 투박하면서도 귀엽게도 보여 결과적으로 만족스러웠다.

지금 돌아보면, 자습시간을 몽땅 바치며 공들인 반빠오에 내가 만족하지 않은 적은 없었다. 하지만 똑같이 특별히 애정이 가는 것 또한 없었다. 기억 속 그나마 선명한 반빠오는 우주가 배경이었는데, 정확히 언제인지는 모르겠으나 지구와 달이 있고, 그 사이로 발사된 로켓 안에 누군가가 해맑게 사람을 그려져 있었다. 반빠오는 나름 각 반의 상징이자 명물이어서, 정말 잘한 반은 그 자체로 오고 지나갈 때마다 감탄사가 나오고 기억에 남기도 했다. 물론 단순한 상징인 것은 아니지만. 몇 안 되는 반 점수의 플러스 요인인 만큼, 다 만든 후 정해진 날짜에 많은 수의 링다오(领导)라고 불리는 고위직 선생님들이 함께 와서 우리의 '작품'에 대해 설명을 듣고 평가하는 과정이 남아있었다. 그렇기에 완성될 즈음에 선생님은 교무실에 있다가 가도 반을 계속 들리시곤, 쓱 훑어보시더니 거슬리는 점이나 추가했으면 하는 피드백들을 던지고 가셨다.

언제인가, 거의 완성한 반빠오를 물끄러미 보시다가 순간 배경색을 바꿔볼까, 라고 툭 내뱉은 그 말씀에 마음이 철렁했던 느낌은 아직도 생생하다.

다행히 마지막 검사 때 선생님은 별다른 피드백 없이 고개를 끄덕이시곤 입을 여셨다. 누가 발표 준비했나? 그 말에 Z의 손이 번쩍 올라왔다. 다른 학교는 모르겠지만, 우리 학교 미술반장이 하는 일은 한 학기에 한두 번 있는 반빠오때가 전부였기에 딱히 우리끼리 정한 게 아니어도 Z는 알아서 준비했다. 어느새 큐시트를 들고 완성된 반빠오 앞에 선 미술반장이 실전처럼 손으로 뒤를 짚으며 대사를 읊자, 선생님도 주의 깊게 들으시다 중간마다 동작이나 포인트 등을 지적하셨다.

음, 사람 사는 곳은 다 똑같지만 역시 여기는 조금 더 엄격할지도…? 그 뒤로 대차게 굴려지는 Z를 보며 이전의 생각을 고쳤다.

그렇게 시간이 흘러 발표 당일 날, 우리 학년이 모여 있는 층에 여러 구두 소리가 울리자 자습하던 우리 사이에 묘한 긴장감이 흘렀다. 책상은 깨끗이, 쓰레기통도 깨끗이. 교복도 다시 다듬을 때 선생님은 우리 사이를 돌아다니시며 다시 한번 검사했다. 하필 오늘 넥타이를 안 가져온 친구는 방금 선생님께 잔소리와 함께 빌린 넥타이를 다시 매만지며 그의 눈치를 보았다. 옆을 보니 Z는 계속 큐시트를 보며 중얼거리고 있었다. 물론 실전에서는 큐시트가 용납되지 않았기에, 바로 옆 반에서 들려오는 박수 소리에 Z는 마지막으로 큐시트에 눈을 주고는 이어 들려오는 발소리와 노크 소리에 그를 성급히 책상 안으로 넣었다.

"전체 기립. 하나, 둘, 셋 "

안녕하세요! 반장의 구호에 맞춘 인사를 하고 고개를 드니 반 앞을 가득 채운 선생님들이 바로 보였다. 괜히 내가 다 긴장되네. 앉으라는 교감 선생님의 말씀이 들려오자 Z를 제외한 모두 의자 끄는 소리 하나 없이 자리에 앉았다. 어느새 반빠오 앞에 서 있는 Z에게 사진사가 초점을 맞추고 있었다.

"안녕하세요, 저희 3반은 이번 주제 '梦想'에 맞춰, 꿈을 향해 쫓아가는 우리를 표현해 보았습니다. 여기 구름 위의 별들은 …."

지금에서야 깨달은 것이지만, 반빠오는 내가 중국에 온 후 가장 먼저 한 반 활동이었다. 왜 꾸미는지 이해가 되지 않아도, 그리고 그다지 예쁘다고 생각되지 않아도, 막상 완성하고 보면 반의 개성이 너무나 잘 드러나기에 그 당시만큼은 좋아하게 되는 것 같다. 이번 반빠오도 장난기 많은 우리 반의 개성이 이곳저곳 숨어져 있었다. 다만 링다오들 눈에 띄면 그다지 예쁜 점은 아니기에, 정말 말 그대로 숨겨놓은 수준이었다.

그리고 이건 온전한 내 생각이지만, 선생님들도 그다지 자세하게 보진 않을 거다.

이런저런 생각을 하며 넋 놓고 있다 정신을 차리니 어느새 Z가 말을 끝맺고 있었다. 꿈을 향해 나아가는 우리들이 되겠습니다, 감사합니다! 그 말과 함께 우리도 박수를 치고, 앞에 선 선생님들 또한 늘 그렇듯 미소와 함께 수고했다며 박수를 치셨다. 그리곤 곧장 몸을 돌려 들어올 때와 마찬가지로 구두 소리를 복도에 울리며 나갔다.

끼익, 달칵. 문이 확실히 닫히는 소리와 함께 나를 포함한 모두가 은연중 참았던 숨을 내뱉었다. 진짜로 끝났다! 여기저기서 Z에게 수고했다는 말이 나왔다. 방금의 3분 채 안 되는 시간을 위해 일주일 동안 선생님과 연습했던 Z는 이제는 완전히 긴장 풀린 모습으로 책상에 엎드렸다. 선생님도 Z에게 잘했다고 한마디 하시고, 아까 미처 혼내지 못했던 넥타이 친구를 다시 혼내는 여유까지 부리셨다.

후속 담이지만, 이때도 그렇고 내 기억 속 우리 반은 단 한 번도 상을 받은 적이 없었다. 하지만 그게 뭐 대수인가. 월급쟁이인 선생님만 또 울분을 삼킬 뿐, 우리는 무사히 끝냈고, 또 나름 개구지게 꾸몄다는 점에 만족하며 넘어갔다. 역시 반빠오는 귀찮지만 보람차고, 사람은 어디를 가든 똑같다.

1.4 여행

6;

살아보니 비로소 보이는 아름다움

〈구예림〉

“중국이 이렇게 아름다운 명소가 많은지 몰랐어.”

요즘 친구들에게 자주 듣는 말이다. 사실 나한테도 해당하는 말이다. 직접 중국으로 와서 살아 보기 전에는 솔직히 말하면 내가 생각한 중국의 이미지는 삭막한 나라였다. 마치 건물들과 군인, 경찰들이 딱딱 줄지어 있을 것만 같았다. 물론 이렇게 예상하기에는 중국이 너무나도 많이 발전했기에, 극단적인 상상이었다고 정리해본다.

한국인들에게 중국의 이미지는 어떨까?

‘이미지’ 라는 것은 많은 요소에 의해 형성된다. 사람의 이미지도 처음에는 겉모습으로밖에 판단할 수 없지만, 추후 그 사람의 평소 성격, 말투, 행동 등에 따라 서서히 형성된다. '이미지 관리'라는 말도 있듯, 일부러 특정 이미지를 형성하려고 노력해 볼 수는 있겠다. 하지만 계속 함께 지내고 시간이 지나다 보면, 그 사람의 진짜 모습은 드러나게 되어있다.

중국을 내 멋대로 사람에 비유해서 이미지가 어떤 지 보자면, 일단 겉모습은 땅덩어리가 크고, 인구가 많은 거대하고 듬직한 느낌이다. 평소 행동을 봤을 때, 조금은 딱딱하고 억압적인 분위기를 풍긴다. 어딘가 모르게 획일적일 것 같은 느낌이 든다. 직접 만나서 겪어 보기 전에는 내가 지금 알고 있는 상해의 야경과 같은 반짝반짝 빛나는 모습은 전혀 떠올리기 어렵겠다는 결론이다.

나는 한국인이 노래에서 한번쯤은 들어봤을 '상하이'라는 도시에서 유학하고 있다. 그냥 유학하고 있다기엔 중요한 수식어들이 많이 빠졌다. 상해에서 매우 행복하고 다채롭고 눈이 즐거워서 황홀해지는 유학 생활 중이다. 한마디로, 상해에 빠졌다. 사실 여행 명소로도 많이 알려진 상해는 가볼 만한 일명 '핫 플레이스'가 매우 많은 편이다. 그래서 그런지 평소에 과제에 찌들어 많은 스트레스를 받더라도, 친구들과 약속을 잡고 나가기만 하면 파라다이스가 펼쳐져 있으니 행복할 수밖에 없는 결말이다.

상해를 내 맘대로 밤의 도시라고 해보겠다. 내가 여러 나라로 여행을 다녀봤지만, 본 야경 중에 가장 아름다웠다고 해도 과언이 아니다. 상해는 일단 어디를 다녀도 밤에는 가장 반짝반짝 빛난다. 특히 소문난 관광지인 와이탄, 동방명주의 야경은 정말 장관이다. 게다가 뷰가 하나로 끝나지 않고, 여러 각도에서 바라보면 각기 다른 아름다움을 느낄 수 있다. 내가 야행성 인간이라서 밤을 좀 더 편애하는 건지 모르겠지만, 어둠 속에서 빛나는 그 불빛들은 정말이지 눈을 황홀하게 만든다. 그래서 그런지 명소를 밤에 자주 찾게 되는데, 북 와이탄 고층 건물에서 한눈에 바라보던 와이탄, 동방명주 야경은 정말 잊을 수 없는 내 마음속 부동의 1위다.

내가 보고 좋다고 느낀 곳은 종종 SNS에 공유하는 편인데, 친구들은 나 때문에 중국 여행이 와보고 싶어졌다고 한다. 정말 말 그대로 나와 똑같이 와보기 전에는, 눈으로 확인하기 전에는 모르는 일이다. 막연히 '해외여행'이라고 하면 유럽으로 떠나고 싶다고 생각하던 친구들도 상해 여행을 와보고 싶다고 나에게 말하곤 한다. 그럴 때마다 사실 뿌듯함도 크고, 그만큼 중국이 이렇게 아름다운 나라이고 상해가 이렇게 빛나는 도시라는 것을 나만 알기엔 조금은 아쉽다.

이렇게 입이 마르도록 극찬하는 상해는 정말 당장이라도 지인들을 데리고 여행하고 싶을 정도다. '실제로 상해에 처음으로 여행하러 오는 친구가 있다면…' 상상만으로도 행복하고 갈 곳이 너무 많아 고르기 힘들다.

우선 내가 계속 언급했던 '와이탄' 거리는 상해에 왔다면 무조건 가야 할 필수코스다. '번드'라고도 불리는 와이탄은 아편전쟁으로 강제 개항된 역사의 현장이라고 한다. 나는 처음 와이탄을 도착했을 때 바로 깨달았다. 상하이가 왜 '동서양이 융합된 매력적인 도시'라는 수식어가 붙었는지. 그리고 조금 놀랐다. 우리의 이웃 나라인 중국에 이렇게 이색적인 유럽풍 물씬 인 건물들이 많을 줄이야. 와이탄의 건물은 하나하나가 매력적이고,

거리에서 뿜어져 나오는 분위기가 독보적이다. 그래서 그런지 와이탄은 낮과 밤 둘 다 다른 매력으로 아름답다. 낮에 와이탄 거리를 걸으면 세련된 건물들의 색감과 분위기 때문에 계속 카메라를 들게 된다. 밤 야경은 말할 것 없이 단연 가장 아름답다. 황금빛으로 빛나는 건물들이 정말 아름다워서 여행 온 친구가 있다면 사진을 백만 장 찍어주고 싶은 명소다. 사진을 다 찍고 친구가 다리가 조금 아프다고 한다면, 바로 유명한 바를 데리고 들어갈 것이다. 높은 건물의 테라스에서 와이탄을 바라보던 그 밤공기를 나는 잊을 수 없다.

와이탄 거리 맞은편에 있는 '동방명주'는 상해의 랜드마크라고 할 수 있다. 동방명주는 1994년 완공 당시 총 높이가 468m의 TV 송신탑이었던 곳이다. 송신탑 답게 하늘로 치솟은 모양의 동방명주는 친구들을 데리고 온다면 무조건 야경을 보여줄 것이다. 밤에 특히나 조명 맛집인 상해는 동방명주 쪽을 바라보면 정말 화려한 야경을 감상할 수 있다. 동방명주는 여러 가지 색깔로 변하며 빛난다. 또한, 와이탄에서 바라본 동방명주, 황푸강을 건너며 바라본 동방명주, 북 와이탄 쪽에서 가까이 보는 동방명주는 다 다른 느낌을 준다. 다 새롭게 아름답고 카메라를 들게 한다.

각기 다른 매력을 너무 잘 알기라고 하는 듯, 이쪽에는 야경을 볼 수 있는 식당과 카페가 무척 많다. 동방명주 뷰 식당은 크리스마스 같은 기념일에는 예약하지 않으면 자리가 없을 정도로 인기가 많은데, 실제로 크리스마스에 방심하고 예약을 안 하고 갔더니 무기한 웨이팅을 해야 했다. 다행히 저녁 시간 조금 전이라서 그 옆 레스토랑에 마지막 자리에 앉을 수 있었다. 손님을 우리까지만 딱 받고서는 그 후 손님을 받지 않는 것을 보고 기분이 좋아지고, 창문을 봤는데 와이탄 뷰가 멋지게 자리하고 있어서 더욱더 기분이 좋아졌던 크리스마스였다.

와이탄과 동방명주가 주는 세련된 도시 느낌과는 또 다르게, 중국의 전통적인 화려함을 느끼고 싶은 친구가 있다면 '예원'을 데려갈 것이다. 예원은 400년 전 명나라 관료 반윤단이 아버지의 안락한 노후를 위해 20여 년에 걸쳐 만든 곳이다. 전체적으로 붉은색을 띠고 있는 화려한 정원이다. 예원 또한 해가 지면 더욱더 화려한 야경을 감상할 수 있다. 나도 일몰 시각에 맞춰서 예원에 간 적이 있다. 거닐다 보니 정말 귀족이 되어 궁전을 걷는 것 같은 기분이 들었다.

예원에서 지하철 한 정거장만 가면 '신천지'라는 곳에 도착한다. 신천지는 예쁜 유럽풍의 건축물들을 많이 볼 수 있어 상하이의 작은 유럽이라고도 불린다. 사실 내가 유학 생활 중 가장 자주 가는 곳이 바로 이 곳이다. 친구와 수다를 떨다가 신천지를 중국의 '가로수길'이라고 비유한 적이 있다. 깔끔하고 트렌디한 거리에 큰 쇼핑몰들, 맛집과 예쁜 카페들이 많이 모여 있어서 약속 장소로 잡기에 적격이다. 또한, 밤에 분위기 좋은 테라스 술집에 앉아 있으면, 마치 내가 유럽에 와있는 느낌이 들며 행복지수가 올라간다. 친구와 종종 "나중에 여기 와서 살자."라고 입버릇처럼 얘기하곤 한다. 정말 나중에 상해에 집을 구할 수 있다면… 이런 상상은 결국 매번 '중국어 공부 열심히 해야겠다.'는 이상적이지만 좀 슬픈 결론으로 끝난다.

또한 신천지는 대한민국 임시정부 유적지가 있다. 1926년부터 1932년까지 사용했던 곳으로, 항일운동의 대표기구 역할을 한 임시정부 청사이다. 역사 유적지를 직접 눈으로 볼 수 있어

의미가 크다. 상해에 여행을 온다면 무조건 들려야 하는 곳, '신천지'이다.

상해는 어딜 가도 사람이 많은 편이지만, 비교적 한가로운 느낌의 거리에서 산책하고 싶다면 '프랑스 조계지'를 데리고 가겠다. 전체적으로 이색적이고 프랑스에 온 것 같은 느낌을 받을 수 있다. 평화로운 느낌의 거리에 걸맞게 브런치 카페도 많이 자리하고 있어서, 마음 편하게 수다 떨고 산책을 즐기고 싶다면 추천하는 곳이다.

만약 친구가 상해 여행을 길게 온 편이라면, 무조건 하루는 통째로 '상하이 디즈니랜드' 일정을 잡으라고 할 것이다. 나도 아직 한 번 밖에 안 가봤지만, 꼭 다시 가고 싶은 곳이다. 사실 스릴 넘치는 놀이기구를 많이 타는 것을 좋아하는 나로서는 디즈니랜드에 대한 기대가 그렇게 높지는 않았다. 하지만 갔다 와서 깨달았다. '아 디즈니랜드는 디즈니랜드구나.' 우선 무조건 사람이 적은 평일에 가야 한다. 내가 갔을 때, 사람도 그렇게 많지 않아서 그런지 특유의 분위기가 너무 좋아 걸어 다닐 때 행복하고, 사진 찍기에도 좋았다. 입장하자마자 달려간 '트론'이라는 가장 유명한 놀이기구는 그야말로 신세계였다. 일반 놀이기구와 다르게 확실한 '가상세계'라는 컨셉이 있어 정말 그 세계에 들어간 느낌을 받으며 새로운 스릴을 느낄 수 있었다. 그날 나는 트론을 총 다섯 번 탔는데, 하나도 지겹지 않고 끝까지 재미있었다.

낮에 하는 퍼레이드에서는 엘사, 올라프, 주디, 푸 등 유명한 디즈니 캐릭터를 볼 수 있어 매우 반가웠다. 디즈니랜드에는 '치즈케이크 팩토리'라는 유명한 음식점이 있는데, 케이크뿐만 아니라 파스타를 비롯해서 매우 맛있는 이탈리안 음식을 즐길 수 있다. 디즈니랜드의 하이라이트는 사실 밤에 하는 불꽃 퍼레이드라고 생각한다. 이에 대한 설명은 생략하고 싶다. 그냥 와서 눈으로 보고 담아야 한다. 마지막 불꽃놀이까지 너무 완벽한 마무리였던 디즈니랜드를 갔다 온 기억으로 몇 달은 행복하게 추억하며 지냈던 것 같다.

내가 나열한 상해의 많은 명소들은 빙산의 일각이다. 여러 나라로 국외여행을 다녀온 나로서 정말 추천하고 싶은 중국의 상해. 이미 잘 아는 사람도 많겠지만, 아직 모르는 사람도 많은 것 같아 이렇게 글자로라도 엄청나게 주절주절 추천한 것 같다. 주절주절한 이유가 어쩌면 나 스스로 던지는 메시지였을 수도 있다. 무작정 갖고 있던 '여행으로 중국은 딱히'라는 편견이 몸소 유학을 와보니 와장창 깨진 것에 대한 해설이랄까.

사람의 단면적인 면만 보고 판단하면 안 된다는 말이 있는 것처럼, 중국도 막상 오기 전에는 절대 모를 것이다. 직접 와서 살아 보면 생각보다 훨씬 매력적인 나라이고, 살고 싶어지는 나라라는 것을. 나 또한 친구가 여행지를 추천한다면 '중국 상해'라고 답하게 될 것을 상상이나 했겠는가. 지금도 "우리 왜 아직까지 여길 안 가봤지?"라며 약속을 잡는 친구의 위챗 알람이 울린다.

1.5 시민 의식

7;

대중교통을 통해 새롭게 본 중국

〈권재용〉

작년 7월 중순에 상하이에 와서 생활한 지 어느새 반년이 지나갔다. 지난 시간은 그저 순탄하지만은 않았다. 중국어가 아직 서툴었던 나는 의사소통 등 여러 가지 방면에서 어려움이 있었으며, 매번 어려움을 해결해 나가는 게 힘들었다. 10년 전에 중국 북경에서 살았던 경험이 상하이에서의 새로운 생활에 도움이 될 거란 생각은 매우 큰 오산이었다.

중국에 가서 살아야 한다는 소식을 처음 들었을 때 지난날에 뉴스에서 다뤘던 중국의 시민의식과 중국에서 발생한 여러 가지 황당한 사건 사고들이 떠오르며 걱정되었다.

지난 북경에서의 경험을 떠올려보니 여전히 이해하기 어려운 일들이 많아서 더욱 걱정이 쌓였다. 2007년쯤 중국에 살던 기억을 떠올려보면 중국은 혼란 그 자체였다. 길거리에는 아무렇지 않게 노상방뇨를 하던 사람들, 상의를 벗은 채로 담배를 물고 길거리 다니거나 버스 같은 대중교통을 탑승하던 아저씨들. 생각하면 할수록 후진국의 표본 같았다. 예전 기억을 떠올리니 중국이라는 나라의 단점밖에 보이지 않았다.

친구들의 장난과 진심이 섞인 말들은 불안을 가중시켰다. 중국 같은 더러운 나라에 왜 가냐부터 시작해서 차마 말하기 어려운 말까지, 내 걱정을 덜기는커녕 증가시켰다. 이후 여러 가지 걱정과 약간의 들뜬 마음을 품고 7월에 비행기에 몸을 실었다.

중국 상하이에 도착하고 3주의 자가격리를 마무리한 뒤에 중국의 길거리로 처음 나가보았다. 문을 나서고 돌아다니며 나는 중국이 많이 달라졌다고 바로 생각했다. 길거리는 한국 못지않게 깨끗했고 건널목마다 신호등이 보였으며, 10년 전처럼 민소매를 입거나 아무것도 위에 입지 않은 사람들이 보이기는커녕 거의 모두가 세련되게 옷을 입고 다녔다. 편의점에 들어가서 다시 한번 놀랐다. 현금이나 신용카드를 쓰는 사람이 아무도 없었다. 사람들은 핸드폰을 꺼내 들어 화면을 바코드 리더기에 찍어 결제했다.

길거리를 다니고 약간의 안심을 하였지만, 나의 주된 걱정은 길거리가 아니라 대중교통이었기에 완전히 마음을 놓지는 못했다. 중국의 대중교통에 대한 나의 인식은 '너무 멀지만 않으면 차라리 걸어가자.'라는 생각을 할 정도로 안 좋았기에 최대한 피했었다. 그러던 도중 개학을 하였고 지하철을 탈 수밖에 없는 상황이 생겨 어쩔 수 없이 타게 됐다. 개학 당일 나는 편치 못한 마음으로 집 앞에 있는 전철역으로 내려갔다. 내려간 뒤에 나는 순간 놀랐다. 공항에서만 보던 x-ray 가방 검사 절차가 있고 심지어는 경찰견을 데리고 서 있는 공안들도 있었다. 그러한 광경을 보고 '요즘 뉴스에서 자주 보이던 지하철 방화 사건 같은 사건은 일어나지 않겠다.'는 생각이 먼저 들었다. 가방 검사가 끝난 뒤 게이트에 교통카드를 찍고 들어갔다. 신기하게도 교통카드를 쓰는 사람은 나밖에 없는 듯했다. 나를 제외한 거의 모든 사람들은 휴대폰을 꺼내 큐알코드로 간단히 들어갔다. 여기서 나는 다시 중국이 예전과 많이 달라졌다고 생각했다. 승강장으로 내려가니 다들 질서정연하게 줄을 서서 지하철을 기다리는 모습이 눈에 띄었다. 지하철 내에서도 흡연 혹은 침을 뱉던 모습들은 찾아볼 수 없었다. 그 외에도 달리던 도중 고장 나 멈춰서도 이상할 거 같지 않던 낡은 지하철도 깔끔하고 쾌적하게 바뀌어 있었다. 10년 전에는 찾아볼 수 없었던 지하철 천장에 달린 이전 역과 다음 역을 알려주는 간판도 한자로 나온다는 점을 빼면 한국의 것과 똑같았다.

버스도 내 예상 밖이었다. 얼마 기다릴 필요도 없이 금방금방 왔고, 욕하며 난폭 운전을 하던 기사분들은 안보이고 신호를 잘 준수하며 부드럽게 운전하는 기사분들이 대부분이었다. 페인트칠이 벗겨져서 손잡이를 잡기 꺼려지던 낡은 버스도 조용하고 친환경적인 신식 전기 버스로 바뀌어있었다. 당연하게도 큐알코드를 찍고 탑승하는 방식이 주였다.

오늘까지 편리하게 대중교통을 이용하며 천천히 중국에 대한 편견이 하나 더 없어졌다.

10년 전과 달리, 중국의 모습은 놀랄 만큼 성장한 경제에 따라 완전히 바뀌었다. 실제로 현지에서의 삶을 겪어보니 뉴스와 친구들에 의해 생겼던 중국에 대한 편견 대부분이 해소됐다. 특히 뉴스에서는 자극적인 콘텐츠를 제공하기 위해 더더욱 중국이라는 나라의 좋지 않은 모습을 보도해왔다. 뉴스에서 보이는 중국의 모습과 실제 일상 간에 차이가 크다는 느낌을 받았다. 지금 중국의 모습은 이전에 내 생각과는 거리가 있었다. '우리는 어쩌면 지금까지 옛날의 기억으로만 한 나라를 판단하고 있던 게 아닐까?' 하는 생각이 가끔 든다. 특히 최근 몇 년 사이 언론 매체의 과장되고 부정적인 내용의 보도로 인해, 중국과 중국인에 대한 한국인들의 평가가 더욱더 부정적으로 변화한 것 같다. 그중 중국을 직간접적으로 경험하거나 이해하려는 노력 혹은 관심도 없이 맹목적으로 중국과 중국인들을 비하하는 사람들의 비율이 높게 보였다. 주변 사람들에게 중국에 대한 의견을 물어보았을 때, 인터넷 매체에서 보거나 소문으로 들은 얘기들을 바탕으로 "중국은 뭐든지 다 따라 하는 '카피캣'이다.", "다른 나라의 문화를 훔쳐 와서 자신들의 것이라고 우긴다.", "저급한 문화를 가진 나라다." 등의 색안경을 끼고 부정적으로 바라보는 시선들이 대부분을 차지한다.

특히 2, 30대와 청소년들이 급격하게 보수화되면서 젊은 층 사이에서 반중 정서가 시대정신이라고 불러도 될 정도로 광범위하게 퍼져 있다. 이러한 부정적인 시선은 우리에게 익숙지 않은 중국의 공산주의라는 정치체제가 반민주주의적이라는 판단하에 생긴 듯하다. 부정적 시선 아래, 정치뿐만 아니라 다른 방면에서도 중국에 대한 편견이 생기기 쉽다.

10년 전, 한창 발전 중이던 중국은 시민의식이 현저히 낮아 보였다. 하지만 이를 과연 '중국이라는 나라라서'라는 이유로 설명할 수 있을까? 시민의식이 부족하고 덜 세련된 모습을 보이는 시기는 모든 나라가 경제발전을 최우선 목표로 하던 때에 보편적으로 겪는다. 우리나라 역시 경제발전 시기에는 이런 투박한 모습이었다. 하지만 우리나라도 경제발전의 토대 위에 현재의 문화강국이 된 것처럼 중국도 현재 같은 과정을 겪고 있다는 생각이 든다.

공공장소 혹은 지하철, 버스와 같은 대중교통에서 그 나라의 전체적 수준을 알 수 있다는 말이 있다. 평일에 매일 같이 1시간씩 지하철을 타고 등교할 때마다 중국이라는 나라의 수준을 엿봤다. 한국보다 인구도 많은 만큼 한 번씩 정말 매너가 조금 없어 보이는 사람들도 보이기는 하지만 이런 사람들은 어디를 가나 있다. 중국에 온 지 7개월이라는 짧다면 짧고 길다면 긴 시간이 흘렀지만, 정신 놓고 있다 중국어가 들릴 때면 아직도 낯설게 느껴진다. 하지만 처음 왔을 때와는 달리 편견이 없는 시선으로 내 주위를 돌아보니 한국처럼 살만하다는 것 또한 느낀다. 나와 내 주변의 사람들뿐만이 아니라 한국 사람 모두가 이러한 생각을 가졌으면 한다. 2022년 현재 중국의 모습은 10년 전의 모습과, 뉴스에서 다루던 모습과, 우리가 이야기하던 모습과 많이 다르다. 편견 없는 눈으로 중국을 보며 원활하게 지냈으면 한다.

8;

반민주적인 중국 코로나 방역 조치와 뒤쳐진 중국 서비스 정신

〈정시훈〉

중국 내륙의 신규 코로나 확진자가 아예 없지는 않지만, 다른 나라에 비해 확진자 확진 속도가 양호하다. 솔직히 말하자면, 근래 2년 동안 중국 유학 생활은 코로나 전후 크게 달라진 것이 없다. 물론, 학교에서 주최하는 대외적인 행사나 여행 일정이 취소될 때도 있지만, 전체적인 일상생활에 있어 현재 중국은 그나마 안전하다고 생각되고 학생들은 비교적 안심하며 지내고 있다. 이러한 일상생활 가능한 이유는 중국 정부의 코로나 방역에 아주 큰 공이 있다. 그러나, 많은 외신에서는 중국의 코로나 방역 조치가 반민주적이라고 보도한다. 필자는 근래 2년 동안 계속 중국에 머물면서 중국 코로나 방역 조치를 직접 경험한 바로, 이에 관해 얘기해보려고 한다.

코로나 방역 조치에서, 중국 정부는 그 누구보다 칼 같다. 높은 인구 밀도와 인구 유동성으로, 중국 정부는 코로나 확진에 엄청 민감하다. 그래서인지, 한 구(区)에 1명의 확진자가 나올 경우, 그 건물이나 단지를 봉쇄하여 집중 격리를 실행한다. 이러한 통보가 너무 갑작스러워 시민들의 불만을 유발하지만, 이만큼 철저하고 안전한 방안이 없으므로 대부분의 시민들도 협조한다.

필자도 부득이 하게 단지 봉쇄 및 격리를 경험해봤다. 2021년 8월 여름방학, 산동성 연태에서 일어난 일이다. 아침에 일어나보니 단지 위챗 단톡방에 많은 알림이 와있었다. 불안한 마음에 톡방 내용을 확인해봤더니, 구에 코로나 확진이 증가할 우려로 정부에서 단지 봉쇄를 실행한 것이다. 오늘 당장 외출이 금지된 주민들도 나와 같이 당황한 마음으로 톡방에 많은 질문을 올려놓았다. 대부분의 질문은 격리를 언제까지 해야 하냐는 질문이었다. 관계자는 오로지 최대한 빠르게 공지를 올릴 테니, 무조건 외출을 금지하라고만 하였다. 이러한 답변은 실질적인 내용이 없어 필자를 더 당황하게 했다. 갑작스러운 사건임을 인지하면서도, 정확한 봉쇄 기간도 표기하지 않은 관계자의 일 처리 방식에 말문이 막혔다. 다른 시민들도 원래 예정되어 있던 이사 등의 개인 일정을 무기한 연기하게 되었다.

봉쇄 격리 기간에, 정부는 2차례에 걸쳐 의료진을 각 단지에 보내 핵산 검사를 실시하였다. 이 방법은 꽤나 편리했다. 당일 오전 내려온 관계자의 통지대로, 오후에 1호동부터 마지막 동까지 거주하는 시민들은 순서대로 핵산 검사를 받았다. 우선,

관계자는 순서대로 초인종을 누르며 해당 호수의 시민들을 단지 광장으로 호출했다. 사람들이 핵산 검사를 받은 뒤, 자가로 돌아간 후, 관계자는 다음 호수의 시민들을 호출하여 검사를 진행했다. 아무리 핵산 검사를 빨리 끝내도, 봉쇄 격리는 풀리지 않았다. 이렇게 대략 10일 동안 시민들은 정부 지침에 따라 자가 격리를 하였고, 추후에는 출퇴근 외출만 허용되었다.

솔직히 말해, 외신이 왜 이러한 갑작스러운 봉쇄 격리가 반민주주의적이라고 형용하는지 이해는 된다. 민주주의의 사전적 정의는 국가의 주권이 국민에게 있고, 국민을 위하여 정치를 행하는 제도 또는 지향하는 사상이라고 한다. 하지만, 중국에서의 민주주의는 한국이나 서양에서 이해하는 민주주의와 또 다른 의미를 가지고 있다. 중국 국민들은 코로나 기간 동안 개인 일정을 소화하지 못하는 것 보다, 코로나에 감염되어 건강에 해가 될 수도 있다는 것에 더 중점을 준다. 이를 기준으로 하면, 코로나 확진을 예방하는 중국의 단지 봉쇄나 집중 격리 제도가 효과적임으로, 많은 국민들이 받아들이는 제도라고 볼 수 있다. 그러나, 예고도 없는 코로나 봉쇄 격리 방식은 여전히 반갑지 않다. 반갑지 않은 것은, 몇 개월의 일상 회복을 위해, 몇 일 동안 개인 일정을 소화할 수 없는 거보다, 자가 격리 중 중국의 서비스가 큰 도움을 주지 못하여 격리 기간에 꽤나 큰 불편함을 겪어야 하기 때문이다.

그중에 가장 크게 느꼈던 불편함은 바로 식량 부족이다. 갑작스러운 단지 봉쇄로 마트나 인터넷 쇼핑으로 식량을 구매하지 못하는 상황에서, 관계자는 그저 기다리라고만 하였다. 상황이 더 악화되자, 관계자는 몇 시까지 필요한 식품을 단지 입구로 배달시키면 집 앞까지 배송해주겠다고 하였다. 필자는 관계자가 요구한 대로 몇 시까지 단지 입구로 배달을 시켰고, 혹시 몰라 배달원에게 박스 표면에 집 주소를 크게 써 달라고 부탁했다. 그러나, 필자 집으로 배송된 식품은 필자의 것이 아닌 다른 주민의 것이었다. 필자는 수차례 전화하였지만, 아무도 받지 않았다. 이후에 연락이 닿아 이 상황을 알려주니, 관계자는 오히려 필자에게 왜 이제야 알려주냐며 짜증을 냈다. 그렇게 몇 시간이 지나, 필자가 시킨 식품이 배송되었고, 이미 점심시간이 한참 지나 화낼 기력도 없었다.

코로나 이전, 중국의 서비스 정신은 개인의 생활에 크게 반영되지 않았다. 가끔가다 매장 안의 서비스가 불쾌하다면, 그저 우리들의 감정 소비로만 끝이 났다. 그러나, 코로나 사태로 인한 갑작스러운 봉쇄 격리에서는, 중국의 서비스 정신이 개인 생활에 큰 부분을 차지하게 되었다. 이러한 변화로, 필자는 코로나 시대에 맞춰서 중국의 서비스 정신이 개선될 필요가 있다고 크게 느꼈다. 앞서 말해듯이, 끝을 알 수 없는 봉쇄 격리에 비해 무책임한 관계자의 답변과 같은 중국의 서비스 정신은 한국의 친절한 서비스에 익숙한 필자에게는 더욱더 이해하기 힘들었다.

어쩌면, 한국의 서비스가 너무 앞서가서 필자의 기준이 높은 거일 수도 있다. 그러나, 필자를 당혹게 한 것은, 아직 중국은 서비스 정신에 대해 큰 신경을 쓰지 않는다는 것이다. 한번은 필자가 중국의 서비스 정신이 너무 이해되지 않아, 학교 중국 친구들에게 이에 관해 물어본 적이 있다. 내 예상과 달리, 중국 친구들은 서비스가 좋고 나쁨을 판단하지 않는다. 다시 말해서, 관계자가 무책임한 답변을 해도, 중국인들은 그저 이 사람도 상황 판단이 잘 안 되고 있다고만 인지하고 다른 관계자에게 자문하거나, 답변을 기다리는 쪽을 선택하고 만다. 이러한 상황은 한국에서 있을 수 없는 일이지만, 이는 어쩌면 우리가 잘 모르는 중국 서비스 문화일지도 모른다.

필자가 중국에 거주하면서 가장 불만을 품고 있는 또 다른 중국의 서비스는 바로 흡연 방지이다. 분명 식당이나 매장 안에 금연이라고 표기되어 있지만, 극소수의 중국인은 이를 모르는 척을 하며 흡연을 한다. 흡연 냄새에 민감한 필자는 직원분께 컴플레인을 걸었지만, 가끔 내 예상과 달리 직원분은 귀찮아하는 표정으로 흡연자에게 밖에서만 흡연이 가능하다고만 말을 했다. 그러나, 그 중국분은 알았다고만 대답하고 여전히 실내에서 흡연을 하였고, 하다못해 직원들의 눈치를 봐가면서 몰래 흡연했다. 필자가 아무런 컴플레인을 걸지 않자, 매장 직원도 흡연하게끔 두고 말았다.

우리는 대개 중국 서비스가 불친절하다 혹은 무책임하다는 선입견이나 편견을 가지고 있다. 실제로 몇 번, 필자도 위와 같이 융통성 없는 중국의 서비스 정신에 당황한 적이 있다. 그러나, 시간이 지나면 지날수록, 당황하는 횟수가 줄어드는 것은 사실이다. 이것은 필자가 중국 수도인 북경에 거주하기 시작하면서 느낀 차이점이다. 중국 정부가 해소하려고 노력하는 도시 간 격차는 서비스 정신에서도 나타난다. 다시 말해, 중국의 대도시인 북경이나 상해 같은 대도시는 서비스 시스템이 성숙해서, 직원의 서비스 교육이 잘 되어 있다. 예전 같으면, 중국 매장에서 구매한 상품을 환불하러 가면, 마치 싸우러 간다는 느낌으로 비장했다면, 북경에서는 오히려 별 생각 없이 환불하고 온다. 사실상 소비자 입장에서 보면 후자가 더 당연한 상황이지만, 항상 변수가 가득한 중국 서비스에 익숙했던 필자에게는 이러한 북경의 모습이 낯설었다.

중국의 서비스 문제에 많은 사람들이 인식하게 되는 순간, 해결 가능성이 커진다고 생각한다. 어쩌면, 필자와 같이 중국의 서비스에 불편함을 느끼는 사람이 많아지고, 소비자 문화가 발전해 가면서, 북경 같은 대도시가 점점 서비스 정신을 중요시하는 걸지도 모른다. 게다가, 많은 해외 기업이 중국 시장에 진출하며, 중국 국내에 해외 서비스 문화가 점점 스며들고 있다. 그동안 내가 보았던 중국의 모습이 다가 아니었다는 사실에 놀라면서, 중국의 대도시를 본받아, 더 많은 도시나 지역 또한 성숙한 서비스 정신이 잘 정착할 거라 기대해본다.

1.7 인식개선

9;

중국의 MBTI = E.S.T.P

〈전예슬〉

혹시 이런 경우를 겪어 본 적이 있습니까? 나는 A라는 행동을 하지 않았거나 B라는 의도를 가지지 않았는데, 남들 눈에는 C라고 비추어져 있다거나 내 의도와 상관없이 D로 오해가 쌓여 있는 경우 말입니다. 제 신념 중 하나는 '모든 것은 직접 겪고 맛보고 듣고 보기 전에 다른 경로로 들어온 것들에 대해 100퍼센트로 받아들이지 않는다.'입니다. 그것이 사물이든 사람이든, 어떠한 상황이든 간에, 함부로 오해하여 판단을 내리지 않기 위해, 나와 내 주변 사람 혹은 소중한 무언가를 지키기 위해서입니다.

E: Evolved payment system (발달한 결제 시스템)

'미개하다'라는 수식어도 참 중국이라는 글자 앞에 많이 붙는 것 같습니다. 아직 꽃이 피지 않거나 토지 또는 어떤 분야가 개척되지 아니한 상태이거나 사회가 발전되지 않고 문화 수준이 낮은 상태의 것을 미개하다고 표현하는데, 아직 중국에 와보지 않은 사람들이 주로 선택하여 말하는 단어라고 생각합니다.

저는 2015년에 중국에서 처음 유학을 시작하였는데, 그때부터 알리페이와 위챗페이가 한참 발전하기 시작했던 시기였을 겁니다. 현금과 카드 사용은 거의 없었고, 휴대폰으로 모든 것은 해결되었습니다. 다른 어떤 것도 필요하지 않았습니다. 외출할 때 오직 딱 하나, 배터리가 떨어지지 않은 사용 가능한 휴대폰 하나만 들고 있으면 되었습니다. 사실 한국에서 휴대폰을 문자메시지, 전화, 가끔 카메라 용도로만 사용했었습니다. 기계치와 컴맹이었던 저는 휴대폰으로 하는 모든 시스템을 빠르게 습득해야만 했고, 목숨만큼 소중하게 들고 다녔습니다.

첫 중국 생활은 대련에서 시작하여 항저우를 거쳐 현재 상해에 머물고 있습니다. 대형 인터넷 쇼핑몰인 '타오바오'(淘宝)는 없는 물건이 없어서 한국에서보다 더 온라인쇼핑을 애용하고 있습니다. 이번에 한국에서 오랜만에 다시 중국으로 돌아오면서 정말 많은 물건을 캐리어에 싣고 왔는데, 돌아오고 다시 타오바오를 시작하니, 한국, 일본, 프랑스, 독일 등 정말 다양한 나라의 제품들이 있어서 지금은 '왜 그렇게 무겁게 들고 들어왔나… 중국 와서 타오바오로 샀어도 충분했겠다.'라는 생각을 중국에 있는 한국 친구들과 늘 공유합니다. 곧 중국으로 들어올 친구에게는 "굳이 많은 짐을 들고 오지 않아도 돼!"라고 말하는 중입니다.

다양한 곳을 소개해주고 쿠폰도 살 수 있는 '따쭝뎬핑'(大众点评)은 쿠폰 할인도 되며 앱 안에서 음식점 웨이팅도 등록할 수 있습니다. 중국은 식사 시간이 점심 11시부터 시작, 저녁은 4시 반쯤부터 시작되는데, 그 시간을 넘겨서 음식점에 도착하면 이미 유명한 곳들은 웨이팅이 아주 긴 경우가 많습니다. 최근에는 친구들과 음식점을 갈 때 출발하면서 앱 안에서 미리 자리를 예약 혹은 웨이팅을 신청하고 가면, 도착 후 기다리는 시간이 아주 많이 절약되거나, 도착하자마자 입장하는 경우들이 종종 있었습니다. 음식점뿐만 아니라 정말 다양한 상점들이 많아서, 어떤 곳이든 검색만 하면 다양한 지점이 나와 있고 후기도 많은 사람들이 써놓아서 쉽게 비교가 가능하고, 가격도 웬만하면 적혀 있고 할인쿠폰도 많아 정말 유용한 앱으로 사용하고 있습니다.

한 달 전에는 한국에서도 안 받아본 피부 모공 관리를 받아보았고, 한국에서 이미 경험해 본 적이 있는 친구는 관리 시스템이 한국과 아주 흡사하고, 비치되어있는 화장품과 관리품들이 일반 사람들이 좋아할 만한 브랜드들을 구비해 놓았다며 만족해하였습니다. 일주일 전에는 근처 미용실에 가서 머리를 커트했는데, 저는 원래 절대 남자 디자이너에게 내 머리카락을 맡기지 않습니다(개인적으로 늘 여자 디자이너분들이 더 꼼꼼하게 해주신다고 느껴지기도 하고, 왠지 모르게 남자 디자이너님이 해주시면 어딘가 만족스럽지 않았던 기억들이 있었습니다). 앱에는 미용실마다 매 디자이너의 후기 따로 있었는데, 사진과 동영상 등이 첨부된 후기들을 한나절 동안 읽고 고심 끝에 결정한 그분은 아주 친절하고 세심하게 컷트를 진행하였고, 본인이 컷트 후에도 마음에 드는지, 며칠 동안 지켜보고 알려달라고까지 했습니다. 저는 첫 남자 디자이너에게 별표 만점을 주었습니다.

배달비가 매우 저렴하거나 무료이고 할인도 많이 해주는 배달앱인 '어러마'(饿了么) 와 '메이퇀'(美团)은 실시간 주문이 가능하고, 음식 조리와 포장 완료 상태, 배달원 위치, 그리고 (코로나 이후) 배달원의 현재 체온까지도 앱 내에서 알 수 있습니다. 교통수단이자 지금의 카카오택시 같은 '디디다처'(滴滴打车-현재는 중국 내에서 앱 다운이 불가하지만, 비슷한 종류의 택시앱 시스템이 내가 아는 선에서 20가지 이상이 된다)도 기본으로 쓰는 생활 앱입니다.

위의 앱들에서 빠질 수 없는 큰 대표 앱이 두 가지가 있는데, 한국의 카카오톡과 같은 메신저앱 '위챗'(微信) 안에 있는 '위챗페이'(微信支付)와 중국 1세대 인터넷 기업인을 대표하는 창업자 '마윈'이 세운, 세계적 전자상거래 기업 '알리바바 그룹'의 '알리페이'(支付宝)입니다. 두 결제시스템을 통해 기차표, 비행기표, 호텔, 영화표 등을 손쉽게 구매가 가능합니다. 또한 위챗에는 코로나로 인해 '쪤캉마'(健康码)라는 기능이 생겼는데, 레드, 옐로우, 그린에 따라 통행 가능 여부가 체크됩니다. 1학기의 어학연수와 2년의 석사 생활을 보낸 항저우는 알리바바의 본고장으로서, 알리바바에서 만든'支付宝'(알리페이) 관련 시스템이 어느 지역보다 많이 발달되어 있었는데, 학교 내 식당에서는 얼굴로 결제하는 시스템이 최초로 도입되고, 노래방을 갈 때는 로봇이 방으로 안내해 주거나 음식을 가져다줄 때도 있었습니다.

위에 언급한 앱들은 한국보다 훨씬 발달 되어있는 듯한 느낌도

듭니다.

S: Serene & Sanitary conscious people (조용한 그리고 위생에 민감한 사람들),

아마 제목을 보고 글을 읽는 독자 중, '이게 무슨?'이라는 의아함을 갖는 사람들이 있을 거라 예상합니다. 대개 한국인이 중국인들을 떠올리며 자주 쓰는 수식어들이 있습니다. '시끄러운', '더러운', '불친절함' 등의 표현들 말입니다. 저는 이 단어들을 제목에 맞게 한 개씩 풀어 나아가보려 합니다.

'시끄러운'. 저는 위에서 언급했듯이 2015년에 처음 중국에 와 기초 0에서부터 시작하였습니다. 그 전엔 가장 기본적인 '니하오(你好)', '이얼싼쓰(一二三四)' 조차, 4개의 성조가 존재한다는 것조차, 정말 어느 한 글자도 모르는 상태였습니다. 그전까지 잠실 롯데월드몰 근처에 살던 저는 길을 가다 정말 많은 중국인들의 목소리를 들었습니다. 그때의 저도 아마 모두와 비슷한 생각을 했습니다. '참 시끄러운 것 같다…'라고.

사실 '시끄럽다'는 제가 한국에서든 어느 장소에서든 느낄 수 있습니다. 네이버 국어사전을 보면 '듣기 싫게 떠들썩하다.', '말썽이 나서 어지러운 상태에 있다.', '마음에 들지 않아 귀찮고 성가시다.' 등의 뜻이 있습니다. 자신이 익숙하지 않은 목소리 톤, 말투는 이질적으로 느껴지고 그것은 시끄럽다는 마음이 들 수 있다고 생각합니다. 남녀가 싸우다가도, 제가 듣고 싶지 않은 말이 나오면 '시끄러워'라고 표현을 하는 경우가 있습니다. 그동안 들리지 않던 언어도 비슷한 경우에 해당된다고 생각합니다.

제가 중국어 공부를 하기 시작한 후, 몇 달이 지나 알아듣는 말과 알아듣지 못 하는 말로 나뉘었고, 몇 년이 지나자 중국어라는 존재는 더 이상 시끄러운 말이 아니었습니다. 제가 알고 지내는 지인들, 주변 학교 학우, 선생님 중 대부분은 누구보다 조곤조곤하게 말합니다. 심지어 저는 가끔 그들에게 조금 크게 말해 달라고 할 때도 있습니다. 내성적인 성격과 외향적인 성격이 나뉘듯이 그저 '목소리가 큰 사람들'은 세상 어디에나 존재합니다.

'깨끗한'. 한국의 매스컴들과 한국에 여행하러 온 소수의 중국인 때문에 중국은 깨끗하지 않다는 이미지가 형성되었습니다. 그러나 한국에서 유학하고 있던 몇몇 중국인 친구들과 중국에서 만난 친구들은 깨끗함을 좋아했습니다. 항저우 절강대학교(浙江大学)석사 시절, 저와 같은 반이자 매일같이 함께 밥을 먹고, 이야기를 나누고, 산책을 하며, 각종 행사에 참여하던 친한 저의 중국인 친구들은 기숙사 바로 옆 동에 살았습니다. 9동, 10동 이렇게. 10동은 유학생 기숙사동으로 뜨거운 물은 24시간 언제든 카드를 꽂으면 나오는 바로 시스템이었고, 9동은 중국인 기숙사동으로 매일 오후 3시~저녁 11시 사이에만 뜨거운 물을 사용할 수 있었는데, 9동에 살던 그 친구들은 매일 그 시간을 필사적으로 지키며 샤워를 했습니다. 놀러 갔던 9동은 막 새로 리모델링한 효과도 있었겠지만, 샤워실이며 화장실, 빨래실(유학생 기숙사동에도 없는 LG드럼 세탁기와, 스팀다리미가 항상 구비되어 있었다)도 모두 아주 깨끗했고, 항상 청결을 유지하며 사용하였습니다. 물론 항저우는 시민의식이 아주 높은 도시이고, '사바사, 케바케'입니다. 그러나 각 지역에서 온 친구들이 제게 보여준 행동이 그러하였고, 내가 직접 보고 듣고 겪은 것을 나는 풀어내는 것입니다.

T: Thanksful for chinese's help (중국인들에 대한 감사)

'친절한' 사람들. 이것은 제가 가히 장담할 수 있습니다. 중국에 속담이 한 개 있습니다. '先做朋友，后做生意', 직독 직해로 하면 바로 '먼저 친구가 되어라, 그 후에 사업을 해라.'라는 뜻입니다. 먼저 친구가 되는 것이 중요하다! 중국은 사람 간 교류 시 생기는 세 가지 감정, 친정(亲情), 애정(爱情), 우정(友情) 중 우정도 굉장히 중요히 생각합니다. 또한 중국은 '慢慢地'(만만디), 즉 '천천히' 문화의 나라입니다. 어쩌면 한국의 '빨리빨리' 문화에 비하면 답답하게 보일 수도 있겠습니다. 실은 제 성격도 약간 '慢慢地'에 속하는 편입니다. '천천히'의 장점으로 여유로운 성격을 꼽을 수 있지만, 친구를 사귀거나 무언가의 만족스러운 결과를 이루어 내는 데에 꽤 오래 걸립니다.

위에서 말한 속담의 뜻풀이 중 하나는 "금전채(金钱债)는 맛보기 쉽지만, 인정채(人情债)는 숫자로 따질 수 없다. 따라서 친구나 사업을 하든 감정에 투자하는 것을 배워야 한다. 이러한 투자는 비록 짧은 시간 동안에 얼마의 이익을 얻지 못하더라도 장기적으로 다른 투자보다 수익이 더 클 수밖에 없다. 특히 귀인에 대한 인간적인 투자는 더 그렇다."입니다.

또 하나의 풀이는 "장사꾼과 거래처는 이익 관계지만, 친구로 사귀면 자연히 이루어진다. 즉, 친구를 사귀는 데는 과정이 필요하고, 일상적인 감정 교류도 필요하며, 시간과 감정으로 공리성을 희석시킨다. 일상의 작은 일에서 출발하여 고객에 대한 신뢰와 호감을 조금씩 쌓아가면 고객이 진정으로 당신을 친구로 여기게 된다. 이때 장사는 자연히 성사된다."입니다.

이 속담을 꺼낸 이유가 있습니다. 아버지께서 중국 사람들과 사업을 하시느라 중국에 가끔 오셨는데, 중국에서 유학을 하고 있는 저는, 아버지를 뵐 겸 상하이, 우한 등에 방문하여 함께 사람들을 만났습니다. 한국에 중국 분들이 방문하시면 아버지와 함께 식사를 하며 이야기를 나누곤 했는데, 긴 시간 후에 아버지의 사업은 성사되지 않으셨지만, 일가친척 없이 홀로 유학 중인 제게 급한 일이 생겼을 때마다 그때 알게 되신 분들께서 많은 도움을 주십니다.

최근 예로 들자면 중국에서는 거류증이라는 것이 아주 중요합니다. 여행하러 온 것이 아니라면, 학생 비자나 비즈니스 비자 등으로 입국 후에, 30일 이내에 거류증을 받지 않을 시 불법체류자로 분류되어 벌금도 내야하고 상황이 복잡해집니다. 거류증에는 집 주소와 신체검사 증명서를 꼭 제출해야 하는데, 중국 내에서 신체검사를 받고 결과가 나오기까지 최소 5일에서 일주일이 걸립니다.

저는 한국에서 중국 상하이로 코로나 기간인 2021년 10월 초에 입국하였습니다. 입국 후, 격리가 3주였는데 격리 후 바로 신체검사를 받지 않으면 거류증을 만들지 못합니다. 왜냐하면 격리 기간이 3주나 돼서 거류증을 만들기까지의 시간이 일주일 정도밖에 안 남기 때문입니다. 거류증이 원래 2022년 7월까지 되어있던 저는 원래 6개월 안에 입국하면 문제가 되지 않습니다. 하지만 1년 8개월이 넘게 중국을 비우고 있었고, 또 코로나라는 특수한 상황이라 학교와 관련 사이트에서도 다시 만들어야 하는지 불분명하였습니다. 바깥 외출이 불가능한지라 핸드폰 중국 유심칩도 아직 없는 상태였고, 격리 기간 중 호텔 일반 전화도 통화 불가능한 상태였는데, 중국인 지인분께서 제 상황을 들으신 후, 대신 전화를 해주셨지만, 관련 기관에서는 상하이 푸동 쪽 어느 기관에 직접 가야만 알 수 있다고 하였습니다. 그러자 지인분은 차 타고 1시간이 넘는 거리를 기꺼이 직접 가서 물어봐 주셨습니다. 덕분에 당시 저는 신체검사도 받지 않아도 되는 혜택을 누렸고, 지금까지 중국에서 문제없이 평화롭게 지내는 중입니다.

그뿐만이 아닙니다. 제가 넘어져서 머리를 크게 다쳐 날이 갈수록 머리가 터질 것 같은 느낌이 계속 들었던 적이 있었습니다. 같은 반이자 같은 교수님의 학생으로 있는 중국인 친구가 괜찮다는 저를 데리고 친구 이름으로 든 보험을 이용해서 CT를 찍게 하였습니다. 중국 병원 시스템을 모르는 저는, 친구를 따라서 접수처부터 각종 창구와 내원실에서 검사를 맡았습니다. 지금 생각해 보니 그때 정신이 없어서, 제가 고마운 마음을 다 표현하지 못한 것 같은 기억으로 남아있습니다. 외국인은 중국에서는 병원비가 워낙 비싸기도 했는데, 그 친구 덕분에 건강과 돈, 두 마리 토끼를 다 잡았습니다. 그녀는 본인도 바쁨에도 불구하고, 제 중국어 논문의 수정도 많이 도와주는 정말 고마운 친구였습니다.

또 다른 친구는 혹여 외국에서 가족 없이 홀로 고독이 지낼 저를 생각하여 매번 명절 때마다 제가 있는 주소로 선물을 보내주고 특별한 날마다 메시지를 꼭 보내주며, 제가 어쩌다 위챗

모멘트에 제 최근 소식을 올릴 때면 늘 관심을 가지고 응원해 줍니다. 개인적으로 정말 외롭지 않았지만, 어쩌면 그 친구 덕분에 더욱 행복한 명절들을 보낸 것 같습니다.

이것과 대조적으로, 중국 사람들 앞에 불친절하다는 수식어가 붙는 건 아마 그들이 낯선 사람이라 그렇지 않았을까 싶습니다. 아니 사실 모르는 사람들에게 받은 도움도 너무 많았습니다. 2주 격리 후 3주 차 격리용 호텔로 이동하던 그때, 너무 많은 사람들이 동시간 대에 나왔지만, 그들은 모두 순조롭게 택시나 차를 핸드폰 앱으로 불러서 출발하였습니다. 같은 날 함께 입국한 친구와 저는 둘 다 핸드폰 유심칩이 없어서, 휴대폰으로 택시를 부를 수가 없었습니다. 비도 많이 와서 호텔 정문 밖으로 직접 나갈 수 없는 상황이었고 1시간이 지난 후, 몇 개의 캐리어와 배낭 등을 짊어지고 있던 우리는 매우 지쳐 있었습니다. 때마침 격리 호텔 관리원이 그 상황을 알게 되어서 우리를 도와 본인 핸드폰으로 택시를 잡아주었고, 비가 내리는 와중이었는데도 입구 밖 주차장 앞까지 나가, 비를 맞으며 택시를 기다린 끝에 우리가 있는 호텔 정문까지 안내해주었습니다. 그때는 정말 감동을 받아서 눈에서 눈물방울이 그렁그렁 맺혔습니다.

우리도 불특정 다수에게 무작위로 친절할 수는 없듯이, 세상은 친절한 사람과 불친절한 사람이 반반 있는 것 같습니다. 제가 받은 친절함의 고마움도 불친절함의 불편함도 있고, 그리고 낯선 사람과 친한 사람으로 나누면 태도는 바뀌듯 말입니다. 그러나 저는 유학생이라는 신분으로 어쩌면 낯설기만 할지도 모르는 중국에서, 첫 만남이든 오래 알았던 사이이든, 모든 분이 제게 주신 친절에, 중국이라는 나라는 늘 감사함으로 가득 차 있습니다.

P: Personal free speech (개인적인 자유 발언)

내가 하고 싶은 의견의 자유가 보장된다.

자유라는 정의를 먼저 내려 볼게요. 자유는 현대사회의 중요한 사회가치 중 하나로 남에게 얽매이거나 구속당하지 않고 마음대로 행동하는 것을 뜻합니다.

'중국은 자유가 없는 나라다.'라는 말이 나오는 것도 참 많은 매스컴과 매체를 통해 보이고 판단되는 부분들이 있습니다. 제가 지금부터 설명할 자유는 일상에서의 자유입니다. 우리가 매일 일어나 마주하는 사람, 마주하는 환경에서 자연스럽게 나오는 표현에서 느낀 바의 자유입니다.

저는 학생의 신분으로서, 수업 시간이나 동아리 활동 시간 등에 제가 직접 보고 들은 것을 적어보도록 하겠습니다.

교실 유리창으로 봄 햇살이 쫙 내리비추던 그날은 가히 충격적인 장면이었습니다. 한 학생은 대학 교수님이 가르쳐 주시는 내용에 의문을 제기하였습니다. 완벽히 반대되는 논리로, 1시간 내내 수업 내용이 아닌, 그 학생이 반문한 내용 하나로 토론이 시작되었고 끝이 났습니다.

그날의 그것은 제게, 이곳은 자신의 입장을 표명하는 자유가 있고, 그로 인해 토론이 된다는 것을 깨닫게 해주는 장면이었습니다. 그 후로 그런 상황은 그 수업뿐 아니라 다른 수업에서도 종종 일어났고, 교수님께서 F를 주신다거나 학생과 사이가 멀어지거나 하는 일은 전혀 없었습니다. 저는 그것을 자유라고 느꼈습니다.

한국에 한 대학교 문과계에서 석사 그리고 박사를 지내고 있는 제 친구와 그 동료들은 늘 교수님 때문에 스트레스를 받습니다. 다른 대학교 이과계에서 석사를 지내고 있는 제 친동생은 아침 8시부터 저녁 11시까지 학교에 출근하여 실험을 하는데… 힘든 스케줄 때문에 스트레스가 이만저만이 아닙니다. 반박을 할 수도, 반대되는 의견을 제시해서도 안 된다고 합니다. 가장 스트레스를 받는 것은 본인이 원하는 공부가 아닌 교수님이 원하는 것만 해야 한다고 합니다. 제 친구는 종종 중국은 참 자유로운 것 같다고 말하며 부러워합니다.

중국 항저우 절강대학교에서 석사 생활을 하는 동안, 마감날의 제한은 있었지만, 수업 이외에 온종일 어딘가에 출근해 있어야 하는 제약은 없었습니다. 교수님은 제가 원하는 주제를 정하게 해주셨고 제가 좋아하는 음악과 중국어를 결합하여 가사를 연구하게 해주셨습니다. 무언가를 결정하기 전에 항상 먼저 여러 가지 선택지를 제시해 주신 후, "너의 생각은 어떠니?"라고 꼭 물어봐 주셨습니다. 사실 그 내막은 논문을 깊이 쓰는 방법을 잘 모르는 저에게, 교수님은 제가 원하는 주제를 미리 먼저 직접 인터넷에서 찾아봐 주신 후, 저에게 앞으로 나아갈 방향을 이끌어 주신 것이었습니다.

논문을 만들어가는 방식에서도 교수님과의 상의 후에는 언제나 제 의견이 들어갔고, 기본적으로 모든 결정권은 제게 있었습니다. 논문이 끝나는 그 순간까지도 교수님은 이러한 방식을 고수하셨습니다, '내가 원하는 주제를 글로 표현하는 자유'를 2년 내내 누린 셈입니다. 글쓰기에 재미를 붙인 것도 이때의 논문을 만들어가는 방식 덕분인 것 같습니다.

논문 작성 과정 중, 중국의 '朋友'(펑요, 친구)라는 노래 가사를 연구하며 중국에서 친구는 나이와 관계없이도 될 수 있으며, 동급생이거나 같은 반이라고 다 친구가 되는 것이 아니라는 것을 알게 되었는데, 석사 논문 담당 교수님께서는 마지막 날, 졸업을 하였으니, 이제 우리는 선생님과 제자가 아닌 친구가 되었다고, 언제든지 찾길 바라며 앞으로도 제가 하고 싶고 잘하고 재능 있는 것을 하며 세상을 살아가라 말씀해 주셨습니다.

거시적으로 보자면, 중국은 마치 어떠한 세계에서 거대한 통제를 받는 듯이 보일 수도 있겠지만, 미시적으로 보자면, 개개인이 느끼는 감정에서 오는 자유는 자율적이며 주체적으로 실현되고 있다는 것을 말씀드리고 싶습니다. 자유는 상대적이니까요.

KOREAN in CHINA

대한민국을 사랑하는 한 명의 한국인으로서, 중국이라는 외국에 나와 생활하면서 어쩌면 외국인이라는 신분으로, 한국의 어떠한 면을 좋아하지 않는 몇몇 사람들에 의해 가당치 않은 오해를 받거나, 힘겹고 아찔한 순간들을 겪을 뻔도 했겠지만, 그러한 상황들을 맞닥뜨리지 않고, 정말로 감사함을 느끼는 나날들의 연속이었습니다. 아마도 제가 만난 모든 사람들이 좋은 사람이었고, 그리고 처음부터 끝까지 운이 좋게도 좋은 환경 속에 놓여 있었을지도 모릅니다만, 덕분에 지나온 중국 생활에도 현재의 삶 속에서도 늘 즐거운 기억들이 가득 차 있습니다.

글을 읽으시는 모든 분이 저를 지인 혹은 친구, 친척, 가족,

한민족으로 생각해주셔서 '중국이라는 나라에 있는 한국인이 여러 상황과 사람들 속에서 이런 편리함과 친절함을 느꼈구나.'라고 생각해 주시면 진심으로 감사드릴 것 같습니다. 중국에 오시게 된다면 꼭 좋은 사람들을 만나고 좋은 시스템을 접해 볼 수 있는 기회가 생기셔서 행복한 추억을 많이 남기시기를 온 마음을 다하여 기원하고 소망합니다!

10;

포용하는 무관심

〈박서영〉

우리는 며칠 다녀온 여행지도 잊지 못해 그리워한다. 그만큼 현재 살아가는 도시와 나라를 사랑하지 않는다는 건 어려운 일이다. 나는 '늦깎이 조기유학' 출신으로, 중국 톈진에서 고등학교를 졸업하고 베이징에서 대학을 다니고 있다. 한편, 나는 발이 땅에 닿지 않은 채로 베이징을 부유하는 것만 같다.

중국에는 베이징을 의미하는 북녘 북 자와 떠다닐 표 자가 결합한 '北漂'라는 단어가 있다. 네이버 중국어 사전에 따르면, 1. 베이징에서 방랑 생활을 하다. 2. 베이징에 살지만, 베이징 호적이 없는 사람으로 정의된다. 넷플릭스 영화 '먼 훗날 우리'에서 그들의 치열한 삶이 잘 녹아 있다. 베이징의 방값은 만만치 않게 비싸고, 사람은 발에 채게 많다. 요즘은 가축도 행복하게 키우기 위해 방목형 농장이 늘어나고 있는데, 중국인들은 닭장 같은 공간에서 빼곡하게 살고 있다.

나는 고등학교 때부터 계속 기숙사 생활을 해 왔다. 한국에서 고등학교 2학년 2학기까지 기숙사 생활을 하며 공부했고, 중국 톈진의 국제 학교에서 졸업했다. 내로라하게 돈이 많은 집안 자제인 중국 학생들 사이에서 외국인이기 때문에 주거 시설 부분에서 특혜를 많이 받았다. 하지만 한국에서 사용하던 기숙사에 비하면 한참 아쉬운 환경이었다.

대학 입학 후에는 화장실과 베란다가 딸린 볕 좋고 넉넉한 공간의 유학생 기숙사를 사용했는데, 이마저도 환경에 대한 스트레스가 심해 도피적으로 자취를 생각한 적이 있다.

중국인 남자친구는 나의 자취를 말렸다. 기숙사만큼 조건 좋은 집을 구하려면 예산이 턱없이 모자란다고 했다. 나는 그의 말을 귓등으로도 듣고 싶지 않았다. 일단 기숙사에서 나가고 싶었다. 하지만 부동산을 통해 방을 몇 번 둘러보고 난 후, 자취를 포기할 수밖에 없었다.

北漂는 보통 일반 가정집에서 하우스메이트와 화장실, 부엌을 공유하며 같이 살아간다. 예산이 월 80만 원이었는데, 내가 그 예산으로 얻을 수 있는 개인 공간은 수압도, 채광도, 난방도 좋지 않은 우울한 집의 2평 남짓한 작은방이었다. 학교 중국인 기숙사도 사정은 다르지 않았다. 그에 비하면 유학생 기숙사는 호텔이었다. 중국인 기숙사에 살고 있는 중국 친구들에 따르면, 고향 집의 화장실만 한 크기의 방을 6명 몫으로 배정받는다고 한다. 약간의 과장이 섞였지만, 그들은 그렇게 묵묵히 살아간다.

중국의 도시는 내전(内转) 문화가 심하다고 한다. 말하자면 경쟁으로 복지가 하향 평준화가 되는 것이다. 고향으로 돌아간다면 더 안정적이고 안락하게 살 수 있지만, 베이징을 떠나고 싫어 하는 중국인은 많지 않다. 나는 중국에서 표류하는 '中漂'가 아닐까 생각한다. 무릇 타지 생활에서는 불안정한 상황을 어느 정도는 감수해야 하겠지만, 만약 다른 국가에서 유학한다면 나는 더 낙관적인 삶의 태도를 지니게 되었을 것이다. 한국인의 중국 유학은 다른 국가에서 유학하는 것과는 완전히 다른 카테고리에 속한다.

현재 한국인은 보편적으로 반중 감정이 있다. 동북공정으로 팽팽하게 당겨진 한국인의 신경이 코로나 발발을 기점으로 끊어진 것 같다. SNS를 하다 보면, 중국에 대한 무분별한 공격성을 가진 폭탄 같은 악플을 왕왕 접할 수 있다. 그 혐오가 극에 달해, 중국 유학생한테조차 한국인의 중국에 대한 혐오가 투과될 때도 있다. 나는 내게 주어진 삶을 살다 보니 이곳에 와 있을 뿐인데, 중국에서 사는 나는 그렇게 나의 조국과 민족에게 상처받는 것이 의연해진다.

사실 그런 건 아무것도 아니다. 인터넷에서 접하게 되는 중국에 대한 반응은 마음속에서 생채기만 내고 흩어진다. 깊이 남는 건 주변에서 바로 맞닥뜨리게 되는, 나를 향한 입술에서 나온다.

중국인 남자친구를 사귄다고 알렸을 때, 중국인을 활자와 영상으로만 접해본 고향 지인들의 반응에는 중국에 대한 혐오가 무의식적으로 고스란히 드러났다. '지인의 남자친구'보다 '중국인'이라는 그의 정체성이 그들에게 더 크게 다가간 것이다. 어쩔 수 없는 일이라고 생각한다. 내가 태어난 나라와 나와 추억을 공유하는 사람들이 내가 살아가는 나라와 내가 사랑하는 사람을 싫어하는 것을 나는 이해하려고 노력했다.

나는 방학마다 한국에 돌아왔다. 그러던 중 2020년 겨울 방학을 맞아 한국에 들어왔는데 마침 코로나19로 다시 출국하지 못했다. 세 학기 동안 한국에 발이 묶여 있었고, 학업에도 지장이 갔다. 결국, 2021년 하반기, 학교에 돌아가기로 결정했다. 중국 입국을 위해서는 4주의 격리가 필요했다. 그중 2주만 자비로 부담했으나 여전히 100만 원이 넘는 큰 비용을 지불해야 했다. 그래서 2022년 겨울방학은 한국에 돌아가지 않았다. 다시 중국에 입국해 학교로 돌아갈 때 지겨운 4주를 또 다시 겪을 것을 생각하니, 시간도, 돈도 아까웠다. 올해는 양가 허락을 받고 남자친구의 고향에서 함께 명절을 보내기로 했다.

남자친구의 고향은 내륙 지방의 소도시였다. 외국인이기 때문에 주거지를 옮기면 바로 주숙 등기(住宿登记, 거주지 신고)를 해야 했는데, 내가 그 지역에 방문한 첫 번째 외국인이었다. 처음 하게 된 업무에 당황한 공안 직원에 나도 당황했다.

내가 남자친구에게 한마디만 해도 모두가 날 쳐다본다. 외국인의 어설픈 표준 중국어가 사투리를 쓰는 이곳 주민들의 귀에 예민하게 포착되나 보다.

일상생활 중, 가끔 말을 걸어오는 사람들이 있었다. 남자친구는 중국어를 중국어로 번역해 준다. 그들은 의아하게 생각하고 남자친구에게 묻는다. "어디에서 왔어?"

한국인이라고 대답하면 젊은 20대 네일샵 직원부터, 길거리 음식을 파는 노부부까지, 반응이 우호적이다. 한국인을 처음 본다며, 자기가 얼마나 한국에 대해 알고 좋아하는지 내게 얘기해 주고 싶어 한다. 보통 한국 드라마나 김치에 대해 아는 척하며 살갑게 군다.

길거리 음식을 파는 노부부가 한국에 관한 주제로 김치를 꺼냈을 때, 남자친구는 뿌듯한 미소를 지었다. 남자친구는 한국인이 얼마나 중국을 싫어하는지 잘 알고 있다. 내가 어느 날, 한국인은 중국인이 김치를 중국 것처럼 얘기하면서 '泡菜'라고 부르는 것을 엄청 싫어한다고 얘기했던 적이 있다. 남자친구는 사실 중국인도 김치가 한국 것인지 안다고 얘기했는데, 그 근거로 내세울 수 있는 일화가 생겼기 때문이다.

중국 여러 도시에서 지내면서 한국인에게 친절한 중국인도 만났고, 별 관심이 없는 중국인도 있었다. 한국에 대한 혐오 발언을 하는 중국인도 겪어보았다. 한국은 이렇다더라, 저렇다더라 하고 생뚱맞은 소리를 해대는 중국인은 무시할 수 있었지만, 새치기를 하고, 화장실을 더럽게 쓰는 배려 없는 중국인들에게는 오히려 화를 참을 수 없었다. 하루는 데이트 중에 너무 화가 나 괜히 남자친구에게 따지고 들었다. "너네는 왜 그래?"

나도 그가 속상해할 걸 알았다. 한국과 한국인이 막연한 혐오와 편견으로 중국인인 내 남자친구를 싫어한다는 사실에 속상해했으면서, 나 또한 불쾌감을 느낀 몇몇 행동들로 인해 그와 그의 국가를 싸잡아 비난했다.

남자친구는 차분하게 얘기했다. 사람으로 대우받아 보지 못해서 그렇단다. 배려받아본 적이 없으니 어떻게 배려하는지 모르고, 저절로 억척스러워졌다고 한다. 악습의 대물림에 대한 흔한 변명거리 중 하나라고 생각했다. 그가 중국이 발전 중인 국가라고 말하기 전까지.

국민의 수준은 국가와 기술의 비약적인 발전을 따라갈 시간이 필요하다. 어렸을 적 인터넷 서핑을 하면서 종종 본 글이 기억난다. 한국인의 해외여행 중 '민폐' 행동에 대한 글이었다. 해외여행을 갈 정도로 국민의 삶의 수준은 상승했으나 시민의식은 그에 못 미쳤다. 현재의 한국은 세계의 조명을 받는 국가가 되었으며 앞선 행위를 부끄러워하고 지탄한다. 중국과 중국인도 마찬가지로 시간이 흐르면서 같은 과정을 밟지 않을까 기대해 본다.

중국의 인구수가 많기 때문에, 나쁜 사람과 무지한 사람의 수가 너무 많아 보인다. 하지만 그들은 결국 전체 중 일부일 뿐이다. 보통 나쁘고 자극적인 부분이 더 주목도가 높다. 그 그림자에 함께 가려진 똑똑한 사람도 많고, 선량한 사람 역시 많다.

보이는 것이 전부가 아닌 나라, 나는 그것이 중국이라고 얘기하고 싶다.

11;

소문의 반전

〈변다은〉

저는 중국으로 오기 전, 대만에서 나름 짧지 않았던 4년간의 유학 생활을 보냈습니다. 그 당시 친하게 지냈던 주변 사람들은 몇몇 대만인 및 다른 외국인들을 제외하고 대부분 한국인이었습니다. 그 친구들은 제가 중국 본토로 간다는 소리를 듣고 안전에 대한 걱정과 함께 대만에 남아있기를 내심 희망하였습니다. 아마 본토에서의 유학 생활을 해본 적도 없이 대만으로 와서 중국어를 배웠던 친구들이라, 건너 들었던 중국의 이미지만을 생각하고 했던 걱정이었던 같습니다. 그 친구들의 걱정거리는 매우 다양했고 그 걱정의 깊이도 달랐습니다. 그중 위생에 대한 걱정, 중국인의 생활 습관에 대한 걱정, 그리고 대만과 다른 발음 차이에 따라오는 문제에 대한 걱정도 있었습니다.

짧게 중국을 대만과 비교하여 설명하자면, 대만인들은 오늘날까지도 일본 문화를 굉장히 많이 받아들인 특징을 가지고 있어, 특히 남들에게 폐를 끼치는 것을 극도로 싫어하고 예절을 중요시하며 행동이 조심스러운 특징을 지녔습니다. 이러한 문화를 먼저 접한 친구들이기 때문에, 중국인들은 남들의 눈치를 보지 않고 행동하며, 성격은 우악스럽고 매우 급하며, 목소리 또한 장소를 불문하고 쩌렁쩌렁하다 등, 중국인에 관해 무수히 많은 부정적인 생각을 가지고 있었습니다.

이러한 부정적인 생각은 저에게 그대로 전달이 되었고, 나날이 많아지는 근심 및 이야깃거리에 중국으로 가는 시간이 당겨질수록 저 또한 중국의 생활에 대해 기대감보다 불안감이 더 커지게 되었습니다. 그러면서 저는 날마다 중국에 관한 정보를 찾기 바빴습니다. 하루는 유튜브를 보기도 하였고, 또 하루는 네이버 블로그 또는 카페를 보며 중국이라는 나라가 제발 내가 들었던 그런 곳이 아니기를 바라고 또 바랐습니다. 이제 중국으로 가면 완벽히 혼자만의 생활을 시작해야 했기 때문에, 중국에 대해 좋지 않은 이야기는 저에게 유난히 더 크게 다가왔습니다.

심지어 저를 더욱더 불안하게 했던 것은, 대만 생활을 마치고 중국으로 가기 전 한 달 정도의 시간을 한국에서 보낼 때 저의 동네 친구가 들려준, 직접 경험했던 중국에서의 사건 사고였습니다.

그 친구는 평소 혼자 여행하는 것을 좋아하는 편이라 중국으로 홀로 여행을 떠났습니다. 여행지에서 돌아다니던 중, 한 무리가 자기를 밀치며 정말 자연스럽게 어느 골목 구석으로 들어갔다고 했습니다. 그리고는 그 무리가 자신을 에워싸고 점점 더 깊은 구석으로 자신을 밀어붙이는 것이 느껴졌다고 하였습니다. 순간적으로 일어난 일일뿐더러, 그 무리 중 한 명이 품 안에서 날카로운 칼을 꺼내 친구를 위협하였기 때문에 친구는 정말 아무 생각을 할 수 없었습니다. 정신을 차렸을 때, 여행 경비는 이미 친구 손을 떠난 지가 오래였습니다.

사실 이러한 사건은 다른 나라에서도 종종 발생할 수 있는 일이기 때문에, "너무 큰 걱정은 하지 않아도 된다."라고 할 수도 있겠지만, 저는 이 이야기를 듣고 매우 놀라지 않을 수가 없었습니다. 왜냐면 그 친구는 운동을 해 체격이 건장한 남자였으며, 이 사건은 밝은 대낮에 사람 많기로 유명한 관광지에서 발생했습니다, 바로 상해입니다. 한 달 뒤면 제가 가서 생활해야 하는 곳이었습니다.

아니, 중국의 그 많은 지역 중 왜 하필 내가 앞으로 생활할 상해에서 일어난 것이며, 왜 또 하필이면 중국에 가기로 마음을 먹고 비행기 표 구매, 학생 비자 신청 및 생활용품 구매 등 중국으로 갈 채비를 거의 끝마쳤을 때 이 이야기를 듣게 된 것인지. 심지어 저는 이때 이미 중국으로 가기로 선택을 했기 때문에, 합격한 대만 학교의 입학 신청을 취소한 상황이기도 하였습니다. 그렇게 저는 한 달 동안 해탈과 걱정 그리고 아주 작게 남은 희망을 품고 하루하루를 보냈습니다.

출국 당일, 다행히 부모님께서 동행하여 저는 그나마 안심이 되었습니다.

중국에 도착 후 우선 택시를 잡아 부모님께서 머물 호텔로 이동해야 했습니다. 이때 먼저 든 생각은 친구들이 말했던 발음의 문제였습니다. 중국은 아무리 표준어를 쓴다고 하지만 억양이 굉장히 세서 무슨 말을 하는지 알아듣기 어렵고, 또 저의 발음은 이미 대만식 중국어에 가까웠기 때문에, 그들 또한 저의 발음을 못 알아들을지도 모른다는 것이 떠올랐습니다. 게다가 중국인들은 택시 미터기에 수를 써서 돈을 더 올려 받는다거나 길을 더 멀리 돌아가서 요금 폭탄을 맞게 할 수도 있다는 말도 생각이 났습니다.

하지만 이러한 저의 우려와 달리, 저희가 공항에서 만났던 택시 기사님은 굉장히 친절하셨고 오히려 더 살갑게 제 가족에게 대화를 걸며 잘 웃어 주시기까지 하셨습니다. 이때 기사님은 중국어를 전혀 못 하시는 저희 부모님을 위해, 영어와 어디선가 듣고 배운 한국어를 서툴게 사용하여 대화를 이어나가셨습니다. 비록 기사님이 한국어와 영어를 완벽하게 구사하시진 않으셨지만, 기사님의 노력과 따뜻한 정이 느껴졌습니다. 이밖에도 처음으로 상해에 왔다고 한 우리 가족을 위해, 호텔까지 가는 동안 어디를 여행하면 좋을지, 요즘 젊은 사람들에게 핫한 곳은 어디인지, 상해의 사계절 날씨는 어떤지, 음식은 뭐가 맛있으며 어느 음식점을 가서 먹으면 좋은지 등, 정말 유익한 정보를 많이 알려주셨습니다.

또 기사님은 제게 따로 중국에서 생활할 때 필요한 애플리케이션을 알려주시고 간단히 사용법에 대해 설명해주셨습니다. 그중에는 택시 앱 띠띠다처(滴滴打车)를 포함해, 길을 찾기 위한 지도 앱인 까오더띠투(高德地图)와 바이두띠투(百度地图)도 있었으며, 배달 앱인 어러머(饿了么)와 메이퇀와이마이(美团外卖), 지하철 및 버스 등 교통수단을 이용할 때 사용하는 Metro 따또우후이(Metro大都会), 결제할 때 이용하는 알리페이(支付宝) 등이 있었습니다. 하지만 이러한 여러 애플리케이션 중에서도, 뭐니 뭐니해도 타오바오(淘宝), 샤오홍슈(小红书), 따쭝뎬핑(大众点评) 이 세 애플리케이션 덕분에, 상해에서의 제 삶의 질을 높여주는 데 큰 도움이 되었으며 아직까지도 매우 도움을 받고 있습니다.

지금 와서 생각해보면 그 기사님 덕분에 부모님과 상해에서 무탈하게 정말 좋은 시간을 보냈던 거 같습니다. 그 후에도 여러 택시를 타본 결과, 사실 지금까지도 예의가 없다거나 무례한 태도를 보이시는 기사님들을 만났던 적이 없습니다. 또 친구들의 말대로 억양이 세다는 것은 사실이었지만, 이러한 점이 저희에게 피해로 다가온 적은 없었기 때문에 실질적으로 큰 문제가 되지는 않았습니다.

위생 문제 또한 걱정거리였지만, 지나가는 장소마다 휴지통이 잘 구비되어 있어 거리가 더럽다고 느껴본 적이 없었으며, 사람들의 차림새도 매우 단정하여 제가 중국에 오기 전까지 지녔던 중국의 부정적인 이미지가 천천히 사라졌습니다. 그중 저를 놀라게 했던 것은, 식당의 위생이었습니다.

중국은 여러 음식을 시켜 다 같이 각자가 먹고 싶은 만큼 덜어 나눠 먹는 경우가 대부분이기 때문에, 개인이 덜어 먹어 사용하는 앞 접시를 사용합니다. 게다가 중국은 양념이 세고 기름진 음식이 많아서, 금방 개인에게 주어진 앞 접시가 더러워지기 쉬웠습니다. 그런데 식당은 주기적으로 혹은 음식이 새로 나올 때마다 저희의 앞 접시를 바로바로 새것으로 바꿔주었습니다. 가족들과 상해에 관해 얘기를 할 때, 저희 어머님은 특히 이러한 식당의 서비스를 기억하고 계셨고 가장 인상적이었다고 종종 말씀하십니다.

그 밖에도 여러 사람을 만나 다양한 일을 경험하면서 이전까지 해왔던 걱정들이 점차 사라졌습니다. 심지어 지금은 중국 사람들에게 길을 묻는 것을 두려워했었던 이전에 제 모습을 생각하니, 너무 우습기도 하고, 그저 주변 사람들의 이야기만 듣고 중국이라는 나라와 중국인들을 제 마음대로 예단하고 확신했던 자신이 창피하기까지 하였습니다.

거듭된 중국 생활로 중국에 대한 저의 생각은 긍정적으로 변하게 되었습니다. 동시에 다소 당연하면서도 깨달았던 점이 2가지 있습니다.

첫 번째는, 중국이라고 하면 우선 가장 많이 들었던 것은 '예의가 없는 나라', '매너가 부족한 나라' 등 다소 '예'와는 굉장히 거리가 먼 국가라고 생각했었습니다. 하지만 이곳에서 1년 가까이 생활해보면서 앞서 언급했던 부류의 사람들을 만났던 것이 정말 손에 꼽을 정도로 적었습니다. 제가 보기에는 이건 나라의 문제를 떠나 개인의 문제가 크다고 생각합니다. 중국은 정말 큰 나라인 만큼, 이러한 사람들이 다른 나라에 비해 더 많이 보일 수 있다고 봅니다. 그래서 이런 소수 인원으로 중국인들 모두가 무례하다고 단정 지어 볼 수 없다는 것을 알았습니다. 게다가 모든 나라가 가지고 있는 예에 대한 관념이 각기 다르므로, 한국인이 정의하는 예와 중국의 예를 비교하고 우리와 다르다고 하여 '예의가 없는 나라'라며 특정 지어 말하는 것도 잘못된 생각이라고 봅니다.

두 번째는, 자기가 겪지 않은 일을 섣불리 판단하고 남에게 말하지 말아야 한다는 것입니다. 특히 소문이나 직접 경험하지 않은 내용은 꼬리에 꼬리를 물고 내용이 더 과장되거나 더 나아가 없는 사실까지도 만들어지기도 합니다. 이것을 이번에 제가 직접 마주해본 결과, 소문은 정말 소문일 뿐 사실 겪어본 사람들만이 진정 그 사실을 알 수 있습니다. 그렇기 때문에 현실 속 중국을 직접 마주해본 사람들이 모여 만든 이 책을 통해, 소문과 반전되는 중국의 모습을 많은 사람이 알아줬으면 하는 바람입니다.

12;

나의 편견과 현실

〈이지윤〉

여러분은 중국이라는 단어를 들으면 어떤 생각이 드시나요? '중국' 하면 '더럽다', '품질이 좋지 않다', '위험하다' 등등 부정적인 인식을 하고 계신 분들이 대부분일 겁니다. 저도 그랬으니까요. 하지만 중국에 유학, 혹은 취업해서 생활 중이신 분들이라면 조금 다른 생각을 가지실 수도 있는데요. 이미 많은 사람이 직구, 구매대행 등 많은 루트를 이용하여 한국에서 중국 제품들을 사용하고 있고, 요즘은 또 재밌는 중국드라마가 한국에 많이 소개되고 있습니다. 그런데도 여전히 많은 사람이 중국에 대해 부정적인 인식과 거부감을 가지고 있습니다. 왜 중국에 대한 편견은 바뀌지 않는 걸까요? 이 글에서는 제가 현지에서 직접 보고 느낀 중국 그리고 중국에 관한 편견에 관해 이야기해볼까 합니다.

저도 처음 중국에 유학을 가야한다고 들었을 때는 별로 기쁘지 않았습니다. 중국이라는 나라에 대한 막연한 부정적인 인식들 때문이었습니다. 겨우 초등학생이었는데도 말이죠. 어렸을 때부터 사람들이 중국산을 꺼린다는 것을 알고 있었고, 뉴스에서 접하는 소식은 좋은 소식이 하나도 없었으니까요. 때로는 '꼭 그 나라로 유학을 가야 하나?', '다른 나라면 안 되나?'라는 생각도 했었습니다. 중국에 대한 많은 편견들 그리고 인식들은 저를 괴롭게 했습니다. 떠나기 전부터 저를 지치게 했고, 결국 하지 않아도 됐을 걱정에 많은 시간을 할애했습니다.

막상 처음 중국에 도착하고 본 광경은 제 상상과는 많이 달랐습니다. 생각처럼 험악하지도 더럽지도 않은 그저 한국과 별반 다를 것 없는 곳이었습니다. 사람들도 저를 살갑게 대해 주었습니다.

그러나 중국의 첫인상은 좋았음에도 편견은 쉽게 깨지지 않았습니다. 집에 도착하고 생필품을 사러 집 앞에 있는 대형마트 대신 한인 마트에 갔습니다. 저희 가족 모두 중국산을 최대한 사용하지 않고자 가격이 2배 되는 한국 마트를 고집했습니다. 사실 그곳에 파는 야채들 대부분 중국산일 텐데 말이죠.

먼 한국 마트까지 가서 장을 본지 2주 정도 되던 날, 집 앞 마트에 들어가 본 저는 깜짝 놀랐습니다. 야채, 과일 등이 너무 신선하고 좋아 보였습니다. 우습게도 이것저것 가득 담아 집에 왔습니다. 반전은 이제 시작에 불과했습니다. 과자들은 말할 것도 없었고, 마트에서 사 온 과일들이 너무 맛있었습니다. 특히 야채들이 정말 싱싱했습니다.

지금 생각해보면 중국에 관한 편견들이 깨지기 시작한 건 이 때쯤부터였던 것 같습니다. 얼마 지나지 않아 저희 집 냉장고는 집 앞 마트의 음식들로 가득 찼습니다. 그리고 한국에서는 먹어

볼 수 없었던 다양한 종류의 과일들도 먹어봤습니다. 어느 날은 처음으로 타오바오에서 쇼핑을 했습니다. 제 기억으로는 휴대전화 케이스를 샀던 거 같은데, 무척이나 마음에 들었던 기억이 아직 생생합니다. 중국에 관한 편견이 없어질 때쯤 저는 한 가지 고민을 했습니다. 왜 한국에서 중국은 좋지 않게만 비추어질까?

물론 중국이라는 나라가, 중국산이 다 좋다는 것은 아닙니다. 하지만 적어도 제가 한국에서 들었던 모습과는 다른 점이 많았습니다. 저희에게 중국에 대한 좋지 않은 인식, 그리고 편견이 생기게 된 이유 중에는 중국산과 한국산 상품의 가격 차이가 한몫합니다. 사람들은 조금 더 비싼 국산 상품을 택합니다. 저도 만약 한국에 있었다면 그렇게 했을 거 같습니다. 왜냐구요? 중국산은 좋지 않으니까요. 지금 이 글을 읽고 계신 분들은 의아하실 수도 있을 텐데요, '중국산도 나쁘지 않다며?'라는 생각을 하실 겁니다. 지금부터 그 이유를 설명해보고자 합니다.

우선, 중국의 물가가 한국보다 싼 것은 사실입니다. 다만, 단지 이 이유로 한국에서 중국산을 싸게 팔지는 않습니다. 중국에서 수입하더라도 그 비용 때문에 쉽게 가격을 내리지 못하는데요. 이 때문에 수입 유통업자들은 어느 순간부터 더 많은 이익을 남기고자 더 싸고 질이 좋지 않은 물건들을 택합니다. A급 물건이라고 팔지만 실상 까보면 B급인 수법들을 이용해서 소비자들을 혼란에 빠뜨립니다. 이와 같은 수법이 몇 년, 몇십 년씩 지속되다 보니, 이제는 아무리 좋은 물건을 가지고 와도 사람들이 쉽게 믿고 사지 못합니다. 심지어 구매 전에 믿을 만한 상품인지 확인을 하고도 편견 때문에 쉽게 선뜻 구매하지 못합니다. 항상 중국산은 나쁘다, 이런 인식이 머릿속에 가득하죠.

일전에 논란이 있었던 중국산 김치도 이와 비슷한 사례라고 생각됩니다. 물론 그 김치들을 어디에 유통했는지, 정말로 그 김치들을 소비자들이 구매했는지는 모르지만, 적어도 그런 잘못된 방식을 이용하게 된 계기는 알고 넘어가야 하지 않을까요?

일부 판매 업자들 그리고 공장들은 항상 더 많은 이익을 추구합니다. 조금이라도 이익이 된다면 수단과 방법을 가리지 않습니다. 이런 사람들의 행동들이 하청업체를 사지로 몰아넣고, 하청업체는 생계유지를 위해 더 깨끗하고 좋은 방식 대신, 사람이 덜 필요한 방식과 더 싼 재료들만 찾게 되겠죠. 그 공장도 이와 같은 상황이었을 것으로 판단됩니다.

위에 설명했듯이 중국인들에 대한 인식도 좋지 않은 것이 사실입니다. 뉴스를 틀면 중국에 관한 부정적인 뉴스들이 파다하고, 세계적인 스포츠 경기에서도 중국 선수들의 반칙과 견제는 항상 논란이 됩니다. 물론, 그 사람들이 정말로 착하거나 나쁜지는 저도 알 수 없습니다. 단, 일부로 인해 전체를 비판하는 것은 옳지 않습니다. 제가 함께 생활하고 경험해 본 중국인들은 대부분 착했습니다. 그럼 저는 모든 중국인이 착하다고 말해도 되는 것일까요? 긍정적이든 부정적이든 일반화는 조심해야 합니다. 적어도 이런 사람이 있다는 것 정도는 말할 수 있을 겁니다.

중국 로컬학교에 다니면서, 또 전학을 다니면서 많은 친구와 중국인들을 만났지만, 그들은 항상 편견 없는 모습으로 저를 포함한 한국인 친구들을 대해 주었습니다. 한창 한류가 퍼질 때여서 그런지, 항상 어디를 가나 한국인이라는 이유로 환영받았고, 친절하게 대해 주셨습니다. 하지만 저희는 그러지 못했습니다.

중국 어디를 가든 위험할 것으로 생각했고, 중국인들이 베푸는 선의가 좋게 만은 보이지 않았습니다. 많은 편견이 사실이 아님을 알고 있음도 불구하고, 저희는 항상 여러 가지 편견들과 함께 사람들을 대해야 했습니다. 지금 생각해보면 참 미안하지만, 그때는 그것이 최선이었던 것 같습니다. 친구들과 친해지고 이야기하다 보면, 소수 사람의 행동 때문에 친구들도 같이 막연한 혐오의 대상이 되는 게 마음이 아팠습니다. 한국에 있는 친구들에게 중국인 친구 얘기를 하면 눈치가 보이기 마련이었죠. 아무리 '괜찮은 사람이다, 착한 친구다.'라고 말해도 직접 같이 생활해 보기 전까지 믿지 않는 사람들도 있었습니다.

특히 한국에서 '중국을 어떤 식으로 생각해?' 등의 질문들이 나오면 웃고 넘기기 마련이었습니다. 저도 인식이 좋지 않았고, 그런 현실을 누구보다 잘 알고 있었으니까요. 친구들은 항상 저한테 같이 한국에 놀러 가자고 했지만 저는 그냥 형식적인 대답만 했습니다. 방학이 되어서 한국에 오면 동생에게 절대 밖에서 중국어로 이야기하지 말라고 신신당부했습니다. 특히 이런 경향은 코로나19 발발 이후에 더 심해졌습니다. 지하철, 버스에서 중국말을 하면 피하는 사람들도 많았습니다. 어디 가서 중국에서 유학한다고 하면 걱정하거나 좋지 않은 시선들이 대부분이었습니다. 어려서는 그러지 않았지만, 점점 커가면서 중국에서 유학한다고 말하기 꺼려졌던 것도 사실입니다.

그럼에도 중국어를 잘한다는 혹은 중국어를 배운다고 말하면 항상 많은 사람이 정말 대단하다고 말합니다. "정말 어렵다고 들었는데 정말 부럽다.", "요즘은 중국어가 대세라던데…" 등 부러움을 사기도 합니다. 그리고 이런 말들을 들을 때마다 드는 생각이 있습니다. '왜 중국어에 대한 인식은 좋은데, 중국에 대한 인식은 그렇지 못할까?' '중국어를 잘한 다'와 '중국에 산다', 이 두 문장에 대한 반응이 너무나도 다르기 때문이죠.

중국에서 생활하고 또 공부하면서 '하루빨리 여러 가지 인식들과 편견들이 없어졌으면 좋겠다.'고 느꼈습니다. 물론, 이미 오랫동안 사람들의 인식 속에 암묵적으로 존재하고 있는 것들이 하루아침에 바뀌는 것은 불가능하겠죠. 또, 이 많은 편견을 바꾸기 위해서는 더 많은 사람의 노력이 필요할 겁니다. 하지만 적어도 이제부터라도 조금씩 변화의 움직임이 있었으면 하는 바람에서 이 글을 써 봅니다.

13;

중국 사람들은 불친절하다?

〈강소영〉

우리는 중국 사람들이 불친절하다는 의식을 꽤 가지고 있다. 이는 중국에 대한 부정적인 미디어를 접하면서 생긴 편견일 수도 있고 본인이 직접 겪은 경험담일 수도 있다. 실제로 중국 여행을 갔다 온 사람들은 물건을 구매할 때 거스름돈을 던졌다, 뭔가를 물어봤는데 대답이 불친절했다 등등 다양한 불만을 표출하며 중국은 불친절하다고 단정 지어 버리기도 한다. 하지만 이는 어느 정도의 오해가 섞여 있으며 해명이 필요하다.

우선 말하기에 앞서, 명확히 해야 할 것이 있다. 어느 나라를 가든 어떤 사람을 만나든 착한 사람과 나쁜 사람이 존재하고 친절한 사람과 불친절한 사람이 존재한다는 것이다. 곰곰이 생각해보면 우리나라에 살면서도 불친절한 대우를 받아본 경험이 있을 것이다, 다만 이를 가볍게 넘겨 기억에 잘 남지 않을 뿐이다. 하지만 '타지'라는 특별하고도 낯선 전제조건은 같은 상황이라도 이를 더 실감 나게 하고 분노하게 만들며 쉽게 잊지 못하게 한다.

특히나 중국은 인구가 많아서 눈으로 보기에 불친절한 사람들 수가 상대적으로 많다고 느낄 수 있다. 게다가, 목소리가 크고 높게 느껴지는 중국 성조의 영향은 이러한 선입견을 더욱 강화한다. 이와 같은 선입견을 품고 중국으로 떠난 사람들은 악의 없는 행동에도 쉽게 오해와 착각을 하게 되고, 중국에 대해 또다시 부정적인 기억과 후기를 남기게 된다. 오해로 만들어진 악순환의 반복 과정인 것이다. 그렇기 때문에 최소한 잘못된 오해는 풀고 갈 필요가 있다. 현재 분명한 것은 중국에 불친절하다고 느껴지는 사람들 수만큼 친절한 사람들 수 또한 많으며, 큰 목소리가 결코 악의적인 의미를 내포하고 있는 것은 아니라는 것이다.

중국과 친절을 연관 지으면 항상 빠지지 않고 언급되는 것이 있다. 바로 돈을 던진다는 것이다. 이유를 알지 못하고 이런 상황을 겪는다면 확실히 기분 나쁘고 불친절한 행동이다. 하지만 실은 이 행동은 친절 불친절의 문제가 아닌 그저 중국의 문화 현상 중 일부일 뿐이다. 도대체 어떠한 문화 현상이길래 이런 부도덕한 행동이 생긴 건지 궁금할 것이다. 결론부터 말하자면 이 또한 중국의 인구가 많기 때문에 생겨난 행동이다.

현금은 많은 사람의 손을 오간다는 특징을 가지고 있다. 그렇기 때문에 언제 어디서 무슨 세균과 바이러스가 묻었을지 모른다. 우리나라가 이러한 이유를 토대로 돈이 더럽다는 인식을 가지고 있는 것처럼 중국 또한 마찬가지로 돈을 비위생적인 것으로 여긴다. 다만 인구가 배나 많은 것에 비례하여 돈이 더럽다는 인식도 배로 강하다. 따라서 최대한 현금과 짧게 접촉하려는 것이 어느 순간부터 돈을 던지는 오늘날 습관으로 자리 잡아 버린 것이다. 그러므로 다음에 또 이런 일을 겪게 되면 대수롭지 않게 넘겨버리도록 하자.

중국에 대한 두 번째 오해는 큰 목소리에서 온다. 우리나라는 보통 화내지 않는 이상 언성을 잘 높이지 않는다. 따라서 언성을 높이면 화를 내는 것이라는 인식이 있다. 반면, 중국의 적지 않은 사람들은 화가 난 것이 아님에도 불구하고, 대화할 때 크게 말하는 습관을 지니고 있다. 그래서 첫 중국을 방문한 사람들은 '어? 지금 나한테 화내는 건가? 중국 사람들은 왜 이렇게 화가 나 있어!'라고 오해하기 쉽다. 그러나 이는 결코 진실이 아니다. 나 또한 이를 오해하고 당황했었던 웃긴 에피소드가 있다.

대학교에서 막 중국어를 배운 지 1년이 지난 무렵, 학교에서 방학마다 진행하는 단기 어학연수 프로그램을 통해 처음으로 중국 상해에 가게 되었다. 당연히 주입식 중국어에 익숙해진 터라 현지에 가니 하나도 못 알아들었다. 그럼에도 나름 첫 해외 경험이라 들뜬 나머지 여기저기 돌아다니기 바빴다.

한번은 친구랑 버블티를 주문하고 기다리고 있는데 검은 옷을 입은 한 덩치 큰 아저씨가 험악한 얼굴로 직원분에게 다가가서는 큰소리로 뭐라고 했다. 당시 친구랑 나는 "어떡해, 싸우는 거 아니야?"라며 안절부절못했다. 그런데 직원분은 당연하다는 듯이 오히려 침착하게 대응했다. 심지어 조금 지나자 웃기까지 했다. 그런데 이보다 더 당황스러웠던 것은 그 덩치 큰 아저씨도 큰 목소리로 허허 웃는 것이었다. 그런 상황을 보고 우리도 영문은 모르지만 웃겨서 따라 웃었던 기억이 난다.

그 후 중국인들이 큰 소리로 말할 때는 무조건 화난 게 아니라는 것을 알게 되었다. 나중에 알아보니, 이와 관련해서도 문화, 지역, 성격, 성조 요인 등 다양한 추측들이 제기되고 있었는데, 그중에서 나는 시끌벅적한 걸 좋아하는 화통한 성격 때문이라는 의견에 한 표를 던져본다.

아무튼 이처럼 큰 목소리는 중국 고유의 특성이라고 볼 수 있기 때문에 나중에 누군가 언성을 높여 얘기하더라도 크게 당황하거나 불쾌할 필요가 없다. 물론, 가끔은 진짜로 언성을 높여 화내는 것일 수도 있으니 분위기 파악을 잘 하도록 하자.

오해를 풀고 나면, 먼저 다가와서 친절을 베푸는 중국인들도 꽤 많이 발견할 수 있다. 위챗페이(온라인 결제 시스템)가 안 될 때, 지하철표를 끊는 법을 모를 때, 길을 잃었을 때 등등 방황하고 있으면 항상 누군가가 먼저 다가와 도움의 손길을 내밀어 준다, 먼저 다가오지 않더라도 막상 물어보면 십중팔구는 주변 동료들까지 끌어모아 도와주는 경우가 다반사다. 또한 그들은 도울 수 있는 일만 최대한 돕는다는 사고방식을 가지고 있고, 애초에 돕지 못 할 일들은 딱 잘라 거절하는 깔끔한 태도를 가지고 있다. 특히 좋았던 것은 그들은 '돕는다'는 행위에 큰 의미를 두고 있지 않기 때문에 매번 고마움을 표시해도 그냥 쿨하게 넘겨버린다는 것이다. 이런 가치관은 그들의 언어습관 중에도 묻어 있다.

중국의 가치관을 엿볼 수 있는 말 중엔 "不用谢，应该的。"(괜찮아, 당연한 거야.)가 있다.

나는 항상 고맙다는 말을 달 고사는 사람이다. 따라서 중국에서도 "谢谢"(고마워)라는 말을 항상 달고 살았다. 하지만 늘 돌아오는 대답은 "不用谢，应该的。"와 같은 대답이었다. 처음엔 이 표현들이 익숙하지 않고 이해가 되지 않았다. 한국에서는 다소 생소한 표현이기 때문이다. 하지만 훗날 한 친구를 만나 이 의미를 깨닫게 되었다.

유학 생활을 시작한 지 얼마 안 됐을 즈음, 한 학교 후배를 알게 되었다. 그 친구는 아직 중국어가 익숙하지 않은 나를 항상 걱정해주고 적극적으로 도와주었다. 폐를 끼치는 것을 안 좋아하는 나는 이 친구를 방해할까 봐 걱정되었기 때문에 항상 괜찮다고 하며 그 친구의 도움을 거절하려고 했다. 하지만 그 친구는 그런데도 계속 나를 도와주었고 나는 어쩔 줄 몰라 하며 늘 고맙다고만 했다. 그렇게 며칠 뒤, 이 친구가 한 영상을 보내왔다. 영상 속에는 한국 여자 한 분과 중국 남자 한 분이 등장하고, 한국과 중국의 '礼貌'(예의)에 대한 인식에 관해 설명한다. '한국인 대부분은 다른 사람한테 도움을 받는 것에 큰 의미를 부여하고 신세 지는 것을 예의가 없는 행동이라고 느낀다. 반면 중국인은 신세 지는 것에 별로 의미를 두지 않고, 서로 도울 수 있는 것은 최대한 돕는다'는 게 영상의 내용이었다.

다소 나에게 충격적으로 다가왔던 부분은, 영상 속 한국 여자분이 중국 내 다른 지역으로 여행을 가게 되었는데, 중국 친구가 여행지에 있는 지인의 집에서 먹고 잘 수 있도록 준비해놨다는 것이었다. 한국인의 입장에서는 상상도 못 할 민폐를 끼치는 상황이다. 하지만 영상 속 중국 남자분은 오히려 '그게 왜?', '뭐 어때?'라는 반응이었다.

영상을 다 본 후, 멍해 있던 나를 깨운 건 영상을 보내온 친구의 메시지였다. 그 친구는 "이제야 언니가 왜 그렇게 도움을 거절했는지 알 것 같다."며 "그렇지만 우리는 정말 아무 신경도 안 쓰니까 부담 갖지 않아도 된다."고 말했다. 메시지를 읽은 후 나는 왠지 "不用谢，应该的。"에 담긴 속뜻을 알 것 같았다. 우리는 이날 서로 다른 문화를 받아들이면서 한 발짝 더 가까워졌다.

이후, 나에게 변화가 생겼다. 누군가에게 신세 지는 것에 대한 마음의 짐을 덜 수 있게 되었다. 더 신기한 것은 유학 생활 동안 영상 속 상황과 똑같은 제안을 2번이나 받았다는 것이다. 생각보다도 이는 더 보편적인 일이었다. 덕분에 나는 그럴때마다 전혀 부담감을 느끼지 않고 편히 선택할 수 있었다. 그리고 이제는 이런 쿨한 제안이 매력적이고 친근하게 느껴지기도 했다.

이처럼 중국인이 불친절하다는 편견에 관한 경험을 바탕으로 내 의견을 솔직하게 적어보았다. 글을 쓰면서 느낀 것은 이 세상에 '친절/불친절'과 관련해서 완벽한 답안을 가진 나라는 없다는 것이다. 우리가 옳다고 생각했던 행동들은 타국에서 잘못된 행동이 되기도 하며, 타국 사람들이 선의로 했던 행동들은 우리에게 실례로 다가오기도 한다. 아마 그렇기 때문에 '문화와 개성'이라는 말이 존재하고 있는지도 모른다. 통일할 수 없기에 이를 각자의 매력으로 남겨두는 것이다. 확실히 말할 수 있는 것은 '가는 말이 고와야 오는 말이 곱다.'는 말처럼 내가 먼저 존중해야 상대방도 존중한다는 것이다. 중국에도 '礼尚往来'(오는 정이 있으면 가는 정이 있다)라는 똑같은 의미의 말이 있다. 이는 어쩌면 국적을 불문하고 사람이라면 누구나 존중받고 사랑받고 싶은 욕구를 가지고 있음을 나타낸 말이 아닐까 싶다. 그렇기 때문에 현재 타국에 대해, 또는 그냥 어떤 상황, 사람에 대해 싫은 감정을 가지고 있다면 한번 생각해보자. 단지 자신과 다르다는 이유만으로 색안경을 끼고 있는 것은 아닌지.

14;

18년 전, 현재, 그리고 기대되는 10년 후 중국

〈김성훈〉

2004년 원광대학교 중어 중문과로 입학하며 대학교 교육 교재를 통해 중국을 배우게 되었다. 하지만 중국 사상/중국의 역사/중국의 개황 등. 이론만 있고 중국의 현재 모습, 현지 문화에 대한 설명은 부족했다. 많은 실망감과 함께 실질적인 중국의 정보에 목말라 있던 그때, 친구 기숙사 방에 중국 친구가 들어온다는 소식을 듣게 되었다.

들뜬 마음에 수업을 마치고 친구 방으로 한걸음에 달려갔다. 중국 친구의 모습은 내 편견과 달리 꾀죄죄하고 냄새나거나 옷도 잘 안 갈아입지 않았다. 티비나 매체에서 보고 들은 험악한 인상과 가난해 보이는 모습이 아닌, 생각보다 옷도 깔끔하게 잘 입고 나름대로 향수도 뿌려 퀴퀴한 냄새가 전혀 안 나는, 멋을 낼 줄 아는 대학생이었다.

나는 그때 중국어 한 문장도 제대로 읽지 못하는 상태였고, 중국 친구도 가나다조차 모르는 상태여서 서로의 표정만 읽을 수밖에 없었다. 정작 중국에 대해서는 아무것도 묻지 못했다. 한참을 대면한 후, 갑자기 생각난 중문과 친구의 중국어 사전과 전자사전을 통해 서로의 이름과 나이 그리고 중국에서 어느 지역에 사는지를 간단히 물어볼 수가 있었다. 그의 이름은 서진화, 중국 천진에 살며 나이는 갓 19살이 되어 한국어를 배우기 위해 유학을 온 것이라고 하였다. 자세한 대화도 하지 못하고 서로 멀뚱멀뚱하고 있을 때, 친구는 언어를 배울 때 다른 것은 둘째 치고 욕을 먼저 배워야 한다며 간단한 한국 욕을 종이에 적어서 어떻게 읽는지 설명했다. 그때 친구가 적어준 내 이름은 '김새끼'였고, 내 친구의 이름은 '이방새'로 개명이 되었다.

하루하루 시간이 지나 중국 친구는 어학원을 통해 한글을 배우게 되었고, 나 또한 중국어를 배우며 간단한 인사말을 할 수 있게 되며 중국 친구와 더 가까워질 수 있었다. 가끔 수업을 마치고 중국 친구와 같이 노래방과 PC방에 가고 기숙사에서 야식도 함께 시켜 먹으면서 문득 원래 중국 친구와 친해지고 싶었던 이유인 중국에 대해 궁금해졌다. 중국도 이런 문화생활이 있을까? 친구의 대답은 "당연히 중국도 있지..."였다. 친구는 기존에 내가 생각했던 중국인의 모습과 달랐고, 그를 통해 중국에 대해 알고 싶었지만, 내 마음 한쪽에는 여전히 편견이 자리 잡고 있었나 보다. 중국에 한 번도 가본 적이 없던 나는, 그때까지만 해도 중국 사람은 모국에 대한 자부심이 참 강하구나, 어느 정도는 거짓말이겠지 하고 생각하였다. 그러나 이 모든 게 편견에 불과하다는 것을 깨닫는 데는 오래 걸리지 않았다. 중국인 친구 초대로 가서 본 중국은 스케일이 달랐다. 정말 뭐든 크고 다양했다. 어떠한 건물은 전체가 노래방이었고, 한방이 40

평이 넘었다. PC방 좌석 수는 300좌석이 넘었다. 아쉽게 한국처럼 야식 배달은 없었지만… 그리고 나중에서야 안 것이지만 2004년 당시 한국으로 온 중국인 유학생은 중국 상위층 자제들이 대부분이라 어느 정도 한국의 문화와 여가 생활에 대해 이미 이해하고 누리고 있었다. 그러나 이 당시에는 중국의 문화와 경제에 대해 이해를 하지 못해 중국 친구를 오해하게 되었었다.

시간이 흘러 추석이 다가와 한국의 추석 문화를 알려주려 중국 친구를 집으로 초대하였다. 부모님께 인사를 드리며 가끔 말도 안 되는 존댓말을 쓰길래, 중국 친구에게 말할 때 뒤에 '요' 자만 붙이라고 했는데, 부모님과 친척분들에게 한다는 존댓말이 "저녁이니 저녁밥이나 때릴까요?"였다. 순간 멍해졌지만, 기숙사에서 부르는 나의 별칭 '김새끼'가 나오지 않은 것만 해도 다행이라고 생각했다. 부모님과 친척분들께 중국은 존댓말이 없어서 한국의 존댓말을 이해하기 힘들 거라고 양해를 구했다. 그러나 지금 와서 알게 된 것이지만 중국도 서비스업이 발전 하면서 고객과 손님을 높이는 나름 존댓말과 권유체 등 상대방을 배려하는 말이 존재하고 있었고, 심지어 황제를 칭하는 호칭까지 손님과 고객을 위해 사용을 한다고 한다.

한국에서 중국 친구와 반년 정도 우애를 다질 때쯤 겨울방학이 찾아오고, 중국 친구가 나와 내 친구 몇 명을 중국의 자기 집으로 초대하였다. 살면서 처음 외국을 나가는 나에겐 두려움 반 기대 반으로 설레게 되었고, 그보다 중국에 가기 위한 비용을 얻기 위해 부모님을 설득하게 되었다. 지금 글을 쓰고 있는 한중 수교 30주년인 2022년에는 중국에 대한 정보를 각종 매체나 인터넷을 통해 쉽게 접할 수 있다. 그러나 18년 전에는 중국에 대한 정보를 뉴스나 다큐멘터리와 같은 매체와 책 등에서 일방적인 정보만 얻을 수 있었다. 이러한 점은 중국이 공산당에게 통제받는 무서운 나라라는 인식을 형성하기에 충분했다. 부모님의 인식을 바꾸기 위해 아니 부모님을 안심시키기 위해 우선 중국 여행지를 소개하는 예능 프로그램도 보여 드리고, 서로 말도 통하지 않는 상황에서 친구의 부모님과 국제 통화를 시켜드렸고, 부모님께서는 안심하시지 못하여, 나는 부모님께 각서까지 써가면서 중국 여행에 대한 비용과 시간을 허락받을 수 있었다.

2004년 12월 24일 크리스마스이브 날 중국 친구와 내 친구들과 같이 경제적 여력이 부족하여 우리는 인천에서 배를 타고 중국 천진이라는 곳으로 향하게 되었다. 배 안은 많은 따이공(보따리상)이 있었으며 몇몇 조선족과 중국인들 그리고 단체 관광을 가는 한국인들로 대부분 이루어져 있었다. 작게나마 매점이 있었고 한국 식품과 중국 식품 거기에 북한 식품도 몇몇 섞여서 판매하고 있었는데, 가격은 싸지만 중국 식품을 접해보지 못한 우리는 겁이 나서 중국 간식을 사보진 못하고, 한국 과자와 라면을 사 먹으며 26시간 동안 항해하는 배에서 나름 따이공, 조선족들과 이야기해 보면서 중국 대장정을 시작하게 되었다. 심심할 땐 가끔 위성으로 나오는 중국 티비를 볼 수 있었는데 드라마나 광고 전부 군복을 입은 공산당에 대한 화면만 나오고 가끔 나오는 광고는 약품에 대한 광고만 반복되고 있었다.

긴장된 상태에서 26시간이 지나고 결국 중국에 도착하여 입국심사를 받게 되었는데 아니나 다를까 군복을 입은 사람들(입국심사자 제복이었지만 그때는 알지 못하여 군복인 줄 인식함)이 한명 한명 굳은 표정으로 중국에 입국한 이유를 물으며 입국자들을 보내주고 있었다. 다행히도 입국심사를 마치고 중국 항구에서 친구의 집에 가기 위해 택시를 잡았는데 중국의 택시는 빨간색에 운전석을 보호하는 플라스틱 보호막이 설치해져 있으며(현재는 거의 사라짐) 전 좌석은 하얀색 커버가 씌워져 있었다. 중국 친구에게 물어보니 중국은 아직 치안이 좋지 않아 보호막을 설치하고 위생을 위해 손님이 앉는 좌석은 하얀색 커버를 씌워 손님을 위한 서비스라고 하였다. 배를 오래 타서였는지 친구 집에 도착하기 전 짐을 풀기 위해 도착한 호텔에서 하룻밤을 자고 다음 날 아침 밖을 나서는데 중국식 햄버거(肉夹馍)가 1위안, 옆에 파는 빨간색 막대 사탕(糖葫芦)이 1위안, 그리고 중국 식당에 들어가니 계란 볶음밥(蛋炒饭)이 2위안. 그때 내가 기억하는 환율은 ¥1: ₩140 정도로 기억하는데 볶음밥 한 접시에 280원이었으니 그때 당시는 정말 물가가 싸긴 쌌었다고 기억한다.

중국 친구 집을 방문하고 중국 친구 부모님께 소정의 선물을 드리고 점심을 차렸다고 하여 거실에 들어섰을 땐 정말 산해진미가 따로 없었다. 수많은 고기와 야채 그리고 많은 과일들, 중국은 한국도 그렇지만 손님이 오게 되면 나이가 어린 나와 친구였지만 정말 귀한 대접을 해주고 맛있는 밥과 술을 대접해준다고 하였다. 그중 나에게 인상이 가장 남았던 것은 녹색 야채와 도수가 높디높은 백주(白酒)였다. 녹색 야채 이름은 향채(香菜), 한국 사람 입맛에는 조금 거부감이 들만한 특이한 향(걸레를 먹어보진 않았지만 걸레 맛이라고 했었다)이 나는 야채가 각종 탕과 고기 양념에 배어 있었고 향긋한 과일 향이 나지만 목에 넘길 때 타들어 가는 느낌이 드는 바이주(白酒) 도수는 45도. 현재는 향채와 백주가 없으면 제대로 된 밥을 먹은 것 같지 않게 되었지만, 그때의 나에게는 커다란 인상을 안기게 되었다.

점심을 저녁까지 먹으며 거한 대접을 받은 내 친구들과 중국 친구는 천진의 명소와 여행지를 돌아보기 위해 버스를 타게 되었다. 그때 당시는 주요 도로를 제외한 나머지 도로는 거의 시멘트 길이나 흙길이 대부분이어서 도로 사정은 좋지 못하였다. 그리고 한국에는 몇 안 되는 지붕이 뚫리지 않은 이층 버스를 타고 전망을 보려 2층에 탑승하여 여행지를 돌아다니는데 어디서 매캐한 냄새가 코를 찌르고 있었다. 옆을 쳐다보니 나이가 지긋한 대머리 아저씨분께서 담배를 피우고 계신 게 아닌가? 나름 충격이었다. 밖도 아니고 차 안에서 거기서 공공으로 이용하는 버스 안에서 담배라니… 말도 통하지 않아 중국 친구를 툭툭 치면서 물어보니 친구는 그냥 대수롭지 않게 생각하지 않는다고 하였다. 그뿐 아니라 나중에 북경 고궁에 가서도 유적지 옆에서 담배를 피우는 것을 보고 나름대로 충격 아닌 충격을 겪었다. (그때 당시는 몰랐지만, 한국도 90년도 초만 하여도 버스나 기차 심지어 비행기 안에 재떨이가 배치되어 있었고 담배에 대한 인식도 그리 높지 않았다) 중국 천진의 각종 명소를 돌아다니고 다음 날 천진과의 한 시간 거리인 북경에 가서 이화원/왕푸징 거리/고궁을 돌며 중국의 거대한 유적지의 위대함을 느끼고 북경역에서 천진으로 돌아가려는 그때 왠지 모를 허전함이 느껴졌다. 분명 손에 들고 있던 전지x님이 광고한 올림xx 디지털카메라가 사라진 것이었다. 추억을 사진에 남기고 혹시나 배터리가 닳으면 사진을 못 찍을까 봐 준비한 충전까지 몽땅 사람이 많은 틈을 타 구경을 하는 내 손에서 감쪽같이 사라지게 되었다. 서울에서는 눈 뜨고 코 베이어간다는 소리가 있는데 중국에서 눈 뜨고 카메라 잃어버린 격이었다. 나의 첫 번째 중국 여행은 쓰라린 기억을 눈으로만 남긴 추억이라 생각한 채 한국으로 귀국하게 되었다.

한국으로 다시 와 일 년 동안 중문과 대학 생활이 지나고 한국인이라면 가야 할 군대를 마치니 내가 배운 2년의 중국어는 다시 국가를 지키는 곳에 헌납하게 되었다. 왠지 모를 좌절감에 허무해져 있을 때 대학교에서 2+2 제도가 있어 한국 대학에서 2년 중국 대학에서 2년 중문과 수업을 들으면 양 국가에서 학사 학위를 준다는 이야기를 듣고 지원하여 지금 내가 현재 거주하는 중국 산둥성 옌타이시에 있는 노동대학교에 입학하게 되었다.

마침 방학이라 배를 타고 먼저 중국 친구가 있는 천진에 도착하여 그동안 방문하지 못한 천진의 유적지와 상점 그리고 시장을 둘러보게 되었는데 3년 전에 보았던 천진은 눈에 다르게 발전해 있었다. 고층 건물에 깔끔해진 도로 수많은 자동차 그리고 현란해진 광고판 화려한 도시를 뒤로 하고, 나는 다시 16시간 동안 소형 버스를 타고 산둥성 옌타이시로 향하게 되었다.

옌타이에 도착한 느낌은 3년 전 천진과 변함이 없었다. 도로는 시멘트와 흙바닥이었고, 건물들은 높지 않으며 거리에는 많은 자전거와 오토바이가 주를 이루고 있었다. 그리고 대학교 안에는 화장기 없이 수수한 모습의 여학생과 아직 어른티 나지 않는 개구쟁이 같은 남학생들이 교련복을 입고 군사 훈련하러 달려가고 있었다.

대학교 기숙사에 짐을 풀고 제일 먼저 부모님에게 연락하려고 중국 친구에게 찾아갔다. 그가 나를 화바(话吧)라는 국제 전화를 하는 곳에 데려갔는데, 그곳은 한국의 pc 방처럼 생긴 곳에 컴퓨터가 아닌 전화기가 각각 칸막이로 나뉘어 있었고, 오래

된 다이얼 전화기가 놓여있었다. 아쉽게도 이곳에서는 국제 전화가 되지 않았다. 그래서 친구와 같이 휴대폰을 구매하려 옌타이 시내에 나가 샤오링통(小灵通)이라는 중국 통신국에 지원되고 컬러 색깔의 무전기 같은 휴대폰을 사서 개통하고, 옌타이시 기차역 근처의 시장을 둘러보고 있었는데 휴대폰을 넣어 두었던 외투 호주머니가 허전함을 느꼈다. 역시나일까, 휴대폰은 개통 후 한 시간도 지나지 않아 도둑을 맞게 되었다. 기차역은 나와 인연이 맞지 않은 것인가? 중국 친구는 휴대폰을 어디에다 두었느냐고 물었고 나는 외투 밖 호주머니에 넣었다고 말했더니 한심하게 나를 바라보고 중요한 물건을 외투 밖 호주머니에 넣는 것이 아니고 휴지처럼 중요하지 않은 물건을 넣는 곳이라 하였다(한국은 비교적 치안이 유지되었지만, 당시의 중국 치안은 좋지 않아 좀도둑이 많았다. 그리고 현재 유럽이나 동아시아도 주의하지 않으면 여행 가방 자체를 잃어버리기에 십상이라고 한다). 하는 수 없이 다음 날 나는 똑같은 휴대폰을 사서 개통을 하고 기숙사에 들어와 부모님께 국제 전화를 드렸다.

대학교 개강이 시작되고 중국어를 다 잊어버린 상태에서는 교류학원 중국어 3학년 수업을 따라가기는 벅찬 상태였다. 그 중 수업이 끝난 후 교실에서 중국인인데 한국어를 할 줄 알고, 한국인인데 중국어를 잘하면서 서로 둘둘 짝을 지으며 공부를 하는 것을 보게 되었다. 그렇다. 바로 이거다. "유레카"를 외치고 싶었지만 이미 이곳에서는 한국어를 배우는 중국인과 중국어를 배우는 한국인 서로 도와서 학업을 한다는 의미에서 후샹방주(互相帮助)라는 단어를 쓰고 서로 학업을 도와주는 것에 익숙해져 있었다. 나도 어렵지 않게 중국 학생 한국어과 학생을 구해 서로에 대해 언어 교류 및 과제를 해결할 수 있었고, 다행히도 수업 진도를 따라갈 수 있게 되었다.

대학교 수업이 끝나고 기숙사에서 생활해야 했던 나는 친구 그리고 선배와 같이 운동 활동을 하기 위해 국제교류 학원 앞에 있는 농구장을 보고 농구를 하기 위해 한국 친구들을 모아서 같이 농구를 하려 하였지만, 한국인 친구들이 많지도 않았다. 하지만 농구를 같이 하려는 참여율을 높이기 위해 팅부동(听不懂)이라는 농구부 동아리를 창설하고, 농구부 부장을 맡으며 활동하려 하였지만, 한국 친구들의 참여율은 여전히 미진하였다. 그런데 마침 중국 친구들이 농구공을 가지고 다들 큰 운동장으로 가는 것이 아닌가? 그렇다. 한국 친구들이 많지 않으면 중국 친구들을 불러 모아 같이 농구 활동을 하기 시작하면 되지 않는가? 서로 말도 잘 알아듣지 못해 반칙을 어떻게 설명할지도 몰라 다소 거치게 플레이하고, 서로의 국가도 달랐던 그땐 주위 사람들이 몰려들어 한중전이 펼쳐지곤 하였다. 그러나 말로 전해지는 것보다 땀으로 언어 소통을 한다고 해야 할까? 거칠게 농구를 마친 우리는 항상 매점에 들려 1위안짜리 아이스크림과 2위안짜리 생수를 중국 친구들과 나눠 마시며 잘 알아듣지도 못하는 농구 이야기를 나누며 친분을 쌓게 되었다. (그때 중국 친구가 말한 마이클 조던(乔丹)을 계란과 같은 한 종류로만 알고 있었다.'던'의 중국어 발음 '딴'이 계란의 발음과 같기 때문.)

평안한 중국 유학 생활을 지내고 있을 때 웅성대며 우는 중국 친구들, 서로 격려하면서 슬픈 표정을 하는 학생들을 보게 되었다. 그렇다. 2008年 5月 12日 중국 사천지역 규모 8.0의 대지진을 겪어 6만 9천여 명의 사망자가 발생하게 되었다. 각 국가에서 수많은 구조대원과 보조 물품을 지원하게 되었고, 대학교 학생들도 대운동장에 모여 촛불에 불을 붙이며 대지진에 희생된 사람을 추모하고 있었고, 나도 그에 참여하여 한 달 치 중국 생활비를 기부함에 기부하게 되었다.

시간이 지나 여름은 또 어김없이 찾아왔고, 고대하고 고대한 여름 방학에 중국 베이징 하계 올림픽이 시작하게 되었다. 중국인이 좋아하는 숫자 8[번영의 의미인 발재(发财)의 발이 숫자 8(fa)과 비슷한 발음을 내기 때문]에 맞게 2008년 8월 8일 8시 8분에 개막식이 시작되어 세계인의 축제가 열리게 되었다. 여름 방학을 맞아 나는 올림픽 한국 축구 대표팀을 응원하러 중국의 스지아장(石家庄)에 가게 되었는데 곳곳에 중국 사람들이 빨간색 옷을 입고 '찌아요! 찌아요!'를 외치며 거리를 활보하고 있었다.

비록 한국을 응원하는 것이 아닌 이탈리아를 응원하는 중국 응원단들이었지만 올림픽에 대한 흥이 느껴지면서 '한국 2002년 월드컵 때에도 외국에서 한국으로 온 사람들도 이런 기분이었을까?' 하는 생각이 들었다. 이날 경기는 한국이 완패하였지만, 저녁에 술집에서 중국인뿐만 아닌 다른 외국 친구들과 같이 각각 자기 나라의 선수를 응원하면서 티비를 관람하였다. 중국인들은 외국인에 대해 많이 관대하지만, 중국을 비하하는 것을 보면 잡아먹을 듯이 여럿이 뭉쳐 위화감을 나타내기도 하였는데 거기에 주눅이 든 나는 속으로만 한국 선수들을 응원하게 되었다.

화려한 올림픽이 끝나고 나는 다시 학업을 위해 산둥 옌타이로 돌아와 유학생 학생회장을 역임하며 한중 시 발표 대회 노래 대회 및 체육대회를 위해 힘을 썼고, 한중 학생들의 문화 교류에도 많은 관심을 두고 국제 교류학원 원장님과 같이 많은 시간을 투자하였다.

그러던 2009년 4월 갑자기 제2의 사스가 온다며 학교 문을 봉쇄하고, 기숙사의 문을 봉쇄하며 외부의 출입을 막아버렸다. 그렇다. 세계적으로 유행을 한 신종인플루엔자 A(H1N1)가 유행하며 학생을 보호한다는 목적으로 학교의 문을 닫아 버린 것이었다. 갑자기 무슨 일인지 몰라 당황한 나뿐만 아닌 외국인 기숙사에 사는 모든 학생은 식료품에 대해 걱정을 하게 되었다. 교내 식당도 시간제한을 두며 잠시만 열어 비닐봉지에 음식을 담아 기숙사에서 해결할 수 있었지만 이마저도 두려운 외국 학생들은 방안에서만 발발 동동 구르며 언제 이 사태가 끝날지 막연히 기다리고만 있었다. 중국 친구에게 연락해보니 중국 기숙사에는 배급원이 직접 방문하여 식료품을 구매할 수 있고, 무료로 학교에서 배급하는 식품을 먹고 견딜 수 있다고 하였다. 나는 더 기다리면 유학생들이 중국에 대한 불안감과 적대심이 발생할 것 같아 옌타이에 있는 한인상공회에 연락하였고, 이에 한인 상공회에서는 청도 영사관을 통해 자문을 얻어 옌타이 한인상공회에서 식료품을 지원해주게 되었다.

나는 기숙사 각 방을 돌며 보급받은 김치와 라면 간식을 배급받으라고 통보하였고, 한국인 유학생뿐만이 아니라 러시아, 일본, 미국 등에서 온 유학생들에게 물품을 전달해줄 수 있었다. 시간이 지나 무사히 정상 생활로 돌아올 수 있었고, 중국 유학 생활을 2년이 지나 한국과 중국 두 곳에 학사 학위를 받게 되었다. 그리고 중국 유학 생활 중 대학교 시간 강사였던 중국인 와이프와 국제결혼을 하며 두 명의 딸을 낳았고, 현재 중국 산둥 옌타이시 보세구에서 작은 회사에 입사하여 글을 쓰는 지금까지 생활하고 있다.

내가 겪은 14년 전 하계 올림픽, 신종인플루엔자, 세계 금융

위기 그리고 현재 동계 올림픽, 코로나19, 코로나로 인한 경제 위기, 양상이 너무나도 비슷하다. 중국의 경제적 발달과 함께 한중 양국의 서로에 대한 인식이 긍정적으로 바뀌고 우호적인 관계가 되길 바랐지만, 이번 코로나로 인하여 인식은 아직도 좋게는 남아있지 않음을 알게 되었다.

코로나 초반 중국에 확진자가 증가하여 중국에 대한 한국인의 혐오감이 생기고, 한국에서 코로나가 유행하였을 때 한국에서 설을 마치고 돌아온 한국인들을 집에 들어가지 못하게 막고 호텔 등으로 떠밀었다는 인터넷 기사들을 보면 정말 한숨이 생긴다. 대중의 이목을 끌기 위한 인터넷 기사들의 자극적인 제목과 내용들로 도배만 되어있고, 현실적인 중국에서 코로나가 유행이었을 때 마스크를 중국에 보내 주었던 한국 그리고 한국이 유행이었을 때 중국에서 한국으로 보내어준 마스크 그리고 중국으로 돌아온 한국인들이 집 앞 24시간 동안 춥지만 문 앞에서 봉사하는 중국 분들을 위해 건네준 핫팩과 조그만 간식과 음료에 대한 가슴 따뜻한 기사를 쉽게 보지는 못했다.

그리고 현재 문제가 되는 알몸 김치 사건이 있는데 중국에 대한 식품이 전부 비위생적이거나 안전하지 않은 것은 아니다. 일부 비위생적으로 양심 없이 식품을 가공하는 곳도 있지만, 현재 아직 경제 개발국인 중국도 식품 안전에 힘쓰고 있으며 일부 양심 없는 한국 상인들이 중국의 저질 제품 및 비위생적인 식품을 중국에서 헐값에 사서 한국에서 돈벌이를 위해 판매를 하여 중국에 대한 한국인의 제품 및 식품에 대한 인식이 낮아진 것은 사실이다. 앞에서도 언급했지만, 버스에서 담배 피우던 일들이 중국에서만 일어난 중국 특유의 문화가 아니다. 한국도 개발 도상국 때는 똑같은 행동을 했고 그에 대한 인식이 없었을 뿐이지 중국이 미개하고 문명적이지 못한 것이 아니다. 중국은 방덩어리가 크고 인구도 많아 발전한 곳, 그리고 개발 중인 곳, 아직 개발되지 않은 곳에 대한 차이가 있을 뿐이지 천천히라도 점점 선진국에 근접하려고 문명적이고 실현 가능한 꿈을 위해 노력 중인 것 같다.

이제 글을 쓰는 2022년 3월이 되면 첫째 딸이 초등학교를 입학하여 중국 유학 생활을 접하게 될 텐데, 중국인에 대한 안 좋은 인식과 목적이 돈벌이뿐인 양심 없는 사람들 그리고 한국과 중국의 매체들이 서로 이목을 끌기 위한 글쓰기로, 서로 헐뜯기 위한 글쓰기로 서로 헐뜯는 것에서 벗어나, 다채로운 내 딸의 유학 생활이 되길 바라며 글을 마친다.

15;

오해와 이해

〈장효주〉

나는 막연히 중국어가 좋아서 제대로 중국어를 배워 보고 싶어서 중국 유학을 결심했다. 중학교 2학년 때 우연히 '나의 소녀시대'라는 영화를 보고 중국어가 매력적으로 느껴졌고, 중국어를 배우고 싶어서 무작정 집 근처 중국어 학원에 등록했다. 중국어를 배우면 배울수록 현지에서 배우고 싶다고 생각하게 되었고 자연스럽게 중국 문화에 관심이 생겼다. 중국 유학을 하러 간다고 했을 때 내 친척들과 주위 친구들의 반응은 부정적이었다. 대부분 색안경을 끼고 나에게 왜 고생을 사서 하냐는 식으로 비아냥거렸다. 당연히 나는 기분이 좋지 않았고 굉장히 속상했다. 그 후에 나는 중국 유학 생활을 하면서 많은 사람이 중국 혹은 중국인에 대한 편견이 심하다는 것을 깨닫게 되었다.

중국인들은 모두 시끄러울까?

많은 사람이 '중국인은 모두 시끄럽고 목소리가 매우 크다.' 라고 생각을 하지만 이것은 편견이다. 고등학교에서 기숙사 생활을 하면서 중국인 친구들과 교류할 기회가 무척 많았다. 중국인 친구들과 대화를 하거나 밥을 먹을 때 그들이 시끄럽고 목소리가 크다는 느낌을 받은 적은 없었다. 오히려 내 목소리가 제일 크다는 느낌을 받은 적이 더 많았다. 나와 내 한국 친구들과 비교했을 때 별반 다른 점이 없어서 나도 좀 의아했다.

곰곰이 생각해보니 중국어에는 성조가 있다. 4개의 성조가 있다. 그 성조를 강조하기 위해서는 어쩔 수 없이 목소리를 크게 내어 말해야 한다. 성조가 없으면 상대방의 뜻을 오해하거나 잘못 알아들을 수도 있어서 사람이 많은 곳에서는 일부로 크게 내어 소리를 말해야만 의사 소통이 가능하다. 예를 들어 상해 신천지나 와이탄, 북경의 만리장성과 같은 관광명소에는 사람이 정말 많아서 비교적 시끄러울 수밖에 없다. 관광명소이고 대부분의 사람은 여행을 목적으로 방문했기 때문에 들뜬 마음에 목소리를 크게 낼 수도 있다고 생각한다. 그래서 막연히 중국인들 원래 시끄럽다고 하는 것은 잘못된 편견 중 하나라고 생각한다.

중국 제품은 모두 가짜일까?

중국에 대한 편견 중에 중국 물건은 모두 모조품이라는 인식이 가장 크다. 나도 중국 유학 생활을 해보면서 타오바오로 물건을 살 때나 상점에서 수입 제품을 고를 때 의심을 많이 해봤었다. 물론 보이스피싱, 명품 모방품은 물론이고 위조지폐 등등 중국에서 일어나는 사건들은 가끔 상상을 초월할 정도로 충격적인 일들이 많다. 그래서인지 대부분의 사람이 중국의 모든 것들이 가짜이고 사기꾼들이 판을 친다는 인식이 많은 것 같다. 다행히 나와 친구들은 유학 생활을 하면서 사기를 당하거나 구매했던 물건이 모조품이었던 경우는 단 한 번도 없었다. 사실, 가짜가 많고 표절도 끊임없이 일어나는 것은 팩트이기 때문에 마냥 오해에서 비롯된 편견이라고 볼 수 없다. 이러한 문제를 고쳐야만 중국이 더욱 성장할 수 있을 수 있을 것 같다. 그러나 중국 물건이 모두 모조품이라고 하는 건 편견이라고 생각한다. 세계 어느 나라를 가도 사기 행각들은 존재한다. 이러한 문제를 고쳐 나간다면 중국은 더욱 성장할 수 있으리라 생각한다. 개인적으로 느끼기에 현재 중국의 많은 쇼핑몰은 정품 인증을 위해 큰 노력을 하는 것 같다. 요즘 중국에서는 모조품이 아니라는 것을 증명하기 위해 다양한 인터넷 쇼핑몰에서 상점의 물건이 모조품인 것을 증명하면 처음 샀던 금액의 10배를 돌려주겠다는 상점 주인들도 많다.

실제로 중국에서 고등학교에 다닐 때, 친한 친구가 구매한 해외 립스틱과 아이섀도가 자신이 생각했던 색상이랑 너무 달라서 불량이라고 의심이 들어 해당 쇼핑몰 주인에게 몇 차례 항의를 걸었었다. 그러자 쇼핑몰 주인은 정품인 것을 증명하기 위해 해외 직구를 했다는 사진과 보증서까지 보여주며 친구를 납득시켰다. 그 제품이 진품인지 모조품인지는 믿는 사람 마음이겠지만 실제 중국인들도 자국에서 구매한 제품을 의심하는 건 사실이다. 그 친구가 말하길 중국의 문화에서는 '속이는 자보다 속는 자가 더 나쁘다'라는 인식이 자리 잡고 있다고 한다. 한국에서는 정직과 청렴함을 중요하게 여기지만 중국에서는 남에게 속는 것이 현명하지 못하다고 여겨져 속지 않는 것을 더 강조한다고 한다. 그래서 이러한 문화가 사기를 치는 행위에 대한 판단을 흐리게 하고 죄책감을 덜게 하는 것 같다는 생각이 들었다.

중국에는 왜 비만이 적을까

나는 중국 음식을 굉장히 좋아하는 편이고 한국에 있을 때도 종종 중국 음식을 찾아 먹는다. 가장 좋아하는 음식은 마라탕과 훠궈인데 이 두 음식 모두 굉장히 기름진 편이다. 처음에 중국에서 유학했을 때는 중국 음식이 입에 맞지 않고 내 입맛에는 기름져서 잘 먹지 못했었다. 그런 나를 위해 중국인 친구들은 마라탕을 추천해줬다. 내가 매운 음식을 좋아하고 즐겨 먹는 편이라고 해서 나에게 추천을 해준 것 같다. 처음 마라탕을 먹었을 때 느낌은 말로 형용하기 힘들다. 처음 먹어보는 향신료 맛이라서 그런지 굉장히 매력적이었다. 그 후로 나는 마라탕을 좋아하게 되었고 동시에 중국의 기름진 요리들도 잘 먹게 되었다. 그런데 중국인 친구들 대부분은 말랐었다. 그 친구들 모두 기름진 음식을 먹고 마라탕도 자주 먹는데 왜 비만이 거의 없을까 곰곰이 생각해보았다.

우선 중국인들 대부분이 찬물과 찬 음료를 마시지 않고 따뜻한 음식을 좋아한다. 아무래도 찬 음식은 따뜻한 음식에 비해 소화도 잘 안 되고 몸의 대사율도 떨어진다. 지금은 예전보다는 아이스커피나 아이스 음료를 마시는 사람이 늘어났지만 10년 전만 해도 '아이스'를 마시는 사람이 거의 없었다고 한다. 처음 중국 식당에 갔을 때 찬물을 주지 않는 것이 꽤 충격이었다. 분명 같은 동양권의 나라이고 음식 문화도 비슷하다고 생각했는데 자세히 보면 다른 점이 많았다. 한국인들은 무조건 찬물을 마시는 것을 중국인들도 아는지 식당에서 종업원한테 한국인이라고 하면 얼음이 들어 있는 물을 주셨다. 이 밖에도 중국인들은 건강에 관심이 많다. 이러한 영향으로 내장지방을 태워주고 몸의 열을 올려 지방을 태워주는 역할을 하는 생강이 거의 모든 요리에 들어간다. 그래서인지 건강을 중시하는 중국 요리에서 생강 비율이 절대적이고 그 밖에도 양파나 파가 들어간 요리를 중국인들은 자주 먹는다.

이런 요리 재료들이 혈액 순환이나 기초 체온을 올리는 성분이 많은 것으로 알려져서 어릴 때부터 채소를 많이 먹는 습관을 지닌 것 같다. 그리하여 중국인들은 비만이 적은 것이 아닌가 하고 생각한다.

중국인들은 허세가 심하다?

중국인들은 허세가 심하다는 이야기를 한국에서 꽤 많이 들었다. 그래서 정말 모두 허세가 심할까 궁금해서 주위에 있는 중국인 친구들과 사람들을 유심히 살펴본 결과 이 역시 편견 중 하나였다. 사람마다 가치관이 다르고 어떤 사람은 고가의 제품으로 과시하는 것을 좋아하지만 또 어느 사람은 그렇지 않은 경우도 있었다. 내 주위 중국인 친구들을 보면 친구 A는 SNS에 명품 사진을 올리며 자신이 갖고 있는 것을 자랑한다. 이런 친구도 있는 반면에 친구 B는 남들에게 과시하는 것을 그리 좋아하지 않아서 SNS를 즐기지 않는다. 두 친구를 통해 검소함을 큰 덕목으로 여기는 중국에서 허세는 개인의 성향 차이라고 생각한다. 그래서 나는 중국인들이 허세가 심하다는 것은 편견이라고 생각한다. 중국인 친구 중 한 명은 “중국은 인구가 많아서 다양한 사람이 존재한다. 그래서 소수의 일로 전체가 그렇듯 일반화되기가 쉬울 것이다."라고 말하기도 했다. 꼭 중국만 그런 것이 아니라 허세를 부리고 남에게 과시하는 것을 좋아하는 사람은 세계 어느 나라에나 존재한다.

중국인들은 잘 안 씻을까?

한국 친구들이 종종 나에게 묻는 말이 하나 있다. 그것은 바로 중국인들은 정말 자주 안 씻느냐고 물어본다. 난 항상 사람마다 다르다고 말해준다. 그리고 이건 지역 차이가 있는 것 같다. 듣기로 중국 북부 지역 사람들이 잘 씻지 않았다는 것은 어느 정도 일리가 있는 말이다. 중국 북부 지역은 오래전부터 물이 굉장히 귀했고 추운 기후 탓으로 매일 샤워를 하기가 힘들었다고 한다. 많은 민족이 존재하는 중국 인구에서 다양한 사람이 존재하는 것은 당연한 일이다. 하지만 일부 사람들로 인해 모든 중국인이 잘 씻지 않는다고 일반화할 수는 없다. 그 반면 중국 남부 지역 사람들은 더운 날씨와 풍부한 수자원으로 오래전부터 매일 샤워를 하는 습관을 지니고 있다. 그래서 내가 있던 지역은 남방이어서 그런지 같이 생활했던 중국 친구들은 매일 같이 샤워를 했다.

아는 만큼 보인다고 누구나 잘 모르면 쉽게 색안경을 끼고 바라볼 수 있다. 중국 여행 중에 이런 편견이 생겼을 수도 있다. 나 역시도 중국 유학 전에는 잘 몰라서 중국에 대한 편견이 적지 않게 있었다. 하지만 편견은 편견일 뿐이고 내가 직접 경험해보니 잘못된 부분들이 더 많아서 그 편견을 바꿔준 내 유학

생활이 소중하다고 느껴진다. 요즘같이 글로벌한 시대에 서로의 문화를 헐뜯고 비하하려는 태도보다는 이해하고 존중하는 태도가 서로에게 도움이 되지 않을까?

16;

중국의 情

〈이은경〉

중국이라는 나라를 책으로만 접했기 때문에, 중국에 대한 이미지는 그리 좋지도, 나쁘지도 않았다. 그러던 와중, 고등학교 1학년 당시, 선생님 추천으로 중국 문화교류 프로그램에 참여하게 되었다. 프로그램을 통해 책으로는 알 수 없었던 중국의 다양한 매력을 느낄 수 있었다. 이는 고등학교 졸업 후에 한국 대학 입학을 포기하고 중국으로 유학을 떠나는 계기가 되었다. 나는 2개의 도시가 생각났다. 북경과 상해. 마치 미국의 워싱턴과 뉴욕의 차이랄까. 처음에는 수도인 북경에 가려고 했으나 상해가 경제의 도시이고 그만큼 외국인이 많아 다채롭다고 들어서 상해외국어대학교에 진학했다.

설레는 입학과 동시에 슬프게도 코로나로 인해 중국으로 출국할 수 없었다. 온라인으로 수업을 듣는 동안 1년이라는 시간이 훌딱 지나갔다. 상황이 어느 정도 진정되고 나서 중국으로 출국을 결심하였지만, 모든 것이 준비돼있던 프로그램과는 달리, 하나부터 열까지 혼자서 준비하다 보니 중국으로의 초행길은 날 하나같이 날 곤란하게 만드는 문제의 연속이었다. 내가 이 글을 쓰는 시점에 당시의 상황을 돌이켜보면 여전히 식은땀이 나올 것 같으면서도 그 끝에는 항상 고마운 기억들로 가득하다.

공항에서부터 문제였다. 중국 입국 후에 공항에서 길 잃은 강아지 마냥 어디로 가야 할지 몰랐다. 직원은 마냥 기다리라는 말뿐이었다. 거기에 더해 6시간 동안 이어진 공복 상태는 서러움과 불안감을 가중시켰다. 조금만 방심하면 눈물이 금방이라도 눈꺼풀을 밀고 나올 것 같았다.

어찌할 바를 몰라 안절부절하고만 있을 때, 다른 공항 직원이 나에게 어디에서 왔는지 물어보았다. 그래서 나는 한국인이라 답하고, 격리하는 곳으로 가야 하는데 도대체 어디인지 도저히 모르겠다며, 도와주실 수 있는지 물어봤더니, 그는 친절하게도 나의 짐까지 들어주는 한편, "오면서 피곤하지 않았나요? 밥도 못 먹었죠?"라며 말을 걸었다. 말속에 담긴 왠지 모를 따뜻함에 예민하고 불안했던 마음이 순식간에 가라앉으며 안심이 되었다. 좀 전 까지만 해도 내심 중국인을 욕하고 있었는데… 내 마음을 풀어준 것 또한 중국인이었다. 그는 내가 공항을 떠나기 전까지 계속 챙겨주었다. 덕분에 무사히 격리 시설에 도착할 수 있었다. '모든 중국인이 나쁜 것은 아니구나. 이것은 나의 편견이었구나.' 당연하지만 외면하고 있었던 사실. 그 사실을 뇌리에 새긴 순간이었다.

모든 해외 입국자는 2주간의 집중격리가 필수였다. 필요한 수속 절차를 끝내고, 첫날부터 지친 마음을 달랠 여유도 없이 잠이 들었다. 해가 뜨고 때가 되면, 격리 시설 직원들은 삼시

세끼를 문 앞에 두고 갔다. 잠깐 문을 열어 밥만 쏙 빼 왔다. 그렇게 며칠이 흘렀다. 1주일 넘어가고 쓰레기봉투, 물 등의 부족한 물품을 요청할 때마다 직원들은 흔쾌히 신속하게 처리해주었다. 또한 유학생 비자를 신청하기 위해 건강검진을 신청해야 했지만, 인터넷 신호가 안 좋았다. 도움을 청했더니, 직원분이 직접 신청해주었다. 나는 너무 감사해서 어떻게 말해야 할지 몰랐다. 나는 문자로 감사를 표했다. "너무 감사합니다. 만약 오늘 예약을 못 했으면 큰일 날 뻔했어요." 해당 직원은 "당연하고 마땅한 것이니 너무 감사해하지 않으셔도 돼요."라고 우아한 답장을 보내왔다. 이번에는 울음이 터져 나오는 것을 막지 못했다. 너무 절박했던 만큼 한편으로는 정말 고마웠다. 만약 예약을 못 하고 건강검진을 못 했다면 나는 불법 체류자가 되었을 수도 있었다.

집중격리 기간에 알게 된 한 중국인이 건강검진 병원으로 가는 방법을 알려줬다. 그녀는 "괜찮아, 또 어려움 있으면 말해." 라고 내 감사에 답했다. 말만으로도 감사한, 그런 표면적인 대답이라고 생각했다.

나는 지각을 하지 않기 위해 일찍 일어나서 준비 후 출발했다. 하지만 곧이어 내가 잘못된 곳에 왔다는 것을 깨달았다. 익숙해지지 않는 불안이 스멀스멀 올라왔다. '나오자마자 길을 잃어버리는 건가?' 지푸라기라도 잡아야 했다. 표면적이라 생각했던 대답을 근거로 그녀에게 다시 문자를 했다. 정말 미안하지만 나는 잘못 찾아온 거 같다, 이미 늦은 것 같다는 말에 그녀는 급하게 생각하지 말고 택시를 타고 가라며 나에게 택시비 200위안(약 4만 원)을 보내주었다. 또한 휴대폰으로 택시 잡는 법도 알려주었다. 하지만 무슨 이유인지 내 핸드폰으로 택시를 부르는 게 불가능했다. 마음은 점점 더 조급해졌다.

이번에 나는 길에 서 있는 젊은 여성을 붙잡고 무작정 도와달라고 했다. 그녀는 나에게 외국인 아니냐고 물어보았다. 이제 잠시 잊었던 자기소개와 함께 간단한 상황설명을 하였다. 그녀는 나를 도와서 택시를 불러주었고 전화번호도 교환했다. 알고 보니 홍교(虹桥)를 금교(金桥)로 잘못 입력해서 일어난 일 이였다. 그녀는 나에게 괜찮다고, 택시 타면 아주 빠를 거라고 했다.

비록 예정 시간보다는 조금 늦었지만, 병원 측은 많이 늦지 않아 괜찮다며 이해해줘서 무사히 검사를 끝마칠 수 있었다. 나는 이번 일로 인생은 새옹지마(塞翁之馬)라는 것을 체감했다. 비록 다사다난했지만 좋은 사람들로 인해 일이 잘 해결된 것처럼 말이다. 모든 건 내가 '그녀'라고 부를 수밖에 없는 작은 인연들의 도움이 덕분이었다.

상해에서 생활하면서 중국에 대한 인식이 많이 바뀌게 된 결정적인 계기는 시장이다. 우리가 생각했을 때, 중국 시장 상인은 가격을 일부로 높게 부를 것 같지만, 아니다. 오히려 정이 넘치는 곳이다. 룸메이트와 점심을 만들기 위해 채소랑 고기를 사러 시장에 갔다. 샐러드를 만들기 위한 오이도 구매했다. 하지만 가게 아주머니는 뒤돌아선 우리를 부르시곤 양파랑 상추도 좀 가져가라면서 장바구니에 넣어주었다. 우리는 깜짝 놀라 감사하다는 말만 반복했다. 아주머니는 우리가 기특해서 챙겨준다고 하셨다. 정(情)이 있는 곳이다. 우리가 아는 한국 시장과 별다르지 않았다. 이후 나는 종종 심심할 때마다 장바구니를 들고 시장에 가곤 했다.

그날 집에 와서 생각했다. '우리가 잘못 알고 있었구나!' 내가 경험한 중국인은 보고 들었던 것과는 달랐다. 국적은 사람의 심성을 결정짓지 않았다. 물론 나쁜 사람도 있지만 전체에 비하면 소수이다. 우리는 그런 몇몇 사람들만 보고 나라의 이미지를 결정한 것이다. 우리는 모두 색안경을 끼고 있다. 나는 비교적 빨리 벗었을 뿐. '중국이니까'가 거의 대명사처럼 쓰이는 요즘 아무리 중국이 그러지 않다고 해도 믿지 않을 것이다. 그저 내가 받은 중국의 정을 공유할 뿐이다.

17;

먼 나라 이웃동포

〈박승현〉

대학교 2학년 운동회 시즌이었다. 겨울이 막 지나가고, 날이 따뜻해지는 게 설레서 그랬는지 운동장 입구 쪽에 있는 흰 고양이가 특히 더 귀엽게 느껴져 관심을 구걸하고 싶었다. 귀여운 걸 싫어하는 사람이 어딨으랴. 자석처럼 자연스럽게 고양이의 사진을 찍으며 고양이에게 온갖 좋은 말들을 내뱉고 있었는데 갑자기 어떤 여학생 한 명이 나에게 한국인이냐고 질문을 했다. 대외활동을 열심히 하고 있던 때라 모르는 한국인이 없을 텐데 처음 보는 얼굴에 호기심이 생겼다.

"네 한국인이에요. 어떻게 아셨어요?"

무심코 귀엽다고 내뱉은 내 말을 듣고 한국인인 거 같아 말을 걸었다고 했다. 그렇게 영화에서만 봤던, 마라룽샤(麻辣龙虾, 중국의 민물 가재 요리)를 좋아할 거라고 생각했던 조선족 동포를 처음으로 직접 만났다.

이제 와서는 좀 부끄러운 말이지만, 그 조선족 친구가 생각보다 세련되고 너무 한국인 같아서 흥분하며 부모님께 그날 있었던 신기한 만남을 말하기도 했었다. 그 친구는 나를 다른 한국인들보다도 더 친근하게 대해줬고, 우린 친해지는 데 그리 오랜 시간이 걸리지 않았다.

얼마 지나지 않아 우리는 날을 잡아 학교 근처 한식집에서 함께 밥을 먹었다. 한식집에서 소녀시대 노래가 나왔었는데, 친구는 신기하게도 2NE1, 빅뱅, 샤이니 등등 내가 어렸을 때 즐겨듣던 노래들을 줄줄이 꿰고 있었다. 분명 다른 나라 사람인데 이렇게 편하게 서로의 이야기와 마음을 나눌 수 있다는 게 신기했다. 또 한편으로는 나 혼자 편견을 가지고 있었구나 싶었다.

함께 일주일 정도 우한 근교 도시로 놀러 갔던 적이 있었다. 차에서 아이유 노래를 함께 부르고, 여행 갔던 현지 식당에서 동시에 김치를 찾고... 어느 순간 친구가 중국인이라는 사실을 잊었었다. 돈 밝히는 조선족, 독한 조선족 등 이런 악명 높은 수식어는 전혀 어울리지 않는, 그냥 내 또래 여대생일 뿐이었다.

가끔은 중국어보다 한국어가 먼저 튀어나오는 그 친구가, 어렸을 때 자기의 정체성에 대해 심각하게 고민을 했고, 그 어디에서도 소속감이 느껴지지 않았다는 말을 덤덤히 했을 때, 알게 모르게 부끄러웠다. 우리가 직접 보고 겪었던 역사는 아니지만 분명 같은 아픔을 나눴을 텐데. 적어도 나는 더 이상 무지한 선 긋기는 하지 않기로 했다.

그 친구가 맨 처음 나에게 말을 걸기 전에 엄청나게 많이 고민하고, 용기를 냈었다고 했다. 혹시라도 조선족 사람을 싫어해서 무시할까 걱정이 되었단다. 이제 와서 하는 얘기지만, 그때 더 강하게 아니라고 부정하지 못 하고, 조선족인 게 뭐 어떠냐고 더 큰소리치지 못 한 걸 아직까지도 후회한다.

나의 귀한 만남의 복은 대학교 친구에서 끝이 아니다. 내가 다니는 교회 목사님 또한 조선족 동포이다. 처음 교회에 갔을 때 목사님의 말투를 잊을 수가 없다. 분명 한국어인데 좀 더 귀 기울여야 잘 들리는 그런 말투였다. 목사님은 '이만갑'(TV조선 이제 만나러 갑니다)에서 나오는 말투로 열심히 나에 대한 반가움과 한국에 대한 그리움을 표현하셨다. 나보다 더 한국을 그리워하시는 목사님의 모습을 보며 '일부로 내가 한국인이라고 더 그러시는 건가?'라는 착각이 들었다.

나는 점차 목사님의 말투와 표현을 찰떡같이 알아들을 수 있게 됐고, 목사님이 때마다 중국 동북 지역에서 보내오는 김치와 여러 한국 음식들을 챙겨주신 덕분에 한국이 전혀 그립지 않은 유학 생활을 보낼 수 있었다.

작년 말 목사님이 나와 한국인 친구들을 따로 불러 고기를 사주시며 조선족 동포의 울분에 대해 얘기해 주셨던 말씀이 너무 기억에 남아 함께 공유하고자 한다.

목사님께서는 조선족 동포들은 한국과 한국인에 대해 굉장히 우호적인데, 한국인들은 목사님 같은 조선족 동포들에게 그렇지 않은 거 같다고 허심탄회하게 말씀하셨다. 유튜브 영상이나 네이버 신문에 달리는 조선족들에 대한 차갑고 날카로운 댓글들을 보면, 꼭 내 가족과 나를 욕하는 거 같아 가슴이 너무 아프다고 하셨다.

혹시라도 한국에 가서 자기 같은 조선족 동포들을 만나면 꼭 따뜻하게 대해주라고 진심으로 부탁하셨다. 어려운 상황에서 열심히 살아보려고 전전긍긍한 그들의 모습이 우리에게는 돈에 환장하는 모습으로 보였을 수 있다. 딱딱하고 투박한 그들의 말투에 그들의 성격이 차갑고 무지할 거라고 오해했을 수 있다. 하지만 내가 본 목사님은 누구보다 김치찌개에 진심이셨고 나보다 더 백종원 레시피를 열심히 찾아보시는 이웃집 삼촌이었다. 심지어 목사님의 어머니께서는 중국어를 못하셔서 목사님과 어머님은 한국어로 대화하신다.

이제는 알 거 같다. 처음 만났을 때 목사님은 진심으로 한국인 동포인 내가 반가웠고, 정말, 정말 한국이 그리우셨던 거다. 나보다 더 한국 뉴스를 열심히 보시고, 손흥민 선수가 한국인이라는 게 너무 자랑스러워 토트넘의 광팬이 되신 목사님을 그 누가 네 나라 중국으로 가라며 타박할까.

날이 쌀쌀한 게 뜨끈한 국물이 당긴다. 저녁 메뉴로는 목사님이 알려주신 김치찌개 레시피를 참고해서 해 먹어봐야겠다.

모든 사람들이 조선족을 무시한다고 생각하지 않는다. 오히려 대부분의 사람들은 조선족을 비하하는 미디어와 여러 고정관념을 인지하고 있다고 생각한다. 나는 나의 유학 생활을 더 풍요롭고 행복하게 만들어준 소중한 조선족 동포와의 만남 속 축복을 누리는 입장에서, 이렇게 글로나마 그들에 대한 진심을 전하고 싶었다. 나 또한 그들을 만나지 않았다면 그렇게 깊이 그들의 아픔과 속 사정에 대해 생각해 보지 않았을 거 같다. 알게 모르게 굳어진 우리의 시선이, 너에게 상처 줬음에 진심으로 사과한다. 인종차별, 성차별 등 여러 가지 차별에는 그렇게 예민한 우리가, 무의식적으로 누군가를 차별하지는 않았나 반성한다.

조선족, 고려인 등 전 세계에 있는 우리의 동포들에게 진심 어린 응원과 위로를 전하며 나의 글을 마친다.

18;

결국 사람 사는 곳

〈방지윤〉

"중국? 싫다. 난 죽어도 안 간다."

코로나19가 터지기 전 여름방학, 나는 여느 방학 때와 다를 바 없이 한국에 갔다. 역시나 전과 다를 바 없이 중국에서 온 자식들 보려고 가족들이 옹기종기 할머니 댁에 모였다. 전과 같이 근황을 주고받고 하는 와중에 나랑 동갑내기 사촌이 왔다. 이래저래 얘기하다 '여행'이라는 키워드가 나왔고, 사촌에게 상해에 놀러 오라고 말을 '툭' 던졌다. 그러더니 동갑내기 사촌이 인상을 찌푸리며, 또 몸서리를 치며 말했다. "중국? 싫다. 난 죽어도 안 간다."라고. 하지만 내가 성장한 도시인 상해를 그렇게 경멸스럽게 말하니 오히려 오기가 생겨서 꼭 놀러 오라고 했다. 그렇게 그 해 여름방학 마지막 일주일 동안, 사촌의 '중국 편견 깨기 프로젝트'가 시작되었다.

상해에 오는 비행기 내내 사촌이 장기매매, 납치, 못사는 동네 등등 한국 언론에서 자주 언급되는 중국과 관련된 키워드를 말했다. 그러나 사실 중국에 오래 살면서 적어도 상해에선 장기매매, 납치, 못사는 동네라는 키워드를 경험한 적도, 들어본 적도 없다. 이에 나는 도리어 웃으며 맞장구쳐주었고, 내가 그동안 했던 경험을 사촌도 똑같이 경험하기를 바라며 설레는 발걸음을 옮겼다.

상해 도착 후 우린 상해의 여러 명소를 갔다. 야경이 예쁜 와이탄, 골목골목 분위기 있는 카페가 많은 신천지(新天地, 상해의 관광명소 중 하나), 큰 백화점이 많은 10호선 중간역, 세계에서 젤 큰 상해 디즈니랜드 등등. 편리한 스마트 결제는 당연, 모든 것이 데이터, 시스템화 되어 대도시의 면모를 뽐내는 이곳을 돌아다니면서 확실해진 한 가지가 있었다. 그건 바로 사촌의 말로만 듣던 중국을 몸소 경험함으로써 편견이 하나둘 깨지고 있는 것이었다. 짧은 3박 4일의 일정이었지만 한국을 돌아갈 때쯤, 사촌이 말했다. “야 나 또 올래.”

그렇다. 현재 한국의 많은 사람이 중국이라는 나라를 경험하지 못하였다. 언론매체를 통해서 간접 체험을 한 것이 전부다. 언론에서 보도되는 부정적인 메시지와 부정확한 정보들 때문에 중국이라는 나라는 우리 젊은이 사이에서 비호감을 넘어 ‘극’ 비호감이 되었다.

나는 중국의 정치체제와 언론이 한몫했다고 본다. 알다시피 중국의 정치체제는 세계에서 ‘비주류’에 속한다. 그렇기에 실행하는 정책이나 발전 방향 등이 세계에서 인정받지 못하는 경우가 많다. 이는 나도 어느 정도 이해하는 바이다. 하지만 이와 별개로, 중국의 삶에 들어가 보면 사실 중국도 결국 사람 사는 곳이다. 그리고 언론에서 보도되는 것들은 다들 알다시피 드문, 발생 확률이 적은 사건들이다. 만약 장기매매, 납치 등 범죄가 빈번하게 발생하는 일이면 언론에 보도될 필요가 없는 일이라고 생각한다. 이런 어두운 언론 보도 때문에 되려 중국의 평범한 삶이 가려지는 것이 중국에서 공부 중인 학생으로서 안타깝다.

나는 상해에서 한인 초등학교를 나왔고, 로컬 사립 중학교에 다녔으며, 사대부고의 국제부에서 졸업했다. 중국에 오래 살았지만, 막상 중국을 제대로 경험한 건 중학교 시절뿐이다. 초등학교 때는 나와 환경이 비슷한 한국 친구들을, 중학교 때는 상해 친구들을, 고등학교 때는 세계 각국 친구들을. 그래서인지 어린 나이에 비교적 많은 사람들을 만났고, 다양한 문화를 경험하며 개방적인 사고를 갖고 자랐다.

중국 친구들로 가득한 나의 중학교 시절, 나는 유일한 한국인이었다. 내가 중국어를 더욱 효과적으로 배웠으면 하는 어머니의 선택이었다. 아직도 생생히 기억난다. 내가 학교에 처음 간 날, 중국어를 서툴게 하는 내가 한 제일 큰 고민은 친구 사귀기였다. 근데 그건 쓸데없는 걱정이었다. 친구들은 오히려 나를 좋아해 주었고, 중국어가 서툰 나에게 은어 등 자기네들의 용어를 알려주며 나를 그들의 일원으로 받아주었다. 하교 후 학교 앞 구멍가게 가면 늘 있는 아줌마는 나를 따뜻하게 맞이하며 뭐가 필요한지 물어봐 주셨고, 아파트 같은 동 이웃들은 볼 때마다 누구보다도 반갑게 인사해 주었다. 결국, 이곳 역시 평범한 사람 사는 곳이었다.

가끔 중국에서 길거리를 거닐다 보면 모르는 사람이 말을 걸기도 한다. 하는 얘기는 시시콜콜한 일상얘기. 분명 처음 보는 사이인데 한 10년 알고 지내던 사이처럼 아무런 벽 없이 토크를 이어 나가니까, 가끔은 중국에 오래 산 나도 모르게 당황하기 시작한다. 하지만 이내 평정을 되찾고 이야기를 이어 나간다. 당황한 이유는 간단하다. 개인주의가 심해지며 삭막해지는 이 시대에 이런 수다는 흔치 않다. 그런데도 스스럼없이 다가오는 중국 사람들, 어떻게 보면 오지랖일 수도 있지만 어떻게 보면 인정(人情)이 가득한 나라다.

이런 '오지랖'이 내 동생을 살렸다. 동생이 어릴 때, 기차에서 쓰러진 적 있다. 그때 엄마가 어쩔 줄 몰라 할 때, 거기 있던 중국 사람들이 와서 도와줬다. 한 분은 응급처치해주시고, 한 분은 구급차를 불러줬으며, 또 한 사람은 당황한 엄마 손에 동생 당분 보충하라고 사탕을 쥐여 주셨다. 덕분에 동생은 아직 잘 지내고 있다. 가끔 개인주의의 무정(無情)에서 벗어나 인정(人情)이 그리울 때가 있다. 그럴 땐 그 사람들이 반갑다.

중국, 어떻게 보면 내가 한국에서 보낸 시간보다 더 많은 시간을 보낸 곳이다. 한국 언론이 보도하는 중국 관련 뉴스들은 좋은 뉴스이든 나쁜 뉴스이든, 백이면 백 욕하는 댓글만이 가득한 걸 보면 안타깝다. 이 글을 쓰는 가장 큰 이유가 우리를 통해서 조금이나마 중국에 대한 편견이 깨졌으면 해서이다. 곧 있으면 한중 수교 30주년이 다가온다. 하지만 30년이 흘렀음에도 양국은 서로에 대해 잘 모르고 있다. 양국 관계가 나빠진 건 어느 한쪽만의 문제가 아니다. 한국이 중국에 대한 편견이 있는 만큼 중국도 한국에 대한 오해와 편견이 있을 것이다. 이에 더 많은 교류를 통해 양국 관계가 개선되어 더욱 많은 기회와 가능성이 생기기를 바라며 이 글을 마친다.

19;

'메이드 인 차이나'로 살아 보기

〈이영화〉

중국 산동성 연태(山东省烟台市)에서 생활한 지 반년이 지나고 있다. 루동대학(鲁东大学)에 학적을 두고 중국어 공부를 처음 시작하면서 쉽지 않은 첫 학기를 마치고 겨울 방학을 즐기고 있는 늦깎이 유학생이기도 하다. 중국은 유구한 세월을 우리와 함께 맞닿아 역사를 이루어 온 오랜 이웃 나라이기도 하다. 한국에서와 마찬가지로 매일매일 장을 봐서 식탁을 차려야 하는 주부로 생활하면서 만나는 중국은 내가 익히 알아 온 중국과는 참 많이도 달랐다.

나 역시 처음 중국에 와서는 한국 슈퍼만 이용하기를 고집했다. 언어적인 어려움이 크기도 했지만, 무엇보다 중국상품에 대한 뿌리 깊은 불신 때문이었다. 한국에서는 몇 번 사지도 않았을 한국 상품을 비싸다고 투덜대면서도 사서 쓰고, 먹곤 했다. 요즘도 명절쯤이면 한국 언론에서 빠지지 않는 단골 메뉴인 '중국산 제사 물품의 원산지를 국내산으로 속여 판 일당의 소탕' 소식이 여느 때와 마찬가지로 한쪽을 차지하고 있다.

중국 전통명절 중에서 가장 크게 손꼽는 설(春节)을 맞아 차례 장을 보기 위해 아파트 단지 건너편에 정기적으로 열리는 새벽 장을 찾은 날에는 평소보다 더 많은 상인과 이곳을 찾는 사람들로 발 디딜 틈도 없이 붐볐다. 음력으로 매달 1일, 4일, 6일에 열리는 새벽시장에서 중국산 농산물을 만나면서부터 그동안 가져온 중국산 농산물에 대한 두꺼운 편견을 하나씩 덜어내 가고 있다.

작년 추석에 이어 올 처음으로 중국에서 맞는 설에는 중국산 쌀로 만든 떡과 떡국, 사과, 배, 딸기, 중국 남방지역에서 생산된 미국산 오렌지만 한 감귤, 대추, 밤 등의 과일과 몇 가지 건나물, 버섯, 그리고 두부전과 호박전으로 간단하게 차례를 지냈다. 거의 '중국산'으로 차례상을 차려 설을 쇘다. 설을 맞아 선물로 들어온 중국 술(白酒)은 알코올 도수가 너무 높아 한국산 청주로 제주를 대신한 것 정도가 '한국산'이다. 이 지역 사람들에게는 '겨울 과일'로 불리는 청무(青萝卜). 속까지 청록빛을 띠어 꼭 라임을 썰어 놓은 것처럼 색깔이 예쁘고, 아삭하며 겨울무 특유의 씁쌀한 단맛까지 고루 갖춘 청무를 넉넉하게 채썰어 넣고 직접 담은 배추김치로 설날 아침 차례를 지낸 후 떡국과 함께 나이 한 살을 제대로 잘 챙겨(?) 먹었다.

한국에서 장을 볼 때마다, 해마다 지갑은 그대로인데 점점 가벼워만 가는 시장바구니를 볼 때면, 한국산과 중국산의 가격 차이가 크게는 서너 배까지 나서 그냥 중국산으로 살까 하는 유혹을 떨쳐내기가 힘들었던 때도 잦았다. 특히나 명절 차례상이나 제사상을 봐야 할 맏며느리로 시어머니와 함께 장을 볼 때, '중국산은 제사상에 올리면 안 된다'며 한눈에 중국산과 국산을 척척 가려서 담아내는 시어머니를 보면서, 나는 언제쯤 한눈에 중국산인지 아닌지를 구별할 수 있을까 조바심을 치던 때도 있었다.

주머니 사정은 고려하지 않고 중국산을 배제한 장보기는 해를 거듭할수록 맘을 무겁게 했지만 장바구니는 가벼워질 수밖에 없었다. 하지만 국내산으로 장을 봤기 때문에 조상님께는 내심 떳떳함을 가질 수는 있었던 것 같다. 바나나와 파인애플, 오렌지 등 열대성 과일이 선물로 들어올 때면 거리낌 없이 차례상이나 제사상에 올릴 수 있었는데, 그건 '중국산만 아니면' 괜찮았기 때문이었다. 나 역시 한국에서 시장을 볼 때 가장 먼저 묻는 게 "이것 중국산 아니죠? 중국산 말고 국산으로 주세요!"였다.

지금 돌이켜보면 이 얼마나 어처구니없는 일이었던가 싶다. 수천 킬로미터를 건너온 과일이나 노르웨이산의 연어 등 적지 않은 수입 농수산물이 매일같이 한국의 식탁 위에 오르내리고 있는데. 왜 유독 '중국산은 안된다'며 무조건적인 꼬리를 붙여서 한쪽으로 밀쳐 놓았던가? 뭐든 중국산을 배제하려고 무던히 애를 썼던 안간힘의 뿌리는 도대체 어디서부터 비롯된 것일까.

작년 여름 한 철을 여기서 나면서, 미국만큼이나 넓은 국토를 가진 중국에서 생산된 풍부한 '중국 국내산' 농산물을 진하게 맛볼 수 있었다. 지금 사는 집 아파트 건너편에는 매월 음력 1일, 4일, 6일에 새벽 장이 열린다. 정오가 조금 넘으면 대부분 장은 파한다. 물론 상설 슈퍼마켓과 상가가 있어서 새벽 장을 찾지 않아도 된다. 하지만 장이 열리는 날을 표시해 두고 굳이 새벽 장을 찾는 이유. 어린 시절 엄마 따라 시장을 보러 가던 풍경과 참 많이 겹치는 모습을 보면서 느꼈던 아련한 향수가 새벽 장 어딘가에 박혀 있는 것은 물론이다. 그보다는, 그동안 내가 '중국산'이라고 한쪽으로만 밀쳐 두었던 것을 다시 눈여겨 보면서 하나하나 시장바구니에 챙겨 담는 재미가 쏠쏠하기 때문이다.

내가 생활하고 있는 이곳 산동성 연태 인근 지역에는 봄철의 체리, 잉타오(樱桃)가 유명하다. 내가 중국 땅에 도착한 때가 여름이었으니까 잉타오가 거의 끝물이던 때였지만, 이곳에서 처음 먹어본 잉타오는 한국 마트에서 살 수 있는 값비싼 수입산 체리보다 훨씬 더 맛도 있고 알도 굵고 좋았으며 가격도 많이 쌌다.

한국인 남편의 중국 베이징 파견 근무 중에 만나, 3년 연애 끝에 결혼하여 한국으로 시집온 중국 결혼이민여성이자 오랜 지인의 고향도 이곳 산동성 연태다. 그 친구는 자신의 고향에서 자라는 크고 맛난 잉타오를 먹다가 한국 시장에서 산 미국산 체리는 맛도 없고 비싸기만 하고 무엇보다 단맛 끝에 쓴맛이 계속 남아 있어 먹질 못한다고 했다. 그녀가 했던 말이 거짓이 아님을 나 역시 직접 맛보며 알 수 있게 됐다.

어느 추석쯤에 그 친구에게서 받아 든 중국산 농산물 선물, 신장(新疆)지역의 대추(红枣)를 고향(중국 연태)의 친정 언니가 많이 보내왔다며 큰 봉지째 선물로 건네던 것도 내심 기꺼운 맘으로 선뜻 받지 못했다. 한국 대추에 비해 크기가 너무 큰 것이 '가짜' 대추 같아 낯설었고, 무엇보다 '중국산' 대추였기 때문에 제사상에 올리기도 꺼려졌기 때문이다. 하여, 선물로 받은 대추는 마지막까지 냉동실 한쪽에 묵혀 두었다가 어떻게 처리했는지조차 기억이 없었다.

그러다 지난 9월 중국어 말하기 시간에 교수님으로부터 중국 국내에서도 신장지역의 대추는 최상품으로 여겨지는 품질이 아주 좋은 것이라는 얘기를 듣게 됐다. 그제야 비로소 그 친구에게서 받았던 대추가 어렴풋이 떠올랐다. 이제는 누가 굳이 말하지 않아도 신장지역의 대추가 얼마나 과육이 실하고 맛이 좋은지 알게 됐다. 나 역시 한국의 지인들에게 자신 있게 선물할 수 있을 만큼 신장지역의 대추에 대한 믿음을 갖게 된 것이다. 잠깐 중국 여행을 온 여행자가 아니라 이곳에서 생활하는 생활인으로서 내가 몸소 체험으로 얻은 사실이기 때문이다.

지난가을부터 연둣빛의 통통한 햇대추를 사다가 깨끗이 씻어서 산책할 때나 휴일에 가까운 산에 갈 때 남편과 간식으로, 과일로 맛나게 챙겨 먹었다. 그것을 시작으로, 새벽 장날마다 빠지지 않고 챙겨서 사는 것이 대추와 생강이다. 물론 값이 싸고 품질도 좋으며 종류와 크기도 다양하고 맛도 진하기 때문이다. 한동안 쓰지 않고 자리만 차지하고 있던 '중국산' 슬로우쿠커에 깨끗이 씻은 대추와 생강을 편 썰어 넣고 적당량의 생수를 부어 놓으면 밤새 달여진 진한 대추차 향기가 아침을 깨운다. 중국에서 가을 환절기와 겨울을 견디는 훌륭한 건강 차로 매일 아침 대추차 한잔을 마시면서 중국 속의 나를 발견하게 되는 요즘이다.

이렇듯 대추 한 알 속에도 중국산에 대한 편견이 얼마나 뿌리 깊게 자라고 있었는지를 알게 되었다. 한국에 있었더라면 난 여전히 중국 신장의 대추를, '가짜, 크기만 큰, 농약 덩어리의 중국산 수입농산물'이라는 딱지를 붙여서 먹어볼 기회도, 생각조차도 하지 못했을 것이다.

수입농산물이나 수입품에 대한 편견은 중동에서 수년을 생활하면서 해외에서 '생활'해 본 경험이 없는 한국의 보통 아줌마보다 어느 정도는 줄일 수 있었다. 대추야자 등 극히 일부 특산품을 제외하면 거의 모든 농산물과 공산품이 수입품일 수밖에 없는 자연환경을 가진 중동지역이기 때문이다. 그곳에서 생활하던 동안에도 집에서 35킬로미터 정도 떨어진 농산물 야채시장으로 차를 몰고 가서 '중국산 배추'와 '이란산 생무' 등의 야채를 저렴한 가격으로 사다가 배추김치를 직접 담가서 먹었다. 수입 쇠고기도 한국으로 수입된 종류 외에 아주 다양한 종류의 등급과 육질을 가진 쇠고기가 있다는 것을 알게 됐다. 그곳에서는 굳이 수입이라는 말이 필요 없이, '육류코너'에 가서 직접 사서 먹으며 '수입산 쇠고기'에 박혀있던 편견을 어느 정도 극복할 수 있었다. 이곳에서 생활하는 동안 '중국산 수입농산물'에 대한 편견을 조금씩 떼어냈다.

나는 '국산품 애용은 곧 애국'이라는 명제를 어릴 때부터 교육받고 자라온 세대다. 어른이 되고 내 아이들을 키우고 또 대한민국을 떠나 생활할 기회를 가지게 되면서, 그동안 내가 받아왔던 교육과 가치관을 새롭게 다시 고쳐볼 수 있는 경험치를 가질 수 있었다. 참으로 다행스럽고 감사한 일임이 틀림없다. 물론 지금 나에게 국산은 한국산이 아닌 자연스럽게 중국 국내산이다. 중국 남방 지역의 다양한 아열대성 과일부터 우리 입맛에 가장 가까운 맛을 가진 중국 동북방 지역의 흰쌀에 이르기까지, 광활한 국토를 가진 중국인들이 키우고 거두어들인 중국산 농·축·수산물을 매일매일 식탁에 올리며 생활하고 있다.

농·축·수산물뿐만 아니라 무수히 많은 상품들이 국경을 넘나들고 있다. 메이드 인 중국, 베트남, 인도, 대만, 홍콩, 스리랑카, 인도네시아, 방글라데시 등 유명 상품의 의류, 신발 등에서부터 일상생활용품과 휴대폰, 각종 가전제품과 첨단 전자제품 등 수없이 많은 상품들이 시시각각으로 국경을 넘나들고 있고, 이 시각에도 수없이 쏟아지고 있다. 아니 어쩌면 하나의 상품을 이루는 구성요소 가운데 제 나라 이름의 의미는 갈수록 희미해져 갈 수밖에 없는 것이 거대한 시대적 흐름이지 않은가. 그런데도 어느 특정 나라의 것에만 꼬리표를 달아 끊임없이 잘못된 편견을 확대 재생산하는 것은 분명 옳지 않은 일이다.

10여 년 전에 『메이드 인 차이나 없이 살아보기』라는 책이 주요 언론에 크게 소개된 적이 있었던 것으로 기억한다. 경제지 저널리스트인 미국 중산층의 저자가 직업인이자 주부, 한 아이의 엄마로 생활하면서 미국의 일상생활 속 깊숙이 자리 잡은 '메이드 인 차이나' 제품 없이 1년을 살아본 경험을 담은 것으로 중국산 제품에 대한 경제적인 보이콧이라는 암묵적인 의도를 가지고 썼던 책이다. 미중 무역갈등의 한 단면을 딱딱한 거시 경제적 지표나 통계치를 인용하지 않고도 일반인들도 쉽게, 미국 사회에서 제조 공장으로서 중국의 역할을 실감할 수 있도록 썼다며 호평받은 책으로 기억된다. 아마도 '메이드 인 차이나' 없이 생활하기가 결코 쉽지 않은 여정이었을 것이다. 심적으로나 경제적으로도 많은 부담이 되었음을 나 역시 같은 주부의 입장으로 충분히 공감되는 부분이 있었다. 다만, 다분히 정치적이고도 경제적인 의도를 가진 프로젝트의 하나로 기획된 책이란 것은 짐작하기 어렵지 않다.

언제부터 어디서부터 비롯된 것인지, 한중 양국 간의 경제적이고 치밀한 정치적 깊은 속내까지 보통 사람인 내가 알 길은 없다. 다만, 앞으로 내가 사서 쓰는 중국산 물품, 최소한 중국산 농산물에 그동안 덕지덕지 붙어 있던 무조건적인 '중국산' 꼬리표는 이제 떼 내버리기로 맘먹었다. 그동안 내게 깊게 뿌리 내린 기획되고 편집된 편견을 비로소 멈출 수 있게 된 것이다. 중국 현지에서 생활하면서 체험으로 얻은 선물이기도 하다. 『메이드 인 차이나 없이 살아보기』와 반대로 '메이드 인 차이나로 생활하기'는 의도하지 않았지만 이미 내 일상이 되어 있다. 한국 지인들은 생수도 한국에서 직수입된 생수를 마시라고 권했다. 생수를 마셔야 할 때가 많아서 중국 여러 곳에 수원지를 두고 있는 생수를 이것저것 마셔본 결과 하북(河北深圳) 지역에 수원을 둔 생수를 사서 마시고 있다.

중국에는 이미 56개의 소수 민족이 제각각 그 지방 자연환경에 맞춰진 문화와 풍습을 가지고 중국이라는 이름 아래 하나의 나라로 어울려 살고 있다. 각 지역 말이 조금씩 다르고, 풍습도 먹거리도 조금씩 다르지만, 모두가 중국 토양을 먹고 자란 농축산물을 기반으로 생활하고 있다. 13억이 넘는 거대한 인구를 가진 나라이다 보니, 돈벌이에만 급급한 일부 장사치들의 농간으로 중국 내에서도 자국 내 농축산물에 대한 신뢰를 떨어뜨리는, 경악할 만한 사건이 간혹 매스컴을 떠들썩하게 할 때도 있다. 그건 어느 나라나 다 비슷하지 않을까. 적지 않은 이윤을 남기기 위해 속여서 팔고 사는 일에는 따로 국경이 있거나 농산물이나 공산품 구분을 굳이 두지는 않을 것으로 생각한다. 자연문화환경이나 사회적인 성숙도 역시 나라마다 다 달라서 농산물뿐만 아니라 하나의 제품에 대해 신뢰를 하려면 그만큼의 사회적인 성숙도가 뒷받침되어야 한다. 물론 단시간에 만들어지는 것도 아니다. 하지만 정치적, 혹은 경제적인 어떤 이유로 일방적이고도 암묵적으로 기획된 편견을 만들어 내는 일은 멈춰야 한다. 설령 한쪽에서 그것이 끊임없이 만들어진다고 하더라도, 이제 나만은 그것이 온전한 것이 아님을 알기에, 제대로 판단할 수 있는 식견을 가지려고 조금씩 노력하고 있다.

난 아직 초급 중국어 수준에서 벗어나고 있지 못하고 있다. 학기 중과 달리 겨울방학이라 조금은 여유 있게 생활을 즐기면서 중국어와 중국문화를 온몸으로 배우고 있다. 2월 4일에 시작된 베이징 동계올림픽 개막식을 남편과 같이 보면서 중국 한자 획수에 근거하여 참가국의 입장 순서를 정했다는 것을 알게 되었다. 이번 베이징동계올림픽 참가국의 이름을 중국어로 따라 읽어보는 재미도 있었다. 몇 해 전 중국 현지에서 큰 인기를 끈 한국제과(그룹) 뚜레쥬르(Tour les jours)가 '뚜어르즈르 (多乐之日)'라는 것을 알고 난 다음부터는 중국 내 외국 회사나 그 제품의 이름이 어떻게 중국어로 바뀌어 쓰이는지를 익히고 있다. 재밌기도 하고 어쩜 이렇게 멋들어지게 중국 한자의 뜻과 음을 조합해 냈는지 감탄할 때가 많다. 중국에서 생활하는 동안 내게 주어진 숙제 역시 이런 것이 아닐까 싶다. 바깥의 것을 내 안의 것으로, 온전히 내 것으로 만드는 것은 바로 내 몫이다. 그 어떤 편견이나 그릇된 정보가 범람할지라도 제대로 걸러낼 줄 아는 식견과 올곧은 지식을 쌓아 나간다면, 그동안 '중국산'이라고 붙여 두던 무조건적인 꼬리표를 떼고 자유롭게 선택할 수 있는 문이 넓어지리라 믿는다.

절기상 입춘이 지나고 중국에서 처음 맞는 봄을 기다리는 맘이 설렌다. 밤새 달여진 '중국 국내산' 대추차가 맛나게 무르익는 향이 오늘 아침에도 집안 가득하다.

20;

모방은 창조의 어머니,
중국을 이해하는 또 다른 시각

〈공라영〉

'메이드 인 차이나'라는 문구는 주위에 우리가 많이 사용하는 물건에서 자주 보이는 글이다. 말 그대로 중국산이라고 하면 브랜드의 카피품, 저품질 상품 혹은 말도 안 되게 값싼 상품들을 떠올리고는 한다. 2013년 여름, 나는 '메이드 인 차이나'라는 편견 그 자체를 갖고 중국이라는 나라에 왔다. 그해 여름이 나에게는 새로운 충격과 변화에 적응해야만 하는 때였다.

나는 한국에서 태어나 대부분의 시간을 일본에서 자랐다. 자신을 새로운 나라에서 새로운 문화를 접하는 것에 꽤 유연한 사람이라 생각했지만, 중국의 첫인상은 충격과 강렬함 그 자체였다. 중국에 처음 온 당일, 중국 난징 공항으로 마중 나와 주셨던 아버지의 차를 타고 허허벌판을 가로질렀다. 허허벌판이라는 말을 그 당시 처음 현실로 보았다. 차를 타고 몇 시간을 달리고 나서야 드디어 건물의 그림자가 서서히 보이기 시작했고, 어린 마음에 안도의 한숨을 내쉬던 기억이 생생하다.

13살이었던 나는 불완전하고 요동이 컸던 사춘기 시절을 지나 대학생이 되기까지 중국과 함께 성장했다. 친구들과 주말에 시내에 나가서 놀 때, 다양한 카피품을 보며 "야, 저거 OOO 따라 한 거 아니야?"라는 말을 하며 시내 곳곳에서 모조품 찾기를 하면서 돌아다녔다. 중국 난징 신지에코우(南京新街口)는 또래 친구들이 자주 가던 번화가였는데 당시 난징에서 유일하게 지하에 옷 가게들이 모여 있었다. 당시에는 쯔푸바오(支付宝)나 위챗페이(微信支付)가 많이 상용화되지 않았던 때라 시내에 갈 때는 꼭 어머니에게 100위안 정도(한화 약 18,000원)의 현금을 받아 보세상품의 옷이나 가방을 자주 구매했던 기억이 난다. 어마어마하게 컸던 지하상가에서 판매하던 신발, 옷, 가방 사이사이에는 브랜드 카피품들이 넘쳐났다. 난징뿐만 아니라 중국 전역에 보세 및 카피 상품이 즐비했다.

중국에서 생활하면서 몸소 느낀 특징 중 하나는 모방에 대한 인식은 한국과 사뭇 다르다는 점이다. 중국에서 짝퉁 논란은 큰 이슈 거리가 아니다. 중국에서 흔히 거론되는 경구(警句)인, '모방은 창조의 어머니'라는 말이 있다. '짝퉁' 혹은 모방품에 대해 부정적인 인식을 쉽게 깰 수 없겠지만 다른 시각을 갖고 바라볼 필요성이 있다. 모방이라는 것은 남의 것을 그대로 훔치는 것이라는 개념으로 통용되고 있지만, 중국에서 모방은 새로운 것의 시작이라는 개념에 가깝다.

창의성이란 새로운 것을 만들기보다 기존의 것을 새롭게 연결하는 것을 뜻한다. 현재 한국에서 유행하고 있는 '크로플'(크루아상+와플의 합성어), 기존에 있던 크루아상과 와플이 접목되어 핫한 디저트가 창조된 것처럼 창의성은 키워드의 연결이 매우 중요하다. 흔히 아이디어를 낼 때 그리는 마인드맵처럼 한 가지의 키워드가 수많은 아이디어와 연결이 된다. 하지만 중국의 짝퉁 논란은 세계적으로 이슈화되었다. 중국이 짝퉁을 만들 때 대게 표면적 모방을 했기 때문이라고 볼 수 있다. 개념을 모방하는 것이 아닌 타 브랜드의 상품 디자인을 그대로 가져와 모조품을 만들어 판매하는 업체들은 많은 비판을 받고 있다. 표면적 모방을 하여 타사의 디자인 혹은 아이디어를 훔쳐 이득을 취하는 행위는 범법 행위이며 당연히 처벌받아 마땅하다.

하지만 개념 모방은 새로운 아이디어를 만들고 혁신적인 발전을 위해 필요할 수 있다. 모방과 창조는 정반대의 개념이라 느껴지지만, 사실은 경계가 모호한 종이 한 장 차이라고 볼 수 있다. 기존의 아이디어를 가지고 새로운 것을 창조해내는 것 또한 창조가 모방에서 비롯되었다고 볼 수 있기 때문에 '모방은 창조의 어머니'라는 경구가 흔히 통용되는 중국에서 표면적 혹은 개념적 모방이 만연하게 이루어지고 있는 사실을 단편적인 시각으로만 바라보지 말아야 한다. 중국이 오랜 역사를 자랑하는 나라인 것과 같이 중국의 짝퉁에도 웃지 못할 역사가 있다.

중국의 짝퉁 역사는 송나라 시대 때로 거슬러 올라간다. 송나라는 황실 제사를 지낼 때 약 2,000여 년 전 은나라와 주나라 시대 때 사용했던 유물을 이용하여 제사를 지내기 시작했다. 초반에는 기존에 있던 유물을 사용했지만 제사 규모가 커지며 많은 사람이 유물을 이용해 제사를 지내려고 하자 한정적인 유물들이 모두 동이 나게 된다. 이에 많은 사람은 제사를 지내기 위해서 무덤을 훼손하고 파헤치며 유물을 찾으러 다니게 됐다. 송나라 황제는 빈번하게 일어나는 무덤 도굴을 막기 위하여 유물 모조품을 제작하여 그 모조품으로 제사를 지내게 했다. 서민들에게도 마찬가지로 모조품을 판매해 더 이상 무덤을 훼손하여 도굴하지 못하게 막았다. 그 당시 송나라에서 판매하던 유물 모조품을 안품이라고 부른다. 당시 송나라에서 제작한 안품들은 은나라 시대에 제작된 청동 유물과 매우 흡사하여 외관상 두 유물을 쉽게 구별하기 어려울 정도로 기술이 뛰어났다. 송나라 때부터 자연스레 모방품을 접해 왔기 때문에 중국인들이 모조품에 관해 관대한 시각을 갖게 된 것이라 유추할 수 있다.

중국 짝퉁 문화 덕분에 생겨난 웃지 못할 추억이 있다. 내가 고등학생이 됐을 무렵 한류가 중국에서 유행하기 시작했다. 다양한 한국 음식 프렌차이즈가 중국에서 개업하기 시작하며 대부분의 한식당이 번화가에 자리를 잡았다. 한창 한국에서 유행하던 빙수 브랜드인 '설빙'도 난징에 개업했다. 번화가에서 가족끼리 외식을 하고 설빙에 들러 망고 빙수와 딸기빙수를 자주 먹었다. 한국 설빙과 판매하는 메뉴도 다르고 맛도 달랐지만, 중국에 들어오는 프렌차이즈는 대개 맛과 조리법이 중국인 입맛에 따라 조금씩 변하기 때문에 조금의 의심 없이 설빙에서 빙수를 사 먹었다. 몇 년 후, 기사로 중국에 있는 설빙은 한국의 진짜 설빙을 모방한 짝퉁 브랜드라는 것을 알게 되었다. 추억이 깃들었던 곳이 짝퉁이었다는 사실에 다소 충격을 받아 웃지 못할 추억이 되었다.

짝퉁 논란이 즐비하지만 오해인 경우도 다수 있다. 현재 중국에서 인기를 끌고 있는 아이돌그룹인 시대소년단은 영문명이 Teens in Times인 것을 줄여 방탄소년단이 BTS로 활동하는 것처럼 TNT를 활동명으로 사용하여 활동하는 중국의 보이그룹이다. 시대소년단이라는 그룹명을 사용하기 때문에 한국에서는 방탄소년단의 그룹명과 유사하여 표절했다는 의혹이 제기되었다. 하지만 그룹명과 두 그룹 모두 7명의 멤버로 구성되어 있다는 점을 제외하고는 유사점을 찾아볼 수 없다. 방탄소년단과 다르게 이들은 오디션 프로그램을 통해 선발되었으며 그룹 인원수조차 데뷔 전 이루어진 사전 투표를 통해 결정되어 방탄소년단을 모방해 같은 7명의 멤버로 구성했다는 오명을 벗을 수 있었다. 사실 중국에 살면서 중국에서 'OO 소년단', 혹은 'OO 소녀단' 이라는 이름을 붙이는 것은 흔히 볼 수 있다. 'OO소년단'은 중국에서 아주 흔하게 사용되는 작명법이지만 한국에서는 흔히 사용하지 않기 때문에 중국의 아이돌 그룹인 시대소년단이 방탄소년단의 짝퉁으로 오해받은 해프닝이다.

중국에 처음 미니소가 생겨났을 때도 다이소를 모방한 브랜드라는 이미지가 강했다. 하지만 중국에서 미니소가 점차 대중화되면서 차별화되고 다양한 상품들이 늘어났다. 나 역시 자연스럽게 미니소에 들러 물건을 사기 시작했다. 시즌마다 귀여운 쿠션과 인형을 판매했기 때문에 친구들과 놀 때면 꼭 미니소에 들러 인형을 구매할지 고민하곤 했다. 미니소가 처음 생겨났을 때의 다이소의 짝퉁이란 이미지를 완전히 탈피했다. 한국에서도 미니소가 많이 생긴 것을 보고 중국의 '모방은 창조의 어머니' 라는 경어의 소산물 그 자체라 느꼈다.

비록 중국이 모방에 대해 관대하지만 시대소년단의 경우처럼 자세히 알고 보면 모방이 아닌 경우도 많기 때문에 표면적인 것들만 보고 모방이라 단정 짓지 말아야 한다. 내가 살고 경험한 중국은 편견과 오해를 많이 받고 있는 나라이다. 실제로 살면서 중국인들을 알게 되면 문화적인 차이로 인해 생긴 오해들이 꽤 많이 있었다. 중국의 입장에서는 문제가 안 되는 것들이 세계적인 이슈가 된 부분도 있고, 세계에서 이슈화되지 않은 것이 오히려 중국에서 큰 이슈가 되기도 한다. '모방'에 대한 시각도 이와 마찬가지로 역사와 문화를 이해하고 모방에 대해 여러 가지 시각을 갖게 된다면 중국은 짝퉁의 나라라는 편견을 조금이나마 벗을 수 있을 것이라 예상한다.

21;

중국은 짝퉁의 나라이다? -중국 화장품의 변화

〈김희윤〉

‘중국의 짝퉁 물건’은 이미 한국인들에게 익숙하게 인식되어 있습니다. 많은 외국인이 중국 관광여행을 가게 되면 중국 가이드가 해외여행객들에게 짝퉁 시장이 있다는 것을 알려줍니다. 대체로 외국인 관광객들은 짝퉁 시장에 가면 처음에는 조금 불편해하지만, 막상 S급의 짝퉁 명품을 보면 질이 좋아 보여서 사게 되는 경우가 많습니다. 또한, 중국에서 사는 외국인도 가끔 통양 시장에 들러 짝퉁가방이나 시계를 사곤 합니다. 중국이 만들어낸 짝퉁, 디올, 루이비통 그리고 샤넬 등이 아주 싼값으로 외국인들에게 팔리고 있습니다. 일부 소상공인들은 외국인 관광객들이 중국어도 못 하고 물가에 대한 개념이 없어서 일부러 더 비싸게 파는 경우도 있습니다. 하지만 이러한 경우는 중국뿐만 아니라 많은 나라에서도 종종 일어나곤 합니다.

중국인들은 명품을 모방하는 기술을 아주 자랑스럽게 여긴다는 경향이 있는데, 이 부분은 한국과는 다른 개념입니다. 한국인은 물건을 고를 때 이것저것 따져보고 산다고 저의 중국 친구가 말합니다, 또한 저의 중국인 친구는 저보고 너무 예민하고 불평불만 한다고 합니다. 저랑 중국인 친구가 학교 식당에 가서 음식을 고를 때 중국 친구들은 바로바로 골라서 자리를 차지하는데 항상 제가 마지막으로 음식을 골라 친구를 찾습니다. 그리고 음식을 먹을 때 어떤 것은 맛이 없고 어떤 것은 맛있다고 하는데 친구가 "너는 뭐를 그렇게 따지느냐 그냥 맛있게 먹어라."라고 하며 저를 예민한 사람 취급한 적이 있습니다. 그때는 조금 화가 났지만, 친구는 아랑곳하지 않고 또다시 다른 얘기를 꺼내며 대화를 꺼냈습니다.

또한, 저는 만약에 물건에 하자가 있으면 당장 A/S를 해야지 직성이 풀리는데, 친구는 스스로 해결하고 싶은 마음이 더 강하고 뭔가 대수롭지 않다는 경향이 있는 것 같습니다. 물론 이런 경향은 사람마다 다 다르겠지만 적어도 저의 경험상으로는 그렇습니다. 하지만 친구와 같이 쇼핑할 때는 예외입니다, 중국 친구랑 학교 근처 작은 백화점에서 hot wind라는 중국 쇼핑 가게를 갔는데, 친구가 요즘 겨울옷이 없다고 해서 같이 옷을 봐주었습니다, 저는 가격과 무관하게 오로지 예쁜 것만 찾아서 보여주었지만, 친구는 제일 먼저 가격을 보고 또 인터넷으로 이 옷과 똑같은 옷을 찾아 가격을 비교하곤 했습니다. 저는 너무 지쳐있는 상태라 "빨리 아무거나 사자."라고 하였지만, 친구는 가격 그리고 색깔을 다 따져보고, 결국엔 제일 합리적인 가격으로 인터넷 쇼핑몰에서 시켰습니다. 저는 그걸 보고는 친구가 대단하다고 생각하고는, 그날 집에 돌아와 힘들어 지쳐 쓰러졌습니다. 친구가 옷에 대해서는 똑똑하게 소비한다는 걸 그날 알았습니다. 내가 생각했던 중국 사람들은 그냥 아무거나 집어서 사고 물건 사는 것에는 대범할 줄 알았는데 그게 아니었습니다.

그렇다면 지금 중국 화장품 시장은 어떤 변화를 맞이하고 있을까요? 한국인들은 화장품을 살 때면 대체로 올리브영, LG생활건강, 아모레 퍼시픽 등등의 브랜드 이미지를 떠올립니다. 그리고 화해라는 앱도 있어서 한국 화장품을 사기가 아주 편리합니다. 하지만 중국 화장품 브랜드를 떠올리면 확실히 잘 생각이 나지 않는 것이 현실입니다. 왜냐하면, 한국인들은 한국 브랜드가 더 효과적이고 좋은 성분이 많다고 생각하기 때문입니다. 굳이 짝퉁의 이미지를 덮어쓴 나라의 화장품을 사지는 않을 것입니다.

한동안 K-pop 열풍이 중국 젊은이들에게 유행으로 번져 한국 화장품을 한국백화점이나 면세점에서 많이 사가는 경우가 많았습니다. 특히, 한국에서 중국으로 출국할 때 중국인 관광객들은 면세점에 꼭 들러서 비싼 설화수나 오휘 그리고 헤라 같은 명품브랜드를 많이 사 갔습니다. 특히 한국의 MCM 가방은 중국에서 워낙 인기가 많아 가보면 온통 중국인들뿐이었습니다.

하지만 중국에 한한령이 떨어진 이후 중국인들은 전과 달리 외국 브랜드나 로컬 브랜드를 선호합니다. 자국의 화장품이라서 애국심을 느껴 사는 사람들도 있고 확실한 성분 및 기능을 중시해서 사는 경우도 있습니다. 중국 화장품도 이제는 짝퉁 화장품 이미지가 아닌 중국 젊은이들이 선호하는 제품이 되었습니다. 최근 들어 중국 소비자들이 화장품의 성분 및 기능을 우선시하기 시작했으며, 인기 있는 성분을 함유한 제품들이 높은 매출을 기록하고 있습니다. 예를 들어 미백 및 노화 방지 기능성

성분, 송로 버섯, 프로바이오틱처럼 우수한 성분을 강조하기도 합니다.

소비자들의 화장품 품질 및 브랜드에 대한 기대치가 높아져 새로운 트렌드를 반영하여 왕홍(온라인 인플루언서) 방송 및 SNS 마케팅을 통한 홍보를 하기도 합니다. 예를 들어 중국의 로컬 브랜드 CARSLAN(카쯔란)은 굉장히 빠른 속도로 성장하고 있으며, 국제적인 요소와 중국의 전통적인 색깔을 혼합해 많은 인기를 누리고 있습니다. 또한 바이차오지(佰草集)는 중국 토종의 고급 화장품으로써 기초에 기반을 둔 화장품입니다. 이 브랜드의 장점은 남다른 경쟁력인데, 몇 가지의 한약재를 이용한 제품으로, 특히 어르신들에게 좋은 화장품입니다. 또 다른 화장품 CHANDO(쯔란탕)은 자연 친화적인 화장품으로써 대표적으로 빙하수 추출액 제품이 있습니다. 이렇게 보면 중국에 대한 짝퉁 이미지는 과거 이미지이고, 지금은 중국 브랜드가 점점 수준이 높아지고 있다는 평가를 받고 있다는 것을 알 수 있습니다.

[중국 남성 화장품의 확산]

한국인들은 외적인 면을 중시한다고 생각합니다. 제가 중국에서 학교 다닐 때 중국인 친구가 "한국 사람들은 어디 나갈 때마다 화장을 꼭 하고 다니더라."라고 말했습니다. 그러면서 어디 화장품을 쓰는지 궁금해했습니다. 그뿐만 아니라"한국 남자들은 화장을 잘하는 것 같다, 그리고 너무 다 잘생겼어."라며 신기하게 바라봤습니다. 왜냐하면, 당시 중국 남자들은 화장하지 않았음은 물론, 자기 외모를 잘 가꾼다는 의견이 많이 없었기 때문이죠. 그렇지만 최근 들어 중국 남자들도 화장품에 대해 많은 관심이 있다는 것을 느낍니다. 제가 대학교 다닐 때 겨울방학을 맞이해서 중국인 친구가 항저우에서 한국어 시험을 본다길래 저도 같이 따라간 적이 있었습니다. 저는 항저우를 한 번도 안 가봤기 때문에 굉장히 들떠 있었고 친구는 근처 호텔을 예약하고 저는 짐을 쌓습니다. 항저우에 도착한 당일 날 저는 상해와는 사뭇 다른 분위기에 놀랐습니다, 중국 상해는 인구가 워낙 많아 몇몇 사람들의 개성이 눈에 띄지 않았는데, 항저우 사람들은 유독 외모를 꾸미는 걸 중시하는 느낌을 받았습니다, 특히 몇몇 중국 남성들은 한국인 스타일로 꾸며 입고 심지어 화장까지 했습니다. 저는 "여기 사람들 진짜 잘 꾸민다."라는 말이 무의식적으로 튀어나왔습니다. 중국이 얼마나 큰 나라인지 새삼 느꼈고, 중국은 지역별로 특색이 다양하다는 걸 인지하게 된 계기가 되었습니다. 나만의 작은 편견이 무너지고 다시 항저우의 아름다운 밤 풍경을 보니 아주 아름답고 'young'한 이미지가 난다고 느꼈습니다.

중국 남성들의 외모에 대한 관심이 점차 높아지고 있고, 남성들의 화장품 소비가 눈에 띄게 성장하고 있습니다. 중국 유명 플랫폼 타오바오, 티몰 그리고 징동에서는 중국 남성용 화장품 중 클렌징폼 그리고 남성용 스킨케어 화장품 세트가 많은 인기를 끌고 있습니다. 이뿐만 아니라 남성용 메이크업 제품도 점점 많이 팔리고 있는 추세입니다. 최근 외모에 신경 쓰고 관리하는 남성들이 갈수록 늘고 있어, 중국 남성용 화장품의 시장 잠재력은 매우 크다고 볼 수 있습니다. 특히 90년대 후반 출생한 남성들의 메이크업 소비가 매년 증가하고, 디지털과 트렌드의 빠른 이해와 적응력을 보여주는 일명 MZ세대는 정보화시대의 큰 영향을 받은 세대로써 개성이 강하고 자유분방한 신기술의 변화에 민감한 영향을 가져다주고 있습니다. 중국은 현재 기초 제품을 중점으로 충분한 인식을 갖추고 있지만, 향후에는 화장품 기초 및 메이크업 사용 단계에 대한 제품의 성분과 기능성에 관심을 두게 하겠다는 중국 브랜드들의 포부가 담겨있습니다. 또한, MZ세대가 남성 화장품의 가능성을 계속 염두에 두고 있다면 남성적인 콘텐츠 마케팅 전략과 화장품 체험형 마케팅을 통해 남성 뷰티의 성장 속도를 더욱 올릴 수 있을 거라 생각됩니다.

[온라인 플랫폼 화장품 시장]

중국 온라인 플랫폼 시장은 아주 거대합니다. 중국에서 온라인 쇼핑을 하면 대부분 타오바오(淘宝) 아니면 징동(京东)에서 물건을 시킵니다. 타오바오는 대체로 아주 비싼 물건보다는 저렴한 물건을 합리적으로 살 수 있는 대표적인 온라인 쇼핑몰입니다. 저는 중국에서 대학교 다닐 때 많은 외국인 친구들과 어울려 다니기를 좋아했습니다. 중국인과 한국인뿐만 아니라 유럽쪽과 일본 친구들과도 어울려 지냈는데, 화장품을 좋아하는 일본인 친구는 수업 쉬는 시간마다 핸드폰을 들춰보며 타오바오에 들어가 중국 화장품을 장바구니에 놓고 샀습니다. 저는 그걸 보고는 “너는 왜 하필 중국 화장품을 사?”라고 물어봤지만, 친구는 “중국 섀도랑 립스틱 다 좋은데? 그리고 가성비가 좋거든.”이라고 대답했습니다. 당시엔 저도 ‘메이드 인 차이나’라고 하면 바로 질색했기 때문에 제품에 대해서는 자세히 보지도 않고 바로 짝퉁 생각이 났기 때문입니다.

또 다른 플랫폼 징동은 최근 몇 년 사이 온라인 쇼핑계의 강자로 등장한 업체이며, 화장품뿐만 아니라 다른 전자제품을 많이 팔고 있습니다. 징동의 장점은 배송이 빠르고 짝퉁은 취급하지 않습니다. 또한 여성 유저들의 수가 많은 샤오홍슈(小红书) 플랫폼은 중국에서 떠오르는 신세대 화장품 '퍼펙트 다이어리'와 협업하여 SNS를 활발히 사용하여 왕홍 마케팅을 선보이고, 또한 유행에 민감한 Z 세대를 겨냥한 다양한 협업을 내놓았습니다.

한국도 마찬가지겠지만 코로나19 이후 많은 사람들이 오프라인 매장보다는 온라인을 통해 화장품을 많이 구매합니다. 중국은 거기에 더해 이벤트적인 요소를 집어넣었습니다. 예를 들어 부녀절(국제 여성의날), 618징동데이(중국 티몰 최대의 쇼핑축제), 쌍쓰이(11월 11일 날 중국판 블랙프라이데이로써 대대적인 할인행사를 하는 쇼핑의 날) 등에서 다양한 세일을 주도하고 S급 행사는 신제품이나 새로운 트렌드를 주도하였습니다. 저의 중국인 친구들도 쌍쓰이때는 자기가 사고 싶었던 것들을 미리미리 타오바오에서 찜 해놓고 가격할인이 될 때 바로 사둡니다, 제가 1년 동안 중국 석사생이랑 같이 숙소 생활을 한 적이 있었는데 제 방외에 마루에 있는 짐과 택배 박스들이 차곡차곡 쌓여 있었습니다, 저는 너무 놀라 이게 다 무엇이냐고 물었고 그 친구는 "타오바오에서 시킨 물건들이야."라고 했습니다. 저의 한국인 친구도 이날만 되면 옷과 화장품 그리고 조그마한 가구들을 몽땅 사두고는 배송확인 문자만 기다렸습니다. 그날 이후로 저의 대학교 숙소 근처에는 택배기사님들이 놓고 간 택배 물건들이 학교 입구에 쌓여 있었습니다.

최근 중국 동영상 플랫폼의 확산으로 자연스럽게 색조화장품 관련 콘텐츠들이 많이 생겨나고 있습니다. 뷰티 유튜버나 틱톡 그리고 샤오홍슈에서 왕홍들이 메이크업 동영상에서 브랜드를 소개하거나 직접 화장품 브랜드를 내보내면서 색조화장품을 키우고 있습니다. 그중 중국 유명 브랜드 퍼펙트 다이어리(完美日记)와 화시즈(花西子)의 색조 립스틱이 큰 인기를 끌며 많은 중국 젊은이들에게 사랑받았습니다. 밀레니엄 세대들의 중국 화장품 쇼핑은 주로 온라인에서 이뤄지고 있어 시장 공략에 있어 온라인은 필수적인 유통채널이 되었습니다. 이처럼 중국 로컬업체들은 온라인 채널의 확장과 색조화장품 관심 증대에 적극적으로 대응하며 성장을 이루고 있습니다.

[SNS에서 볼 수 있는 중국 화장품 리뷰]

최근 들어 한국 유튜버들이 중국 화장품을 리뷰하는 현상을 보았습니다. 한국의 유명 유튜버 회사원A는 중국의 잘나가는 화장품을 리뷰하며 솔직한 평가를 하였습니다. 그중 플라워 노즈(flower knows)라는 중국의 로컬 브랜드 화장품의 품질은 아주 좋다고 보기는 힘들지만, 예전의 우리나라의 제품을 모방하는 것과는 달리 조금 더 달라진 모습으로 성장하였다고 리뷰를 했습니다. 화장품 패키지는 곰돌이가 그려져 있어 아기자기한 느낌으로 많은 여성의 마음을 사로잡았으며, 또한 일본 여성들이 좋아할 만한 마케팅을 내놓으며 일본 수출을 하는 등 해외 시장 진출을 노리고 있습니다.

전반적으로 본다면 중국의 화장품 시장은 글로벌 2위의 규모를 차지하고 있으며 앞으로의 성장으로 본다면 1위까지도 가능한 수준입니다. 중국의 신세대를 위한 발 빠르고 색다른 브랜드

화시즈는 중국MZ세대들의 민족주의를 강조하며 중국 로컬 브랜드에도 영향을 주고 있으며, 가장 동양적이고 가장 중국을 대표하는 전통 색상을 입혀 브랜드를 내보냈습니다. 한국 유튜버들이 특히 화시즈를 많이 리뷰하고 있는데 그 이유는 중국풍의 동양적이고 신비로운 이미지의 패키지가 한국인의 취향과 잘 맞기 때문입니다.

5년 전쯤만 해도 중국 대학로 길거리에 한국 화장품브랜드 에뛰드와 이니스프리 가게가 들어오면서 한국 화장품의 가격과 성분 그리고 이미지가 중국 젊은 세대들의 니즈를 충족시켰지만, 현재는 중국 현지 브랜드들이 이를 대체하고 있습니다. 하지만 화장품 브랜드만 바라본다면 중국 소비자들은 이제는 똑똑하게 소비하는 방법을 알고 있으며, 다른 사람들의 논평을 통해 중국 한국 등 나라별로 사는 화장품이 아닌, 어떠한 브랜드가 더 경쟁력이 있고 신선한지를 더 따져보는 추세입니다. 중국에는 샤오쩐청년(小镇青年)이라는 말이 있는데 시골에서 사는 중국 청년들이 무작정 고급 화장품을 선호하는 것이 아닌, 어떤 게 더 효과적이고 가성비가 좋은 화장품인지 따져보는 것이 현재 상황입니다. 전반적으로 보면 중국의 화장품 시장은 막강하며 짝퉁에 대한 이미지를 벗어던지고, 현지 브랜드들의 막강한 자본력을 바탕으로 인지도를 상승시키고 있습니다. 전반적으로 중국 화장품 시장의 변화들은 온라인과 면세 채널의 성장, 초호화 시장의 호조 그리고 색조 시장의 확대로 요약할 수 있겠습니다.

대부분 한국 사람들이 중국 화장품은 품질이 안 좋다고 생각하거나 혹은 아예 어떤 브랜드가 있는지 잘 모르기 때문에 쌓인 작은 편견들 때문에 무시하는 경향이 많습니다. 중국 화장품

하면 차라리 다른 나라 브랜드를 사겠다고 할 정도로 중국의 이미지가 많이 무너진 것은 사실입니다. 아직도 한중 관계에 대한 신뢰가 많이 안 좋은 것도 사실이고, 주위에 친구들도 물어보면 메이드인차이나 물건을 많이 꺼리는 걸 볼 수 있습니다. 저는 중국 화장품이 좋다고 얘기할 수 없지만, 중국 화장품이 최근 몇 년 사이 많이 성장했다는 것을 느껴 언젠가는 한국에서도 볼 수 있을 거란 생각이 듭니다. 중국 화장품 시장은 더 이상 무시할 수 없는 수준까지 성장했습니다. 중국 화장품은 명품모방으로 시작해 자기만의 스타일을 창조 시켜 로컬 브랜드로 성장하고 있습니다. 우리는 보다 객관적으로 판단하여 한국과 중국이 같이 성장할 방법을 모색해보고 서로 인정하며 좋은 경쟁자가 되어야 할 것입니다.

2.1 경제

22;

노동집약형과 가공무역에 가려진 진짜 중국 경제

〈황현주〉

'중국인들은 자국을 선진국이라고 생각할까 개발도상국이라고 생각할까?' '중국인들은 중국의 경제가 미국보다 높은 수준이라고 생각하지 않을까?' 북경 대외경제무역대학(对外经济贸易大学)에서 국제경제무역을 전공으로 하는 내가 경제 관련 커리큘럼을 처음 듣게 되었을 때 들었던 생각이었다. 이러한 의문 이면에는 분명 '중국인들은 자국 경제에 대한 지나친 자부심을 바탕으로 자국이 선진국이고, 심지어는 미국보다도 높은 경제적 수준을 가지고 있다고 여길 것'이라는 암묵적 답안이 바탕이 되었을 것이다. 즉, 나는 중국인들은 자국의 경제 성장만을 주로 부각하고 부정적 이면은 인정할 줄 모를 것으로 생각했다.

중국 경제를 배우겠다고 한국에서 중국까지 날아간 유학생이 불과 2~3년 전만 해도 이러한 생각이 있었다고 밝히자니 조금은 부끄러운 마음도 든다. 하지만 분명 처음 중국대학에서 경제 수업을 들을 당시 나는 각종 부정적 편견으로 무장되어 있었고 교수가 전달하는 내용에 대해 견제의 태도를 보였다는 사실을 인정해야 할 것 같다. 사실 대학에 입학하고 1년 동안은 중국어와 싸우기 바빴다. 아직 완벽하지 않은 중국어 실력으로 한국어로도 이해하기 어려운 경제를 공부하려고 하니, 매일 전공서적과 교수님이 주는 자료를 해석하기에 급급했다. 아마 이때 내가 접한 자료들이 소위 말하는 '중국경제를 자랑하고 홍보하는 내용'이었다고 하더라도 나는 전혀 거리낌 없이 열심히 해석하고, 시험을 위해 달달 외우고 있었을 것이다. 나에게 내용을 분석하고 비판적 시선으로 자료를 바라볼 수 있는 여유조차 주어지지 않던 시기였기 때문이다.

1년 정도 지나자 점점 자료가 담고 있는 중국 경제에 관련된 내용에 눈이 가기 시작했다. 그리고 나는 깨달았다. 내 예상과 달리 그들도 중국경제를 객관적으로 평가할 줄 아는 사람들이었고, 또 한편으로는 중국경제에 자부심을 느끼면서 미국의 중국 견제 행위에 대해 비판의 소리를 내기도 했다. 물론 14억이 넘는 중국 인구 모두가 이렇다고 말할 수는 없을 것이다. 그중 일부는 중국이 세계 강국이라고 여기며 미국과 한국을 업신여길지도 모른다. 하지만 적어도 내가 대외경제무역대학에서 만난 교수들은 그랬다. 지금 되돌아보면 비판적 시선 없이 맹목적으로 자료를 외우던 그 1년 동안 내가 단순히 중국 경제를 옹호하는 사람이 되지 않았던 것도 그 덕분이리라.

언어의 어려움을 극복한 요즘 나는 '중국 교수가 설명하는 중국 경제 현황'을 나 나름대로 이해하고 분석하는 재미에 빠져 있다. 경제뿐만 아니라 어느 분야이든 간에, 특정 화제에 대한 각국의 입장은 서로 다르기 마련이다. 따라서 세계 각국이 연관된 국제적 이슈만큼은 내 의견을 말하기 전에 반드시 각 나라의 뉴스를 읽고 각 나라의 입장을 정확히 파악하는 것이 우선시되어야 한다. 한 때 언론인을 꿈꿨던 내가 학창시절 정말 자주 들었던 말이다. 그 영향을 받아, 나는 시사를 접할 때 최대한 다양한 나라의, 다양한 신문사의 뉴스를 접하려고 노력했다. 하지만 "중국과 관련된 화제에도 그랬는가?"라고 묻는다면, "그러했다."고 답할 자신이 없다. 그 이유에는 중국신문을 자유자재로 읽을 정도로 유창하지 못했던 중국어 실력도 한몫했을 것이다. 이 대목에서 최근 들어 언어 학습의 중요성을 더욱 크게 느끼고 있기도 하다. 암튼, 아이러니하게도 지금껏 나는 중국에 대한 화제조차도 중국의 입장을 제외한 한국, 미국 등의 입장만 접하고 있었던 것이다.

이 사실을 인식하고 나니, 중국에 대한 편견이 쌓였던 것은 어쩌면 당연한 일이었을지도 모른다는 생각이 든다. 지금껏 나는 중국의 입장을 들었던 경험이 많이 없었기 때문에 중국인 교수가 들려주는 중국의 입장은 상당히 신선하고 흥미롭게 다가왔다. 그리고 그 과정에서 우리 학교의 교수들은 중국을 '선진국'이라고 포장하기보다는 '개발도상국'의 위치에서 어떻게 국제시장 속 영향력을 키워나갈 수 있을지 연구하고 교육하는데 더 집중한다는 느낌을 받았다.

누군가 내게 어떠한 대목에서 중국이 자국의 경제를 객관적으로 평가할 줄 안다고 느꼈는지 묻는다면, 또 어떠한 대목에서 중국이 '개발도상국'임을 인정하고 그 경제적 배경하에 국제시장 속 경쟁력을 키우려 한다고 하는 건지 묻는다면, 몇 가지 강의내용을 예로 들을 수 있을 것 같다. 내가 학창시절 사회나 경제를 배울 때 '미국' 옆에는 '기술개발 중심' 또는 '자본집약형' 산업구조라는 단어가 따라붙었고, '중국' 옆에는 '가공무역' 또는 '노동집약형' 산업구조라는 단어가 자주 따라붙었다. 각종 언론이나 사회에서는 일부 사람들이 의도적으로 중국 경제를 깎아내리기 위해 이 두 단어를 사용하고는 했다. 그 때문일까? 오늘날에도 '일찍 경제적 성장을 이룬 선진국' 하면 자연스럽게 도시와 상공업의 빠른 발달을 이룬 미국이나 서유럽 국가들이 떠오른다. 반면, '가공무역'과 '노동집약형'이라는 단어들은 중국이 경제적으로 뒤떨어졌다는 느낌을 가중시킨다. 내가 말하는 이 '학창시절'도 벌써 7~10년 전 이야기이니, 그때 당시의 중국경제는 지금보다는 비교적 낙후된 상태였다. 즉, 가공무역과 노동집약형 성격이 좀 더 강했던 시기였기에, 이 부분을 배우면서 고개를 끄덕였던 기억이 있다.

그렇다면 오늘날의 경제구조는 어떠한가? 미국은 첨단기술상품을 주로 수출하는 '자본집약형' 구조지만, 중국은 오래전부터 지금까지 값싼 노동력을 바탕으로 한 '노동집약형' 산업이 주를 이룬다. 다만 과거와 다른 점이 있다면, 노동집약형 산업뿐 아니라 첨단기술 분야에서의 점유율 또한 점점 높아지고 있다는 점일 것이다. 또한, 중국은 분명 풍부하고 우수한 인적 자원이 있는 나라이다. 이는 내가 중국에서 유학하면서, 중국인 대학생 및 중국에서 공부하고 있는 유학생들과 교류하면서 최근 더더욱 크게 느끼고 있는 점이기도 하다. 거시적으로 봤을 때 중국은 값싸고 우수한 노동력을 가진, 노동력 방면에서 경쟁력을 가진 나라이다. 하지만 중국에서 일자리를 찾는 학생의 관점에서 바꿔 생각해보면 그만큼 경쟁이 치열하다는 의미이다. 벌써 3학년 2학기를 앞둔 내 최근 최대 관심사는 취업시장이다. 중국의 취업시장에 대한 관심을 바탕으로 열심히 관련 사이트를 찾아보면서, 나는 중국의 노동력 시장 상황에 놀라움을 표할 수밖에 없었다. 내 주변의 중국 대학생 친구들만 봐도 하나같이 목표가 뚜렷하고 지적 수준이 매우 높으며, 자신의 꿈을 위해 체계적으로 대학 생활을 계획하는 지식인이다. 물론 한국과 마찬가지로 어떤 직종이고 어떤 기업인가에 따라 월급이 천차만별이겠지만, 또 중국의 물가가 한국보다 싸다는 점을 무시할 수 없겠지만, 그 점을 고려하더라도 중국인들이 평균적으로 받는 월급은 한국보다 훨씬 낮게 느껴졌다. 물론 내 주변의 우수한 중국 대학생 친구들 대부분도 이 수준의 월급을 받게 될 것이다. 이러한 배경은 중국에서 여전히 노동집약형 산업이 강세를 보이는 이유 중 하나이지 않을까?

이론적으로, 자본집약형 산업이 주를 이룬다는 것은, 그만큼 기계화되어 있고 노동생산성이 높다는 것을 의미한다. 따라서 일반적으로 자본집약형 산업이 가지는 부가가치는 상당히 높고 선진국일수록 이 산업이 지배적인 성격을 띤다. 반면, 노동집약형 산업이 주를 이룬다는 것은 생산요소 중 노동의 투입비율이 높다는 것으로, 일반적으로 그 부가가치가 낮고, 개발도상국에서 지배적인 산업방식이다. 따라서 주변을 보면 '중국=노동집약형'이라는 인식 때문에 중국이 경제적으로, 기술적으로 뒤떨어졌다고 생각하는 사람들이 많다. 사실 중국 땅을 처음 밟고, 중국을 직접 경험하기 전까지 나 또한 이러한 생각을 가지고 있었다. 앞에서 언급한 것처럼, 20대인 나도 초등학생 때부터 사회 교과서를 통해 '중국은 신발, 가발, 의류 등을 주로 생산하고 수출하는 대표적인 노동집약형 국가'라고 배웠다. 나보다 더 이전의, 지금과 같이 급성장을 이루기 이전의 중국을 접하고 배운 세대(40대, 50대, 그 이상의 세대를 살아오신 분들)라면, 특히 그중에서도 중국에 특별한 관심이 없던 사람들이라면 더더욱 그런 생각을 하기 쉬울 것이다.

하지만 이러한 편견이 깨지기에는 몇 주의 시간도 걸리지 않았다. 나도 모르게 비교적 오래전부터 정착되어 있던 '중국=노동집약형'이라는 인식에 가려진 중국의 실제 모습은 내 예상과는 많이 달랐다. 처음 중국 생활을 시작했을 당시 디지털 첨단 기술의 활용이 생활화되어 있는 북경의 모습을 보고 매우 놀랐던 기억이 난다. 가장 놀랐던 것은 중국은 '지갑을 들고 다닐 필요가 없는 나라'라는 것이었다. 어디에서 결제하든, 심지어 길거리 가판대에서도 핸드폰 속 디지털 결제 서비스 '위챗페이(微信支付)'나 '알리페이(支付宝)'를 통해 결제가 이루어졌고, 오히려 현금이나 카드 결제를 꺼리는 모습을 보였다. 막 중국에 도착한 후 하루 이틀 동안은 중국 인민폐(人民币)를 가지고만 생활했다. 학교 앞 건설은행에 신입생들이 몰려 일 처리가 늦어지면서 카드발급이 지연되었기 때문이었다. 한국에서는 현금만 가지고 생활해도 전혀 불편함이 없었는데 중국에서의 그 1~2일은 정말 너무나도 불편하게 느껴졌다.

중국 도착 후 다음 날 나는 기숙사 생활에 필요한 각종 물품을 사기 위해 같은 기숙사를 쓰는 한국 친구들과 이케아(宜家家居)에 가기로 했다. 중국에서는 대부분 띠띠다처(滴滴打车)라는 APP를 통해 택시를 부르는데 이 서비스는 반드시 위챗페이나 알리페이 등 디지털 결제 서비스가 있어야지만 사용할 수 있었다. 또 중국의 디지털 결제 서비스를 사용하려면 중국은행 계좌가 필요했다. 중국 계좌를 아직 개설하지 못한 우리는 학교 서북문 앞에서 택시가 오기만을 하염없이 기다려야 했다. 결국 우리는 선배에게 부탁해 띠띠다처를 사용한 후에야 택시를 잡을 수 있었다. 이케아에서 학교로 돌아오는 길도 쉽지 않았다. 기숙사에 도착한 후 100위안 인민폐를 내밀자 택시기사는 불만스러운 표정을 지으며 위챗페이가 없냐고 물었다. 중국에 막 도착해서 없다고 답하자, 100위안짜리를 의심스러운 눈빛으로 여러 번 훑어보더니, 그럼 50위안짜리로 바꿔내라고 요구했다. 나중에 알고 보니 중국에서는 가짜 지폐가 워낙 판을 치다 보니 생긴 해프닝이었다. 그 다음 날 건설은행에서 카드를 발급받고, 바로 위챗페이와 알리페이를 다운받았다. 위챗으로 어제 택시를 잡아준 선배에게 성공적으로 돈을 보내주고 나서야 속이 뻥 뚫린 기분을 느낄 수 있었다.

디지털 결제가 보편화된 중국에서의 생활은 개인적으로 느끼기에 매우 편리했다. 밖에 나갈 때 핸드폰만 챙겨 나가면 되었고, 핸드폰만 있으면 어디서든 물건을 구매할 수 있을 뿐 아니라 어떠한 대중교통도 이용할 수 있었다. 잔돈을 주고받을 필요가 없었고, 카드를 고르지 않아도 됐다. 코로나 전까지만 해도 부모님이 자주 중국에 놀러 오셨는데, 그때면 마치 내가 발명한 매체인 마냥 자랑스럽게 핸드폰을 들고 보란 듯이 교통비나, 식사비를 결제했던 기억이 난다. 지금 그 때의 나를 생각해보면 뭐가 그렇게 자랑스러웠는지 웃음이 난다. 이렇듯 북경생활을 하면서 나는 몸소 디지털화된 중국을 경험했고, 핸드폰 없이는 일상생활이 어렵다고 할 수 있을 정도로 생활 전반에서 APP 및 디지털 매체 사용이 보편화된 나라라는 것을 알 수 있었다.

물론, 중국의 국토 자체가 워낙 크다 보니 일부 지역(특히 서부 지역)의 경우 경제적·기술적으로 여전히 많이 낙후된 것이 사실이다. 하지만 적어도 내가 경험한 북경만큼은 분명 이미 놀라울 정도로 경제적·기술적으로 발전한 상태였다.

중국에서의 일상생활뿐만 아니라 각 중국기업의 첨단산업 시장에서의 위치를 봐도 '첨단기술'은 21세기 중국을 형용하는 새로운 단어라는 것을 쉽게 알 수 있으리라 생각한다. 실제로 이를 위해 최근 중국은 첨단 기술 개발에 많은 자본과 시간을 투자하고 있고, 내가 공부하고 있는 대학교에서도 미래의 인재들에게 첨단기술 개발의 중요성을 특히 강조한다는 것을 느낄 수 있었다. 중국의 화웨이(华为)나 샤오미(小米)는 미국 애플사와 한국 삼성을 위협할 정도로 성장했고, 레노버(联想) ·하이얼(海尔)·징둥(京东)·알리바바(阿里巴巴) 등은 이미 세계 각국에서 잘 알고 있는, 인지도가 높은 첨단 기술 기업이다. 몇 달 전, 코로나19의 영향으로 학교 수업을 비대면으로 대체하면서 한국에서도 활발히 사용되고 있는 ZOOM 또한 중국 자본을 바탕으로 한 기업임을 깨닫고 매우 놀랐다. 아마 ZOOM을 사용하고 있으면서 아직 이 사실을 모르는 사람들도 적지 않을 것이다. 그만큼 우리도 모르는 사이에 중국 표 첨단기술들이 우리 삶에 점차 스며들기 시작했고 나는 이점이 놀라우면서도 그 성장 속도가 다소 무섭게 느껴진다. 중국을 경험한 3년 동안 나는 '노동집약형'이라는 단어로 인해 생긴 중국 경제와 기술에 대한 편견을 완전히 떨쳐버릴 수 있었다.

'노동집약형 산업구조'라는 단어가 가져온 중국에 대한 여러 오해와 편견, 그리고 그 뒤에 숨은 중국의 실체에 대한 내 생각과 경험을 나누고 나니, 단어 하나하나가 우리의 인식에 미치는 막대한 영향력을 새삼 다시 느끼게 된다. 중국 경제를 형용하는 데 있어 '노동집약형'과 양대 산맥을 이루는 단어가 바로 '가공 무역' 아닐까? 가공 무역 또는 OEM이라는 용어가 익숙하지 않은 사람이더라도 '메이드 인 차이나'라고 이야기하면 모두 "아!" 하고 고개를 끄덕일 것이다. 한국뿐 아니라 세계 각국에서 '메이드 인 차이나'는 일상 곳곳에서 찾아볼 수 있는 너무나도 익숙한 용어이다. 다만 '메이드 인 차이나' 제품에 대한 보통 사람들의 인식은 상당히 좋지 않다. 농수산물이나 식품에 관해서는 그 정도가 더욱 심한 것 같다. 우리 엄마만 해도 장을 볼 때면 항상 '중국산'인지 '국산(한국산)'인지를 따지셨고, 되도록 '중국산' 제품은 장바구니에서 제외하셨다. 또 나를 북경에 보내시면서 가장 걱정하셨던 것도 바로 먹거리였다. 한동안은 저녁마다 전화하셔서 무엇을 먹었는지 물어보시고, "중국에는 먹는 것도 가짜가 많다더라."며 항상 조심할 것을 신신당부하셨다.

나 역시 '메이드 인 차이나' 제품에 대한 인식이 좋지만은 않았다. 중국산 가공 제품은 '싸지만 질이 좋지 않다'는 일종의 불신을 갖고 있었다. 한국에서 물건을 살 때면, 국산, 또는 소위 우리가 말하는 '선진국'의 제품에 먼저 손이 갔고, 중국산 가공제품을 구매할 때면 '싸니까 금방 망가지면 버리고 다시 사지 뭐'라는 생각이 마음 한편을 차지했다. 중국 OEM 제품에 대한 우리의 이런 불신과 편견은 어느 순간부터 시작된 것일까? 정말 중국 제품들은 질이 안 좋은가? 나는 중국에서 유학 생활을 하면서 자연스럽게 중국 가공제품을 많이 접하고 사용하게 되었다. 물론 처음에는 굳이 택시를 타고 30분 거리에 있는 왕징(望京)의 한국 마트에 가서 '한국산' 제품을 두 손 가득 사서 돌아오고는 했다. 어렸을 때부터 비교적 뿌리 깊게 자리 잡은 '될 수 있으면 (한)국산' 이라는 신념을 꾸준히 실천했다고 할 수 있겠다.

하지만 그러기도 몇 번뿐, 중국에서 지내는 시간이 길어지면서, 학교생활이 점점 바빠지면서, 그냥 학교 안 마트에서 또는 타오바오(淘宝)에서 '중국산' 제품을 사는 빈도가 높아지기 시작했다. '중국 가공 제품'이 높은 진입 장벽을 뛰어넘고 내 인생에 들어온 순간이었다. 중국에서 중국 제품들을 편견 없이 사용해오면서 '중국 가공제품은 싸지만 질이 좋지 않다'는 생각이 점점 '중국 가공제품은 가성비가 좋다'로 바뀌고 있음을 느꼈다. '중국에서 사는 중국산 제품'은 '한국에서 사는 중국산 제품'보다도 더욱 쌌다. 나는 중국에 있는 동안 타오바오를 통해 귀걸이와 핸드폰 케이스를 자주 구매했다. 한국에서 사는 것과 비슷한 질의 상품을 1/5 가격으로 구매할 수 있으니, 부담 없이 여러 개의 핸드폰 케이스를 사 놓고 기분에 따라 바꿔 끼는 소소한 행복을 누릴 수 있었다. 나는 요즘 코로나로 인해 잠시 한국에 들어와 있다. 며칠 전 새로운 핸드폰 케이스를 구매하기 위해 관련 사이트에 들어갔다가 금방 창을 닫고 나와버렸다. 그리고 중국에 돌아가면 구매해야겠다고 마음먹었다. 가성비 높은 중국의 핸드폰 케이스를 이미 접한 탓에, 한국에서 만 원이 넘는 가격을 내고 케이스를 선뜻 사기 어려웠기 때문이다.

물론 모든 중국 OEM 제품의 질이 좋다고 단정할 수는 없다. 일부 중국 공장에서는 가공 제품의 값싼 가격을 유지하기 위해 품질 면에서 떨어지는 제품을 만들기도 하니 말이다. 하지만 중국 가공 제품들이 '대부분의 한국인이 생각하는 만큼 질이 떨어지지 않는다'고는 분명하게 말할 수 있을 것 같다. 적어도 나는 중국 OEM 제품에 대해 가지고 있던 견제의 벽을 조금씩 허물고 있으니 말이다.

'내가 접한 중국 OEM 제품이 어떠했는가'와 관계없이 세계 각국이 중국의 가공제품에 대해 부정적인 평가를 하고 있고, 가공무역이라는 단어로 중국경제를 깎아내리고 있다는 것은 분명한 사실이다. '가공무역'은 많은 초기 기업들이 본인만의 기술과 제품이 없는 상황에서 선택하는 생산방식이기에 더욱 경제적으로 떨어진 느낌을 준다. 따라서 나는 중국인들에게 있어 이는 숨기고 싶은 경제적 현실일 것으로 생각했다. 하지만 이는 큰 오해였다. 수업 중 교수는 오히려 중국이 OEM 생산을 통해 얻을 수 있는 장점이 무엇인지 가르쳤기 때문이다. 이는 나에게 큰 충격으로 다가왔다. 또한, "자국의 경제를 객관적으로 평가할 줄 아는 중국인도 있구나!"라고 느꼈던 대목이기도 하다.

교수는 크게 2가지 방면의 장점을 언급하셨는데, 첫째는 초기 기업들이 OEM을 통해 제품의 인지도가 낮다는 부족함을 보완하고 신속하게 시장을 점유할 수 있다는 점이었다. 둘째는 중국 기업들이 OEM 생산을 통해 점차 국제 경쟁 규칙을 배울 수 있을 뿐 아니라 외국 메이커를 통해 신용을 쌓고 제품의 해외 판매 통로를 열면서 최종적으로는 빠른 시간 내에 글로벌 기업과의 격차를 줄일 수 있다는 것이었다. 즉, 교수의 말을 빌리자면, 그들에게 있어 OEM은 중국기업의 상품이 국외로 진출하기 위한 초기 단계이자 중요한 다리였다. 이에 덧붙여 중국은 풍부한 인적 자원을 바탕으로 노동력 방면의 경쟁력을 키울 수 있었고, 값싸고 우수한 노동력 덕분에 가공무역 분야에서 우위를 점할 수 있었다고 설명했다. 설명을 듣다 보니 일리가 있었고 또 한편으로는 지금껏 비교적 편협한 좁은 생각 속에 갇혀 있었다는 생각도 들었다.

지금의 중국 기업과 경제를 단순히 가공무역으로 일반화하는 것은 시대착오적인 생각이다. 오늘날 우리는 글로벌 사회 속에서 OEM 생산방식으로 해외 시장 진출에 성공한 중국기업들을 많이 찾아볼 수 있다. 그리고 이들은 더는 OEM 생산에 만족하지 못하고 이미 몇 년 전, 몇십 년 전부터 새로운 해외시장 개척 방법을 모색하기 시작했다. 그 대표적인 방법 중 하나가 바로 외국 기업을 인수하여 국제시장에서의 영향력을 확대하는 것이다. 중국에서 '반향 OEM(反向OEM)'이라고 부르는 것이 바로 이것이다. 이 내용을 배울 때 나는 2가지 기업을 예시로 접했던 것으로 기억한다. 2004년 레노버(联想集团)가 미국 IBM의 PC 사업을, 2010년 지리자동차(吉利汽车)가 미국 포드자동차 산하 볼보 자동차(VOLVO)의 지분을 모두 인수한 것이 바로 그것이다. 이 2가지 예시 모두 대표적인 중국기업의 '반향 OEM' 성공사례이니, 이미 그 역사가 20년쯤, 또는 그보다 더 오래되었음을 알 수 있다. 전공이 국제 경제 무역이다 보니 과제를 하다 보면 매해 다국적 기업의 순위표를 보는 일이 생긴다. 그리고 매해 상위층에 상당수의 중국 기업이 랭크되어 있음을 확인하게 된다. 이렇게 여러 지표와 사례들을 살펴보다 보면 국제시장 속에서의 중국기업의 자본적 역량이 점점 커지고 있다는 것은 파악하기 어렵지 않다.

어떤 방식을 선택하든 항상 장단점이 있기 마련이다. 중국경제는 '가공무역 OEM'과 오랜 역사를 함께했다. 그 과정에서 OEM 생산이 가지는 장점을 충분히 활용하여 글로벌 기업과의 격차를 줄이려 노력했으며 이를 통해 해외 시장 진출을 위한 기초를 닦았다. 그 결과 오늘날 중국은 단순한 가공무역에서 탈

피하여 외국 기업 인수 등의 새로운 해외 시장 개척방식을 모색하고 시도하고 있다. 중국경제는 급속도로 변화하고 있다. 근데 여전히 '중국=노동집약형' 또는 '중국=가공무역'이라는 공식에만 사로잡혀 있다면, 변화에 따르지 못하고 편견 속에서 제자리걸음하고 있는 것이라고 얘기해주고 싶다. 여전히 이런 단어들을 사용해 중국에 대해 잘못된 편견을 조장하고 있는 일부 언론의 행위는 분명 옳지 않다.

개혁개방 이후 50년도 안 되는 기간 내에 중국경제는 급속도로 성장했다. 중국은 개발도상국에 속하지만 동시에 경제 대국이라 평가되기도 하는 독특한 나라이다. 이미 중국은 세계경제에 막대한 영향을 미치고 있고, 각 글로벌 기업에 있어 중국시장 점유가 매우 중요하다는 주장에는 아마 이견이 없을 것이다. 중국경제의 급성장은 '변화'가 있었기에 가능했다. 개혁개방 전 중국은 '경제대문을 걸어 잠그고 외국회사의 투자에 대해 엄격한 제재를 가하는' 나라였다. 해외기업이 중국에 직접투자를 할 때, '중국기업과의 합자'가 유일한 선택지였던 기간도 짧지 않았다. 하지만 개혁개방 이후 중국은 분명 변화했다. 점차 대문을 열고 해외 각국과 경제적 교류를 하기 시작했고, 현재 중국에서는 합자기업뿐 아니라 단독투자회사도 세울 수 있으니 말이다. 그뿐만 아니라 중국은 오늘날 '외국인 투자 법'(《外商投资法》)을 제정하고, 각종 투자 촉진 법규와 투자 보호 법규를 포함하면서, 오히려 더 많은 외국인 투자를 유치하기 위해 노력하고 있다.

중국이 변화하고 있듯, 중국을 바라보는 우리의 시선 또한 변화할 필요가 있지 않을까? 과거 중국에 대한 인식에 머물러 있기에는 중국 경제가 너무 많이 변했고, 이미 올드한, 그릇된 정보가 되어버렸기 때문이다. 중국 유학의 경험이 없었다면, 아마 나는 내안에 중국에 대한 편견이 쌓여 있다는 사실을 알아차리지 못했을 것이다. 또 중국의 실체를 이해하려고 특별히 노력하지 않았을 것이다. 원래 중국대학은 내게 없던 선택지였지만, 지금은 오히려 내게 이러한 기회가 찾아온 것이 다행이라 생각된다. 정치적, 사회적, 이념적, 각종 복잡한 관계 속에서 형성된 각종 편견과 정보의 홍수 속에서 나는 좀 더 객관적으로 중국을, 더 나아가 세계를 바라보는 눈을 키울 수 있었기 때문이다. 적어도 맹목적으로 중국을 비판하지 않으려고, 또 그러한 언론에 휩쓸리지 않으려고 노력하는 '의식 있는 인간'이 되기 위해 노력하고 있기 때문이다. '중국인 교수가 설명하는 중국 경제'를 계속해서 내 나름대로 분석하는 것, 중국에 대한 나만의 객관적 자료를 단단히 쌓아 놓는 것, 그리고 나의 것으로 충분히 소화하고, 내 주체적인 생각으로 구축해 나가는 것, 아마 이것이 남은 중국대학에서의 시간 동안 내가 해야 할 과제가 아닐까 싶다.

23;

국가 및 개인간 '울타리' 차이로 인한 불화

〈이승헌〉

미국이나 유럽에 가보지 않아서 잘 모르겠지만, 한국과 중국만 보았을 때, 대부분의 한국인들과 중국인들은 애국심이 강한 경향이 있고, 또한 대부분의 사람은 유학생들처럼 해외에서 오랫동안 살아본 경력이 많이 있지 않기에, 본인의 나라가 다른 나라들에 비해서 특정 부분에서는 뒤떨어질 수도 있지만, 그래도 본인 국가에서 살아가는 편이 마음 편하고 행복하다는 생각이 있다.

이는 사실 당연하다. 사람마다 행복의 기준이 다르듯, 살고 있는 환경에 대한 판단 역시 다르다.

하지만, 내가 얘기하고 싶은 문제는, 그렇다고 해서 일방적인 시야를 가진 상태를 유지하며, 편견적인 인사이트로 본인의 생각과 국가만이 옳다고 여기며 살아가는 것이 문제가 된다는 것이다. 즉, 본인과 본인이 소속되어 있는 공동체가 전체적으로 가지고 있는 생각이 틀릴 수 있다는 가능성을 항상 인지하고 있어야 한다는 것이다.

내가 지금까지 살아온 26년 동안, 2003년부터 중국에서 19년을 쭉 살아왔다. 그중에서 제일 인상이 깊었던 차별대우와 모욕감을 받았던 사건은 중국 랴오닝(辽宁)성 심양(沈阳)시에서 다니던 중학교 2학년 때 일어났다. 중국어 과목 선생님께서 중국 고대의 민족영웅을 소개하면서, 제일 앞줄에 앉아있었으면서도 갑작스러운 질문에 대한 대비의식이 있지 않던 나에게 뜬금 "너희 나라에는 이런 사람(민족영웅) 없지?"라고 비꼬는 태도로 물어봤을 때 이순신 등 한국의 위인을 바로 얘기하지 못한 것이다. 독자님들께서 이 내용을 읽는다면, 나에게 왜 호구처럼 가만히 있었냐고 물어볼 수도 있을 거라고 생각하지만, 그 당시 친한 반 친구들이 밀집해 있는 공간에서, 나이 어린 학생에게 그런 돌발 질문을 준다면 과연 몇 명이나 제대로 선생님에게 반기를 들고, 친구들 사이에서 이류(異類)가 될 수 있는 선택을 할지 모르겠다. 평소에 자기주의적인 경향 다분했던 선생님께서 모든 반 친구들 앞에서 나를 콕 집어 "한국에는 민족영웅이 없지?" 라는 발언에 바로 대응하지 못했던 사건에 대하여, 나는 지금까지도 생생하게 기억하고 있다.

비슷한 사건으로, 역시나 중학교 당시 일어난 일이다. 어느 날 친하게 지내던 반 친구와 말다툼이 심해지자, 친구가 화를 내면서 너는 이럴 거면 너희 나라로 꺼지라고 말했다. 어린 나이에 나는 굉장한 마음의 상처를 입었었다. 6살 때부터 중국에 살던 나는 스스로 같은 반에 있는 다른 친구들과 똑같다고 생각하면서 지냈는데, 그 친구는 마음속으로 나를 한국인이라는 이유만으로 이류라고 생각하고 있었다.

안타깝게도 이런 현상은 중국뿐만이 아닌 한국에서도 공통으로 벌어지고 있는 것이 현실이다. 비슷한 예로, 최근 반중 정서가 심해지고 있는데, 한국에서 유학하고 있는 중국인 유학생이 길거리에서 중국어를 한다는 이유만으로 행인에게 폭행당한 사건도 있었다. 이는 그저 같은 울타리에 살지 않은 존재에게 울타리가 다르다는 이유만으로 화풀이하는 것이다. 이런 극단적이고 편견을 가진 시야는 절대로 좋지 않다.

내가 중국에 살면서 제일 많이 들어봤던 질문이, 한국에 있는 여성은 다 성형을 하는지, 한국인은 고기가 비싸서 못 먹고 사는지에 대한 질문을 최근까지도 종종 듣고 있다. 답변은 당연히 전부 성형을 하지도 않고, 수입산 고기들은 중국에서 팔고 있는 고기들과 가격도 비슷하기에 그렇게 비싸지도 않다는 것이다. 마찬가지로, 중국이나 일본에서 발생한 어떠한 문제가 있다고 한들, 그 나라 국민 대부분은 그러한 문제가 있는지조차도 모르며 관심조차도 없는 사람들이 대부분이다. 그렇기에 더더욱 울타리가 다르다는 이유만으로 편견을 가진 상태로 사람을 보면 안 되는 것이다. 그 나라에 직접 가보지도 않고, 그 나라의 사람들이랑 지내보지도 못했는데, 어떻게 그 나라의 모든 사람을 '동일화'하여, 다 안 좋은 존재라고 생각할 수 있는지, 그것은 말도 안 되는 것이다.

여기서 잠깐, 독자님들에게 한가지 질문을 드리고 싶다. 미국의 국토면적 큰지 중국의 국토면적이 큰지, 확실히 아시는 분 있으실까요?

양국의 국토면적을 찾아보면, 중국은 9.6억 헥타르이지만, 미국은 2가지의 통계가 있다. 9.83억 헥타르와 9.52억 헥타르로 국토면적가 중국보다 큰 통계가 있고 작은 통계도 있다. 하지만 우리 같은 일반인이 실제로 측정을 해본 적이 있는 것도 아니고, 애매모호한 국토의 개념을 측정하여 실제 비교를 할 수 있을까? 내가 주장하고 싶은 내용은, 즉 한국이나 중국이나 국가적 측면의 주장을 할 때, 얼마나 많은 정보를 통합하여 국가정책을 제시하거나 주장을 하는지에 대하여, 평범한 국민으로서는 알 수가 없는 상황이 대부분일 것이다. 그렇기에 아무리 주위 사람들이 팩트라고 생각하는 내용일지라도 다 맞지 않을 수 있다. 그렇다고 해서 모든 것을 모른 채로 지내라고 하는 것이 좋다는 것이 아니라, 양측이나 다자간의 종합적인 상황을 파악하여 문제를 판단할 필요가 있다는 것이다.

일례로, 요즘같이 인공지능 및 빅데이터 기술이 발전되어 있는 사회에서 점점 이슈가 되어가고 있는 문제가 바로 알고리즘 문제이다. 고성능 인공지능 및 빅데이터 기술을 통하여, 현대인들은 유튜브 등 플랫폼에서 관심 있는 분야의 내용을 알고리즘을 통해 추천받게 되며, 점점 해당 분야와 관련된 내용만 화면을 차지하게 된다. 특히 정치적이거나 팩트 체크가 어려운 이슈가 추천되는 문제의 심각성을 최근 들어 점점 더 느껴가는 것 같다. 이는 유튜브뿐만이 아닌, 중국이나 각국의 온라인 플랫폼이 대체로 사용하고 있는 기술이다.

결국 같은 울타리에 속한 공동체에는 공통으로 좋아하는 콘텐츠가 추천되고, 싫어하는 부분은 감춰지는 경우가 많아진다. 이는 기업체 입장에서 봤을 때는 유저 친화적인 기술을 적용한 것이지만, 한 인간의 사상을 변질시킬 정도로 강력하며 위협적인 양날의 검이라는 생각이 든다.

중국은 변화가 엄청나게 빠른 나라이다. 드론이나 핀테크 등 등 14억 인구가 되는 거대한 내부경쟁체제에서도 시시각각 변화를 해나가는 기업들이 우후죽순처럼 존재하며 무한경쟁을 이어 나간다. 한국은 역사 및 문화적으로 많은 연결고리가 존재하고 큰 시장도 가지고 있는 중국에 예전부터 관심을 가져왔고, 중국은 현재 한국과경제적으로 제일 많이 엮어 있는 나라가 되었다. 중국뿐만이 아닌 한국과 다른 문화를 가지고 있는 나라를 접하게 될 때는, 한국에서만 살아와 형성된 마인드와 한국 대중매체들의 보편적인 관점만 가지고 접근을 하는 것이 아닌, 상시 본인이 틀릴 수 있다고 생각하며 다양한 입장 및 관점을 이해하는 것이 중요하다

사회를 구성하는 일원으로서 언제나 한쪽으로 치우쳐지지 않고 지나치지 않은 중용(中庸)적인 태도를 가지고 생활하기가 쉽지 않다. 수많은 개인들과 조직의 이익과 비전을 완벽히 중용하여 모두가 만족하는 정책과 방향을 제시한다는 것은 물질 및 사상적인 측면이 다양해진 현대사회에서 실현이 불가능한 일이라고 봐도 무방하다. 나는 한국과 중국의 스타트업 등 새로 성장하는 기업들에 대한 규제를 대하는 태도를 통해서 양국이 많이 다르다는 것을 느꼈다. 일례로, 2019년에 택시산업과 쏘카 및 타다라는 신생 스타트업 간의 분쟁에서 정부가 기득권인 택시산업의 손을 들어주면서, 해외에서 다 쓰고 있는 공유경제 플랫폼 모델이 한국에서는 제동이 걸렸다. 물론 중국도 비슷한 분쟁이 있었지만, 중국은 한국과 다르게 공유경제 플랫폼의 손을 들어주었다. 나는 의문이 들었다. 중국은 사회주의 국가로서 실업률 증가, 빈부격차 극대화 등 이슈가 생길 수 있음에도, 결단력 있게 사회 체제상 문제가 생길 수도 있는 방향으로 변화를

주려는 이유가 무엇일까? 나는 이와 같은 문제에 대하여 3가지 가능성이 있는 답변을 제시하였다.

첫째, 내가 보기에 중국은 엘리트 계층이 주도적으로 통치하는 국가이다. 국민이 선출한 민주국가들처럼 외형이 아닌 실리를 중시하기에, 중국에서는 기술 발전에 따른 실업 문제를 해당 산업 발전으로 새로운 일자리를 창출해 해결한다. 중국은 기술 정책 발전에 따른 변화에 더 큰 중점을 둔다.

둘째, 중국이 최대한 많은 국가 성장력을 창출하기 위해, 첨단기술 분야의 리더가 되려고 기술개발에 투자를 많이 하기 때문일 수 있다. 기술 분야에서 높은 위치를 차지하면 국가 총 생산성을 높이는 데 적극 기여할 수 있기 때문이다. 첨단기술 측면에서 앞선다면 중국은 엄청난 성장동력을 갖게 되고, 앞으로도 지속해서 기술을 주도하는 국가로 거듭날 것이다.

마이크로소프트, 구글, 아마존 등 상위 인터넷 기업들의 시장 선점은 국가 차원에서 동반되는 경제성과 일자리 창출 효과를 가늠할 수 없게 가져다주며, 선두기업을 제외한 나머지 기업들은 점차 경쟁에서 밀려나게 된다. 즉 기업 간 양극화를 초래하는 만큼 1위 기업이 되기 위한 노력이 중요하고, 이는 중국도 마찬가지다. 그래서 중국 정부는 전반적인 첨단기술에 대한 발전을 대대적으로 추진하고 있다. 중국의 산업발전정책에 따르면 다른 나라보다 앞서 기술 관련 일자리를 우선 확보·교육하고, 중국 전체 경제를 효과적으로 이끌며, 국가를 부유하게 만들어 중국의 경쟁력을 높이고, 중국 특색사회주의 형태로 사회 하층 인구를 부유하게 하여 먼저 부자가 된 사람들이 사회 전체를 공동부유로 이끌어간다는 논리다.

셋째, 현재 중국이 미국을 주축으로 한 서방 국가와의 첨단산업 경쟁 문제다. 미국은 도널드 트럼프 선 미국 대통령 집권 이후 중국을 미국에 극히 위협적인 국가로 간주해 중국의 경제 발목을 잡고 있다. 미·중 패권경쟁이 치열해지고 있고, 양국 간 패권경쟁도 기술경쟁으로 변해가고 있다. 미중경쟁으로 인하여 중국은 여전히 과학기술 발전 중심의 큰 방향을 유지하고 있는 것이다.

중국은 짧은 시간 동안 국가를 엄청나게 발전시켜왔다. 나는 2021년 7월에 여행으로 중국 해남성 산야(三亚)시에 갔다 왔는데, 제일 놀랐던 점은 4일간 중국의 택시 호출 플랫폼을 총 7번 사용했는데, 그중 6번은 전기차가 왔다는 점이다. 기존 내연기관 자동차에서 빠르게 전기차로 바뀌는 중국 시장에 다시 한번 놀랐다. 또한, 기사들에게 질문을 해본 결과, 중국산 전기차의 디자인이나 전체적인 성능 면에서도 만족한다고 했다. 하지만 한국 네티즌이나 전체적인 여론을 보아, 중국산 제품이나 중국기술이 많이 뒤처져 있다는 고정관념을 가지고 있다. 하지만 중국은 부단히 변화를 받아들이고 있으며, 변화를 정부주도로 최선의 실리적인 중용을 택하면서 발전해 나가는 모습을 보며, 한국 또한 경계심을 가지고 이런 현상을 객관적으로 바라볼 필요가 있다고 생각한다.

2.2 인식 개선

24;

우리는 조선족을 어떻게 바라봐야 하는가?

〈최민성〉

아빠가 사업하시면서 아시게 된 조선족 '삼촌'을 통해 나를 중국 '연길'에 있는 기숙학교로 유학 보냈다. 훗날 물어본 바로, 내가 공부를 특출나게 잘하지 않았고, 중국의 미래 발전 가능성을 보고 나를 유학 보냈다고 한다.

출국 일주일 전, 부모님과 떨어져 살아야 한다고 들었을 때부터 비행기에 오르기까지 안 운 날이 없었다. 내가 그동안 티비에서 본 중국은 '시골, 안 씻음, 촌스러움, 문화 수준 낮음'이었다. 중국 가기 싫어서 출국 전날 엄마와 침대에 앉아 부둥켜안고 우는 와중에 엄마가 "연길에 가서 정작 중국어는 안 배우고 조선족 말 배우고 오면 안 돼."라고 한 농담에 울면서도 웃었던 기억이 난다.

처음 접한 중국의 모습은 낯설음 그 자체였다. 깔끔하지 못한 보도블록, 나름 멋을 가미했지만 오히려 주변과 안 어울리는 건물 양식, 아빠는 조선족들이 사는 곳이라 한글도 많이 보이고 살기 편할 거라 했지만, 한자와 한글이 같이 표기된 간판은 더욱 내게 어색함으로 다가왔다.

'내가 앞으로 여기서 살아야 하는구나…'하며 우울해하는 동안, 삼촌이 마시고 싶은 음료수를 물어봤다. 나는 중국 음료수에 대해 몰랐다. "아무거나요." 나는 대답하며 속으론 '오렌지 주스나 사주시겠지.'라고 생각했다. 삼촌이 들고 온 것은 보리차 색의 '빙홍차'였다. 읽지 못하는 글자에 왠지 모르게 내 입맛에 맞지 않을 것 같은 느낌이 들었다. '왜 이걸 사주셨지?' 생각하며 낯설음을 입 끝에 대는 순간, 입속으로 신선함이 흘러들어왔다. 그건 분명 한국에선 느껴보지 못한 맛이었다. 아이스티와 비슷하면서도 분명 차의 향이 느껴졌다. 이날은 '중국에도 맛있는 것이 있구나'하며 처음으로 중국에 대해 뾰족하기만 했던 단조로운 시각에 새로운 '각'이 생긴 순간이었다. 나는 한동안 주머니 속에 3위안이 남으면 '상점'에서 빙홍차만 사서 마셨다.

몇 년간의 유학 생활은 낯설음과 신선함을 익숙함으로 바꾸어 놓았다. 나는 한족 학교(조선족 자치구인 연길의 학교는 흔히 '한족 학교'와 '조선족 학교'로 나뉜다)에 다니며 한족이나 조선족 친구들을 두루두루 사귀었다. 중국어로 수업을 듣고 말하는데 거리낌이 없었고, 처음 보는 사람들에겐 중국인인 줄 알았다는 말도 많이 들었다. 엄마는 농담이었지만, 친구들과 있을 때 나는 오히려 한국어를 쓰는 것이 어색해 점점 연변 말투로 말하는 것에 익숙해져 갔다. 여느 조선족들처럼 중국어와 '조선어'를 섞어 썼다. 학창 시절, 내 '절친' 중엔 한족 친구와 더불어 조선족 친구들도 적지 않았다.

조선족 자치구인 만큼, 연길엔 김밥, 냉면, 삼겹살 등 한식을 파는 가게가 많았고, 조선족 친구 집에 놀러 가면 밥상에 김치도 자주 올라왔다. 한국인과 조선족은 같은 뿌리와 문화를 공유하는 한민족이라는 것을 느꼈다.

그럼에도 나는 조선족 친구들과 어울리면서 그래도 한민족의 진정한 후예는 한국인이라는 약간 삐뚤어진 자부심을 느꼈던 것 같다. 나의 "연길에서 제대로 된 김치를 먹어본 적이 없다."라는 말에 친구가 되물었다. "그럼 어떤 김치가 제대로 된 건데?" 나는 친구가 약간 발끈한 눈치여서 당황했고, '진정한 후예'지만 직접 김장을 해본 적이 없어 당황했다. "글쎄? 연길도 외곽 농촌이나 시골 쪽에 가면 제대로 만드는 곳도 있겠지?"라고 얼버무렸다. 그들도 한국인과 같은 문화를 누리는 민족인 만큼, 중국 내 소수민족으로서 다른 민족과 차별화된 문화에 대한 자부심과 같은 문화에 기반을 둔 독립국인 한국에 모종의 소외감을 느낄 수도 있다. 지금 생각하면 친구에게 미안하고 치기 어린 발언이었다.

우리가 조선족을 바라보는 시각은 다양해야 한다. 근대 역사의 영향으로 민족 국가들은 열강 등 타의에 의해 분열과 통합을 경험했고, 현대에 이르러 조선족은 더욱 다양한 정체성을 가지게 되었다. 조선족들의 정체성에 대해 많은 연구결과가 있지만, 56개의 소수민족의 분열 가능성을 최대한 배제하려는 중국 정부의 노력은 헛되지 않았다. 소수민족의 문화를 존중하면서도, '중국인'이라는 정체성이 선제조건이다. 조선족은 분명 중국인이다. 지금의 중국이 건립되고 약 70년 동안 조선족은 중국인이라는 국적에 익숙해지고 일반적인 한민족 문화와 또 다른 문화를 흡수했다.

어느 날 내가 조선족 친구 집에 가서 점심을 먹었을 때 친구는 국거리와 밥을 내줬다. 밥을 절반쯤 먹던 도중, 나는 자연스레 밥을 국에 말아 먹었다. 옆에 앉아있던 두 조선족 친구들은 특유의 연변 말투로 "역시 한국인이구나야!"라며 동시에 피식 웃었다. 두 친구는 '중국인'들은 국물에 밥을 잘 말아 먹지 않는다고 했다.

나는 이 글을 쓰기 전에 조선족 친구한테 한국인이 조선족에게 어떤 편견을 가지고 있는 것 같은지에 관해 물어봤다. 역시나 영화나 드라마 등 여러 매체에서 조선족의 이미지가 안 좋게 표현되는 것이 안타깝다고 했다. 이와 더불어 조선족 특유의 말투 때문에 한국인들의 무시를 받는 경우가 다분하다 한다. 친구는 이런 부분들에 대해서 조선족을 한국인 아류가 아닌, 그냥 '중국인'으로 봐주면 좋겠다고 했다.

한편, 조선족 또한 우리와 문화를 공유하는 한민족인 것 역시 부정할 수 없는 사실이다.

2022년 2월 베이징 동계올림픽이 개최되었다. 올림픽 개막 몇 달 전, 메신저 단톡방에 한국 방송 3사에서 통역 아르바이트 인원을 뽑는다는 공고가 올라왔다. 비록 근무가 끝난 후 격리를 해야 할 수도 있다는 조건이 있었지만, 흔치 않은 경험이라 고민의 시간은 길지 않았다.

나는 운 좋게 개막식을 참관할 기회를 얻었다. 개막식이 시작하기 전, 스타디움 전광판에는 여러 민족의 모습이 그들의 고유문화와 함께 소개됐다. 오랜 중국 생활과 몇 차례의 한중 갈등을 경험한 나는 분명 조선족과 관련한 '문화공정' 문제가 또 한 번 대두될 것이라고 직감했다. 곧이어 조선족의 모습이 화면을 화려하게 장식했다. 한복, 김치, 윷놀이 등 한민족의 문화가 소개되었다. 특히 논란이 된 것은 중국인들이 56개 소수민족의 전통의상을 입은 사람들과 더불어 중국 국기인 오성홍기를 국기 게양대에 전달하는 연출이었다. 그 과정에서 조선족을 대표하는 한 소녀가 한복을 입고 있었다. 당연하게도 각종 한국 매체는 '동북공정', '한복공정', '문화공정' 등의 키워드로 해당 이슈를 전했다.

분명 중국이 한국과 적지 않은 문화적 마찰을 빚었던 것은 사실이다. 많은 한국인은 중국이 조선족을 내세워 문화적 주도권을 강탈하려 한다고 생각한다. 그동안 중국은 한국이 이해하지 못할 명분을 내세웠고, 나 역시 많이 분노했다.

하지만 우리는 먼저 반중 감정을 배제하고 해당 사안을 바라볼 필요가 있다. 나는 이 사안을 조금만 다른 관점으로 바라보면 문제가 없다고 생각한다. 조선족이 우리와 같은 문화를 누리는 것은 당연지사이다. 다들 각 소수민족의 전통의상을 입고 등장하는데 조선족만 치파오를 입을 수 없지 않나? 올림픽 개막식 전 중국 소개 영상에서도 조선족뿐만 아니라 각 지역 및 그 지역의 소수민족이 등장한다. 이처럼 조선족은 중국인이지만 민족적 정체성을 잃지 않은 한민족이다.

다만, 확실히 해야 할 것은, 우리와 한 뿌리라고 할지라도 조선족은 중국 소수민족 중 하나이며, 중국 소수민족이라 할지라도 우리와 한 뿌리를 공유하는 민족이다. 단순히 반중 감정에 휩쓸려 모든 중국 관련 이슈를 부정적으로 대한다고 생각하기엔 한국인들은 이미 수많은 갈등 때문에 지칠 대로 지친 상태이다. 중국 정부도 문제가 없을 수 있는 사안이 다른 의도로 안 비치게 노력을 해야 한다. 여러 국가의 역사와 이해관계가 얽혀 있는 현대사회인 만큼, 한민족 문화를 계승한 독립국은 한국이라는 것, 중국에 한민족에 뿌리를 둔 조선족이 있다는 것, 이 사실들 탓에 파생되는 진실과 거짓을 한국과 중국이 서로 협력하여 세계에 널리 알려야 한다.

우리는 편견에서 벗어날 필요가 있다. 이 글을 쓰기 전, 나는 언론이 반중 정서의 선봉장이라고 생각했다. 하지만 개막식 이후, 내가 속한 방송사의 기자님들은 '한복 소녀'에 대해 이야기하며 나와 같은 견해를 가지고 계셨다.

나도 중국에 오기 전까진 중국에 대한 편견이 많았다. 실제로도 유학 초창기 중국은 내가 생각했던 것과 대부분 일치했다 할 수 있겠다. 그러나 이전에 '한국이 그랬듯', 중국은 빠르게 변화하고 있다. 중국이 무섭기도 하다. 한국, 미국과 같은 일반적인 민주주의 국가에서 보기 힘든 하나로 밀집된 큰 동력이 중국에서 느껴진다. 여당과 야당이 주기마다 상대의 정책을 뒤집는 것에 비해, 중국은 '중국 특색'이라는 키워드로 시장경제처럼 좋은 점은 배우고, 나쁜 점은 개선하는 공자의 교훈(擇其善者而從之 , 其不善者而改之)을 충실히 이행하고 있다. (설사 거대한 권력투쟁이 자리 잡고 있다고 하더라도) 중국의 부상이라는 큰 꿈을 향해 온 나라가 일심동체로 나아가고 있다. 이런 나라를 이전의 시각으로 바라보면 퇴보하는 것은 곧 우리이다. 나는 외세의 억압 속에 한민족을 잃어버리지 않은 대한민국이 자랑스럽고, 중국이 크다고 해서 떠받들고 싶지 않다. 다만, 한국인들이 반중 정서에 눈멀지 말고 경각심 지닌 채로 중국의 현재와 미래를 지켜봤으면 한다.

내가 빙홍차를 마신 그날처럼, 직접 맛봐야 편견이 깨지는 경우가 있다. 혐오 정서가 만연한 각종 매체의 '리뷰'만 믿고 중국을 폄하하기에는 중국이란 나라의 '향'은 풍부하다. 영어와 달리 보편적이지 않은 중국어 신문 기사 등 중국의 '포장지'를 훑어보며 그들이 어떤 생각과 속성을 가졌는지 이해하긴 쉽지 않다. 그래서 이 책 속 공동 작가들과 같이 중국을 직접 '맛본' 이들의 역할이 중요하다.

한국 국민은 '똑똑하다'. 비판할 것은 비판하고, 이성적으로 대할 것은 이성적으로 대하면 된다. 중국에 대한 부정적인 정보가 난무하는 요즘, 우리가 정반대의 긍정적인 시선 또한 제공하고, 판단은 국민이 하면 된다.

25;

중국의 '꽌씨(關係)'문화, 그들이 생각하는 관계

〈이승연〉

중국 하얼빈에서 3년, 북경에서 5년간 현지에서 유학 생활을 하고 북경 인민대학교 국제정치학과에 재학하고 있는 한국 유학생입니다. 중고등학교 모두 중국인 친구들과 함께 수업을 듣고 함께 생활하며 자연스럽게 중국의 문화와 중국인들의 가치관을 이해할 수 있게 되었습니다. 2014년 중국 유학을 처음 시작했을 때와 현재 한국에서 중국의 이미지는 많이 달라졌습니다. 좋은 이미지보다는 좋지 않은 이미지가 더욱 강조되어 한국인들의 중국에 대한 생각이 부정적이게 변하는 것을 보며 안타까웠고, 주변 지인이나 처음 만나게 된 사람에게 소개할 때 중국에서 유학한다는 사실을 알리기 주저하고 있는 저 자신을 느꼈습니다. 이런 저 자신을 발견하고 중국 유학을 처음 시작했을 당시 자랑스럽고 저에게 뜻깊은 유학 생활을 경험하게 해준 중국의 이미지를 개선하는 활동에 참여하여 조금에 힘이라도 보태고 싶다는 생각이 들어 글을 작성하게 되었습니다.

한국에서 중국에 이미지는 좋지 않은 모습이 강조되고 있지만, 제가 경험했던 중국과 만나왔던 중국인들은 한국 유학생들에게 우호적이었습니다. 현재 한국인들 사이에서 인식되고 있는 모습보다는 다정하고 친근하며 서로의 문화를 존중할 줄 아는 사회였습니다. 제가 실제 경험했던 모습과 다르게 변화되고 있는 중국의 이미지가 안타까웠습니다. 중국 현지에서 유학을 하며 경험했던 일들과 함께 이야기를 나누어 보려고 합니다.

중국 유학을 처음 시작할 당시에는 저 또한 중국에 대한 이미지가 모두 긍정적이지는 못했습니다. 유학을 시작하기 전 미디어에서 표현되는 중국과 중국인들에 이미지를 떠올렸을 때, 억양이 세고, 청결하지 못하다는 인식이 강하게 자리잡혀 있었습니다. 새로운 문화와 언어를 배운다는 기대도 있었지만 약간의 걱정도 함께 존재했습니다. 짧은 준비기간을 마치고 하얼빈이라는 도시를 통해서 중국을 처음 경험하게 되었습니다. 하얼빈 공항에 내려 버스를 타고 학교로 이동하는 과정은 너무 낯설었고, 밝은 조명과 기분이 좋아지게 만드는 향기가 났던 인천공항과는 반대로 어두운 조명과 퀴퀴한 냄새가 나는 하얼빈 공항에 적지 않은 충격을 받았습니다. 모든 중국인이 마치 화를 내고 있는 것처럼 느껴졌고 한국과 다른 분위기에 당황하기도 했습니다. 하지만 중국어를 배우기 시작하면서 화를 내는 것처럼 느껴졌던 사람들의 말투는 중국어에 있는 '성조' 때문임을 알게 되었고, 학교에서 마주치는 중국 학생들과 친해지며 중국 문화에 익숙해지기 시작했습니다. 같은 반에서 수업을 듣고 쉬는 시간에 대화를 나누며 서로의 문화를 배우고 교류했습니다. 대부분의 중국 친구들이 한국 드라마나 배우, 가수에 대한 애정이 있었고 먼저 다가와서 말을 걸어주며 적응할 수 있도록 도와주었습니다.

중국인 친구들과 친해지고 문화를 교류하면서 가장 인상깊었던 문화는 바로 '꽌씨(關係)'문화입니다. 나라의 면적이 크고 이동시간이 길어 서로 멀리서 사는 가족이면 일년에 몇 번 만나기도 힘든 중국에서는 "먼 친척보다는 가까운 이웃이 더 낫다."라는 말이 있을 정도로 사람 간의 관계를 중요하게 생각하는 문화가 존재합니다. 때문에 한번 자신의 사람이라고 생각되거나 가까워진 사람에게는 도움을 주는 것을 좋아하고 완전히 그 사람의 편이 되어주기도 합니다. 한국에서 흔히 있는 중국인들에 대한 착각 중의 하나가 바로 '배신'일 것입니다. 중국인들은 뒤통수를 잘 때린다, 자신의 실속만 챙길 것이라고 말하는 분들을 많이 만나보았습니다. 저 역시 중국인 친구들을 만나기 전에는 같은 생각을 가지고 생활하였습니다. 하지만 중국뿐만 아니라 어느 나라의 사람이어도 진실한 사람이 있고 그와 반대되는 성향을 가진 사람이 존재하듯 당시에 제가 가지고 있었던 흔히 말하는 '뒤통수를 잘 때리는 중국인'이라는 인식은 편견에 불과했습니다. 그들에게 있어서 '꽌씨'는 제가 생각하는 것보다 훨씬 더 중요한 요소였습니다. 14억이라는 엄청난 숫자에 인구가 존재하지만 어쩌면 그 많은 사람 속에서 자신의 편을 찾고 자신이 상대를 지켜주고 응원하는 것과 같이 자신 또한 응원받고 싶은 그들의 속마음일 수도 있겠다는 생각이 들기도 했습니다. 북경에서 생활하며 알게 된 전직 경찰이셨던 기사 아저씨가 한

분 계시는데, 제 지인이 환전사기를 당하게 되었다는 사실을 알게 되시고는 직접 경찰서와 연결해 주시고 외국인이라 소통에 어려움이 있을 것을 걱정하시면서 경찰서에 함께 방문해서 상황설명까지 도와주셨습니다. 그저 일적으로 연결된 관계였고 깊지 않은 관계라고 생각했었는데 자기 일까지 뒤로 미루며 도와주셨습니다. 타국에서 어른 없이 생활하는 저와 제 친구에게는 너무나 든든한 존재였습니다. 중국인들에게 있어 꽌씨문화가 정말 중요한 문화라는 것을 다시 한번 느끼는 계기가 되었습니다.

이렇게 중국인들이 중요하게 생각하는 꽌씨문화는 일상생활에서 매우 중요한 요소 중에 하나이며 외교관계에서도 중요한 요소입니다. 중국과 한국의 정치·경제적 교류와 외교 활동은 활발히 이루어져 왔고, 양국은 떼어낼 수 없는 관계 속에 있습니다. 중국과 한국 간 외교적 갈등도 존재하였지만 관계를 중요시하는 중국은 두 나라의 긴밀한 관계를 강조하며 한국과의 긍정적인 외교활동을 이어왔습니다. 개인의 관계보다는 자국의 이익을 우선으로 생각하겠지만 자국과 뜻이 같다고 생각하는 나라와는 좋은 관계를 유지하고 상호 발전을 추구하는 외교관계를 지향하고 있습니다.

14억 인구 강대국인 중국을 지도하고 있는 그의 성향과 가치관을 통해 중국을 엿볼 수 있습니다. 시진핑 주석은 2013년부터 현재 2022년까지 국가주석 자리를 유지하고 있고 취임 당시 정부의 부정부패 척결과 '링지화 사건' 등 최상층부에서 터진 비리 사건들을 해결하며 인민들에게 보다 친근하고 정직한 이미지로 다가왔습니다. 인맥으로 모든 것이 통하는 꽌씨의 나라 중국은 정치부와 고위 간부들에게 부정부패의 천국이었습니다. 그런 시대의 압박이 존재함에도 시진핑은 깨끗하고 정직한 정치 성향을 보여주며 인민들에 신뢰를 얻게 되었습니다. 중국의 현재 목표는 바로 세계 강국인 미국과의 경쟁에서 승리하는 것이고 궁극적으로 '중국몽'을 실현하는 것입니다. 이 과정에서 이웃 나라인 한국과의 공동 성장을 지지하고 있습니다. 양국은 긴 시간 가까운 이웃으로 존재하며 밀접한 관계를 형성했습니다. 2022년 3월, 시진핑 주석은 윤석열 당선인과의 통화에서, 중국은 한국과 영원한 이웃이자 떼어낼 수 없는 협력 동반자라고 말하며 한중 관계의 중요성을 강조했습니다. 시진핑 주석은 한중 양국의 협력강화, 국제 공급망의 안정 및 촉진 또한 강조하였습니다. 미국과 중국의 갈등이 호전되지 않고 있는 가운데 한국과 중국의 외교장관들은 지속적으로 소통하며 한국과 중국에 외교관계를 높게 평가하고 있습니다. 미중 분쟁 영향 속에, 한중 갈등이 존재하지 않는 건 아니지만, 중국은 기본적으로 두 나라의 교류를 통해 함께 성장해 나가는 것을 원하고 있습니다.

요즘 sns에 비춰지는 중국인들에 모습은 주로 폭력적이거나 범죄를 저지르는 모습이 대부분입니다. 그러한 게시물에 달리는 댓글들에는 '역시 중국인'이라는 반응이 대부분인 것을 보며 한국에서 중국인에 대한 인식이 얼마나 변화되었는지 실감할 수 있었습니다. 베이징 올림픽 쇼트트랙 부분에서 편파판정으로 다시 한번 양국의 입장이 나뉘었고 갈등이 생겼습니다. 인스타그램에는 중국에 판정에 대한 게시물로 넘쳐났고 뉴스에서도 중국인들에 댓글, 중국sns게시물들을 인용하여 편파판정에 대한 중국인들에 태도를 비판했습니다. 저 또한 중국인들에 태도에 화가 나기도 했지만 sns에서 비춰진 모습과 같이 모든 중국인들이 중국에 편을 들지는 않았습니다. 중국에 sns에도 중국을 비판하는 글들도 올라왔지만, 한국에서 기사화되고 집중된 것은 한국을 비판한 글이었습니다. 자극적인 것을 좋아하는 미디어이기에 대중들이 예민하게 생각하는 부분을 건드리는 것이 대부분일 것입니다. 중국에서 유학 생활을 하고 중국인 친구들에 순수하고 배려하는 모습들을 경험했기에 미디어에 비춰지는 중국인에 모습으로 계속해서 변화되고 있는 중국에 대한 인식이 안타깝기만 합니다.

중국에게 중요한 문화인 '꽌씨'문화는 한번 자신의 편이라고 생각된 사람에게는 아낌없는 도움을 줍니다. 그리고 중국은 우리 한국을 협력 동반자임을 강조하고 있고 그들의 관계에 포함하고 있습니다. 지금은 잠시 차가운 관계일지 몰라도 양국이 소통하고 조금씩 맞추어 나간다면 다시 따뜻한 관계로 돌아갈 수 있을 것입니다. 오래된 외교활동과 이웃 나라로 지금까지 이어온 이 관계에 끝은 반드시 따뜻할 것임을 기대해봅니다.

2.4 예절

26;

문화의 차이가 빚어낸 예(禮)에 대한 오해

〈공지유〉

중국인의 '禮(예)'

'한국인들이 중국인들에게 가지고 있는 편견을 깨자'는 주제를 받았을 때, 저의 머릿속에는 한국 사회에서 중국과 중국인들을 묘사하는 대표적인 이미지 몇 개가 바로 떠올랐습니다. 그 중, 가장 고정된 인식은 '중국인들은 대체로 예의 없고, 무례하며, 제멋대로이다."라는 고정관념인 것 같습니다. 어느 여행지를 가던 중국인들은 시끄럽고, 그 나라의 질서를 흐트러뜨리며, 쓰레기를 아무 데나 버리는 그런 사례들이 언론을 통해서 많이 보도되고 있습니다. 실제로 유튜브에 '중국인'이라는 검색어를 입력하면, 가장 상단에 나타나는 동영상의 제목이 "중국인들은 왜 이기적일까?"이며, 그 동영상은 대체로 중국인들의 무례함과 무질서함을 소개하고 있습니다.

하지만 실제로 중국에서 유학하며 필자는 중국인들이 어렸을 때부터 '예'(禮)에 대해 교육받으며, 중국에서 예의는 굉장히 중요한 덕목으로 여겨진다는 사실을 알게 되었습니다.

"不學禮, 無以立。" (입신의 근본은 예절이다.)

이 구절은 논어의 한 구절로, 이 구절을 통해서도 중국인들은 예절을 얼마나 중요시하는지 알 수 있습니다. 중국에서는 아주 어렸을 때부터 이러한 고대 시, 문학을 익히고 외우며 자라옵니다. 저 또한 중국에서 중, 고등학교에 다니며 평소에 도덕에 관련된 많은 문장을 접하곤 했습니다. 이는 유년기부터 중국인들로 하여금 어떻게 생각하고, 행동해야 하는지 분별하도록 합니다.

중국인의 예절의식은 중국인들을 실제로 경험할수록 더 많이 깨닫게 됩니다. 저는 제가 느꼈던 대표적인 세 가지에 대해서 나눠보려 합니다.

1. 선생님들에 대한 예의

중국에서 학창시절을 보내면서 가장 한국과 다르다고 생각했던 점은 선생님과 학생의 관계일 것입니다. 한국에서 학교에 다닐 때, 한국 학교 학생들은 선생님을 그저 수업해주는 사람 그 이상 그 이하로도 여기지 않는다는 느낌을 많이 받았습니다. 종종 선생님들을 희화화하고, 대놓고 무시하거나, 수업을 아예 듣지 않는 친구들이 정말 대다수였던 것으로 기억합니다. 이는 오로지 학생들의 문제라기보다는, 학교가 더는 학생들이 공부하는 곳이 아니기에, 한국 청소년들에게 학교의 중요성이 점점 희미해짐에 따라 생기는, 어떻게 보면 자연스러운 현상입니다. 이와 더불어 개인적인 경험으로 미뤄봤을 때, 한국에서 선생님을 정말 스승이라고 여기고, 존경하며 예의를 갖추는 일이 점점 드물어지고 있습니다.

중국 학교에서는 선생님은 아직도 스승이라고 여겨집니다. 그리고 학생들은 그만큼의 예의를 갖추어 선생님들을 대합니다. 선생님들은 그저 지식 전달자의 역할을 넘어 학생의 전반적인 생활과 됨됨이까지 교육하게 되고 이는 당연한 것으로 여겨집니다. 학생들은 이러한 선생님들의 지도를 간섭이라고 여기지 않고 교육이라고 받아들입니다. 저는 중국에서 처음 중학교 생활을 시작했을 때 바로 이 부분에서 가장 적응하기 어려웠습니다. 선생님은 학생 개개인과 관계를 쌓고, 선생님의 말씀에 바로 따르는 친구들의 모습이 제 경험과는 너무 달랐기에, 초반에는 많이 어색하게 느껴졌습니다. 그리고 선생님의 잔소리가 간섭이라고 여겨지며 선생님을 좋지 않은 시선으로 바라보던 시절도 있었습니다.

하지만 선생님의 지도에 순종하는 것이 이미 하나의 분위기인 학교에서 저도 점차 선생님을 따르고 나아가 선생님을 존경하며 대하는 것을 배우게 되었습니다. 선생님께 가끔 꾸지람을 들을 때도 반항심이 들기보다 여느 다른 친구들처럼 선생님의 말을 경청했습니다. 이렇게 선생님과 학생들의 관계가 한국에서와 같이 남남이 아닌, 학생들은 선생님께 예의를 갖추고 선생님들은 '선한' 권위를 가지고 지도하다 보니 더욱 끈끈해지는 것을 느꼈습니다. 그래서 초반에는 선생님에 대해 불쾌하게만 여겼던 저를 포함한 한국인 유학생 친구들이 중학교를 졸업하던 시점에는 선생님을 스승으로 여기며 예를 갖추어 대하게 되었고, 선생님은 저희를 집에 초대하여 밥을 해주시는 등 더욱 끈끈한 사제지간이 되었던 경험이 있습니다.

비단 선생님에 대한 예의 외에도, 중국인들은 본인보다 나이가 많은, 혹은 경험이 많은 사람에 대한 예의를 굉장히 철저하게 지킵니다. 이는 우리가 흔히 떠올리는 중국인의 모습과는 많이 다른 것 같습니다.

2. 공동의 질서와 규칙

제 경험에 의하면, 질서와 규칙은 중국인들의 특징 중 하나로 꼽을 수 있을 만큼 중국인들이 가장 중시하는 것 중 하나입니다. 오히려 엄격하기까지 할 정도로 질서와 규칙을 중시하는 사회적 분위기는, 한국인들이 보통 생각하는 중국과는 많이 달라 보입니다.

한국에서 중학교를 다닐 때, 줄 서는 것, 기다리는 것, 교복 단정히 입는 것 등 사소한 규칙과 질서를 크게 강조하지 않았었습니다. 하지만 중국 학교에서 이런 부분들에 대해 너무나 강조하는 것을 경험하며 초반에는 정말 이상하다고 생각될 정도였습니다. 조회 시 자세를 바르게 유지하며 경청하기, 조회 후 퇴장할 때 각 학년과 반에 맞춰 질서 있게 퇴장하기, 어떻게 보면 피곤할 정도로 세세한 규칙에 신경 쓰는 모습은 오히려 '굳이?'라고 생각될 때도 많았습니다.

특히 위생에 관한 부분에서도 굉장히 엄격했는데, 매일 아침 청소 당번이 교실에 일찍 와서 교실 바닥이 반짝반짝해질 때까지 청소를 했고, 선생님께서도 평소에 각자의 자리 주변 정돈을 항상 강조하셨습니다. 이것도 공동체의 규칙이었고, 중국 학생들은 이렇게 규칙이 생기면 정말 철저하게 지켰습니다. 저를 포함한 한국 학생들은 규칙이라는 것 자체에 대한 거부감이 있는데, 그에 비해 중국 학생들은 이런저런 규칙들에 굉장히 충실하게 따른다는 것을 많이 느꼈습니다.

또한 흔히 유튜브나 SNS에서 접하는 모습과는 달리, 실제로 중국에서 생활하면서 지하철에서 큰소리로 소리를 지르거나, 서로 밀치며 타고 내리거나 하는 모습은 한국과 같이 거의 본 적이 없고, 오히려 놀랐던 점은 지하철 안에 승객 질서를 관리하는 인원이 돌아다니며 질서를 강조하는 모습이었습니다. 그래서 방송이나 매체에서 중국인들의 무질서함이나 무례한 모습을 접할 때, 제가 경험한 중국인들과는 너무나 달랐기에 의아했던 적도 많았습니다.

3. 다른 문화에 대한 존중과 인정

최근에 중국의 문화 침략, 문화 우기기가 한국 사회에서 크게 이슈가 되었습니다. 김치를 중국 것이라고 우기고, 한복도 중국 것, 넷플릭스 영화 승리호의 cg 기술도 중국 것 등 중국인들이 한국의 문화를 자기 것이라고 우기는 모습들이 한국인들의 분노를 샀습니다.

하지만 제 주변의 중국인들은 한국의 문화 자체를 인정하는 것을 넘어 굉장히 좋아합니다. 한국의 드라마, 한국의 음식, 패션 등등 모두 '한국'드라마, '한국'음식이라고 부르며 그것들을 정말 즐기고, 많은 경우에 '한국' 두 글자가 앞에 붙으면 더 고급의 상품으로 여겨집니다. 중국 친구들과 친해질 때 대부분 한국 연예인, 한국 드라마 영화 이야기로 말문을 여는 경우가 많습니다. 이렇게 '한국' 상품과 문화를 즐기는 것, 그리고 그것을 닮아가려고 하는 것이 이미 한국문화에 대한 인정을 나타내고 있는 것이 아닐까요?

제가 듣는 강의에서도 중국인 교수님께서 이 문제에 대하여 언급하신 적이 있습니다. 교수님께서도 타문화에 대한 존중과 인정이 꼭 필요하고, 김치 문제를 구체적으로 언급하시면서 이는 소수 의견이라고 말씀하시기도 하셨습니다. 또한, 저희 학과 개학식에서도 교수님께서 연설하시며 다른 문화에 대한 맹목적인 문제제기와 비존중이 비록 소수일지라도 중단되어야 한다고 말씀하신 적이 있습니다.

이처럼, 중국의 지식인들과 대부분의 사람은 맹목적으로 타문화를 무시하거나 그것이 자기 것이라고 우기지 않고 오히려 인정하고 즐길 줄 아는 모습입니다. 이 부분도 또한 한국 매체의 소수에 대한 정형화가 빚어낸 오해인 것 같아 중국 유학생으로서 굉장히 속상했던 일이었습니다.

그렇다면, 과연 중국인들에 대한 이미지가 완전한 오해일까요? 세계적으로 중국인이 갖는 고정적인 이미지가 만들어진 것에 대해서는 어느 정도 그 이유가 있을 것입니다. 하지만 저는 어쩌면 문화의 차이에 따라 예의의 모양이 다르고, 예의에 대한 범주가 맞물리지 않으면서 이 차이를 예의 없다고 일컫는 경우도 비일비재하다고 생각합니다. 즉, 중국 사람에겐 당연한 것이 한국에서는 무례한 것이 되고, 이 때문에 중국인들은 의식하지 못한 채 본인들이 무례한 사람으로 낙인찍히는 경우가 생기는 것이죠. 한국사람들도 마찬가지입니다.

저도 가끔 문화의 차이를 간과하고 행동하여 예의 없다는 시선을 받은 경험도 있습니다. 예를 들어, 수업시간에 양반다리를 하는 것이 한국에서는 예의에 어긋나지 않는 행동이지만, 중국에서는 굉장히 무례하게 비추어지는 행동입니다. 반대로, 중국인들 특유의 큰 목소리가 한국에서는 시끄럽고 무례하게 들리지만, 그들에게는 아주 자연스러운 말투입니다. 어느 날, 두 친구가 대화하는 것만 듣고 공공장소에서 싸운다고 생각이 들었던 적이 있는데, 알고 보니 평범한 대화를 하고 있었던 경험도 있습니다. 중국어의 성조가 한국인들에게는 매우 익숙하지 않아서, 중국어를 모르고 듣는 사람들은 이 성조 때문에 중국인들의 말이 더욱더 공격적이라고 느끼기도 합니다. 또 어떤 때는 길거리에서 윗옷을 벗은 아저씨들을 만나고 당황하기도 합니다. 하지만 이것은 그들에게는 자연스러운 문화의 한 부분일 뿐, 이것을 보고 제멋대로이다, 예의 없다고 말할 수 없습니다.

또한, 어떤 부분은 실제로 아직 중국에서 인식이 크게 발달하지 못했습니다. 예를 들어 쓰레기 분리배출이나, 지하철과 엘리베이터에서 내리는 사람을 우선 배려하는 것 등이 있습니다. 이 부분에 대해서는 중국 사회 내에서도 아직 크게 강조되지 않는 부분이기에 그들에게는 자연스러운 행동들이지만 우리에겐 종종 무례하게, 질서 없게 비추어지곤 합니다.

이 글을 쓰며 제 주변에 한국 유학생들에게 중국인들의 예의에 대해서 물었을 때, 공통으로 중국의 예의와 한국의 예의가 달라서, 그 차이 때문에 우리가 중국인들을 예의 없다고 여기게 되는 경우가 많은 것 같다고 답변했습니다. 이는 오로지 중국과 한국의 문제이기보다, 모든 나라가 가지고 있는 고유한 문화와 그의 차이가 만들어내는 오해에서 비롯된 문제이기도 합니다. 나라마다 문화가 다르고 예의에 대한 정의가 다르기에, 다른 문화권의 사람을 대할 때 무조건 부정적인 시선으로 바라보기보단, 그 차이까지 헤아려 보는 자세가 서로의 오해를 줄여나가는 방법인 것 같습니다.

한국 사회는 소수의 극단적인 사례를 보며 이를 통해 중국인 자체에 대해 단정 지어버리는 경우가 많습니다. 그리고 유달리 중국과 중국인에게 더욱 곱지 않은 시선을 보내는 것도 같습니다. 또한, 오히려 이렇게 선입견을 품고 있기 때문에 더욱 보고 싶은 것만 보고, 부정적인 부분만 더욱 극대화하여 받아들이게 되기도 합니다. 하지만 어느 나라든, 어느 민족이든, 소수의 무례한 사람, 예의 없는 사람은 다 존재하고, 그 소수 때문에 다수가 피해를 보는 일도 비일비재합니다. 다만, 중국 유학생으로서 그 소수에게만 집중하여 그 민족 전체를 판단하는 현실들에 종종 마음이 아픕니다.

이번 계기로 중국의 예의와 중국인의 질서에 대해 어떠한 오해를 품고 있었는지 한번 되돌아보는 것이 어떨까요?

27;

남의 시선으로부터 자유로울 수 있는 나라, 중국

〈박지원〉

필자를 포함한 한국 사람들은 중국도 한국과 같은 동아시아 국가로서, 중국인들 또한 서양인들에 비해 한국인들과 비슷한 정서와 마인드를 가지고 있을 것으로 생각한다. 필자는 대한민국의 MZ 세대로서, 어떤 나이대보다 유행과 밈에 관심이 많다. 필자가 본 우리나라의 MZ 세대는 유독 유행에 더 민감하고, SNS에 본인이 무엇을 하고 있는지 혹은 본인의 사진을 업로드하는 것을 굉장히 즐긴다. SNS는 "나도 유행 따라서 이거 했다.", "나 지금 이거 하고 있다." 등 자신의 상태를 알리려는 목적의 행동들이 난무하고 있는 곳으로, 이러한 행동들의 가장 큰 이유는 남의 시선이라고 생각한다.

최근 들어 '위로' 에세이, 남의 시선에서 자유로워질 수 있는 방법 등에 관한 책들이 베스트셀러에 많이 오르고 있는데, 이러한 현상에 비추어 봤을 때, 많은 사람이 누군가의 시선을 신경 쓰고 있고, 그 사실에 대해 예민하고 민감하다는 것을 알 수 있다. 또한, 우리나라 사람들은 자유분방한 생각과 사상을 가진 사람들을 보며 '아메리칸 마인드'라며 서양의 자유로운 사상에 감탄하곤 한다. 남의 시선에 신경을 쓰다 버릇하다 보니 그렇지 않은 사람들에 대해 경이로움을 더 자주 느끼는 것이 아닐까 생각했다. 사실 필자는 누구보다 남의 시선에서 자유로울 수 있는 곳은 중국이라고 생각한다.

중국에서 생활하면서 가장 놀라웠던 점은 사람들은 정말 타인에게 크게 관심이 없다는 사실이었다. '중국이 한국과 다르면 얼마나 다르겠어.'라고 생각했던 필자에게는 꽤 큰 충격이었다. 유학 시작과 동시에 중국 고등학교에 입학하여 중국인들과 함께 수업을 듣게 되었다. 필자는 반에서 유일한 한국인 이였고, 중국 학생들과는 교복도 달랐다. 반에 있는 유일한 외국인, 게다가 중국어도 할 줄 모르는… '유일한'이라는 타이틀이 주는 압박은 첫날 교실 문을 들어가는 날까지도 발걸음을 무겁게 했다. 그렇지만 불행인지 다행인지 40여 명의 학생들은 그다지 그 외국인에게 큰 관심이 없었다. 아예 아무런 관심이 없는 것도 아니었다. 손님이 아닌 한 명의 학생으로 대해줬고, 언어만 아니었다면 한국에서 학교에 다녔던 것보다 마음은 편하게 다녔다고 말할 수 있다.

한 번은, 수업 중에 한 학생이 방귀를 크게 뀌었던 적이 있었다. 생각보다 큰 소리에 깜짝 놀라 고개를 들어 두리번거린 나와는 달리 선생님과 모든 학생은 조용히 본인 공부에 집중하고 있었다. 너무나도 당연하게 누구인지 궁금해서 고개를 들은 본인이 부끄럽게 느껴졌던 순간이었다.

한국에서 했더라면 많은 사람이 쳐다봤을 그런 행동도 중국에선 그 누구도 쳐다보지 않고 오히려 본인 갈 길 가는 것에 더욱 집중한다. 구경거리가 있어서 쳐다보는 것과는 별개로 남에게 정말 관심이 없다는 것을 느낄 수 있었다. 특히 옷에 관심이 많던 필자는 중국인들은 어떠한 스타일이나 유행에 국한되지 않고 본인이 원하는, 본인이 입고 싶은 옷을 골라 입는 것을 발견할 수 있었다. 한순간 어떠한 스타일이 번쩍 유행하는 한국과는 현저히 다른 모습이다.

이러한 사람들의 생각과 문화는 누구보다 남의 시선을 중요시 생각하던 필자마저 변화시켰다. 유행하는 옷이 나와 어울리는지 안 어울리는지에 중점을 두지 않고, 유행에 따라 사 입고, 유행 중이라는 옷과 신발을 사는 데 돈을 쓰고. 남들에게 보이는 것에 대해 더 뿌듯함을 느껴왔다. 그러나 중국에서의 생활과 이러한 중국인들의 문화들이 유행에 민감하고 자신을 억압하던 습관들을 편하게 만든 것이다. 표면적으로 보면 유행에 따라가지 않아도 된다는 것을 깨달았다는 것이지만, 실제로는 더욱더 많은 부분을 변화시켜왔다. 행동할 때나 말을 할 때, 남의 눈치를 보지 않고 남의 기분보다 내 기분과 의견을 우선 생각하는 방법을 크게 배웠다.

그렇다고 중국에는 어떠한 유행들이 하나도 없다는 것은 아니다. 중국 친구들과 대화할 때, 그들도 옷에 관심이 많고 화장에 관심이 많다. 그러나 대화할 때 지금 당장 유행이라서 재밌게 사용하는 것들에는 언어가 큰 비중을 차지한다. 예를 들어,

'보고 싶어'라는 뜻의 我想你(워샹니)는 발음이 비슷한 530(우싼링)으로, 사랑해라는 뜻의 我爱你(워아이니)는 520(우얼링)으로 암호화해서 채팅하고 대화하는 것이 중국의 MZ 세대들에게는 더 보편적인 유행이다. 또한, 당연히 중국인들도 본인의 SNS에 본인의 사진을 올리는 사람이 없는 것은 아니다, 예전보다는 훨씬 많아졌다고 느낀다. 그러나 서로 맛집을 공유하고, 놀러 가기 좋은 여행지를 추천하는 용도로 사용된다. 한국의 인스타그램처럼 중국에는 小红书(샤오홍슈)가 있는데, 보통 여행정보를 공유할 때 이 앱을 많이 사용한다.

소위 말하는 유행이란 단순히 친구들과 혹은 많은 사람들과 같이 사용할 수 있어 재밌고, 그 물건, 옷, 신발 등이 너무 예뻐서 사고 싶다는 1차원 적인 이유들도 존재하겠지만, 누군가에게 보여주고 싶고 자랑하고 싶고 나만 없으면 안 될 것 같다는 생각들이 유행이 존재할 수 있는 이유라고 생각한다. 그래서 상대적으로 이러한 유행이 적고, 타인에게 관심이 없는 중국인들의 성향을 생각해 봤을 때, 중국은 그 어느 나라보다 자유로운 '차이나 마인드'를 가지고 있다.

그렇다면 중국인들은 왜 타인에게서 자유로울 수 있을까? 중국 학생들은 중학생 때부터 논설문(议论文)을 쓰도록 교육받기 시작하는데, 보통은 '만족할 줄 알아야 한다.', '과유불급', '용감해야 한다.' 등 인생을 살면서 필요한 덕목들에 관한 글을 많이 쓰고, 또 많이 접하게 된다. 이로 인해서 어릴 때부터 성공 혹은 사자성어에 관한 문장들에 크게 반감을 가지지 않는 것은 물론이고, 본인만의 두터운 신념과 가치관이 생성된다. 이렇게 본인의 생각을 뚜렷하게 가진 사람들은 보통 남의 시선을 두려워하지 않는데, 중국인들은 학생 때부터 그렇게 교육을 받게 되다 보니 더욱더 우리나라 사람들보다는 남의 시선에서 자유로울 수 있던 게 아닌가 생각했다.

한국인은 중국이 억압과 통제를 받고 있다고 생각한다. 사실 사회적으로는 어느 정도 맞는 말일 수 있다. 하지만 생활하면서 타인의 시선으로부터 자유롭게 자신의 신념대로 행동할 수 있는 곳 또한 중국이다. 어쩌면 많은 한국인이 부러워하는 마음가짐을 중국인들은 이미 가지고 있을 수도 있다. 이 글을 통해 많은 한국인이 중국과 중국인들에게 가지고 있는 편견을 깨고, 중국에 대한 반감을 버림으로써 여행지를 고민할 때 중국이라는 선택지가 늘어나길 바라는 마음이다.

2.6 이해

28;

이해하기 힘든, 그렇지만 알고 보면 재미있는 중국의 문화

〈이채연〉

1. 중국에서는 크리스마스이브에 사과를 선물한다?

한국은 음력 1월 15일 정월대보름이 오면 1년 동안 무사태평하기를 기원하는 의미에서 오곡밥과 약식을 먹고, 1년 중 해가 가장 짧은 날인 동지에는 팥의 붉은색이 귀신을 막아주는 힘이 있다고 믿어 팥죽을 먹기도 한다. 또한 미국은 매년 11월 넷째 주 한 해의 첫 수확을 감사하는 의미로 칠면조 고기를 먹으며 추수감사절을 기념한다.

이처럼 특별한 날 특별한 음식으로 그 의미를 기념하는 것은 나라를 불문하고 모두가 가지고 있는 문화이다. 이처럼 중국도 그들만의 특별한 방식으로 여러 기념일을 보내고는 하는데, 그 중 하나가 바로 '크리스마스이브'이다.

중국은 보통 한국과는 다르게 크리스마스이브를 기념한다. 크리스마스가 아닌 크리스마스이브를 기념한다는 것부터 벌써 한국인들의 호기심을 자극하기 충분하다. 한국을 포함한 다수의 국가에서는 크리스마스가 공식적인 연휴이다. 반면 중국은 크리스마스에 대해 특별한 의미를 두지 않으며 공휴일로도 지정하지 않았다. 이는 크리스마스를 서양의 명절이라 여겨 이를 기념하는 것을 마땅치 않게 여기는 중국의 정치적, 종교적 성향 때문이다. 심지어는 크리스마스 행사 금지령까지 내린 지방도 있다고 한다. 그 때문에 중국에서 오랜 시간 유학 생활을 하다 보면, 크리스마스 당일에 학교에 가서 수업을 듣는 일이 지극히 당연한 일이 되고 만다. 한국에서는 크리스마스가 공휴일이라는 사실을 자각하거나 크리스마스 날에는 한국의 모든 학교를 비롯한 회사들이 휴교 및 휴무한다는 소식을 들으면, 그날은 온종일 학교에 가지 않아도 되는 한국 학생들을 부러워하며 수업을 들었던 기억이 있다.

하지만 모든 중국인들이 크리스마스를 단지 서양의 명절이라는 이유로 배척하는 것은 아니다. 크리스마스의 종교적 의미보다도 경제적, 문화적 의미를 더 주의 깊게 보는 중국인들도 꽤 많다. 배타적인 정치적, 종교적 색깔을 가지고 있는 중국이라 하더라도 크리스마스이브를 기념하는 것은 피해 갈 수 없는 것이다.

내가 8학년(중학교 2학년) 때의 일이다. 평소와 다름없는 크리스마스이브 저녁, 모두 저녁을 식사를 마친 후 교실을 돌아와

보니 책상에는 예쁜 포장지와 리본으로 묶인 사과가 놓여있었다. 나를 비롯한 한국 유학생 친구들은 모두 누군가 단순히 크리스마스이브를 기념해서 저렴한 선물 하나를 준비해둔 거라고 생각했다. 얼마 지나지 않아 우리 반의 한 중국인 친구가 큰 박스를 들고 들어왔다. 그 박스 안에는 역시나 예쁜 포장지와 리본으로 꽁꽁 포장된 사과들이 우리 반 학생수 대로 잔뜩 들어있었다. 당시 중국에서 처음 크리스마스를 보내게 된 우리 유학생들은 모두 의아해했다. 우리나라에서는 챙기지도 않는 크리스마스이브를 기념하는 것도 놀라웠지만, '뭐 이런 걸 선물로 줘.' 라는 비아냥거리는 마음이 조금 더 컸던 것 같다.

후에 같은 반의 중국인 친구에게 왜 하필 다른 것도 아닌 사과를 주고받는 것이냐고 물어보니, 크리스마스이브의 중국어 '핑안예(平安夜)'의 '핑(平)'과 사과의 중국어 '핑궈(苹果)'의 '핑(苹)'의 발음이 똑같기 때문이라고 대답했다. 그 당시에는 중국인 친구가 우리에게 장난을 치고 있다고 생각하며 웃어넘겼지만, 나중에 알고 보니 사실은 일종의 언어유희를 이용한 그들만의 귀여운 풍습이었던 것이다.

이렇듯 중국에서는 '크리스마스이브'를 '핑안예(平安夜)' 라고 부른다. '평안한(平安) 밤(夜)' 이라는 뜻이다. 최근 중국의 젊은층에서는 크리스마스이브 날 예쁘게 포장된 사과를 주고받는 것이 유행인데, 이는 사과의 첫 글자인 '핑(苹)'과 크리스마스이브의 첫 글자인 '핑(平)'의 발음이 서로 같아 '평안한 밤을 기원한다는 뜻'에서 유래된 것이다. 이날은 '메리 크리스마스(圣诞快乐)' 라고 새겨진 사과를 선물로 주고받으며 크리스마스이브를 기념함과 동시에 서로의 평안한 성탄절을 기원하는 깊은 의미를 담고 있다. 중국에서 일 년 중 사과가 가장 귀한 대접을 받는 날이라고 해도 과인이 아니다. 때문에 12월의 중국 시내를 돌아다니다 보면, 크리스마스이브가 아직 다가오지 않았는데도 벌써 예쁘게 포장된 사과를 파는 노점상들을 흔히 볼 수 있다.

이처럼 우리나라에서는 대수롭지 않게 보내는 크리스마스이브를 중국에서는 굉장히 신선한 풍습을 통해 기념한다. 이는 우리가 '왜 크리스마스가 아닌 크리스마스이브를 챙기는 거야?'라며 이상한 시선으로 바라볼 것이 아니라, 그들만의 색다른 배경과 문화가 그 안에 녹아 들어 있음을 이해하며 바라보아야 하는 것이다. 크리스마스이브가 다가오면 소중한 사람들을 떠올리며 소박한 선물을 준비하는 그들의 마음과 비록 가격은 저렴할지라도 사과 한 알을 통해 진심을 주고받는 중국의 이러한 문화를 우리는 존중하고 또 배워야 한다고 생각한다. 지금 와서 돌이켜보면, 크리스마스이브라고 사과를 나눠주던 중국인 친구들의 순수한 마음과 그들만의 따뜻한 문화를 이해하지 못하고 콧방귀 뀌며 웃어넘기던 내 모습이 부끄럽기도 하다.

2. 중국에서는 여름에도 따뜻한 물을 마신다?

한국에는 '얼죽아'라는 신조어가 있다. '얼어 죽어도 아이스 아메리카노'라는 뜻이다. 얼마 전에는 뉴스자료에 눈이 내리는 한겨울에도 아이스 아메리카노를 들고 지나가는 커플이 포착되어 화제가 되었다. 그만큼 대부분의 한국인에게는 차가운 음료만을 고집하는 아이러니한 습관이 있다. 하지만 중국은 한국과 반대로 미지근한 물, 따뜻한 물을 마시는 습관이 있다. 심지어는 무더운 여름날에도 어김없이 미지근한 물, 따뜻한 물을 마신다. 그러니 중국을 방문하는 한국인들이 놀랄 수밖에 없다.

내가 중국에서 유학 생활을 하면서 가장 받아들이기 오래 걸렸던 것 중에 하나도 바로 이러한 미지근한 물을 마시는 습관이다. 한국에서는 식당에 가면 시원한 물이 제공되는 것에 익숙해진다. 나 같은 경우에는 익숙해진다는 말이 무색해질 만큼 그냥 처음부터 차가운 물을 마시는 것에 길들여 진 것 같다. 이처럼 한국인들은 더운 여름이든 추운 겨울이든 항상 차가운 물을 찾는다. 그래서인지 식당에서도 당연하다는 듯이 차가운 물을 제공한다.

중국은 다르다. 내가 처음 중국에서의 유학 생활을 시작한 것은 이제 막 초등학교를 졸업한지 얼마 지나지 않은 중학교 1학년 때다. 처음 막 중국 땅을 밟아 모든 것이 낯설게 다가왔던 어린 마음의 그때나, 이제는 모든 것을 그저 그러겠거니 하고 받아들이게 된 내 모습에 꽤나 익숙해진 지금이나, 딱 한 가지 여전히 낯설게 다가오는 문화를 고르자면 주저 없이 '미지근한 물을 마시는 문화'를 고를 것이다. 내가 8년이 넘는 시간 동안 수도 없이 많은 중국 식당을 방문해보면서, 처음부터 시원한 물을 제공해주는 식당을 가본 기억이 거의 없다.

내가 처음 중국에서 식당을 방문하였을 때의 그 신선하고도 황당한 기억은 아직까지도 선명히 남는다. 아마 우리 학교에서 허가한 첫 외출을 하였을 때였던 것 같다. 중국요리가 입맛에 맞지 않을 동생들을 위한 언니들의 배려 덕분에, 그날의 점심 메뉴는 특별히 한국식 닭갈비로 결정됐다. 우리가 찾아간 곳은 한국의 느낌을 잘 살린 아기자기한 분위기의 한국 식당이었다. 하지만 겉으로는 한국과 별반 다를 바 없어 보이는 그 조그마한 공간의 식당조차도, 그 안에는 중국의 문화가 깊이 스며들어 있었다.

그곳의 종업원은 여느 식당과 마찬가지로 우리가 자리에 앉자마자 물을 내주었다. 그날은 한여름 중에서도 한여름, 엄청 무더운 날이었기에 나는 당연히 얼음물과 같은 시원한 물을 기대하며 내어준 물을 숨도 안 쉬고 마셨다. 하지만 나는 곧바로 실망했다. 오아시스와 같은 시원한 생명수를 기대했건만, 이 폭염을 뚫고 식당을 찾아온 손님에게 미지근한 물을 대접하다니, 그야말로 성의 없고 센스 없는 식당이 아닐 수 없었다. 하지만 아무렇지 않게 미지근한 물을 마시는 언니, 개의치 않고 시원한 테이크아웃 음료를 사러 나가자는 언니, 그리고 당연하다는 듯이 실온에서 물을 꺼내 주는 종업원까지, 그 당시 중국의 이러한 문화를 몰랐던 나에게는 하나같이 모두 낯설고 충격적인 순간으로 다가왔던 것 같다. 그래도 우리는 혹시 모르는 마음에 차가운 물을 달라고 부탁하였지만, 역시나 종업원은 차가운 물을 마시고 싶다면 광천수(矿泉水) 라고 하는 물을 따로 사서 마셔야 한다고 했던 기억이 있다. 이렇듯 중국 식당에서는 보통 그냥 미지근한 물, 혹은 레몬을 우려낸 물이나 우롱차와 같은 따뜻한 마실 거리를 제공해준다. 시원한 물을 마시고 싶다면 별도로 종업원에게 부탁해야 한다. 심지어는 따로 금액을 지불하고 냉장고에 있는 물을 사야 하는 경우도 적지 않다.

내가 중국에 와서 충격을 받았던 또 다른 경험 중 하나는, 중국은 식당뿐만 아니라 마트나 일반 슈퍼에서도 음료를 냉장고에 넣어 팔지 않고 상온에 보관해 팔기도 한다는 것이다. 물론 모든 마트와 슈퍼가 그런 것은 아니다. 최근에는 많은 마트들이 음료용 냉장고에 음료를 진열해 팔고 있다. 하지만 동시에 상온에도 반드시 음료를 진열해 손님들이 상온에 있는 음료를 구매할 수 있도록 한다. 또한 냉장고 없이 상온의 음료만 파는 작은 규모의 가게도 여러 번 보았다. 그때마다 나는 미지근한 물과 음료수는 도대체 무슨 맛으로 마시는 건지 이해할 수 없었고, 시원한 물이 아니면 절대 사서 마시지 않았다.

중국이 시원하거나 차가운 물을 마시는 대신 미지근하고 따뜻한 물을 마시는 것에는 여러 가지 이유가 있는데, 그중 가장 큰 이유가 바로 중국의 '식습관' 때문이다. 중국의 요리들은 대부분 굉장히 기름지다. 심지어 우리나라에서는 간단하게 볶아 먹거나 담백하게 신선도를 살려 먹는 야채마저도 중국에서는 기름으로 달달 볶아 만든다. 그런데 이렇게 기름기가 많은 음식을 먹고 차가운 물을 먹으면 복통이나 설사를 유발한다고 한다. 그렇기 때문에 중국인들은 따뜻한 물이나 차를 마심으로써 속을 편안하게 해준다고 한다.

또 다른 이유로는 바로 중국의 '차(茶)' 문화 때문이다. 중국 사람들이 끓인 물을 자주 마시는 것은 중국에 차 문화가 발달하였기 때문이라고 볼 수 있는데, 중국에서는 오래전부터 차를 마셔왔다는 기록이 있을 정도로 차 문화의 역사가 길다. 때문에 찻잎을 깊이 우려내기 위해서는 따뜻한 물이 필수였고, 차를 즐겨 마시는 중국인들의 문화가 발전함에 따라 따뜻한 물을 마시는 습관이 생겨났다.

이렇듯 한국과 가까운 이웃 나라 중국이 우리와 정반대의 문화를 가지고 있다는 점에 대하여 우리는 단지 의구심만 가져야 할 것이 아닌, 오히려 그들의 문화를 존중하는 마음을 가지고 이해하기 위해 노력해야 한다. 다르다고 해서 틀린 것은 아니다.

실제로 차가운 물을 자주 섭취하는 습관은 음식물이 기도를 통과하기 어렵게 만들지만, 따뜻한 물을 섭취하면 호흡에 도움을 준다는 연구 결과가 있다. 또 다른 연구에서는 차가운 물은 편두통을 악화시키고 식도이완불능증(하부 식도 괄약근이 비정상적으로 이완되지 않고 식도의 연동 운동이 소실되어 음식물이 식도에 정체되고 이로인한 증상이 발생하는 질환)과 관련된 통증을 유발하는 반면 따뜻한 물을 즐기면 혈액순환을 돕고 체내 수분 공급에 유용하다. 이러한 측면에서 보았을 때, 차가운 물보다는 따뜻한 물을 즐겨 마시는 습관이 우리 건강에 훨씬 더 좋다는 것을 알 수 있다. 물론 절대적이지는 않지만, 많은 의사가 따뜻한 물 섭취하기를 권장하는 것도 이러한 이유 때문이다.

최근 동북공정이나 베이징올림픽 편파 판정 등의 논란으로 인하여 한국 국민들의 반중 정서가 심화된 상태이다. 하지만 이러한 논란은 우리가 그들의 오랜 문화와 역사를 비난할 수 있는 이유와 근거가 되지 않는다. 물론 잘못된 것을 바로잡는 것은 굉장히 중요하다. 하지만 우리와 다르다는 이유만을 가지고 맹목적으로 비난할 수 없다. 그들에게 있어서도 우리는 그들과 다른 문화의 민족이기 때문이다. 결국 우리는 우리보다 더 나은 문화는 받아들이고 이해하며 존중하고 배워 나갈 수 있어야 한다. 앞서 말했듯, 다르다고 해서 틀린 것은 아니기 때문이다.

2.7 문학

29;

"황량일몽"[1]

〈김지정〉

전 세계적인 특수 사태로 인해 나는 처음으로 한국에 1년 이상을 체류할 기회가 생겼다. 그동안 나는 도서관을 자주 이용했다. 글 읽는 것을 좋아했기 때문이다. 이론서도 나쁘진 않았지만, 외국 소설들을 가장 선호했다. 그 이유에 대해 깊이 생각해 보진 않았다. 그저 고등학생 시절 접한 루쉰(鲁迅)이 무척 마음에 들어 무의식적으로 그의 뒤를 쫓고 있는 것일지도 모른다.

---

[1] 黄粱一梦 : 중국 당대 소설<침중기>에서 비롯되었다. 주인공 노생은 허름한 여관에서 잠이 들었는데 일평생 부귀영화를 누리는 꿈을 꿨다. 그러나 꿈에서 깨어나보니 좁쌀죽을 끓이는 여관 주인만 보였다 하여, '거대해 보이지만 실상은 좁쌀처럼 미미하고 보잘것없는 꿈'이라는 의미를 담고 있다.

도서관 서적들 사이에 섞여 살아가면서 문득 한가지 규칙을 발견했는데, 중국 문학 장서 비율이 그 나라의 국토 면적과 반비례한다는 것이었다.

만약 일본 문학이 복도 양옆을 여유롭게 채울 수 있다고 한다면 중국 문학, 혹은 중국인 작가가 쓴 중국 책은 그것의 4분의 1도 채 미치지 못한다. 그중의 절반은 문학보다 철학 코너에 분류될 법한 〈논어〉와 〈맹자〉 등이었다. 한국에서 중국 문학 인지도에 대해 연구할수록 어렵지 않게 한국 대중이 바라보는 중국 문학은 '재미없다'라는 편견에 가까운 한마디를 특징으로 삼고 있다는 점을 발견할 수 있었다. 사실 중국 문학은 문학사의 연표만 둘러봐도 읽을 만한 작품이 널려있다. 재미있는 작품들은 많은데도 불구하고 여전히 대부분의 한국 대중들에게 중국 문학은 '공자 왈, 맹자 왈'로 비춰지는 현상은 조금 아쉽다.

문학이 재미없다는 말은 여러 의미를 내포하는데, 수용 미학의 이론에 따르면 이는 결국 독자의 해석을 원인으로 귀결된다. 텍스트의 서술이 독자에게 매력적으로 다가오지 않거나, 텍스트를 읽을수록 내용에 공감이 느껴지지 않거나, 텍스트가 내포하는 의미가 독자의 문학 능력에 못 미치거나 혹은 그 반대의 경우 등, '재미없다'는 오해를 자아내지만, 이에 따른 해결법은 아래와 비슷하게 적용할 수 있다.

스토리성의 결여가 원인이었다면 나는 중국 남북조 시대의 악부시(乐府诗)를 추천하고 싶다. 〈논어〉와 〈맹자〉보다 훨씬 대중적인 언어로 쓰였고 '악부쌍벽(乐府双璧)'[2]을 이루는 두 편의

---

[2] 악부쌍벽: 악부시 중에서 가장 완성도가 높은 두 가지 작품,

서사시는 오늘날의 대중 드라마 못지않은 이야기를 들려주고 있다. 이중 〈목란사〉(木兰辞)는 전 세계적으로 유명한 애니메이션 영화 〈뮬란〉의 원작이다. 작중의 무란, 즉 뮬란은 용맹함과 아름다움을 고루 갖춘 전기성 인물로 시의 마지막 구절은 그녀에 대한 비유적 찬사였다. “수토끼는 들어 올려지면 발을 구르고, 암토끼는 들어 올려지면 눈을 게슴츠레 뜨지만. 두 마리 토끼가 땅에 붙어 뛰어가면 누가 수컷과 암컷으로 구분할 수 있겠는가.’ (雄兔脚扑朔，雌兔眼迷离；双兔傍地走，安能辨我是雄雌).[3] 〈공작동남비〉(孔雀东南飞)는 봉건가장제가 부부에게 가해지는 박해를 다뤘다. 작중 류란지(刘兰芝), 쟈오중친(焦仲卿) 부부는 가장들에 의해 가해지는 압박 속에서 결국 스스로 목숨을 끊어 서로와 함께하겠다는 약속을 지켜냈다. 이 중 중국에서 가장 잘 알려진 구절은 부부의 약속이었다 “당신은 반석과도 같고, 저는 갈대와도 같아요. 갈대는 끈처럼 단단하고 반석은 견고하게 자리를 지키지요.” (君当作磐石，妾当作蒲苇，蒲苇韧如丝，磐石无转移).

문학의 텍스트를 곱씹을수록 문학과 자신간의 벽을 느꼈다면 당대 이전의 시를 추천하고 싶다. 아무리 이해하기 어렵게 작성되었을지라도 독자가 시의 아름다움을 발굴하려는 시도를 배신하지는 않는다. 나는 개인적으로 이상은(李商隐)의 〈금슬〉 (锦瑟)을 선호한다. 〈금슬〉의 우회적인 표현과 명확하지 않은 의미는

<목란사>와 <공작동남비>를 가르킨다.

[3] 전장에 들어선 무란의 용맹함을 찬양하는 의미와 더불어, 국가를 위한 헌신에 있어 성별은 중요하지 않다는 의미도 포함된다.

해석의 난이도와 더불어 작가의 '작품이 읽히는 기대'에 의구심을 품게 만든다. 하지만 이상은은 시편 속에서 자신의 공간을 지우고 독자를 위한 공간을 넓혀 독자가 개인의 감정과 경험을 통해 시를 해석하길 기대했다. 시는 '슬'이라는 악기에 비유해 화려했던 과거가 악기가 퇴색되듯 바래진다는 감개와 이에 대한 의구심을 드러냈다. 이어서 '장주몽접', '망제'(望帝)와 '두견'(杜鵑) 등 전고(典故, 일반적으로 이야기나 전설을 가리킴)를 꺼내, 비록 과거는 꿈처럼 아득하지만, 자신에게 남겨진 고통은 꿈이 아닌 현실로, 생명의 허무를 느낀다는 시인의 감개를 드러낸다. 또한 시인은 인어의 눈물과 난전(藍田)[4]의 연기를 생명의 연약함과 과거의 빠른 소실에 빗대어 너무나 급하게 떠나버린 세월과 보잘것없이 느껴지는 생명에 대한 근심을 표현했다. 이상은은 시 속에서 인생의 현실과 꿈의 경계를 흐려지게 만들어, 자신은 꿈처럼 어렴풋한 과거 속에서 끊임없이 잠꼬대 같은 허황된 말들만 지속해왔고, 현실에서 내뱉은 말들도 모두 꿈속에서 들었던 것으로 치부해버렸다. 과거를 회상하면 마치 꿈처럼 느껴지기 때문이다. 개체의 생명은 바닷속의 진주처럼 미미하며 과거의 회상은 연기처럼 나타나지만 가까이 다가가면 곧바로 자취를 감춰버린다. 마지막 구절은, 삶은 나아가는 도중에 망연한 쓸쓸함에 이르게 하는 것이 아닌 삶 그 자체가 하나의 망연이라는 뜻을 전하고 있다.

---

[4] 난전: 藍田, 중국 화하 문명의 발원지이며 옥의 생산지로 알려져 있다. 땅에 내리쬐는 햇빛의 줄기가 마치 옥에서 연기가 피어나는 것 같아 '난전의 연기'로 불린다. 여기선 시적 표현을 위해 '연기'의 의미로 쓰인다.

〈홍루몽〉(红楼梦)은 앞 5장에서 여인들의 운명을 냉정하게 결정했다. 이미 정해진 운명이지만 독자들이 임대옥을 위해 눈물을 흘리고 왕희봉과 탐춘에게 아쉬움을 표하는 것은 무의미하지 않다. 탐춘은 매우 똑부러지고, 성격이 호쾌하고, 일 처리가 싹싹한 여자아이였다. 그녀의 방 구조와 장식품들은 그녀가 누구보다 대관원의 아가씨답게 귀티 나는 물건들을 선호했다는 사실을 상기시켜준다. 그녀의 어머니 조이랑은 쪼잔한 사람이었는데, 시종일관 탐춘으로부터 자신에게 좋은 것이 떨어지길 바랐다, 탐춘은 그런 어머니에게 무릇 내가 남자였으면 이곳에 남아있지도 않을 것이며, 나가서 큰 사업을 벌여 돌아오겠다고 호기롭게 말할 수 있는 성격을 소유하고 있었다. 그러나 그녀는 호기로운 성격 뒤엔 신분에서 비롯된 열등감과 두려움이 숨겨져 있었다. 귀족 아가씨 행세를 차릴수록 그녀의 마음은 더욱 비참해져 갔다. 그녀는 자신의 신분의 존귀함을 재차 강조했지만 결국 그녀도 어찌할 방도가 없었다. 그녀는 마지막에 아주 먼 곳으로 시집가게 된다. 낙옥명(骆玉明) 교수는 〈홍루몽〉에 대해 이렇게 해석한다. "〈홍루몽〉을 읽으면서 인생지사 성공과 실패는 사실 그리 중요하지 않다는 점을 느꼈다, 실패해도 나는 나 자신으로 살았기 때문이다." 삶은 조종할 수 없고 쥐어질 수도 없지만 그걸 알고서도 여전히 삶을 파악하려 노력을 쏟는다. 달에게 닿을 수 없어도 여전히 달을 향해 손을 뻗는 것, 생명이 아름다운 이유는 우리가 운명을 상대로 싸우고 반항하고, 노력했기 때문이다.

나도 한때 공자와 그의 유가 사상 철학에 대한 편견으로 강하게 반감을 표했었다. 교육과 도덕으로 백성을 통치하고자 하는 정치 이념은 나에게, 권력자가 백성을 입맛대로 길들이기 위한 의도로 비춰졌다. 또한 노장 사상은 추상적인 개념으로 사람의 정신을 허무주의의 골로 밀어 버린다고 여겼었다. 그러나 자세히 배운 결과, 그들은 사람들과 자신이 터득한 삶을 공유하고자 했던 것일 뿐, 그들의 지식이 권력에 의해 악용된 건 근대 중국에만 해당되는 현상이었다.

중국 문학은 배울수록 '갈 길이 멀다'. 나는 한때 중국 문학의 아름다움을 퍼뜨릴 방법까지 골몰하는 등 '꿈꾸기'를 좋아했다. 그러나 대학 새내기 때 중국 문학 영역에서 잠깐 보인 성과가 오래 지속될 것이라는 호기는 그저 몽상에 그친다는 현실을 깨닫게 되었다. 시간이 흐를수록 나는 내가 별 볼 일 없는 사람이라는 걸 깨달았고, 특히 중국 문학에 관한 나의 글에서도 전공자의 전문성이 한참 뒤처지는 사실을 발견했다. 나는 공상 대신 현실에서 노력하리라 결심했다. 상상 대신 독서를 선택했고, 문학가들의 의도에 대한 판단을 섣불리 하기 전에 잠깐 멈춰서 생각을 가다듬는 태도를 갖추는 것 등이다. 항저우 G20 정상회담 환영회 당시 〈시경·소아·녹명〉[5]의 공연을 보고 그 원작을 찾아보며 사슴이 중국의 행운의 상징임이 살아있는 지식으로 다가왔다.

과거 편견에 빠져 살았던 시기를 지금 떠올려보면, 마치 긴 꿈을 꾸다 깨어난 듯한 기분이 든다. 그 어떤 꿈이라도 마지막엔 현실에서 깨어나는 것처럼, 편견의 끝은, 당연하게도, 부단한 배움과 깨달음뿐일 것이다.

---

[5] 〈诗经·小雅·鹿鸣〉: 중국 주나라 황제가 귀빈을 위해 만든 연회 노래로 알려져 있다. 환영의 메시지가 담겨있으며, 중국에서 현재까지 규모가 큰 행사에서 주로 사용되고 있다.

2.8 음식

30;

중국산 김치는 선택이 아닌 필수

〈조민지〉

Made in China. 물건을 구매하기 전, 혹은 구매한 후에 이 문구를 발견한다면 찝찝한 기분이 드는 한국인들이 적지 않을 것이다. '중국산'에 대한 기대치는 비단 한국뿐 아니라 전 세계적으로 낮다는 것은 부정할 수 없는 사실이다. 이러한 부정적인 시각에서 한국인들에게 직접적으로 섭취되는 음식의 원산지는 더욱 예민한 문제이다. 김장철이 되면 유독 붉어지는 원산지 논쟁 중심에는 김치와 고춧가루가 있다.

작년 겨울, 중국산 고춧가루를 사용하고 국내산 김치라고 속여 판매한 국내 업체가 여럿 적발되었다. 그들의 이러한 행위는 중국산 고춧가루가 국내에서 어떠한 이미지를 가지고 있는지를 보여준다. "중국산 김치 공정에선 쥐가 나오더라.","국내산과는 맛이 전혀 다르다." 등등 인터넷에선 중국산 김치에 대한 부정적인 글들을 쉽게 볼 수 있다. 국내산보다 저렴한 가격은 마치 이를 증명이라도 하는 것 같다. 하지만 과연 이 말이 사실일까? 사실이 아니라면 어떻게 둘의 가격 차가 발생할까? 많은 이들이 중국산 김치를 생각하면 '품질', '위생', '가격'을 떠올릴 것이다. 이를 주제로 중국산 김치를 심층 분석해보고자 한다.

김치의 주재료 중 하나인 고춧가루의 생산지를 맨눈으로 구분하긴 힘들다. 중국산 고춧가루가 색이 비교적 붉다고는 하나, 업체별로 배합 비율, 제조 방법이 다양하여 과학기술을 활용해야만 제대로 식별할 수 있다. 대게 수입산 고춧가루는 냉동된 고추를 수입하여 국내에서 제조되는 과정을 거치는데, 이 과정에서 냉동 고추가 얼었다 녹으면서 세포벽이 파괴된다. 현미경으로 세포벽을 관찰하는 것이 농산물품질관리원의 국내산 고춧가루 식별법이다. 그 외에 맛, 색, 형태 등 모든 면에서 일반인은 국내산과 수입산을 구별하기 힘들다. 물론 냉동 고추를 수입해 오는 것이기 때문에 신선도 면에선 수입산이 뒤처진다. 미묘한 차이라 할 수도 있겠지만, 대부분의 수입산 식재료 품질이 국내산보다 품질이 떨어진다는 건 부정할 수 없는 사실이다.

지난 김치 파동 발생의 주된 원인은 위생에 있다. 중국의 김치 공장의 비위생적인 김치 제조 과정이 담긴 영상이 국내에 유포되며 한동안 '중국산 김치 보이콧' 사태가 발생했다. 당연한 얘기지만, 이 영상 속 제조과정은 중국 내에서도 불법이며, 중국 내에서도 큰 비난을 받았다. 그리고 중국 정부는 해당 영상 속 김치는 절대로 수출용 김치가 아니라고 못 박았다. 국내의 식품의약품안전처 역시 "현실적으로 현재의 수입 안전 관리체계에서는 그런 제품이 수입될 수 없다."고 강조했다. 하지만 이러한 주장에도 국내의 반응은 싸늘했다. 이후 수입 김치에 대한 위생 관리는 갈수록 까다로워지고 있다. 지난해 9월, 식약처는 중국산 김치에 식품안전관리인증기준 (HACCP, 이른바 해썹)을 적용하기 위한 협의를 가지며 수입산 김치에 대한 위생 관리를 강화하였다. 중국산 김치가 일반 음식점 김치의 90% 이상을 차지하는 만큼, 정부는 수입산 김치의 위생 관리에 심혈을 기울이고 있다.

중국산 고춧가루에 대한 인식은 일반 소비자와 업주에 의해 갈린다. 일반 소비자들의 경우 위에서 서술한 대로 부정적인 인식이 강하지만, 업주의 입장에서 중국산 고춧가루는 '효자' 식재료다. 역시 저렴한 단가가 가장 큰 이유였다. 일반 음식점뿐만 아니라 대기업들 역시 같은 이유로 해외로 수출하는 김치 70%에 중국산 고춧가루를 사용한다. 국산 고춧가루는 중국산보다 약 3~4배 비싸며, 국내 대기업 식품 관리자는 이미 외국기업보다 비싼 상황에서 주재료를 국내산으로 바꾸면 가격이 더 올라 수출에 어려움을 겪을 것이라고 주장했다. 대기업도 이 정도인데 일반 음식점 업주의 부담감은 얼마나 더할까. 실제로 김치를 주재료로 하는 모 식당은 김치 파동 이후 중국산 김치를 사용한다는 이유로 매출이 10분의 1수준으로 떨어진 사례가 있다. 그럼에도 자영업자들은 중국산 김치를 사용할 수밖에 없다. 한국외식산업연구원이 지난해 4월 국내 음식점 1000곳을 대상으로 진행한 '외식업체 중국산 김치 파동 영향 실태조사'에 따르면, 중국산 김치 파동 이후 국산 김치로 바꿀 의향이 있는지 물어본 결과 응답자의 67.9%가 '없다'고 답했다. 코로나19 확산의 여파로 경영난을 겪고 있는 업주들에게 중국산 고춧가루를 포기하는 것은 매우 타격이다. 지난 김치 파동에도 그들이 울며 겨자 먹기로 중국산 김치를 사용한 이유도 이것이다. 대체품을 찾을 수 없기 때문이다. 중국산 김치를 사용하지 않고는 살아남을 수 없다는 것이 요식업계의 현실이다.

수입산 김치 소비를 권장하는 것이 절대 아니다. 소비자로서 품질이 더 좋은, 더 위생적이라 생각되는 안전한 먹거리를 찾는 것은 당연한 권리이다. 위생이 가장 중요한 요식 업장에서 비위생적인 식재료를 판매하는 행위, 혹은 원산지를 속이는 행위는 비난받아 마땅하다. 하지만 중국산 김치에 대한 무분별한 비난은 피해야한다. 자영업자들에게 있어 중국산 김치를 사용할 수 밖에 없는 현실을 이해하고 수입산 김치의 위생관리에 초점을 맞춰야 한다. 수입산 김치에 대한 소비자의 인식 전환이 무엇보다 중요하다.

정부 차원에서 수입산과 국내산 김치의 가격 차를 줄이는 방법을 모색해 국내산 김치에 대한 자영업자들의 부담감을 더는 것 역시 중요하다. 현재 중소벤처기업부는 국내 김치업계 지원에 나서며 국내 업체 생산량을 평균 481% 증가시키고 생산 비용을 감소해 가격 경쟁력을 확보했다. 하지만 아직도 30~40% 정도의 가격 차이가 존재한다. 국내산 김치에 대한 가격 부담이 줄어들면 자영업자들이 수입산을 선택할 이유 역시 자연히 사라질 것이다.

중국산 김치를 사용하는 것은 절대 비난받을 일이 아니다. 누군가에겐 많은 선택지 중 하나일 수 있겠지만, 누군가에겐 생존을 위한 어쩔 수 없는 선택이다. 그들의 선택을 비난 하기전에, 우리는 우리들이 가지고 있던 인식을 되돌아볼 필요가 있다. 외면할 수 없는 현실에서 우리는 내부적 불협화음을 만들어 내기보단 상황을 받아들이고 더 나은 현재를 만드는 것에 집중해야 하고, 이를 위해선 소비자, 자영업자, 정부가 힘을 모아 중국산 김치에 대한 인식 개선에 힘써야 한다.

31;

한식은 문화이다

〈엄형식〉

民以食为天，食以安为先。

(백성은 식량을 하늘로 여기고, 식량은 안전을 최우선으로 한다.)

중국 요리, 프랑스 요리, 터키 요리는 일반적으로 세계 3대 요리로 불린다. 특히 중국 요리는 지상에 있는 것 중 책상다리를 제외하고, 하늘에서는 비행기를 제외하고는 다 먹는다는 말이 있을 정도로 누구나 알다시피 종류나 맛에 있어서 가히 상상을 초월한다. 특히 아시아의 심장 베이징은 수만 개가 넘은 식당이 있고 세계에서 가장 치열한 요리 전쟁터이다. 이런 곳에서 우리나라의 한식이 중국인들에게 사랑받고 있다. 일찍이 백범 김구 선생의 문화강국론에는 "나는 우리나라가 세계에서 가장 아름다운 나라가 되기를 원한다. 가장 부강한 나라가 되는 것은 아니다. 우리의 부력은 우리의 생활을 풍족히 할만하고 우리의 강력은 남의 침략을 막을 만하면 충분하다. 오직 한없이 가지고 싶은 것은 높은 문화의 힘이다."라는 대목에서 문화가 얼마나 중요한지를 알려준다. 문화의 힘은 어떤 물리적인 힘보다도 강하다. 특히 G2라 불리는 미국과 중국은 소프트파워를 잘 활용해서 국력에 크게 이바지하고 있다.우리나라의 한식 문화도 잘 활용할 필요가 있다.

왜 베이징인가?

알베르 카뮈는"한 도시를 이해하려면 그곳에서 사람들이 어떻게 일하고, 어떻게 사랑하며 어떻게 죽는지를 살펴보는 것이 좋다."라고 했다. 베이징은 역사적으로 요, 금, 원, 명, 청 등 역대 왕조의 수도였다. 현대와 고대가 잘 어우러진 베이징은 코로나 19 전만 하더라도 연간 약 2억 5천만 명이 찾는 관광 도시였다. 이외에도 자금성(지상 최대 궁전), 만리장성("장성에 오르지 않으면 대장부가 아니다."라는 말이 있다), 천안문, 북경 오리, 왕푸징 거리(베이징에서 가장 번화한 거리로, 쇼핑의 중심가이자 취안쥐더 등 중국전 음식점들이 늘어서 있다), 난뤄구샹(베이징에서 가장 오래된 후통, 약 800년의 역사를 지녔다), 다자란(명청대에 형성돼 지금까지 명맥을 이어오고 있어, 수백 년의 역사를 가진 상점이 수두룩하다), 중관춘(중국의 실리콘 밸리), 왕징(중국 최대 규모 한인타운) 등 베이징은 중국을 이해하는 핵심 키워드다. 베이징 1등이 중국 1등이 되는 시대, 중국 1등이 세계 1등이 되는 시대가 되었다. 베이징의 한식은 단순한 한식이 아니다. 한중 문화가 이루어지는 가장 중요한 장소이다. 음식에는 한 나라의 문화가 농축되어 있기 때문이다. 한식은 이제 국내를 넘어 해외에서까지 큰 인기를 얻고 있다. 혀끝으로 경제의 활력을 창출하는 중국 요식업 시장에서 한식은 대부분 우다오커우(북경의 이태원+신촌)와 왕징에 분포되어 있다. 중국에서 한식은 중국인이 선호하는 외국 요리이며 어떻게 마케팅하느냐에 따라서 한식집 흥망성쇠를 결정할 수 있다.

대륙의 심장에서 한식을 알리다.

2016년 4월, 대학교 3학년 재학 당시 제7회 교내 요리경연대회가 있었다. 나는 한식이 베이징에서 통하는지 직접 시험해 보고 싶었다. 만약에 출전했다가 입상하지 못하면 한식의 망신이 아니겠느냐는 생각도 잠시 했지만, K-푸드를 생각하니 충분히 승산이 있다고 판단했다. 그래서 나를 보조해 줄 우리나라 유학생 2명을 선발하여 한국 대표팀을 구성했다. 나는 팀장을 맡아 팀원들과의 회의를 통해 남자들의 최애 1위 요리인 제육볶음을 메뉴로 선정하였다. 드디어 토요일 저녁 요리 대회가 시작되었고 예상대로 대부분의 요리는 중국 요리였고 아프리카 요리 및 파키스탄 요리도 있었다. 그들이 무엇을 준비하는지는 나에게 크게 중요하지 않았다. 우리의 한식만 잘 요리해서 소개하면 되기 때문이었다. 마침내 우리나라 요리를 소개할 차례가 되었다. 우리나라 사람들이 가장 좋아하는 삼겹살에 전통 고추장과 설탕보다도 몸에 좋은 꿀과 식감 좋은 양파를 더하고, 대각선으로 길쭉하게 썬 대파로 매운맛을 추가한 뒤 참기름으로 고소함을 더했다. 물론 요리 도중 마늘과 후추를 추가하는 것도 잊지 않았다. 마지막 플레이팅은 참깨로 했다. 먹고 싶은 학생들은 손을 들라고 하니 너도나도 손을 들었다. 시식 시간이 되었고 제육볶음은 순식간에 바닥났다. 심사가 끝나고 결과가 발표되었다. 나는 대회에서 당당하게 一代厨神(1대 주방의 신)에 선정되었다. 우리나라의 우수한 한식 문화가 북경에서도 통할 수 있다는 것을 최초로 직접 경험하고 증명했다.

Once again

2016년 10월, 대학교 4학년 재학 당시 제4회 교내 미식 미감 요리경연 대회가 있었다. 지난 학기 요리경연 대회에서의 一代厨神(1대 주방의 신) 수상은 나에게 있어서는 큰 자신감이자 한식 문화의 가능성을 엿보았다. 그래서 이번 대회에서도 5명의 한국 유학생들을 선발하여 한국 대표팀을 구성하여 참가했다. 심사 평가는 냉(冷)요리(40%), 온(温)요리(40%), 감을 이용한 디저트(20%)로 이루어졌다. 냉요리는 중국인들이 평소 면을 좋아하고 즐겨 먹기에 소면에다가 한식을 융합한 초고추장 골뱅이 소면을 만들었다. 온요리는 그 당시 중국인들이 많은 관심을 보였던 학교 앞 떡볶이를 선택했다. 그리고 파리바게뜨의 현지화 성공 사례와 유학 생활 중 중국 대학생들이 빵을 자주 먹고 관심이 많고 좋아한다는 판단하에 달달한 우유에 감 토스트를 적셔 먹을 수 있는 디저트를 선보였다. 가지각색의 융합 요리들이 나왔고 대부분의 요리가 당연하듯 중국 요리의 틀에서 이루어졌다. 시식 타임이 되자 한식 코너의 열기는 예상대로 뜨거웠고 단시간에 준비한 요리들이 바닥났다. 특히 초고추장 골뱅이 소면은 중국인들이 신기해했고, 떡볶이는 모두 좋아했으며, 감 토스트도 누구나 쉽게 해먹을 수 있었기에 접근성이 좋은 음식으로 평가받았다. 심사 결과 2등과 불과 0.5점 차로 1등을 차지했다. 놀라움과 동시에 기뻤다. 지난번 대회에 이어 단지 한식이라는 문화를 중국인들에게 소개했을 뿐인데 이것이 통한다는 게 너무 신기했다. 케이팝보다도 케이푸드라는 말이 실감이 났다. 며칠 뒤 부상으로 상장과 함께 선물을 수상했고 수상 소감도 발표했다. "한식은 중국인들이 즐겨 먹고 사랑하는 요리가 될 것입니다."

한식을 소개하다.

2016년 12월, 교내 재료과학공정 단과 대학에서 제12회 문화제에 초대받았다. 단과 대학 회장이 제4회 교내 미식 미감 요리경연 대회에서의 1등 수상을 인상 깊게 보았다며 한식 요리하나를 소개해달라고 부탁했다. 나는 흔쾌히 수락했다. 어떤 한식을 소개할까가 곧 우리나라 한식 문화를 소개하는 것인데 뭐가 좋을지 문화제 전날까지 고민하다 나온 결론은 결국 어렵게 생각하기보다 쉽게 생각해서 가장 기본적인 것이 좋을 거라고 판단했다. 문화제 당일 내가 소개한 우리나라의 한식 문화는 비빔밥이었다. 고소한 쌀밥에다가 여러 가지 채소들에 고추장과 참기름으로 비벼 먹는 우리나라의 비빔밥.

북경 한식의 쌍두마차

한식당 밀집 지역은 일반적으로 외식당 밀집 지역과 겹친다. 차오양구에 전체 한식당의 약 80%가 밀집해 있다. 한중수교 이후 우리나라의 한식 중 지금까지 중국인들이 관심 보이는 고기

굽기 문화를 아주 잘 활용한 사례를 보았다. 북경 생활 8년 동안 수많은 한식당에 가서 먹어 봤지만 가장 인상 깊었던 2곳을 꼽으라면 제주 애육당과 양대장이다. 이 2곳의 공통점은 첫째로 중국 속의 작은 한국이라 불리는 왕징이라는 곳에 있다. 하지만 신기하게도 손님의 90% 이상은 현지 중국인들이다. 현지화에 성공했다는 의미이다. 둘째로는 우리나라 주인이 직접 경영한다. 셋째로는 너무나 당연한 이야기로 생각할지 모르나 가장 한국적인 맛이면서 매장 분위기도 우리나라에서 먹는 것 같은 분위기를 느낄 수 있다. 넷째로는 왕징 중심가에서 떨어진 곳에 있다. 웬만한 자신감으로는 입점시킬 수 없는 위치이다. 다섯째로는 코로나19 위기 가운데서도 망하지 않고 꿋꿋이 버티고 있다는 점이다.

제주애육당(济州爱肉堂)

매장 이름부터 제주도 콘셉트의 고깃집이라는 이미지와 애육당이라는 말은 고기 마니아들에게 먹기도 전부터 맛있다는 느낌을 준다. 테이블은 8개이고 매장 내부의 제주도 지도와 돼지 피규어가 인상적이다. 게다가 '肉香不怕巷子深'(고기 향은 골목을 두려워하지 않는다)라는 문구 속에서 주인의 강한 자신감을 느낄 수 있다. 저녁을 먹기 위해서 매장에 방문할 때마다 줄을 서야 하는 건 기본이다. 5시에 오픈이기 때문에 미리 와서 대기해야지 줄 서지 않고 먹을 수 있다. 직원들의 유니폼에 새겨진 'NO MEAT, NO LIFE'라는 문구는 손님들을 미소 짓게 한다. 매장 직원들이 숙련된 솜씨로 고기를 구워주면 손님들은 그 모습을 신기해한다. 중국인들의 고기 문화에서는 삶아 먹거나 튀겨먹지 구워먹는 문화가 잘 없기 때문이다. 손님들은 상추, 깻잎 등과 마늘을 곁들여 우리나라의 쌈 싸 먹는 문화를 경험하는데 마치 햄버거 먹듯이 먹는 손님들도 있다. 히말라야 소금과 쌈장 맛은 고기맛을 더 맛있게 해준다. 이 매장의 기본 상차림은 그야말로 한식 한 차림으로 테이블이 가득 찬다. 4종류의 밑반찬이 있는데 김치 겉절이, 옥수수 샐러드, 고추무침, 미나리 무절임 모두 직접 매장에서 만든다. 이 외에도 명이나물, 양파 절임, 파절이 등이 있다. 여기서 중국인들의 호기심을 불러일으키는 건 불판 위의 은박지와 양념이다. 중국인들은 하나같이 은박지 안에 뭐가 있느냐고 직원들에게 물어본다. 나도 물어봤다. 새송이버섯이다. 고기가 익어 갈 때 쯤 은박지 안의 새송이버섯은 이미 다 익었다. 직원들이 센스있게 타이밍을 보고 오픈해준다. 그리고 불판 위의 양념은 제주도 전통의 새우 액젓이다. 그리고 마지막으로 파인애플을 구워주는데 배가 불러도 디저트로 먹을 수 있다. 메뉴 중 올레비빔밥이 있다. 신선한 채소와 오징어젓갈의 만남은 비빔밥의 신세계를 엿볼 수 있다. 가끔 오너가 와서 매장을 둘러보고 주방을 들어갔다가 나오고는 어디론가 사라진다. 한집안의 경영을 보더라도 하인은 밭을 갈고, 하녀는 밥을 지으며, 닭은 아침을 알려 주고, 개는 도적을 쫓고, 소는 짐을 지고, 말은 먼 곳으로 주인을 태워다 준다. 이렇게 모두 각자의 할 일이 있다. 주인은 다만 그들이 일을 잘하도록 감독하기만 하면 된다. 그래야 집안이 잘 유지된다. 이 매장이 그렇다. 직원들의 임무 분담이 매우 잘 되어 있다.

양대장(良大肠)

이곳의 매장 테이블 수도 8개이다. 인테리어의 전체적인 느낌이 회색 색으로 되어 있고, 특히 원형 테이블이 인상적이다. 매장에 방문할 때마다 우리나라 사장님이 미소로 맞아 주시고 주문도 직접 받아 주시고 심지어 직접 고기를 구워 주는 전용 테이블이 따로 있다. 특히 이 매장에서의 기본차림 중 깻잎 절임과 깍두기의 맛은 일품이다. 양대장 매장의 특징 중 하나는 소스가 많다. 기본 대창 소스뿐만 아니라 우설 소스, 소갈비 소스, 돼지 양념 갈비 소스 등 고기마다 소스가 따로 있다. 소스=권력이라는 말이 떠오른다. 소 특수부위 3종 세트라 불리는 대창, 특양, 염통을 찾는 마니아들이 많다. 직원들의 유니폼 문구 속에 사장님의 센스가 느껴졌다. 특히 양대장 전골과 특양밥의 맛은 그야말로 대박이다. 어느 날은 왕홍이 매장에 방문하여 먹방을 촬영하고 있기도 했다. 중국인들에게도 당당하게 인정받은 한식당에서 밥을 먹으니 기뻤다. 양대장은 지금보다 미래가 더 기대되는 곳이다.

한식은 문화이다.

한식은 이제 세계적으로 유럽과 어깨를 나란히한다고 말한 고든 램지의 말처럼 우리나라에서만의 리그가 아닌 아시아의 심장 베이징에서도 통한다는 걸 증명했다. 코로나19 위기 중에도 꿋꿋이 버티며 중국인들의 사랑을 받고 있다. 수많은 기업이 외식업으로 승부를 걸었지만 적자를 보고 철수한 사례도 적지 않다. 하지만 제주애육당&양대장 사례를 참고하여 우리 문화의 가장 강력한 한식 문화를 잘 적용한다면 중국은 우리에게 여전히 무궁무진한 기회의 땅이다.

32;

중국판 백종원 체험기

〈장수정〉

나는 어릴 적부터 향신료와 요리에 관심이 많았던 이모 덕에 다양한 향신료와 음식을 접해볼 기회가 많았다. 그 덕분에, 지금의 나는 대부분의 중국 음식을 먹을 수 있고, 먹어 보았다. 또한, 중국에 가족이 있기에 다양한 식당과 많은 사람들을 접하며 식사 예절 또한 배울 수 있었다. 이런 내 경험에 비추어, 그동안 알게 된 중국에 관련된 잘못된 정보들과 식습관, 그리고 예절에 관해 이야기해볼까 한다.

첫 번째로, 내가 어릴 적 기억나는 중국 식당 하면 대표적으로 상상하는 둥근 원형의 회전 유리가 있는 테이블이 있고, 유리 위에 음식들을 올려두며 회전판을 돌려 음식을 덜어 먹는 형식의 식당이다.

어렸을 적에 나는 식당에 들어가자마자 내가 앉고 싶은 자리에 앉고, 내 마음대로 음식을 덜어 먹고 싶었다. 하지만 같이 갔던 나의 삼촌이 말해주시길, 문과 가까운 자리, 즉 음식이 들어오는 자리는 이 자리에서 가장 지위가 낮은 사람이 앉고, 가장 안쪽에는 지위가 높은 사람이 앉아야 한다고 하셨다.

음식은 보통 간단한 량차이(凉菜, 차가운 음식)부터 탕, 요리들이 들어오며, 그 뒤로 점점 무게가 있는 고기류나 생선류가 들어온다. 보통 밥은 후반부쯤에 들어오고, 과일이 들어오며 마무리된다.

또한 음식을 덜어 먹는 순서도 있는데, 보통 량차이부터 시작해서 생선과 고기요리 그리고 이때 밥이 나오는데, 중국은 한국과는 달리 밥과 반찬을 함께 먹는 게 아닌, 밥을 반찬으로써 곁들여 먹는 느낌이 강하다. 그래서 그런지 처음부터 밥이 나오는 한국과는 달리 메인 요리가 나온 후 후반부에 밥이나 죽 등이 나온다.

그리고 한국에서 유명한 중국식 예절 중 대접받는 상황에서는 음식을 조금 남겨야 한다는 이야기가 있는데, 이는 정확한 정보가 아니다. 내 주변의 중국인들에게 물어보니, 칭커(请客, 손님을 초대하거나 밥을 사주는 일)와 같이 대접받는 상황에서 음식을 남긴다면, 대접해준 이에 대한 예의가 아니라고 한다. 물론 외국인이고 나라마다 다른 문화가 있으니 이해는 해주겠지만, 알아 둔다면 도움이 될 것이다. 그리고 차를 사랑하는 중국의 차 문화는 복잡할 만큼 다양하게 발달되었는데, 이로 인해 차와 관련한 예의범절 또한 남다르다. 나름대로 알아보려고 했지만, 그 가정마다 지역마다 다른 점들이 있다. 보편화된 차 예절에 대해 말해보자면, 가장 처음 우린 찻물은 도기를 헹구는 용도로 쓰는 것이다. 첫 번째로 우린 물을 그대로 따라주거나, 마시면 예의에 어긋나니 주의해야 한다. 또한, 찻잔에 차를 꽉 채워 따라주거나, 남은 찻물을 모두 따라준다면 이는 상대가 불편하니 빨리 이 자리를 떠나주었으면 한다는 뜻이며, 무례한 행동으로 비추어진다고 한다.

두 번째로, 중국 하면 유명한 이야기 중 하나인《중국은 뭐든 다 먹는다》에 대해 말해보자.

중국에서 오래 지내온 바로 느낀 것은 정말 먹을 수 있는 것은 요리해서 다 먹는다는 것이다.

그 중, 가짜 식품들을 만드는 것도 유명한데, 예를 들자면 가짜 쌀과 가짜 호두, 가짜 기름, 가짜 오징어 등이 있다. 하지만 이런 것들은 보통 마트에서는 접하기 힘들고, 길바닥 시장 같은 곳에서나 볼 수 있다. 우리가 직접 찾아봐도 보기 힘들다는 것이다. 한국의 미디어와 같이, 인구가 많은 중국에서는 더욱 자극적인 내용과 제목이 있어야 이목을 끌기 때문에 더욱 과장된 것도 있다. 물론 인구가 많은 중국에서는 더욱 자극적인 내용과 제목이 있어야 이목을 끌기 때문에 더욱 과장된 것도 있지만, 아예 없는 것도 아니다. 가짜 음식을 떠나서, 내가 접하고 먹어봤던 것 중, 이색적인 음식들을 소개해보고자 한다.

하나, 곤충과 절지동물 요리

중국은 땅이 넓은 만큼, 다양한 생물들이 서식하고 있는데,

흔하기도 하고 식재료로도 많이 쓰이는 곤충은 중국인이 사랑하는 식재료 중 하나이다. 흔히 접하기 힘든 곤충요리는 처음 들으면 선뜻 시도해보기 힘들기도 하지만, 인기가 있는 이유가 있다.

그 중, 매미 애벌레와 전갈은 곤충이나 거미 같은 절지동물 중에서도 식재료로 가장 많이 쓰이곤 한다. 많이 쓰이는 만큼 이미 알고 있는 사람들도 더러 있을 것이다. 매미 애벌레는 보통 튀기거나 볶아서 먹는데, 땅속에서 1년 이상을 지내는 만큼, 그 크기도 보통 사람의 손가락보다도 통통하며 단백질이 많아 인기가 있다. 먹어본 사람들이 말하길, 매미 애벌레를 입 안에 넣고 씹으면, 육즙과 담백함이 가득 퍼진다고 한다. 또 다른 식재료인 전갈은 보통 여덟 다리인데, 희귀한 종인 다리가 10개 달린 전갈은 귀한 식재료로 쓰이며, 효능이 더욱 뛰어나 비싼 가격을 받는다고 한다. 전갈 또한 매미 애벌레처럼 튀기거나 볶아서 먹지만, 생전갈을 술에 담그거나, 살아있는 채로 먹는 경우도 있다. 독이 있는 전갈인 만큼, 식재료로 쓰이는 전갈은 독을 모두 제거한 상태라고 하니, 안심하고 시도해 봐도 될 것 같다. 또한 큰 거미를 불에 태우듯 구워 털을 벗긴 뒤, 바싹하게 구워 먹는 방법도 있다고 한다. 이름도 생소한 모기 눈알 수프는 동굴이 많은 사천성에서 만들어졌다는 설이 있다. 이 동굴에는 모기를 주식으로 하는 박쥐를 이용해 썩은 고기 냄새를 맡고 온 모기를 먹고, 박쥐가 채 소화시키지 못한 모기 눈알을 모아 만든 모기 눈알 스프이다. 생소한 이름만큼이나 눈길이 가는 것이 또 있는데, 그것은 이 요리의 가격이다. 이 요리는 한 그릇에 최대 한화 350만 원까지도 한다고 하는데, 이는 원체 모기 눈알을 채집하기도 힘들지만, 이를 가공하는 과정도 손이 많이 가기 때문이라고 한다.

둘, 육고기 요리

보통 우리가 흔히 접하는 고기는 소고기, 돼지고기, 닭고기, 오리고기 등이 있다. 하지만 중국에서는 우리가 상상하지 못했던 부위를 먹곤 하는데, 대표적인 예로 오리를 들자면, 오리의 창자부터 시작해, 발과 피, 머리까지 먹는다. 오리 창자의 경우는, 뜨거운 국물에 익히면 꼬들꼬들한 식감으로 변해 많은 인기를 얻고 있고, 발은 푹 익혀서 족발과도 비슷한 쫄깃한 식감이 일품이다. 오리의 피는 선지와 비슷하게 오리의 피를 응고시켜 국물과 곁들여 먹거나 볶음요리를 해 먹는 등 다양하게 먹는다. 푹 익히면 퍼석퍼석해지는 선지와는 또 다른 익어도 부드러운 식감이 독특하다. 그리고 오리머리의 경우는 양념에 푹 졸여 콜라겐이 풍부한 고기를 즐겨 먹는다. 비슷한 맥락으로 닭의 머리와 토끼의 머리도 먹는데 닭머리는 양념에 푹 졸인 뒤, 인공 가공을 걸쳐 일반 문방구 같은 곳에서도 흔히 팔기도 한다. 닭머리를 반으로 찢어 뼈 채로 먹어도 될 정도로 부드럽다고 한다. 토끼머리는 매콤한 양념을 한 뒤, 두개골을 갈라 뇌를 섭취한다.

셋, 중국의 지역별로 다른 식문화

다양한 지역이 있는 중국은 그 지역마다 시차와 날씨가 모두 다르다. 이에 따라 같은 식재료라도 지역마다 사는 방법과 문화가 다를 수밖에 없는데, 이런 차이점에 영향을 받아 다양한 식문화가 발전했다. '중국인들이 평생 못 이루는 3가지' 중 첫 번째 '중국의 모든 지역을 가보는 것', 두 번째 '중국의 모든 한자를 다 아는 것'과 더불어 마지막 세 번째는 '중국의 모든 요리를 먹어보는 것'이라고 할 만큼 중국 요리는 다양하다. '南甜北鹹, 東辣西酸'(남쪽은 달고 북쪽은 짜며 동쪽은 맵고 서쪽은 시다)는 이런 다양한 중국 요리를 설명할 때 많이 쓰이는 표현이다.

알 요리로 예를 들어보자. 오리알을 석회와 진흙을 섞은 반죽으로 감싸 삭힌 송화단(松花蛋, 또는 피단)은 고대 중국에서부터 알을 오래 보관하기 위해 만들어진 방식인데, 반죽과 껍데기를 벗기면 솔잎 무늬가 새겨진 광택이 나는 오리알이 나타난다. 이 때문에 송화단이라는 이름이 붙여졌다는 설화가 있다. 송화단은 보통 죽이나 량차이로 해 먹는데, 처음 접해본 사람은 삭힌 음식 특유의 냄새가 코를 쏘는 듯한 맛에 놀랄 수 있지만, 몇 번 더 시도 해 본다면, 어느새 송화단에 푹 빠져있는 자신을 발견할 수 있을 것이다. 그리고 또 다른 삭힌 오리알 음식인 야단(鴨蛋)은 다 먹지 못하고 남은 오리알을 소금에 한 달 동안 절여서 숙성시키는 음식이다. 송화단과는 또 다른 방식으로 오리알을 저장시키는 이 방법은, 소금에 절여놓기 때문에 노른자는 더욱더 노랗고 단단해지며, 흰자는 단단한 푸딩 같은 질감으로 변한다. 한 달 동안의 숙성이 끝나면, 숙성된 오리알을 한번 삶는데, 이런 과정까지 마치면 중국에서 흔히 반찬으로 먹는 야단이 완성된다. 마지막으로, 이미 부화 직전까지 간 오리알들을 처리하는 모단(毛蛋)이다. 말 그대로, 털이 있는 알이란 뜻으로, 부화 직전이기 때문에, 부화가 일주일도 채 남지 않은 오리알이나 계란을 삶아 먹는다. 가끔 정말 부화하기 바로 전의 오리알을 고르면 부리나 눈알, 발톱 등까지 이미 다 자라있는 모단을 볼 수도 있다.

이처럼 다양한 문화와 요리가 있는 중국에서 당신도 많은 경험을 겪어보았으면 한다!

33;

중국에서는 기름진(건강하지 않은) 음식을 즐겨먹는다?

〈민지영〉

‘중국’ 하면 떠오르는 음식에는 무엇이 있을까. 한국 젊은이들에게 꽤나 큰 인기를 끌고 있는 훠궈, 마라샹궈, 마라탕, 꿔바로우, 양꼬치, 멘보샤. 그리고 어른들에게 익숙한 팔보채, 어향육사, 베이징덕, 마파두부, 깐풍새우, 우육면 등. 어쩐지 대부분의 중국 음식은 상당히 기름진 이미지로 떠오른다. 다큐멘터리를 봐도, 길거리 음식을 취재하는 교양 예능 프로그램을 봐도, 중국 음식은 온통 기름져 보인다. 집에서 가장 가까운 중국 음식점에서 볼 수 있는 메뉴들마저 모두 기름진 것들이다. 밥을 볶고, 채소를 볶고, 고기를 볶고, 버섯을 볶고… 심지어는 요리 도구마저도 ‘볶는 요리’에 특화되어 있는데, 이 세상 식재료는 모두 볶아버릴 것처럼 생긴 깊고 무거운 프라이팬 ‘웍’이 그것이다.

중국 음식은 기름지다.

중국에서는 기름진 음식을 즐겨 먹는다.

중국에서는 건강하지 않은 음식을 즐겨 먹는다?

실제로 중국 음식은 기름지다. 그리고 기름진 음식은 보통 건강하지 않다. 그렇다면 중국에서 생활하는 사람들은 기름진 음식만 먹는 걸까? 그 나라의 음식은 현지에서 생활하는 대다수 사람들의 입맛을 대변하기 쉽다. 하지만 한국에서 생활하는 사람들이 1년 365일 삼시세끼 한식만 찾는 것은 아니듯이 중국에서 생활한다고 중국 음식만 먹는 것은 아니다. 중국 음식이 아니더라도 기름진 음식은 당연히 존재한다. 당장 중국에서 유행하는 한국의 '치킨'만 해도 상당히 기름진 축에 속한다. 중국 현지에서 생활해본 자로써 이 글을 통해 전달하고 싶은 것은 '최근 중국 사람들도 건강식에 관심이 커졌기 때문에 중국에서 생활하면서도 충분히 클린하고 건강한 라이트 식단을 챙길 수 있다'는 점이다. 이 글로 '기름진 음식' 때문에 중국 여행이나 생활을 꺼렸던 사람들이 편견을 극복하고 중국 현지 체험에 망설임 없이 도전해 보았으면 하는 바람이다.

하루가 멀다 하고 새로운 유행과 문화가 생겼다 사라지는 한국만큼 중국도 빠르게 발전하고 있다. 그리고 그 중심에는 '빠링호우, 지우링호우, 링링호우'(중국의 MZ세대)가 있다. 비교적 편견이 없으며 새로운 문화에 빠르게 적응하는 특징 덕분에 급변하는 세상의 주인공으로 떠오르고 있는 그들은 자연스레 다양한 산업 분야의 마케팅 타깃이 되었다. 여러 산업 분야 중 '음식' 분야를 빼놓을 수 없다.

때는 코로나바이러스가 세상을 지배하기 이전인 2019년. 당시 대학교 2학년이던 나는 중국 길거리 또는 음식 배달 앱에서 건강식을 파는 식당을 본 적이 많지 않았다. 물론 당시에도 존재는 했겠지만, 눈만 돌리면 찾을 수 있는 지금과는 달리 접근성이 좋지 않았다. 하지만 2년이 지난 지금은 확실히 다르다. 백화점, 마트 푸드코트, 음식 배달 앱 등 음식이 있는 곳은 어디든 건강한 라이트푸드를 찾아볼 수 있다.

사원 모두가 중국인인 스타트업에서 인턴을 한 경험이 있다. 중국어, 한국어, 일본어, 영어를 모두 아우르는 언어 교육 앱을 만드는 회사였는데, 대부분의 동료들이 외국에서 유학한 적이 있는 사람들이었다. 우리 회사는 사내 식당이 없고 각자 알아서 점심을 먹었는데, 대부분이 배달 음식 위주였다. 동료들이 주문한 음식은 정말 다양했다. 그도 그럴 것이 성별, 나이, 유학했던 문화권이 제각각이었다. 우리 중 가장 나이가 많은 30대 사장님을 포함해 남자 사원 몇몇은 '중국 집밥' 하면 생각나는 음식을 주로 시켜 먹었다. 물론 기름진 음식이다. 내 맞은편에 앉은 샤오궈는 건강한 음식에 관심이 많은 20대 후반 여자다. 그녀의 식단에는 여러가지 다양한 메뉴가 등장하는데, 가장 자주 먹는 건 곤약밥 전문점의 닭가슴살 곤약 볶음밥이다. 미국에서 오랜 기간 유학한 프로덕트 매니저 저셩은 체중이 좀 나가는데, 당시 식단 관리를 해야 한다며 오곡밥과 샐러드가 같이 오는 배달 샐러드 집을 애용했다.

점심시간이 지나고 오후 4시쯤 되면 어김없이 입이 심심해지는 타이밍이 온다. 우리 사장님은 왕년에 마이크로소프트에서 일했던 경험 때문인지 상당히 자유로운 마인드를 자랑한다. 그래서 우리 모두 자유롭게 간식이나 커피를 배달시키거나 편의

점에 다녀온다. 간식타임에도 동료들을 열심히 관찰했다. 점심시간에 중국 음식을 먹던 남자 몇몇도 선호하는 간식 스타일은 나뉜다. 사장님은 간식마저 기름진 중국 과자를 골랐다. 디자이너 리찌엔은 항상 달달한 과일 음료를 마신다. 하루에 1L 정도 되는 걸 세 병 이상 마시는 그의 혈당이 상당히 걱정됐는데, 자세히 보니 그가 마시는 음료수는 설탕 대신 대체당으로 단맛을 낸 음료였다. 개발자 즈원은 서른살이고 무가당 무지방 요거트를 정말 좋아한다. 샤오궈는 간식 역시 건강한 음식 마니아 다웠다. 그녀가 자주 먹는 간식은 설탕과 버터를 사용하지 않는 빵집의 빵이나 단백질 쿠키, 식이섬유 크래커다. 저셩은 간식시간에 간식 대신 커피를 주문한다. 그는 다이어트 중에도 라떼를 마실 수 있는 방법이 있다며 라떼에 들어가는 설탕을 대체당으로 바꿔서 주문하는 스킬을 보여줬다. 그리고 나는 간식시간에 0칼로리 오레오를 자주 먹는다.

현재 중국에서는 각종 샐러드, 대체당, 무설탕 간식거리 등 라이트푸드를 여기저기서 찾아볼 수 있다. 회사 점심시간뿐만 아니라 중국 대표 인터넷 쇼핑몰 타오바오에서도 다양한 종류의 라이트푸드를 쉽게 접할 수 있다. 몇 가지 간단한 키워드만 검색하면 되는데, 나는 주로 '0卡糖(0kcal설탕)', '低碳(저탄수)', '无麸质(글루텐프리)' 등을 검색하는 편이다. 검색 결과로는 정말 다양한 건강식품 또는 식재료가 나온다. 한국에서도 쉽게 접할 수 있는 가공 닭가슴살, 0칼로리 간식들을 제외하고도 많은 제품이 있는데, 0칼로리 소스류가 가장 큰 비중을 차지한다. 0칼로리 과일잼, 초코잼, 피넛버터 스프레드 외에도 0칼로리 데리야끼 소스, 치즈잼, 한식 고추장, 마라소스 등 수십 가지의 소스를 찾아볼 수 있다. 또 곤약을 사용해 GI 지수를 낮춘 밥, 빵,

면 심지어는 떡도 판매하고 있다. 이 외에도 0칼로리 과자류도 심심치 않게 눈에 띈다.

중국 다이어트 식품(라이트푸드) 시장의 성장을 한순간 반짝이는 유행이라고 보기는 어렵다. '차(茶)문화'로 유명한 중국도 선진국의 반열에 오르며 일명 '선진국병'이라고 불리는 비만 문제를 해결하지는 못했다. 2017에 중국 보건당국이 발표한 자료에 따르면 성인의 30% 이상이 과체중이며, 그중 12%는 비만이다. 또한 중국곤약협회의 수치에 따르면, 라이트푸드 분야에서 인기 있는 원재료인 곤약의 중국 시장규모는 2020년 400억 위안(약 7.2조원)을 초과했고, 2010~2020년 연평균증가율이 26%에 해당한다. 늘어나는 중국 국민 비만율 수치와 건강식품 시장의 성장 규모는 라이트푸드가 반짝 떴다 지는 유행이 아닌 성장이 기대되는 분야임을 보여준다.

마지막으로 다시 한번 강조하고 싶은 점은 중국에서도 충분히 건강하고 클린한 식사를 할 수 있다는 것이다. 나 또한 중국 유학 전, 아니 2년 전 까지만 해도 중국에서 라이트푸드를 경험할 수 있을 거라는 기대는 전혀 하지 않았다. 하지만 직접 경험해본 최근의 중국은 전혀 그렇지 않았고, 심지어는 앞으로 더 다양한 라이트 푸드를 만나볼 수 있을 것이다. 이 글을 통해 '기름진 음식' 때문에 중국 여행이나 생활을 꺼렸던 사람들이 편견을 극복하고 중국 현지 체험에 망설임 없이 도전해 보았으면 하는 바람이다. 나의 경험이 많은 이들의 도전에 도움이 될 거라 믿는다.

34;

중국 음식, 알고 나면 다르게 보인다

〈김채연〉

중국 현지 음식을 떠올릴 경우, 가장 먼저 생각나는 건 무엇인가? 중국 여행을 한 번도 와보지 못한 독자라면, 왕푸징 거리의 '전갈 꼬치' 일 수도 있다. 흔히 중국 요리를 두고 "네 다리가 달린 것 중에서 의자만 빼고 다 먹는다."고 말하곤 한다. 요즘은 시대가 많이 바뀌었는데도, 아직도 그렇게 생각하는 사람들이 여럿 있었다. 그러나 이는 전혀 그릇된 생각이다. 실제로 왕푸징의 전갈 꼬치는 관광 목적이 주이며, 중국에는 생각보다 훨씬 맛있는 음식이 많다. 중국 요리는 프랑스, 이탈리아, 태국 음식과 더불어 세계 4대 음식으로 꼽히기도 한다. 사실 맛에는 절대적인 기준이 없다. 오감의 기분 좋은 충돌로 새로운 맛이 탄생하는 것이다. 중국 요리는 우리가 먹어보지 못했던 색다른 맛과 향으로 우리의 혀를 자극한다. 또, 중국요리의 다양성과 내재된 힘은 상상을 초월한다.

물론 나도 중국 음식을 다 안다고 자부할 순 없지만, 중국을 어느 정도 경험을 해본 입장으로써 쉽게 가질 수 있는 편견의 틀을 조금이나마 깨고 싶다. 또 중국에 오기 전에 내가 가지고 있었고, 중국에 와보지 못한 독자들이 충분히 가질 수 있을 만한 중국 음식에 대한 잘못된 생각을 바로잡을 수 있었으면 한다.

첫 번째는, 많은 이들은 중국 음식점의 위생 및 서비스의 질이 현저하게 떨어진다고 생각한다. 피부 질병인 아토피를 겪고 있는 나로서는, 중국에 오기 전 음식에 대한 부분이 가장 걱정되었다. 먹은 것들의 영향이 바로 피부에 나타나기 때문에, 음식의 위생에 대해서 꽤 예민한 편이었기 때문이다. 하지만 중국에 온 지 4년이 다 되어가는 지금, 결과적으로 피부에는 큰 이상이 없다. 당연히 자극적인 음식들만 계속 섭취하게 되면 좋지 않겠지만, 이 점은 한국에 있을 때도 마찬가지라는 것이다.

우리가 흔히 아는 중국 음식은 주로 TV 속 길거리 음식으로 소개된다. 그래서 중국 음식이라 하면, 길거리에서 웍(조리 시 사용하는 우묵한 팬, 중국 요리에 자주 사용)으로 무언가를 볶고, 완성된 음식을 접이식 의자를 몇 개 펴놓은 자리에서 바로 취식하는 모습을 연상케 한다. 더운 날, 길거리에서 땀을 뻘뻘 흘리며 음식을 조리하는 모습을 저 너머 보게 되면, 위생에 대해 조금이라도 의심을 하게 되는 것은 어쩌면 당연할지도 모른다. 하지만 필자가 말하고 싶은 것은, 그 점은 한국도 마찬가지라는 것이다. 중국이 길거리 음식 문화가 잘 발달되어 있기는 하지만, '길거리 음식' 자체를 중국의 전체적인 식문화로 단일

화시키기는 어렵다. 또, 길거리 음식 자체는 무엇보다 계절의 영향을 많이 받기도 하고, 위생 관리는 가게별로 천차만별이라고 볼 수 있다. 이는 한국뿐만 아니라 전 세계적으로도 적용되는 부분이기 때문에, 단지 길거리 음식 문화로 중국 음식의 위생을 단정 지어서는 안 된다는 것이다. 혹여 중국에 오게 되었을 때, 위생이 조금이라도 걱정된다면 길거리 음식을 피해서 프랜차이즈나 깔끔해 보이는 식당으로 들어가면 된다. 추천하는 식당은 하이디라오(海底捞)이다. 우리에게 낯설지 않은 이 식당은 중국 유명 훠궈 프랜차이즈로, 음식뿐만 아니라 최상의 서비스를 제공한다. 하이디라오 대기실에는 대형 스크린으로 주방 내부의 CCTV를 공개해 대기하는 손님들이 실시간으로 조리과정을 볼 수 있게 한다. 또, 식품 위생 안전을 강화하기 위해 손님에게 제공되는 모든 음식 쟁반 하단 부분에 RFID(무선인식시스템)을 부착하여 48시간이 지난 음식은 자동 폐기하도록 한다.

중국 음식점은 한국보다 현저히 고객 응대 서비스의 질이 떨어지고, 불친절할 것 같은 이미지가 강하다. 앞서 언급한 하이디라오는 기존의 우리가 생각했던 중국 음식점의 서비스에 대한 편견 또한 과감히 깨버린다. 유명한 만큼 대기 시간이 기본 2시간을 훌쩍 넘기기 때문에, 기다리는 고객을 위해 과일, 음료수 등의 간식을 제공하는 것도 모자라 젤 네일까지 받을 수 있다. 직원들은 항상 친절한 태도로 손님을 응대하며, 덕분에 손님은 진정한 '대접' 받는 느낌을 누릴 수 있다. 이처럼 중국의 요식업은 무궁무진으로 발전하고 있으며, 손님에게 보다 양질의 음식을 제공하기 위해 다양한 방법으로 최선을 다하고 있다.

두 번째는, 중국 요리에 대한 접근성이다. 맨 위에서 언급했듯, 처음 중국 음식을 접하는 사람들은 다양한 식재료와 강한 향신료에 다소 거부감을 느끼기도 한다. 나는 이 점에 대해서는 인정한다. 즉, 음식의 다양성에 대한 긍정이라고 할 수 있겠다. 중국은 무려 22개의 성으로 이루어져 있으며, 한족 외 55개의 소수민족이 살아가고 있다. 한국도 충청도, 전라도, 경상도 등의 음식 문화가 다르듯, 중국도 지역마다 각각 다른 특색을 띠고 있다. 한반도의 약 44배로 추정되는 이 땅에서, 식재료와 요리 본연의 향과 맛이 다양하다는 것은 어찌 보면 당연한 일이다. 그렇기 때문에 중국 음식의 다양성을 수용할 수 있는 태도가 조금은 필요하다고 생각한다.

이러한 다양성을 받아들인 준비가 되었다면, 중국 음식 자체에 대한 진입장벽을 낮출 시간이다. 정갈하고 건강하게 차려진 한식을 먹다가 중국 음식을 마주했을 때, 조금은 자극적인 비주얼 또는 강한 향과 맛 때문에 다가가기 힘들 수 있다. 그러나 중국에는 우리가 쉽게 즐길 수 있을 만한 음식들도 다양하게 있고, 오히려 한번 빠지면 헤어 나오기 힘든 음식들도 많다. 우리가 생각하는 것만큼 다가가기 어렵지 않다는 것이다.

나는 중국에 한번도 와보지 못한 독자가, 크게 거부감을 느끼지 않으면서도 이색적인 중국의 맛을 느낄 수 있을 만한 매력적인 음식들을 몇 가지 소개하고자 한다

춘빙 (春饼)

춘빙은 동북지방의 대표 음식이다. 실제로 세계 맛집 탐방 TV 프로그램인 스트리트 푸드 파이터 속 하얼빈 편에서 소개된 적 있으며, 쉽게 생각하면 '중국식 월남쌈' 이라고도 볼 수

있다. 그러나 월남쌈과는 재료 방면에서 극명한 차이가 있다. 먹는 방법은 '빙(饼)'이라고 하는 얇은 밀가루 전병에 각종 야채, 고기, 계란 볶음 등을 넣어 싸 먹으면 된다. 속 재료는 주로 고기와 고추를 볶은 향라육사(香辣肉丝), 숙주볶음, 오이, 양파 등으로 구성된다. 전병에 식재료들을 돌돌 싸서 입 안에 넣는 순간, 향긋한 재료들이 전병과 함께 어우러져 큰 만족감을 선사한다. 먹는 방법도 이색적이고, 동북 지방의 대표 요리를 쉽게 맛볼 수 있다는 장점에서 춘빙을 꼭 추천하고 싶다. 중국 음식을 접해보지 않은 독자들도 충분히 즐길 수 있으리라 장담한다.

새우 훠궈

이미 유학생들 사이에서는 아주 유명한 집이다. 새우 훠궈는 우리가 흔히 알고 있는 훠궈 소스에 새우를 더한 이색적인 메뉴이다. 비닐장갑을 주면 직접 새우를 까서 먹으면 되는데, 무엇보다 새우살이 통통해서 먹을 때마다 입에 가득 차는 식감이 일품이라 할 수 있다. 새우와 함께 감자나 옥수수도 곁들여 나오기 때문에 다양한 조합으로 맛볼 수 있다. 이 집의 하이라이트는, 새우를 다 먹으면 남은 국물에 면이나 채소 등을 추가해서 훠궈로 먹는 것이다. 또 면 추가는 무료이며, 필요할 때마다 말하면 직원이 직접 손으로 늘려 넣어준다. 새우훠궈를 한마디로 정의하자면, '돌아서면 생각나는 맛'이다. 새우를 까서 입에 넣는 순간의 행복함이 잊히지 않는다.

카오위 (烤鱼)

한국의 아구찜이나 해물찜 같은 맛을 상상했다면 전혀 아니라고 말할 수 있겠다. 카오위는 사천식 민물 생선에 고추기름, 각종 채소를 넣어 조려낸 음식으로, 간단하게 말해 구운 생선과 훠궈의 조합이다. 매콤한 국물에 부드러운 생선 살, 각종 채소와 면이 어우러져 이 또한 중독성 있는 맛이다. 나는 카오위 전문점 중에서도 꼭 왕푸징의 '鲈鱼'(루위)를 권하고 싶다. 鲈鱼는 카오위 프렌차이즈 중 하나인데, 북경에는 다 사라지고 왕푸징 한 군데만 남았다. 카오위는 민물 생선이기 때문에 자칫하면 물비린내가 나기 쉽다. 그런데 이 곳은 비린내도 안 나고, 깔끔하게 입맛을 잡아준다. 또 무엇보다 국물이 생선살에 잘 스며들어 있어 밥과 함께 먹으면 단연 최고의 궁합이라고 할 수 있겠다. 생선과 함께 곁들여 먹을 수 있도록 재료 추가가 가능한데, 나는 목이버섯(木耳)과 감자(土豆)를 추천한다. 또 민물 생선 중에서도 종류를 고르는데, 한국인 입맛에 무난한 생선인 농어를 권한다.

카오위는 내가 평소 생각해왔던 중국 요리에 대한 편견을 크게 깨준 요리 중 하나였기 때문에, 자신 있게 추천하고 싶다. 개인적인 생각이지만, 카오위는 한국에서도 널리 알려졌으면 하는 음식 중 하나이다.

어쩌면 나도 중국, 특히 음식에 대해 편견을 갖고 있었던 사람이었고, 중국에 와서 그 편견들이 하나둘씩 사라질 때마다 그때의 나를 되돌아보게 된다. 직접 겪어보지 않았었기 때문에 쉽게 편협된 방향으로 사고하게 되었던 것 같다.

마지막으로 말하고 싶은 건, 나는 중국을 옹호하거나 비난할 생각이 없다. 그러나 실제로 어떤 나라든, 우리가 생각하는 것과 다른 점이 분명히 존재하고, 경험해 보아야 비로소 알게 되는 것들이 많다. 그래서 이 글을 보는 독자들이 조금은 수평적이고 수용적인 태도로 중국을 바라볼 수 있었으면 한다.

2.9 C 뷰티

35;

패션부터 뷰티까지, 개성을 살리는 c-뷰티의 매력 속으로

〈손혜령〉

k-뷰티. 즉 한국의 미용 산업이 전 세계의 뷰티 트렌드를 이끌고 있다는 것은 명백한 사실이다. 더불어 중국에서도 한국의 패션 및 미용 제품이 인기를 끌고 있다는 사실 또한 부정할 수 없다. 많은 한국인들이 중국의 패션 트렌드는 촌스러울 것이라는 편견을 가지고 있다. 또한, 중국의 패션에 대한 관심도는 그다지 높지 않을 것이라는 편견을 가지고 있는 사람 또한 많다. 사실 우리 대부분이 패션과 뷰티에 관련된 나라를 생각할 때 당연하다는 듯이 중국이라는 나라는 빼놓고 생각하는 경향이 있다.

그러나 글로벌 투자사 배인 캐피털(Bain Capital)이 발표한

'2018 중국 명품시장 연구' 보고서는 2018년 중국의 명품 매출 규모가 2017년에 뒤이어 기록적인 성장을 나타냈다고 밝혔다. 2017년과 2018년 중국 명품 매출 증가율은 모두 20%를 넘어섰다. 또한 글로벌 컨설팅 회사 맥킨지와 BoF가 발표한 '2019년 패션 보고서'에 따르면 2019년에 중국은 최초로 미국의 패션 시장 규모를 넘어설 예정이라고 밝혔다. 일례로 중국 내 최대 쇼핑 행사인 '双十一(11월11일)'의 매출은 2019년 308억 달러로 미국의 '블랙 프라이데이'와 '사이버 먼데이'의 총액을 넘어섰다. 이러한 결과로 미루어 보았을 때, 중국은 전 세계 패션 분야를 포함한 쇼핑분야에서 더는 빼놓을 수 없는 시장이라는 것을 알 수 있다. 더불어 중국인들의 패션에 대한 관심도는 더는 무시할 수 없는 부분이라는 사실 또한 알 수 있다.

하지만 한편으로는, 중국이 명품 구매율은 높지만 비교적 세련되지 않은 제품만 소비할 것이라는 생각을 하는 사람들 또한 적지 않다. 나 또한 중국에서 유학 생활을 하기 전에는 은연중에 중국의 패션 문화는 한국의 패션 문화를 절대 따라오지 못할 것이라는 생각이 있었고, 명품 구매율과 패션 트렌드를 이끄는 것은 다른 문제라고 생각했다. 그러나 중국에서 생활하며 중국 내의 패션 문화를 직접 경험하면서 많은 생각이 바뀌었다. 현재 중국 상하이 내에서는 버버리, 샤넬 등 다양한 패션 브랜드의 전시회가 진행되고 있고, 매장에는 오히려 한국보다 더 많은 제품들이 출시된다. 상하이 패션 위크 기간에는 전 세계에서 손꼽히는 패션 브랜드들이 쇼를 열기 위해 경쟁하고, 수많은 세계적으로 명성 있는 패션 셀러브리티들이 앞다투어 참석한다. 세계 패션계를 주름잡는 브랜드들이 상하이에서 쇼를 열기 위해 고군분투한다는 것은 중국이 전 세계 패션 업계에서 중요한 부분을 차지한다는 것을 뜻한다.

상하이에서 유학 생활을 한 후 가장 놀란 점 중 하나는 상하이 내 어느 역이든 큰 쇼핑몰이 있다는 사실이고, 쇼핑몰 안에 정말 다양한 패션 브랜드들이 입점해 있다는 사실이었다. 더불어 놀란 점은 쇼핑몰 안에는 세계적인 브랜드들도 많았지만 많은 수의 중국 자국 브랜드들이 입점해 있다는 사실이었다. 이러한 중국 내의 자국 브랜드의 인기를 실감하고 난 후, 나는 우리나라가 패션 트렌드를 주도하고, 중국은 우리나라 패션 트렌드를 쫓아간다는 생각이 편견이었음을 알게 되었다. 중국은 끊임없이 자국의 브랜드를 발전시키려고 노력하고 있으며, 거대한 내수 시장을 기반으로 거침없이 성장하고 있다. 중국은 더 이상 세계에서 공장의 역할이 아니라 세계를 주름잡는 시장이 되고 있다.

또한 중국에서 유학 생활을 하고 느낀 점은 중국은 개성이 중시되는 나라라는 점이다. 사실 우리나라가 2000년대 이후 개방적으로 변했다고는 하지만 아직은 유행이 중시되는 경향이 있다. 이에 비해 중국은 비교적 개성이 중시되는 나라이기 때문에 다양한 소비자의 요구를 수용한 제품들이 출시되기도 한다. 또한, 길거리를 걸어가다 보면 유행이 무엇인지 알기 힘들 정도로 사람들이 각자의 개성에 맞춰 옷을 입는 경우가 많고, 이러한 점은 비단 옷에 국한되는 것이 아니라 신발이나 목걸이 등 액세서리에도 적용된다는 점을 느낄 수 있었다. 사실 처음에는 이러한 개성이 촌스럽다는 생각했었다. 그래서 옷을 구매할 때도 최대한 한국 느낌이 나는 옷을 구매하거나 한국에서 유행하는 옷을 입곤 했다. 하지만 중국에서 생활하는 기간이 길어질수록 나 또한 옷을 구매할 때의 관점이 달라지는 것을 느꼈다. 예컨대 예전에는 옷을 구매할 때 다른 사람의 눈을 신경 써서 유행에 맞춰 구매했다면, 현재는 비교적 내가 좋아하는 옷 스타일이 무엇인지가 옷을 선택하는 데 있어서 우선순위가 되었다. 또한 우리나라보다 중국이 각자의 개성이 중시된다는 것을 느낀 또 다른 일례가 있다. 어느 날 중국 친구를 만났는데 중국 친구가 나에게 "한국 여자들은 아주 예쁘고 잘 꾸미는데 너무 스타일이 비슷해."라는 말을 한 적이 있었다. 이 말을 들은 후 우리나라의 패션 분야가 어느 정도 획일화되어 있다는 것을 느꼈다.

개개인의 개성이 중시되는 문화 또한 패션 시장에서 중국이 성장할 수 있는 동력이 되는 것 같다. 사실 우리가 평소에 촌스러운 중국 스타일이라고 느꼈던 부분 또한 결국에는 그들만의 개성이 되는 것이고, 각자의 개성이 중시되는 것과 비례하게 패션 업계에서는 도전할 수 있는 스타일이 많아진다는 것은 부정할 수 없는 사실이다.

한편, 중국 패션 시장에서 온라인 시장은 빼놓을 수 없는 부분 중 하나이다. 사실 중국에 오기 전에 나는 중국의 온라인 패션 시장을 긍정적으로 바라보지 않았다. 가격이 저렴한 것은 알고 있었지만, 은연중에 값이 저렴한 만큼 질이 좋지 않다고 생각하고 있었고, 짝퉁이 많다는 편견도 있었다. 실제로 한국에서 생활하는 동안 중국산 옷은 구매할 때 꺼리는 경우가 많았다. 그러나 중국에 온 후에 내가 느낀 온라인 패션 시장은 더는 질이 안 좋은 제품이 많지 않다는 것이었다. 또한, 값이 저렴하다는 부분은 오히려 긍정적인 점으로 작용해 좋은 제품을 저렴한 가격으로 살 수 있었다. 또한, 중국의 온라인 시장은 다양한 방면으로 뻗어나가고 있다. 가장 유명하고 쉽게 접할 수 있는 중국 최대 규모의 인터넷 쇼핑몰인 '타오바오'는 물론이고, 채팅으로 소비자와 소통하면서 상품을 소개하는 스트리밍 방송인 '라이브 커머스'는 중국 내에서 인기 있는 인터넷 쇼핑 방법의 하나다. 생방송이 진행되는 동안 이용자들은 채팅을 이용해 구매자와 상호 소통을 할 수 있고, 상품에 대한 구체적인 정보를 실시간으로 받아볼 수 있다.

또한 한 상품을 필요로 하는 구매자들이 단체로 물건을 구입함으로써 기존의 가격보다 저렴하게 구입하게 되는 수단인 공동구매도 중국에서 인기 있는 구매 방법이다. 중국에 오기 전까지 "과연 내가 중국에서 유학 생활을 하면서 인터넷으로 옷을 구매할까?" 라는 내 생각은 중국에 오고 난 후 180도 바뀌었고, 현재는 하루가 멀다 하고 인터넷에서 옷을 사곤 한다. 중국에서 유학하는 대다수의 한국인 유학생들 사이에서 '중국 유학-타오바오=0'이라는 공식이 장난스럽게 인기를 끌고 있을 만큼 나뿐만이 아니라 대다수의 유학생들이 중국 인터넷 쇼핑을 즐긴다. 이렇듯 중국에서는 현재 온라인 패션 시장도 다양한 방식으로 폭발적인 인기를 끌고 있다.

뷰티 분야 또한 중국에서 폭발적으로 성장하고 있는 분야 중 하나이다. 사실 나는 중국으로 출국하기 전까지만 해도 중국 내에서 파는 화장품은 절대 믿지 못한다는 주의였다. 주변에 중국 유학 사실을 알렸을 때 출국 선물로 가장 많이 받았던 선물 또한 한국 화장품과 마스크 팩 등 한국 뷰티 제품이었고, 친구들 또한 중국 화장품은 믿을 수 없으니 화장품을 최대한 많이 가져가라는 말을 하곤 했다. 실제로 유학 짐을 쌀 때에 가장 큰 비중을 차지했던 것들도 화장품이었다. 하지만 중국에 오고 나서 중국의 뷰티 산업이 생각보다 크다는 것을 느낄 수 있었다.

화장품뿐만이 아니라 향수, 뷰티 디바이스 등 다양한 브랜드가 중국 내 자체적으로 성장하고 있었고, 그 종류 또한 우리나라에 준할 만큼 많은 수가 있다는 것을 알게 되었다. 사실 중국 내에서 한국 브랜드의 인기가 높다는 것은 부정할 수 없는 사실이다. 그러나 중국 자국 제품들에 비해 가격 경쟁력이 낮고, 고가 브랜드라는 느낌이 강하다. 반면 중국 브랜드는 성분이 비슷함에도 단가를 낮춰 가격 경쟁력을 높임으로써 큰 인기를 끌고 있다. 나 또한 중국에서 생활하기 시작한 초반에는 곧 죽어도 한국 화장품을 쓰겠다고 고집을 부렸었다. 그러나 한 번 중국 화장품을 쓰기 시작한 후 가격이 저렴하다는 장점을 저버릴 수가 없었고, 비교적 비싼 한국 화장품보다 중국 화장품을 사용하는 경우가 점점 늘기 시작했다.

중국의 화장품에 대해 내가 가졌던 또 다른 편견은 패션과 같은 맥락에서 화장품 또한 촌스러운 색깔이 많을 것으로 생각했던 점이다. 화장품을 논할 때 색조 화장품을 빼고 논할 수 없는데, 중국에서 생활하기 전에는 중국 화장품 브랜드에서 판매하는 색조 화장품은 죄다 촌스러운 색깔일 것이라고 생각했었다. 그러나 중국은 앞서 언급했듯이 각자의 개성이 중시되는 나라이다. 다양한 개성이 중시되는 만큼 다양한 색상과 많은 종류의 화장품이 앞다투어 출시되고 있었고, 오히려 한국의 화장품보다 많은 선택지가 있었다. 게다가 중국 젊은 층들 사이에서 쓰이는 소셜 미디어 네트워크인 '小红书'는 중국 뷰티 산업을 크게 확장시키는 데 많은 도움을 주고 있다. 나 또한 중국에서 생활하며 중국 패션과 뷰티 분야에 관심을 갖게 된 후로는 '小红书' 앱을 많이 참고하고 있다. 앞서 언급했듯이 나는 평소에도 패션과 뷰티 쪽에 많은 관심이 있는 편인데, 중국에서 생활하기 전에는 패션과 뷰티 쪽에서는 중국이라는 나라를 눈 여겨 보지 않았다. 많은 사람들이 그렇듯이 중국이라는 나라는 유행을 선도하는 나라라고 하기보다는 세계의 공장 같은 역할을 하는 나라라고 생각했기 때문이다. 그러나 중국에서 생활하며 다양한 브랜드와 유행을 접하고 난 후에는 그동안 내가 너무나도 우물 안 개구리 같은 생각으로 살아가고 있다는 것을 느꼈다. 중국 내에서 다양한 브랜드와 유행을 접하며 나 또한 뷰티와 패션을 대하는 시야가 넓어질 수 있었고, 중국은 어느 순간부터 세계의 유행을 선도하는 나라 중 하나가 되었다는 것도 몸소 느낄 수 있었다.

사실 지금도 내 친구들을 포함한 많은 한국인들이 뷰티와 패션 방면에서는 중국을 배제하고 생각하는 경향이 있다. 하지만 현재 중국은 명실상부 세계의 중심이고, 뷰티와 패션 분야에서도 예외는 아니다. 우리나라의 뷰티와 패션 업계가 전 세계적으로 호응을 얻고 있는 것과 그 사실에 자부심을 느끼는 것은 한국인으로서 마땅히 느껴야 할 사실이다. 그러나 중국에 대한 편견을 걷어내고 발전 중인 중국의 모습을 있는 그대로 받아들인다면 우리나라의 패션과 뷰티 업계는 더욱더 발전할 것이다. 나아가 비단 뷰티와 패션 분야뿐만 아니라, 우리나라 또한 각자의 개성을 중시하는 문화가 확산된다면 우리나라가 더 발전할 수 있는 계기가 될 것이라는 사실에 믿어 의심치 않는다.

2.10 게임

36;

중국의 게임시장, 얼마나 알고 계신가요?

〈이승준〉

이 글을 읽고 있는 당신도, 바쁜 삶을 살아가고 있는 그 누군가도, 노는 걸 좋아하지 않는 사람조차도 '게임'이란 단어를 한 번쯤은, 아니 수백 번은 들어봤을 것이다. 몇십 년 전 처음으로 컴퓨터에서 실행된 게임은 기술의 발전과 동시에 더 많은 종류로 개발되어 현재 게임 시장의 기반을 다졌다. 특히 최근, e스포츠가 전 세계적으로 큰 인기를 얻으며 e스포츠 강국인 한국, 중국 등 나라에서는 프로 리그까지 출범하며 게임 시장의 전성기를 맞이했다.

그렇다면, 중국은 어떻게 게임 시장에서도 큰 성공을 거뒀을까? 그 이유를 알고 싶다면 아마도 '消消乐'(샤오샤오러, 중국의 애니팡), '王者荣耀'(왕저롱야오, 모바일 AOS 게임)라는 게임들부터 알고 가야 할 것이다.

내가 처음 消消乐라는 게임을 해본 건 2013년이다. 그때만 해도 초등학생이었던 나는 처음으로 게임의 재미를 알게 되었다. 같은 동물, 또는 과일을 일정 개수에만 맞게 움직여 제거하면 되는 간단한 게임인데도 불구하고, 그 게임만 시작하면 2시간은 기본으로 했던 것 같다. 더 신기한 것은, 2022년이 된 현재에도 난 이 게임을 즐겨 하고, 주위에 계신 어른들마저 이 게임을 하신다는 것이다. 나는 생각해 봤다, 그리고 알게 되었다. 이 모든 건 바로 '2vs2'모드, '升级模式'(레벨 업 모드), '与附近的人一起玩'(주위에 있는 사람과 같이 플레이할 수 있는 모드) 등을 만들어낸 회사 마케팅의 힘이었다는걸.

消消乐의 출시사, 乐风创想(러펑촹샹)의 통계 자료를 보면, 消消乐의 누적 유저 수는 8억이며 이는 우리나라 인구의 15배 정도 되는 수치다. 그 정도로 消消乐는 중국에서 엄청난 열풍을 일으켰고 그 열기는 아직까지도 식지 않고 계속되고 있다.

그리고 이제 소개할 게임은 消消乐를 뛰어넘어 중국 역사상 가장 성공한, 중국의 국민 게임으로 불리고 있는 王者荣耀다. 이 게임은 오픈베타서비스 출시 당일부터 '百度手机助手'(바이두쇼우지주쇼우, 중국의 플레이스토어)에서 게임 부문 1위를 차지할 만큼 腾讯(텅쉰, 텐센트)이 공을 들여 준비한 야심작이다.

이 게임은 우리가 흔히 알고 있는 롤과 매우 비슷하다. 그러나 내 중국인 친구들은 이 게임이 롤의 모바일 버전이라고 보기에는 어렵다 했다. 롤을 해보지 않은 나로서는 그 차이를 잘 모르겠으나 친구들의 말에 따르면 장비, 그리고 제일 중요한 전술에서 다른 점을 느꼈다는 것이다. 그리고 이 게임은 롤과 마찬가지로 티어가 존재한다. 약간 TMI 일 수도 있겠지만, 이 게임을 6년 가까이한 나는 작년에서야 겨우 제일 높은 티어(왕자)를 달성했다. 물론 내가 이 게임을 잘하지 못해서 이제야 제일 높은 자리에 도달한 걸 수도 있겠지만, 하나 확실한 건 중국인들이 이 게임을 상당히 잘한다는 것이다. 또 한 가지 분명한 것은, 이 게임에서는 핵 사용, 버그 악용 등 불법 행위를 하는 사람이 거의 없다는 것이다. 이 부분에서는 중국의 관리 방식(불법 행위 적발 시 무조건 계정 삭제)이 어느 정도 효과를 본 것이라고 나는 생각한다. 이 게임을 하면서 제일 인상 깊었던 것은, 처음으로 위법 신고를 한 나에게 신고 당일 접수 메시지를 보내며 바로 다음 날 처리 결과까지 친절하게 안내해 주는 고객 센터의 응대였다. 물론 운 좋게 나에게 유난히 친절한 직원이 걸린 걸 수도 있겠지만, 그런 시스템이 갖춰져 있다는 것 차제가 되게 새로운 경험이었다.

출시와 동시에 정상의 한자리를 꿰차며 프로 리그까지 설립한 王者荣耀는 腾讯이 2020년 11월 1일 王者荣耀의 연간 일평균 사용자 수가 1억을 돌파했다고 알리며 중국 게임계에 전무후무한 대기록을 남기게 됐다. 그 후로는 드라마, 예능은 물론 여러 방면에서 王者荣耀를 중심으로 한 콘텐츠를 제작하며 엄청난 시너지를 창출했다.

이런 인기 게임들을 중심으로 중국 정부는 청소년을 위한 보호법(게임 내 결제 금액 제한, 한도 설정 및 콘텐츠 검열 시스템), 관리법(실명 인증 필수 및 연령대별 게임 시간제한)을 발표하며 청소년들에게 안전하고 즐거운 오락 환경을 제공하겠다고 다짐했다. 그야말로 게임으로 인해 자녀들과 갈등이 깊은 부모들의 마음까지 사로잡은 것이다. (나를 포함한 학생들은 절망에 빠졌지만…)

앞에서 언급했던 내용이긴 하지만, 그래도 난 중국 정부의 발빠른 청소년 보호법 발표에 다시 한번 박수를 보내고 싶다. 중국에 오랫동안 살았고 지금도 중국에 사는 나는, 실은 우리나라의 각종 미디어에 부각된 중국의 이미지가 어느 정도는 나쁜 쪽으로 과장되었다고 우리나라 사람들에게 알리고 싶다. 물론 그러한 언론들의 보도가 잘못됐다는 건 아니다. 일부분은 사실이고, 그 무엇보다 언론사들에게 주어져야 하는 것은 보도의 자유권이기 때문이다. 안타까운 사실이지만, 우리나라 사람들은 '중국', 또는 '중국인'이라는 단어를 들으면 일단 무조건 안 좋은 반응을 보이곤 한다. 그러나 중국에선 내가 다른 사람들에게 "나는 한국인이다."라고 말하면 사람들은 모두 신기해했고, K-pop, K-beauty 등 세계적으로 인기를 끌고 있는 한국의 문화를 치켜세우며 나에게 관심을 가져줬다. 그럴 때마다 나는 내가 한국인인 것에 자부심을 느꼈고, 그런 반응을 보여준 중국인들에게 감사한 마음이 들었다.

특히 작년엔 양국 네티즌들 사이 많은 언쟁이 오갔다. 그러나 이 부분에서도 나는 꼭 우리나라 사람들에게 알리고 싶은 것이 있다. 바로 언론, 그리고 각종 보도자료를 통해 알려진 사실들이 과하게 부풀려졌다는 것이다. 실제로 언론에서 인용한 자료들의 출처를 찾아보면 그 아래에 달린 댓글의 개수는 많아 봤자 만 단위이다. 중국 인구의 0.01%마저도 도달하지 못한 것이다. 그럼에도 불구하고 사건마다 온 중국이 한국에 분노를 뿜어내고 있는 것처럼 포장하여 진실을 숨기는 일부 언론사들의 행동은 같은 한국인인 나조차도 이해할 수 없을 때가 많다.

중국에 계신 다른 분들은 어떻게 생각하실지 모르겠지만, 나는 내가 한국인이라는 이유 하나로 몇 년 동안 편하게 살아왔다. 그래서 나는 문득 더 궁금해졌다, 과연 지금, 과도한 중국에 대한 언론 플레이가 일상이 되어버린 우리나라에서 살고 있는 중국인들이 나처럼 잘 대우받고 있는지 말이다. 그렇다고 그들에게 무조건 잘 해주라는 것은 아니다. 잘못된 것이 있으면 바로잡아야 하고, 시기에 맞는 행동과 결정을 하는 것도 이 시대에 살아가는 우리의 임무이기 때문이다. 한국과 중국은 이젠 뗄 수 없는 관계다. 공생을 위해서는 서로 이해해야 하고, 더 큰 부흥을 위해서는 서로 도와야 하는 시기가 온 것이다.

2.11 신4대 발명

37;

유학생의 눈으로 본 중국의 신 4대 발명

〈김수린〉

안녕하세요, 저는 중국 인민대학교 신문방송 학과에 재학 중인 김수린입니다. 엄마가 중국인 아빠가 한국인인 가정에 태어난 저는 7살 이전에 중국에서 살다가 초등학교 입학 전 한국으로 왔습니다. 그 후 한국 교육과정을 이수하다가 4년 전 다시 중국 유학의 길을 걷게 되었습니다. 제가 중국 유학의 길을 선택하게 된 가장 큰 이유인 중국 신4대 발명에 대해 직접 보고 경험한 것을 바탕으로 이야기해 드리려 합니다.

중국 신4대 발명을 알아보기에 앞서 중국 고대 4대 발명에 대해 간단히 말하고 넘어가겠습니다. 중국 고대 4대 발명으로는 종이, 인쇄술, 화약, 나침반이 있습니다. 종이와 인쇄술 덕분에 인류는 역사와 지식을 더욱 효율적으로 기록하고 전파할 수 있게 되었고, 화약은 노동력을 매우 감소시켰으며, 나침반은 항해 활동과 지리적 대발견에서 매우 중요한 역할을 했습니다.

최근 2~3년 동안 중국은 고대 4대 발명을 뒤이은 현대 4대 발명을 이루고 있다는 말이 나오고 있는데 이를 중국은 신4대 발명이라고 분류하고 있습니다. 중국 신4대 발명에는 공유경제, 모바일 결제, 고속철, 인터넷 쇼핑이 있습니다.

2018년 여름방학 때 중국에 '成都'라는 노래가 한창 유행이었습니다. 이 노래는 중국 쓰촨성의 청두라는 도시에 대한 노래로, 향수가 느껴지는 멜로디에 청두의 아름다운 거리를 가사에 담고 있었습니다. 전 이 노래에 빠져서 듣던 저에게 엄마가 중국 여행을 제안했고 어떠한 고민도 없이 바로 청두에 가보고 싶다고 말했습니다. 그렇게 저와 엄마는 바람도 쐴 겸 가볍게 3박 4일 일정으로 자유여행을 떠나게 되었습니다. 7살 이전에 중국에서 생활하긴 했으나 중국 동북 지역에 속한 대련에서만 살던 저에게 남방지역으로의 여행은 매우 신선하게 다가왔습니다.

청두는 중국 남서쪽에 위치해 있습니다. 물과 광물 등의 자원이 풍부하고 아열대성 기후로 연평균 온도가 16도이고 여름 날씨는 한국과 비슷하지만, 겨울에도 영상권에 날씨를 유지하여 중국인들 사이에서도 살기 좋은 도시로 손꼽힙니다. 또한, 멸종위기종인 판다를 보호하는 판다 테마파크로도 유명합니다. 저랑 엄마는 그렇게 가벼운 짐들만 챙겨서 큰 계획 없이 여행을 떠나게 되었습니다.

인천공항에서 직항으로 4시간 정도면 청두에 도착합니다. 청두공항에 도착하자마자 습하지만, 기분 좋은 공기와 판다 조형물들이 저랑 엄마를 반기고 있습니다. 공항에서 나와 택시를 타고 호텔로 이동하게 되었습니다. 청두는 온화한 날씨와 풍부한 자원, 그리고 지리적 우세로 산업기술이 잘 발달한 도시로 유명하여, 차창 밖으로 높고 호화로운 건물들을 자주 볼 수 있었습니다. 그런 높은 건물 사이사이에 멋들어진 중국 전통 건축도 보여서 현대문화와 전통문화가 잘 어우러지는 것을 알 수 있었습니다. 청두의 여유를 감상하고 있다가 문득 길에 노란색 자전거가 굉장히 많이 있다는 사실을 발견했습니다. 지금은 한국에서 따릉이와 씽씽이가 흔한 풍경이 되었지만, 당시에는 너무나 생소했기에 저는 엄마한테 중국은 자전거를 통일해야 하는 법이 있느냐고 순진하게 물어봤습니다.

중학교 이후로 중국에 가지 않았던 저와 달리 중국 출장을 자주 간 엄마는 자전거를 공유해서 사용한다고 설명해주었습니다.

이 공유 자전거가 바로 제가 소개하고 싶은 중국 현대 4 대발 명중 하나인 '공유경제'입니다. 공유경제는 물품을 개인이 소유할 필요 없이 필요한 만큼 빌려 쓰고 자신이 필요 없는 경우 다른 사람에게 빌려주거나 공동으로 한정된 자원을 가지고 서로 이익을 취하는 것을 말합니다.

공유경제의 장점으로는 불필요한 낭비를 감소하여 저렴한 가격으로 큰 만족도를 줄 수 있습니다. 다른 장점으로는 IT 기술과의 접목이 뛰어납니다. 과거에는 물품을 빌리거나 서비스를 예약하려면 직접 방문하거나 전화를 통하여 확인하는 과정을 거쳐야 했지만, 지금은 클릭 몇 번으로 빌리고자 하는 물건의 위치나 상황을 확인할 수 있어 더욱 효율적으로 운영할 수 있어 4차 산업혁명의 대표적인 수혜 분야로 손꼽힙니다. 하지만 관리 책임자의 불명확함이 있고 사회 전체의 도덕성과 시민의식이 결여되어 있을 경우 공유하는 물건을 소중히 다루지 않아 금방 망가질 수 있는 단점이 있습니다. 게다가 앞서 말한 IT 기술이 충분히 뒷받침해주지 않는다면 분실이나 도난 등의 사고가 생길뿐더러 자전거를 대여하고 반납하는 데에도 많은 어려움이 있습니다. 이러한 우려가 있어 공유 경제라는 개념이 등장한 지는 오래되었으나 이를 실제로 실천한 사례는 많지 않았던 당시 이미 도시 곳곳에 가득 찬 노란 자전거를 보고 중국의 IT 발전이 이미 많이 앞서가고 있으며 시민의식도 어느 정도 높은 수준에 있다는 것에 감탄했습니다. 이런 공유 자전거뿐만 아니라 휴대전화 보조배터리 대여소도 식당이나 가게에서 심심치 않게 찾아볼 수 있어 보조배터리를 무겁게 들고 다닐 필요 없이 필요할 때 10분 단위로 결제하여 사용할 수 있습니다.

호텔 체크인을 하고 다음 장소로 이동하려고 할 때 엄마가 익숙하게 핸드폰으로 택시를 불렀습니다. 놀란 토끼 눈을 한 저한테 엄마는 두 번째 4대 발명인 모바일 결제에 대해서 설명해주었습니다. 중국에서 가장 흔하게 사용하는 모바일 결제 플랫폼은 위챗페이(微信支付)와 알리페이(支付宝)가 있는데 앱에 은행계좌를 연결한 후 QR코드를 스캔하면 바로 해당 계좌로 결제되는 방식입니다.

과거 중국은 한국과 달리 신용카드 발급이 어렵고 카드 결제가 보편화하여있지 않아 매번 현금을 들고 다녀야 하는 번거로움이 있었습니다. 그 후 위챗페이 외 알리페이가 등장하고 2015년도부터 오프라인 가맹점을 대대적으로 확대하면서 제가 방문한 2018년 당시엔 편의점, 대형마트, 시장의 과일가게와 노점상까지 결제가 필요한 모든 곳에 QR코드가 부착되었습니다. 휴대전화만 있다면 모든 결제가 가능하여 더 이상 중국에서 현금이나 카드를 들고 다닐 필요가 없어진 것입니다. 온라인 결제 도입 초기에는 사이버 사기와 부정 결제 사건이 생기고 보안에 대한 우려가 컸지만, 중국 정부와 은행에서 보안시스템 강화와 온라인 결제 실명제 및 법률 강화를 통해 전국민적으로 보편화시켰습니다. 위챗페이와 알리페이는 빠르게 송금과 택시 그리고 기차표 예매 배달 서비스 등을 연동시켜 새로운 결제 방식의 시장을 열었습니다.

청두는 삼국지의 배경이 되는 도시입니다. 춘추 건국 시대에 유비는 초나라를 세우고 청두를 도읍으로 정했습니다. 도시 곳곳에서는 명나라와 청나라 시대에 지어진 건축물들이 보존되어 있습니다. 금리 거리는 삼국지의 배경이 되었던 초나라 시대의 옛 모습 그대로 재현해 놓은 상점가로 초나라 수도로서 번성했던 청두의 모습을 볼 수 있었습니다. 길게 늘어선 붉은 홍등과 예스러운 골목 사이로 삼국지 관련 기념품도 판매하고 여러 먹거리도 즐길 수 있습니다. 중국 전통 길거리 꼬치 요리와 고기 절임, 떡 등의 간식을 구경하고 먹는 재미도 있습니다. 또한 쓰촨성을 대표하는 천극과 그림자극 공연도 열려 청두 여행 필수 코스로 추천합니다.

금리 거리를 구경하고 나서 저와 엄마는 미리 예약해둔 하이디라오(海底捞) 식당에 갔습니다. 하이디라오는 중국의 대형 훠궈 체인점으로 깔끔하고 서비스 좋기로 유명해서 명절이나 가족모임 때 많이 방문한다고 합니다. 예약시간까지 조금 남아 대기실에서 기다리게 되었는데 대기실만 해도 일반 식당 정도의 크기를 가진 하이디라오는 저에게 진한 첫인상을 남겼습니다. 대기실에는 대기를 위한 소파와 책상은 물론 어린이 놀이터, 보드게임, 스낵 존, 심지어는 대기시간이 긴 손님들을 위한 네일아트 서비스까지 제공하고 있었습니다. 가게에 들어가서 메뉴판을 보고 한 번 더 놀랄 수밖에 없었습니다. 청두의 하이디라오는 메뉴판이 태블릿으로 되어있어 처음에 탕을 선택하고 들어갈 재료들을 누르면 시뮬레이션으로 해당 재료가 들어가는 훠궈를 이미지로 표시해 줍니다. 게다가 결제도 바로 큐알코드로 이루어져 완벽한 반자동화 시스템을 구축하고 있었습니다. 과감한 기술의 도입은 물론이며 훠궈의 맛도 흠잡을 데가 없었던 하이디라오는 왜 중국인들에게 그토록 사랑받았는지 알 수 있게 해 줬습니다.

다음날 우리는 세계에 딱 한 곳만 있다는 청두의 판다사육기지(大熊猫基地)에 방문했습니다. 멸종 위기로 보호되는 야생판다를 위한 생태공원이 조성되어 있어 판다 천 마리가 서식하고 있습니다. 판다는 아침에 가장 활발하고 낮에 잠을 많이 자서 일찍 가야 활동하는 모습을 볼 수 있어 아침 7시에 출발해야 했습니다. 여기서 전 중국의 세번째 신4대 발명, 인터넷 쇼핑을 체험할 수 있었습니다.

인터넷 쇼핑은 유명한 타오바오(淘宝) 징동(京东)이 있는데 모두 모바일 결제와 연동되어 간편하게 결제가 가능하며 정말 없는 물건을 찾기 힘들 정도로 많은 물건을 구매할 수 있습니다. 넓은 중국땅이지만 택배 시스템도 체계적으로 구성되어 있어 대부분 2~3일이면 원하는 물건을 받아볼 수 있습니다. 그리고 음식 쇼핑이 정말 편리한데 대표적으로 어러마(饿了么)와 메이퇀(美团) 두 개의 플래폼이 사용됩니다. 배달비가 2~3위안(한국 돈 약 350~600원)으로 저렴하고 배달시간도 20분 내외이며 식당뿐만 아니라 마트나 편의점도 배달이 가능합니다. 밤에 예약을 걸어두면 다음 날 아침 지정된 시간에 문 앞까지 따뜻하게 배달해주어 이른 아침에도 콩물과 바삭하게 튀겨낸 빵인 요우탸오(油条)를 먹고 판다를 보러 갈 수 있었습니다. 판다 사육기지는 동물원 같은 느낌보다는 정말 판다가 살기 취적의 환경을 구성해 주어 보는 사람도 살고 있는 판다도 편안한 기분이 들게 했습니다.

그 뒤로 세계적인 명품 브랜드가 가득한 춘시루(春熙路) 시인 두부(杜甫)가 시를 지었던 두부 초당을 방문하고 한국으로 귀국한 저는 도시를 가득 채운 노란 자전거와 반자동화되어있는 가게들 그리고 온라인 결제와 배달 등의 편리함에 반해 중국을 조사해 봤습니다.

그러다가 제가 본 것이 중국 신4대 발명이고 현재 기술 발전의 중심인 북경, 상해, 청두 등 대도시에서 다른 도시들까지 차츰 그 범위와 영역을 확대해 가고 있다는 사실을 알게 되었습니다. 현금과 카드를 당연시해왔던 저로선 사과 하나를 사도 QR 스캔으로 결제되고 키오스크와 아이패드 주문 등 2008년 마지막으로 본 중국에 비해 너무 큰 발전을 이루고 있었죠. 이런 발전을 이뤄내는 중국에서 공부한다면 틀림없이 더 많은 것을 보고 배울 수 있다고 생각되어 두 달 뒤에 중국 유학의 길을 걷게 되었습니다.

저는 한국과 중국 두 나라를 모두 사랑하는 유학생으로서 한국 사람들이 Made in China가 무조건 싸고 질이 안 좋다는 인식을 버리고 중국의 기술 발전에 대해 조금 더 관심을 뒀으면 좋겠습니다. 중국은 더는 10년 전, 20년 전 중국과는 다르고 지금도 하루하루 발전하고 있습니다. 중국과 한국이 서로 뛰어난 분야에서는 인정해주고 상호 협력하는 관계가 되었으면 좋겠다는 유학생의 바람을 이글에 담았습니다.

2.12 IT

38;

샤오미, 물음표에서 느낌표로

〈김종현〉

중학교 2학년이었던 15살 때였다. 집에 있던 컴퓨터가 오래되어 새로운 제품으로 바꿀 시기가 됐었다. 부모님께서는 쉽게 컴퓨터를 사 주실 수도 있었지만, 내게 가격별로 성능과 사양을 조사해 포트폴리오를 만들어 오라고 하셨다. 그 당시에 부모님의 제안이 이해가 가지 않았지만, 새로운 컴퓨터를 가지려고 본격적으로 조사에 나섰다. 특히 새 제품을 구입한다면 몇 년 동안 사용할 수 있는지 집중적으로 알아보고는 했다. 일주일간 밤낮으로 시간을 할애한 결과 A4용지 7장의 포트폴리오를 작성할 수 있었다. 부모님께서는 어린 나의 분석에 만족해하시며 가장 최신 사양의 컴퓨터를 선물해 주셨다. 우습기도 한 지난날의 기억이, 내게 남들보다 빠르게 전자제품을 비교하고 트렌드를 읽는 안목을 선사해 주었다. 이런 안목이 빛을 발할 수 있었던 건

대학 입시를 앞에 두고 긴장감과 적막감이 고3 교실 전체를 뒤감싸던 때였다.

한 날은 내 친구 녀석이 10만 원에 중국산 태블릿PC를 샀다며 연일 자랑을 했다. 당시 내겐 애플이나 삼성이 전부였고 수험생의 용돈으로는 감히 꿈도 꿀 수 없었다. 이러한 상황에서 친구의 10만 원짜리 태블릿은 우리의 시선을 끌기 충분했다. 태블릿의 영롱함에 기대가 컸던 우리는 쉬는 시간이 되자마자 친구 녀석의 태블릿을 이리저리 만져보았다. 하지만 '중국산' 태블릿을 향한 우리의 기대는 얼마 가지 않아 산산조각이 나버렸다. 5분만 사용했는데도 강의 영상이 멈추고 화면이 느리게 전환되어 설렘이 아닌 민망함만 감돌았다. 아무리 생각해봐도 '그래도 명색이 태블릿인데 이렇게 흠이 있을 수 있을까?' 하는 마음에 친구 녀석의 애물단지를 일주일간 빌려보았다. 무엇보다 태블릿 시스템상의 최적화가 잘 되어있지 않아 한 번에 여러 앱을 실행하면 속도가 저하되면서 모든 앱이 멈추었다. 결국, 남았던 건 친구의 태블릿PC가 아닌 중국 전자제품은 '싼 것이 비지떡'이라는 안 좋은 편견만 남아있게 되었다. 그 후로도 비교적 가격이 싼 중국 전자제품에 대한 욕구가 생기기도 했었지만 '메이드 인 차이나'만 보면 몸서리를 칠 정도로 내게는 부정적인 기억 한 편으로 남아있게 되었다.

그렇게 중국 유학을 밟은 2016년 전까지 나는 중국 전자기기에 대해서 여전히 안 좋은 편견을 가지고 있었다. 무엇보다 가슴 깊이 뿌리 남은 것은 중국 제품은 '싼 데는 이유가 있다'였다.

2016년, 공부에 흥미를 잃은 지 몇 년의 시간이 흐른 후 자유롭고 모험적인 해외 유학 생활에 관심을 두기 시작했다. 그러던 중 한국과 문화권이 비슷하고 역사가 깊은 중국에 눈길이 갔다. 고심 끝에 새롭게 도전하고자 중국 땅을 밟기로 했다. 내가 상해에 도착하자마자 가장 먼저 방문하려고 했던 곳은 한국인들이 많이 찾는 '하이디라오'와 '와이탄'이 아니었다. 바로 지하철 8호선 취푸루(曲阜路)역에 위치한 '샤오미 매장'이었다. 전자기기에 관심이 많은 나로서는 당연한 결정이었다.

중국에 도착해 혼자서 누구의 도움 없이 목적지로 향하기는 쉽지 않았다. 한 손에는 교통카드와 또 한 손에는 지도 앱이 켜진 휴대폰을 들고 행여 '길을 잃어버리진 않을까' 노심초사했다. 기대와 설렘을 가득 안고 매장에 도착한 나는 스마트폰 코너부터 살펴보기 시작했다. 반짝거리는 휴대폰들을 살펴보며 놀라움을 금치 못했다. 바로 그동안 중국 스마트폰 시장에 대해서 있던 편견에 금이 가기 시작했기 때문이다. 한국에서 IT 기사를 접했을 때는 시장에서 우위를 앞다투는 삼성과 애플의 제품이 전부인 줄만 알았다. 하지만 직접 중국 제품들을 구경하면서 중국 스마트폰도 경쟁 가치가 있다는 것을 깨달았다. 특히 내가 오랜 시간 눈을 떼지 못한 샤오미의 핸드폰은 삼성의 프리미엄급 핸드폰과 성능은 비슷했지만, 가격은 절반이었다. 한마디로 '대륙의 실수'라는 수식어가 떠오르게 되었다.

그 중 '샤오미 미 믹스 (Mi Mix)' 제품은 디스플레이 하단에 전면 카메라가 있고 베젤이 거의 없는 '베젤리스' 제품이었다. 자세히 들여다보면 제품의 마감이나 인터페이스, 보안의 문제가 내 눈에는 보였지만 저렴한 가격대가 '싼 게 비지떡이다'라는 문제를 충분히 상쇄한다고 생각했다. 이때부터 나는 샤오미 핸드폰에 본격적으로 매력을 느끼기 시작했다. 그 당시에는 국내에 샤오미 제품을 이용하는 사용자가 적어 제품을 정확히 평가할 길이 없었다. 가뜩이나 당시 한국에서는 중국 전자제품을 부정적으로 바라보는 여론이 지배적이었다. '중국 휴대폰은 전화가 잘 터지지 않는다' '싼 데는 이유가 있다' '배터리 빼고 다 터진다' 등의 부정적인 반응이 주를 이루고는 했다. 하지만 직접 두 눈으로 샤오미 핸드폰의 독특함을 체험한 이후, 객관적으로 평가하기 위해 주말이면 호기심을 가득 안고 샤오미 매장을 방문하곤 했다. 집에 돌아와서는 샤오미 휴대폰과 관련된 기사를 보며 하루를 마무리하기도 했다.

무엇보다 내가 가장 크게 의문점을 갖게 된 것은 '저런 좋은 부품을 쓰고도 중국 제품들은 대체 왜 가격이 저렴한 것일까?'였다. 이때 우리는 단순히 '메이드 인 차이나니까'라고 답하기보다는 그 나라에 대한 이해가 필요하다. 중국은 세계 경제에서 GDP 2위라는 타이틀을 갖고 있지만 1인당 GDP는 한국과 비교해보면 현저히 낮다. 2020년 기준으로 중국의 1인당 명목 GDP는 $8,840으로 한국의 $30,644의 비하면 30% 수준에 불과하다. 즉 빈부격차가 가장 큰 나라 중 하나이다. 즉, 부자의 비율이 10%라면 그 10%의 부자들이 90% 일반 사람들의 부를 합친 것보다 높은 부를 가지고 있다고 생각하면 이해하기 쉬울 것이다. 중국 경제 구조로 봤을 때 시장에서 제품을 비싼 가격에 내놓는다면 쉽게 살 수 있는 사람들은 없을 것이다. 이런 소비 특성으로 보았을 때 우선 저렴한 가격에 제품을 출시해서 제품을 판매하고 그 후에 문제를 해결하는 판매 방식을 채택한 게 아닐까. 게다가 중국은 넓은 국토와 값싼 인건비로 대부분의 해외 기업들이 중국에 생산지를 두게 되었다. 그렇다 보니 이런 여건으로 쉽게 대체재를 제작하고 기술을 체득할 수 있었다고 추측한다.

스스로 합리적 해답을 추구하면서도 중국 전자제품에 대해 여전히 찜찜함이 남아있던 2018년, 중국 IT 시장을 보다 전문적으로 분석할 수 있게 된 해였다. 이 당시 '배틀그라운드'라는 게임이 전 세계적으로 폭발적인 인기를 끌었다. 이 글을 읽는 독자들도 한 번쯤은 스마트폰으로 배틀그라운드 게임을 즐겨봤을 것이다. 당시 아이폰을 사용했던 나는 모바일 게임을 좋아했지만, 워낙 고사양의 게임이라 발열 문제를 피할 수 없었다. 이외에도 전화나 문자가 오면 화면의 1/3이 인터페이스로 가려져 유저들의 불만을 사곤 하였다. 나도 한번은 승리를 눈앞에 두고 전화가 와서 패배를 맛봤던 적이 있었다.

전 세계 게임 이용자들이 이런 문제들로 좌절하고 있을 때 샤오미가 혜성처럼 등장했다. 바로 샤오미의 자회사인 '블랙샤크 테크놀로지사'가 '블랙샤크'라는 게이밍 스마트폰을 내놓은 것이었다. 중국 내 사용자들뿐만 아니라 해외 사용자들의 호평을 받으면서 블랙샤크의 인기는 날로 높아졌다. 이러한 트렌드에 발맞춰 나는 배틀그라운드를 제대로 즐기고자 블랙샤크 제품을 구입하기로 마음먹었다. 그러나 품귀 현상으로 인해 새 제품을 구입할 수 없어 중고 제품을 구매해야만 했다. 수소문 끝에 '시엔위(闲鱼)'라는 중고거래 플랫폼에서 거래를 성사했다. 단 제품을 두 눈으로 내가 확인한다는 조건에서였다. 다행히 상대방은 나와 같이 상해에 거주하고 있었다. 내가 제품을 확인한 후에 구입하겠다고 하니 그는 흔쾌히 자신의 주소를 알려주었다. 10분 정도를 기다렸을까. 인상 좋은 30대 중국 남성분이 내게 다가왔다. 그는 내가 한국인인 것을 놀라워하며 친절하게 제품을 확인시켜 주었다. 제품에 이상이 없다고 판단한 끝에, 금액을 지불하고 마침내 '블랙샤크'를 손에 쥘 수 있었다.

블랙샤크를 데려오고 나서 한동안 신선한 충격에 입을 다물지 못했다. 바로 '쿨러 기능'과 '게이밍 모드' 기능 때문이었다. 일정 온도가 올라가면 자동적으로 쿨러 기능이 작동했고, 게이밍 모드를 켜면 전화나 메시지 알람이 차단됐다. 그동안 사용해 왔던 제품에는 탑재되지 않았던 이러한 기능은 내게 혁신이 아닐 수 없었다. 이때부터 샤오미 제품에 관한 평가는 물음표에서 느낌표로 바뀌었다. 이후로 샤오미의 가습기, 공기청정기, 전동 칫솔 등 다양한 가전제품을 사용하기도 했다. 특히 샤오미는 '애플 생태계'와 마찬가지로 '샤오미 생태계'를 구축하여, 스마트폰 하나로 모든 샤오미 전자제품을 작동할 수 있는 편리함을 매일 체험하고 있다.

이런 경험들을 통해 '메이드 인 차이나'만 보면 기겁했던 나의 옛 기억들은 한쪽의 부끄러운 페이지로 자리 잡게 되었다. 나는 전자제품을 구입할 때는 반드시 사용자의 사용 목적과 남의 후기들을 통해서가 아닌 직접 제품을 체험하면서 결정할 수 있는 안목이 바탕이 되어야 한다고 생각한다. 무작정 싸다고 중국 제품을 구입할 것이 아니라 현재 나의 경제적 상황과 이 제품을 어떤 목적으로 사용할 것인지를 먼저 명확하게 정한 후에 구입해야 한다. 이런 목적들이 정해져 있지 않다면 중국 제품에 대해 부정적인 편견을 가질 수밖에 없게 된다. 태블릿PC를 예로 들어 사용 목적이 디자인과 영상 편집 프로그램, 비교적 고사양의 앱들을 사용한다면 애플의 아이패드가 제격이고 이런 목적에다 파일 이동과 시스템상 개방성을 추구한다면 삼성의 S 시리즈가 제격이다. 만약 단순히 영상 시청과 인터넷 서핑이 주 목적이고 고가의 애플과 삼성이 부담스럽다면 중국의 샤오미 또한 좋은 대안이 될 수 있다. 인터넷에서는 종종 남의 후기만을 보고 또는 가격만을 보고 후회하는 글들을 많이 접하게 되는데, 이는 비단 샤오미 제품만이 아니다.

중국 제품을 볼 때 더는 무시의 대상이 아닌 경쟁의 대상임을 인식해야 할 것이다. 중국의 가성비 전략은 전자제품 시장의 시장 점유율을 무서울 정도로 빠르게 높이고 있다. 많은 사람들이 샤오미의 공기 청정기와 가습기 등 전자제품을 애용하고 있다는 것은 이미 입증된 사실이다. IT 시장을 평가할 때 무조건 중국 제품이라고 무시할 게 아니라, 배울 건 배우고 버려야 할 것은 버리는 '취사선택'(取捨選擇)의 마음가짐을 가져야 하는 게 아닐까.

39;

중국의 스마트폰, 생각보다 재밌어요

〈황정우〉

나는 2005년부터 중국 텐진에서 유학을 시작하였다. 그 당시에는 내가 중학생이었는데 한국에서는 핸드폰이 보급된 지 몇 년 되었던 때여서 반에서 반 친구들 중 절반 정도는 핸드폰을 가지고 있었지만, 중국에서 유학을 오고 나서는 좀처럼 보기 힘들었다. 학창 시절부터 전자기기 혹은 새롭고 신기한 물건을 써 보는 것을 좋아하던 나로서는 그다지 좋은 환경은 아니었다. 2년쯤 후에 북경으로 이사 오고 나서야 내 중국 생활의 첫 핸드폰을 가지게 되었다. 벌써 15년이 지난 지금도 아직 생생하게 기억나는데 노키아의 바형 컬러 폰이었다. 이후로도 여러 핸드폰을 사고팔아 보면서 써봤지만, 그저 외형만 바뀔 뿐 그저 문자와 전화만 되는 그런 핸드폰이었다. 한국에서는 3년 전부터 여러 가지의 게임을 다운받을 수 있었으며, 여러 디자인의 핸드폰이 쏟아져 나오던 시기였었던 것 같다. 당시에는 made in china 제품들은 값싸고 품질은 떨어지는 싸구려라는 인식이 강했던 시기였기 때문에 '중국 제품이 다 그렇지 뭐'라는 생각을 하면서, 그러려니 하고 별생각 하지 않고 지냈던 거 같다. 이후에는 중학교 고등학교 시절에는 대학입시 준비를 남들보다 조금 일찍 그리고 조금 오래 했었기 때문에 이런 전자기기에 관심을 쏟기 힘들었지만 꽤 오랜 기간 동안 중국 고유 브랜드의 핸드폰은 보지 못했었다.

내가 진짜 중국 핸드폰을 본 것은 2015년쯤이었던 것 같다. 당시에 내 주변 친구들은 모두 삼성 혹은 애플의 스마트폰을 쓰고 있었는데, 친구 중 하나가 핸드폰을 잃어버리고 돈이 아깝다는 이유로 홍미 노트를 사서 보여준 것이다. 그 당시에 500위안 정도에 홍미 핸드폰을 구매했던 친구 말로는 어차피 문자랑 전화 정도만 하는데 몇천 위안하는 핸드폰을 살 필요가 없다고 생각해서 구매했는데 생각보다 더 괜찮아서 놀랐다고 했었다. 물론 몇천 위안짜리 핸드폰에 비하면 조금 느릴지도 모르고 조금 더 투박했을지도 모르지만 그런 것보다 더 압도적으로 높은 가성비를 보여준다는 것은 사실이었다. 당연하게도 이것은 나에게 신선한 충격이었다. 당연히 핸드폰은 우리나라 삼성 아니면 애플사의 아이폰이 제일 쓰기 좋다고 생각했고 특히 중저가 라인의 제품은 삼성이 압도적으로 좋다고 생각을 했었지만, 샤오미 핸드폰을 알게 된 이후로 점점 그 생각이 옅어진 것이다. 친구의 샤오미 핸드폰을 며칠 빌려 쓰면서 했던 생각은 극강의 가성비였다. 느리긴 했지만 답답할 정도는 아니었고, 투박하긴 했지만 오히려 깔끔하다는 느낌이 강했다. 10년을 중국에서 살면서 한국보다 과학기술이 뛰어나다는 생각을 하지 못했던 나에게는 전에 느낀 그 신선한 충격을 받았고 너무 신기했던 것 같다. 그리고 새삼 중국의 발전이 빠르게 이루어지고 있다는 느낌을 강하게 받았던 순간이었다. 한국 사람들에게는 그저 보조배터리 잘 만드는 회사라고 알려져 있던 샤오미에서 만든 스마트폰은 좋은 제품이라고 말할 수 있었다.

이후로는 중국에 여러 핸드폰 회사가 생겨났다. 당시 고가에 삼성 핸드폰과 성능 차이가 크지 않았던 화웨이는 그다지 관심이 없었지만, 후에 화웨이 자사가 직접 만든 스마트폰의 뇌라고 할 수 있는 애플리케이션 프로세서(AP)를 탑재하기 시작했으며 그 성능이 현재까지도 전 세계 안드로이드 체계의 AP 시장 큰 부분을 차지하고 있는 스냅드래곤과도 비교할 수 있을 정도라는 것에 큰 호기심을 느꼈었다. 그래서 군대를 위해서 중국에 들어가기 전 화웨이 노바 시리즈를 구매해 보았는데 마침 미국과 중국의 분쟁으로 구글이 막히던 타이밍이었다. 한국에 들고 가서 쓰려던 나에게 구글 스토어가 없는 핸드폰은 깡통이나 마찬가지였다. 한국에는 없는 프리즘 퍼플 색상이어서 사람들의 관심을 받기 좋아하는 나로서는 딱 맞는 스마트폰이라고 생각해서 아쉬웠었던 기억이 있는데 성능도 나쁘지 않아서 더욱 아쉬워했었다. 결국 얼마 써보지 못하고 바꿨었는데 나중에 화웨이 자체적으로 하모니os(鸿蒙os)를 자체적으로 만들어내는 것을 보고 거기까지 써볼 걸 하는 아쉬움이 짙게 남았다. 화웨이 말고도 정말 많은 중국 브랜드들이 나를 놀라게, 그리고 즐겁게 해주었었다. 지금은 없어졌지만 메이트(美图) 스마트폰은 사진 촬영 전용으로 나온 핸드폰이었는데 다른 부분보다 육각형의 디자인이 특이했고, 카메라에 여러 기능이 있는 것이 인상적이었다. 현재 중국에서 제일 잘 팔리는 비보에서는 샤오미 이후로 가성비가 가장 좋은 핸드폰을 만들어 내서 타오바오에서 많이 보이는데 나는 다른 것보다 비보 스마트폰 중에서 뒤판에도 화면이 있는 NEX 시리즈가 가장 인상이 남았었다. 이 외에도 얼마 전에 삼성 갤럭시 폴드와 같은 폴더블폰을 출시한 오포(폴더블 폰은 화웨이와 샤오미에서도 출시한 적이 있음)나 이제는 중국 회사가 되어버린 모토롤라 등 여러 브랜드가 회사마다 추구하는 방향의 재밌는 기능으로 스마트폰을 쏟아내 주어서 전자기기를 좋아하는 나 같은 사람을 즐겁게 해주었다.

최근에는 홍미노트 k40 시리즈가 삼성 플래그십 스마트폰과 비교해서 스펙상으로 똑같지만 가격은 반값으로 출시해서 덜컥 구매한 적이 있었다. 브랜드의 이름값이라는 것이 있는 것은 이해가 되지만 전자기기에서는 대부분 그런 브랜드 비용보다는 성능이 그 가격을 결정하는 경우가 많아서 도저히 참을 수 없었다. 디자인도 카메라 좀 더 튀어나온 것을 제외하면 나쁘지 않았고, 오히려 카메라 부분은 다른 기종들에 비해서 두 배의 화소를 가지고 있었다. 솔직히 '이 가격에 이걸 어떻게 다 넣었지?'라는 생각이 가장 먼저 들었고, 중국의 생산력의 차이인가도 싶었지만 그보다 이제는 중국의 스마트폰을 만드는 기술이 이제는 거의 따라왔다고 생각했다. 물론 막상 직접 사용해 보니 스펙상으로는 같지만, UI나 화면 내의 유저 편의성, 사소하게 존재하는 버그 등 디테일한 부분에서는 확실히 비싼 것들이 당연히 좋다, 그러나 이 모든 것은 샤오미의 가성비라는 명분 하에 용서가 될 정도의 사소한 부분이었다.

사실 나는 돈을 좀 더 주더라도 좀 더 빠르고 좀 더 성능이 좋은 전자기기를 선호하는 편이다. 그렇다 보니 호기심에 중국 스마트폰을 구매했다가 후회한 적도 있고, 큰 불만이 없더라도 전에 쓰던 것을 다시 가져다 쓴 적도 많이 있었다. 하지만 확실한 것은 중국 브랜드의 스마트폰은 확실한 가성비를 챙길 수 있고, 얼리어답터들이라면 짜릿할 정도의 재밌는 콘셉트의 스마트폰들이 출시하고 있다. 물론 요즘의 대세는 폴더블 스마트폰이고, 우리나라에서 선도하고 있지만 화웨이에서 출시한 mate 시리즈들이나 오포에서 출시한 find x를 보면 중국에서도 스마트폰 시장의 트렌드를 곧잘 따라오고 있다고 생각한다. 2021년 기준으로 중국 폴더블폰 시장에서는 화웨이가 전체 시장의 50%를 차지할 정도로 인기가 많았다. 화웨이 mate 시리즈는 삼성 z fold 시리즈에 비해서 가격도 비싸고 힌지 부분의 마감도 다소 애매하다는 평가가 많았는데 직접 만져보니 전면 화면이 더 크고, 펼쳤을 때 화면비율도 콘텐츠를 소모하기 더 좋은 크기여서 어떤 부분에서는 삼성보다 화웨이에서 폴더블폰 유저들의 편의를 더 생각을 하고 출시했다는 생각도 들었다. 샤오미에서도 Mimix fold를 출시했지만 매장에서 직접 만져보니 오포의 find x 시리즈와 비슷하다는 느낌을 많이 받았다. 두 브랜드가 출시한 폴더블폰의 공통적인 부분이 고가 라인업의 상품에서 가성비를 찾으려다 오히려 애매해졌다고 생각한다. 물론 폴더블폰의 양산화에 앞장서고 있다는 느낌을 줘서 좀 더 힘내줬으면 좋겠다고 생각한다.

어떤 이들은 중국의 이런 스마트폰 기술들을 우리나라 혹은 다른 외국에서 기술자를 빼 와서 이루어낸 것이 아니냐는 말을 하기도 한다. 그리고 어떤 이들은 중국이 기술적으로 많이 따라오기는 했지만 그래도 아직 멀었다고도 말한다. 그런 분들에게 나는 여쭤보고 싶다. 과연 우리나라도 발전해 오면서 우리만의 기술로 발전을 이루어 낸 것이라고 생각하는지 말이다. 과거에 우리나라도 기술을 미국, 독일 등 여러 나라에서 배워온 것이라고 배웠다. 또한 우리도 일상생활에서 무언가를 배우기 위해서는 좋은 선생님과 교재가 필요하듯이 중국도 주변의 여러 발전된 나라들에게서 기술들을 배워오고 연구해서 얻어낸 산물이다. 중국의 스마트폰 발전 과정을 보고 있으면 사실 이들은 매우 합리적이고, 창의적이며, 열정적이라는 것을 엿볼 수 있다. 전자기기를 좋아하는 사람으로서 중국의 현재와 같은 행보는 칭찬받아 마땅하다고 생각하며, 우리나라의 여러 기업과 같이 기술의 발전을 이루어서 더 흥미롭고 편리한 기능을 탑재한 전자기기들을 출시해 주었으면 하는 바람이 있다.

3.1 외교

40;

중국인과 중국의 외교에 대한 편견

〈이 진〉

저는 중국에서 15년을 거주하였습니다. 그러므로 중국에 있는 여러 학생과 이야기를 나눠 봤고 때로는 토론도 많이 하였습니다. 그렇기 때문에 어느 정도 한국에서 접할 수 없는 중국에 관한 이야기를 조금 더 알고 있을 것 같습니다. 저는 이번에 중국의 외교정책의 근본적인 목적과 방향에 대해서 편견이 없는 새로운 시각으로 보여 드리고자 합니다. 더욱 나아가 중국공산당에 대해서 더욱 객관적으로 보고 어떻게 대처해야 할지 등을 이번에 다룰 예정입니다.

우선 중국공산당에 가장 큰 편견이 있다면 그것은 사상교육이 아닐까 싶습니다. 중국의 학생들은 의무교육 기간에 사상교육을 필수로 받습니다. 대학에서도 시진핑 개론이나 모택동 개론 등을 중국 학생은 필수로 들어야 하므로 중국의 사상교육은 중국 학생들에게 어느 정도 침투되어 있습니다. 그렇기 때문에 저도 아이러니하게 고등학교 학생회 임원일 당시 한국인임에도 억지로 중국공산당에 관련된 사상 수업을 들으러 간 기억이 납니다. 그래서 학생 시절에 중국의 사상교육에 심하게 빠져드는 경우도 있고 중국의 사상교육에 심하게 반대하게 되는 사람도 꽤 많습니다. 대부분은 그냥 시험의 일환으로 굳이 깊게 받아들이지는 않았던 것 같습니다. 이것이 제가 생각하는 사상교육의 민낯입니다. 사상교육은 그저 주입식이며 강요하는 사람은 없습니다. 하지만 이후에 인터넷이 보편화되면서 국수주의가 강력해지고 사실상 인터넷 등 공개된 장소에서 국가 비판, 비난을 하면 안 되기에 중국의 애국주의가 더욱더 만연하게 된 것 같습니다. 그 후 중국의 경제도 매우 성장하였고 미디어에서도 중국의 정의롭고 강력한 모습을 보여주기에 관련 문제가 중국에서도 이슈가 되고 있습니다. 칭화대의 국제관계학과 옌쉐통(阎学通) 교수도 현재의 시대의 사는 중국의 링링 후(零零后 , 2000년대생) 들은 중국이 제일이라는 생각보다 좀 더 객관적인 시각을 가졌으면 한다고도 말했습니다.

왠지 이런 모습을 한국에서도 본 듯한 느낌이 듭니다. 그러니 사상교육이 가져오는 효과는 저는 적다고 보고 결국에는 미디어의 문제라고 생각합니다. 흔히 우리는 중국 국민은 중국공산당이 하라는 대로 따르는 사회주의자라고 생각합니다. 앞의 결론을 보면 이 말이 다 맞지도 다 틀리지도 않다는 것을 알 수 있을 것입니다. 중국의 대학생들도 중국에선 언론에 자유가 있지만, 공개적으로 국가에 대해서 비난할 수 없다는 것이 가장 큰 언론 자유의 대한 제약이라고 말합니다. 중국에 반대하는 입장은 거의 공공연하게 말을 못하는 것도 맞습니다.

하지만 중국도 사람이 사는 곳이기 때문에 여론의 영향을 많이 받습니다. 대표적인 게 중국의 부동산세 정책의 좌절입니다. 이 문제에 대한 전문가들의 논쟁이 엄청나고 중국 공산당은 원래 부동산세를 집행하겠다는 입장이지만 현재까지도 검토하고 있습니다. 이런 결과가 우리가 흔히 생각하는 폐쇄적인 중국 사회에서 가능할까요? 그리고 일정 수준의 대학생은 VPN을 다 쓰고 있고 쓰지 않는 사람들은 국내 소식만 알고 있습니다. 이런 점에서 정보의 양극화도 존재합니다. 그렇기에 대학교수도 수업에서 외국의 소식을 꼭 많이 접해보라고 권장해주기도 합니다. 그 말은 즉 슨 중국이 외국의 정보를 가로막는 대상은 VPN을 사용하지 않는 사람들, 즉 기본적인 지지층입니다. 다만 알권리는 막지 않는 것입니다. VPN도 대놓고 쓰지 않는 한 문제될 일은 전혀 없습니다. 중국은 드러나는 곳에서는 대내를 위한 명분에, 안 보이는 데서 실질적인 전문가들의 의견에 의한 정책을 펼치고 있다는 것입니다.

흔히 여러분도 '전랑 외교(战狼外交)' 라는 문구는 많이 들어보셨을 듯합니다. 전랑 외교는 중국이 부정하는 단어이지만, 제가 알기로는 중국의 공격적인 외교를 지칭하는 걸로 알고 있습니다. 저는 이런 전랑 외교가 그저 남의 국가를 깔보고 공격적인 중국 외교관을 뜻하는 것이 아니라고 생각합니다. 어떻게 보면 중국 전랑 외교 당위성의 근거 중국 국내에 있다고 보입니다. 중국의 외교부가 하는 외교는 거의 상징적인 외교에 가깝습니다. 중국의 주요 외교기관은 중국의 공산당이 주도하는 중국 공산당 외사 반공실(中共中央外事办公室)과 중국 정부 국무원 소속의 외교부가 분리되어 있습니다. 그러므로 이 두 기관은 서로의 기능이 어느 정도 겹쳐 있지만, 대부분은 따로 행동합니다. 중국 공산당 외사 반공실은 대부분 공공외교나 여러 가지 부분에 관여하고 있고, 중국 정부의 상임위원회가 여러 가지 자원외교 등 세부적인 외교에 관여하고 있습니다. 현재 외교부의 제일 독립적인 기능은 란팅(蓝庭, 중국외교부 프레스센터)에서 중국 외교부 대변인의 발표, 외국에 서에 상징적인 외교와 외교사무 등이라고 보여집니다. 그렇기 때문에 중국 외교부가 가장 중요하게 담당하는 것은 대내 결속입니다. 누군가 저에게 중국 외교부는 '외교'를 하는 것이 아니라 '내교'를 하고 있다고 토로한 것이 기억납니다. 즉 중국은 외교라는 창구를 통해서 자국민들에게 국정 수행을 잘하고 있다는 신호를 보낸다는 것입니다. 중국 공산당이 만약에 그저 독재적이고 자주적이라면 이런 것을 할 필요가 없습니다. 그러니 중국공산당 또한 우리가 생각하는 것처럼 폐쇄적이진 않다는 것을 알 수 있습니다.

위에서 알 수 있듯 중국의 공격성은 내부 결속을 위한 것이라고 볼 수 있습니다. 다만 중국의 대전제는 방어형 국가입니다. 즉 중국 정책의 결정권자는 매우 방어적이라는 것입니다. 그 이유 또한 대내 결속이라고 봅니다. 중국이 공격적일지라도 분명히 그 명분을 찾을 것입니다. 그렇기 때문에 서로가 명분을 잘 생각하고 행동해야 합니다. 그것이 외교부가 해야 할 일이라고 생각합니다. 사실상 우리가 생각하는 공산당이라고 할지라도 끊임없이 대화하고 현존하는 문제를 해결해야 합니다. 국민 정서 문제도 충분히 대화로 해결 가능하다고 생각합니다.

3.2 정부 정책

41;

중국정부는 정말로 극악무도할까?

〈문정원〉

개인적으로 중국의 정치 체제는 세계에서 가장 보기 힘든 정치 체제라고 생각합니다. 중국 정부와 정치가 단순한 공산주의가 아닌 사회민주주의의 성격도 가지고 있다고 생각하기 때문입니다. 실제로, 중국의 시장을 보면 그들의 사회가 일종의 사회주의, 공산주의, 민주주의가 아닌 각 정치 체제의 일부분을 채용한 모습입니다.

중국의 시장 즉 경제에 대해 알아보기 위해, 사회주의, 민주주의, 공산주의에 대한 사전 지식이 필요합니다. 우리에게 가장 친숙한 민주주의는 모두가 알듯이, 국민이 권력의 원천이며, 권리를 자유롭게 행사할 수 있는 정치 형태입니다. 개인의 권리와 자유가 보장되는 만큼 대부분의 경제활동이 개인, 단체, 기업

등에 의해서 진행되고 있습니다. 그에 반해, 사회주의와 공산주의는 이와는 다른 시점에서 만들어진 정치 형태입니다.

둘의 정치 형태는 한 가지의 명확한 공통점을 가지고 있습니다. 노동자들의 권리가 보장받고, 그들이 생산수단의 주역이 되어 경제 체제에 중심이 되며, 엘리트 계급, 즉 자본가들의 재산을 몰수하여 노동자에게 지급하는 사회를 만드는 것입니다. 차이점이라면, 사회주의는 공산주의에 비해 현실에 맞게 개정된 체제라고 볼 수 있습니다. 사회주의는 엘리트 계급이 권력을 내려놓지만, 그들의 재산을 몰수하는 방식이 아닌, 복지와 같은 다른 방식으로 노동자의 권리를 보장하는 이념입니다.

이 둘의 차이점은 경제 계획에서도 발견할 수 있습니다. 사회주의 체제에서는 국가의 엘리트 혹은 대표들이 경제계획을 주도하되 노동자들의 권력이 침해되지 않는 방식으로 주도합니다. 공산주의 국가에서는 정부가 중심이 되어 노동자들에게 가장 이상적인 경제계획을 세웁니다. 대부분의 국가가 민주주의와 사회주의 채택했지만, 베트남, 북한 등 일부 국가만이 공산주의를 지향하고 있습니다.

중국 정부의 경우 앞에서 언급했듯이 사회민주주의의 성격도 가지고 있는데, 전 세계에서 인구수가 가장 많은 국가인 만큼 가장 많은 노동자의 권리를 보장해 줄 수 있는 체제입니다. 개인적으로 중국 사회민주주의 시발점은 덩샤오핑의 개혁개방 정책이라고 생각합니다. 경제특구와 해외로부터의 직접투자 등 전통적인 공산주의 이념에 어긋나는 정책들이었지만, 오히려 중국의 경제를 급격하게 성장시켰으며, 오늘날 중국 GDP의 22%라는 막대한 비중을 차지하고 있습니다.

민주주의 체제를 따르게 되면 중국의 수많은 노동자들의 권리보장을 확실히 할 수 없으며, 공산주의 체제를 따르게 되면 자본가들 혹은 대기업에 손해를 입혀 반발을 불러올 수 있기 때문에, 중국 가장 이상적인 방안을 모색했고, 그것이 바로 사회민주주의였습니다.

이는 중국의 시장을 보면 알 수 있는데, 현재 중국의 생산자들과 소비자들 모두 개개인의 생계를 스스로 유지하기 위해 수익을 창출해 내야 하며, 국가사상에 반하지 않을 경우 정부의 지시가 아닌 본인 스스로 자신의 회사도 만들어 낼 수도 있습니다.

대표적인 예로 텐센트가 있습니다. 텐센트란 중국 기업으로 세계에서 가장 큰 규모의 게임 회사입니다. 만약 텐센트의 자본과 기술력이 중국 정부의 독재에 의해 몰수당하거나 철저한 관리하에 놓였다면, 지금의 텐센트와 같은 회사로 성장하는 것은 불가능했습니다.

국가사상이라는 말에서 거부감을 느껴질 수 있지만 국가사상이 단순한 중국과 공산당에 대한 의심 없는 충성심이 뜻하는 것을 아닙니다. 시장, 백화점과 같이 사람들의 소비가 많은 장소에서 중국 정부나 공산당에 대한 포스터 혹은 선전 문구는 찾아보기 어렵습니다. 온라인상 정보가 통제되기도 하지만, 오프라인에서 사람들이 정부에 대해 비판했는지 감시하는 공산당원 혹은 경찰도 제 경험상 존재하지 않습니다. 설사 있다고 하더라도 이들이 그들의 권력으로 시민들을 막무가내로 탄압하는 것은 불가능합니다. 시민들도 그들만의 권리가 있고 정부가 이를 독재국가처럼 무조건 빼앗지 않기 때문입니다.

중국 공산당과 당의 관료들이 단순한 독재국가, 공포정치의 주체가 아니며, 무작정 시민을 탄압하지 않는다는 것은 바이러스와의 전쟁에서 중국 정부의 대처를 통해 알 수 있습니다. 2002년 발병한 사스 바이러스는 전 세계적으로 큰 피해를 준 적이 있습니다. 중국에서 시작한 사스 바이러스에 대하여 가장 빠르고 강력하게 대처한 국가가 바로 중국인데요. 중국 정부는 사스의 확산 방지를 제대로 수행해내지 못한 정부 관료들의 직급을 박탈했습니다. 대부분의 관료가 공산당원으로 이루어진 만큼, 이 사건을 통해 공산당에 소속되어 있어도 중국 내에서 절대적인 지위나 권력을 소유하지 않는다는 것을 확인할 수 있습니다.

사스 바이러스의 확산 방지 및 치료를 위해 중앙정부 기관과 각 지역 정부 기관 건물들을 이용하여 빠르게 병원, 보건소 같은 의료시설을 새로 지었으며, 이를 위해 BBC 뉴스에 보도될 정도로 막대한 자본이 투자되었습니다. 이는 중국 정부가 시민 탄압을 목적으로 작동한다면 절대 일어날 수 없는 일입니다.

또한 2019년 12월 중국 후베이성 우한시에서 처음 발견되어 현재까지 전 세계에 전례 없는 피해를 주고 있는 코로나19에 대한 중국 정부의 대처를 보면, 단순히 시민들의 생활, 건강 등을 무시하는, 권력에 의해 부패한 정권이 아니라는 것을 알 수 있습니다. 물론 중국 정부의 대처를 비판하며 중국에 의해 전 세계가 피해를 보고 있다는 의견이 많지만, 본 글에서는 중국 정부의 대처에 대한 편견과 사실을 나열하겠습니다.

코로나19에 대처하기 전 중국 정부는 사스 사태에서의 경험을 바탕으로 코로나19의 피해를 숨긴 공산당원들의 직급을 박탈했고, 새로운 담당자들을 임명하여 피해 지역 내 호텔 및 식료품을 지원할 수 있는 단체와 협력하도록 하였습니다.

외국인의 경우 그들을 단순히 강압적으로 통제하는 방식이 아닌, 자가격리나 격리 호텔로 이송하는 정책을 실행하며, 권리를 최대한 보장해주는 방식으로 바이러스의 확산을 방지하였습니다. 실제로 외국인이 중국에 입국하였을 경우 안전을 위해 4주간의 격리가 필요하고, 본인의 거주지나 여행을 다녀온 지역에서 코로나19 확진자가 나올 시 가급적 덜 불편한 자가격리를 할 수 있는 여건을 제공하고 있습니다.

이 밖에도 중국 정부는 공공보건 정보의 공유 및 확산을 통해 코로나19의 확진을 줄였습니다. 공공장소에 들어가기 전에 무조건 방역 관련 QR코드를 스캔해야 하며, 백화점 같은 곳에 들어갈 경우 자신의 신분증 혹은 여권 정보 일부분과 연락처 등을 적어야 합니다. 이러한 정보는 차후에 코로나19 감염자의 동선 파악과 밀접 접촉자들을 찾아내기 쉽게 해 주어 빠른 조치를 취할 수 있게 해 주었습니다.

마지막으로 중국은 아주 간단한 방식을 고수하고 있습니다. 바로 마스크 착용을 강조한 것입니다. 많은 사람이 중국인들은 마스크를 착용하지 않고 생활한다고 생각하지만, 실제 공공장소에서 보면 이것이 편견이라는 것을 알 수 있습니다. 도서관, 가게, 학교 등의 많은 인파가 몰리거나 밀폐된 공간에 들어가기 위해서는 마스크 착용이 필수이며, 만일 마스크를 착용하지 않는다면 출입이 제한되기도 합니다. 이러한 모습 등을 통해 중국 정부가 시민들을 무력으로, 강압적, 공포적으로 관리하고 통제하는 것이 아니라, 그들의 안전을 고려하여 정책을 시행한다는 것을 알 수 있습니다.

종합적으로 볼 때, 필자는 중국 정부가 공산주의 독재국가라는 소문과 다르게, 노동자와 인민을 위한 사회민주주의적 정치를 하고 있다고 생각합니다.

42;

중국인과 공산당의 상부상조적인 관계

〈최병관〉

먼저 필자 본인은 한국인으로서 개인의 자유와 권리를 충분히 보장하는 한국의 자유민주주의 체제가 현재 인류 역사상 존재해온 정치 체제 중 최선의 방책이라고 생각함을 밝힌다. 그리고 또한, 유일하게 중국 대륙을 통치할 수 있는 중국 공산당의 지배적 위치를 옹호하는 것도 아니며, 중국 정부 차원에서 일부 중국인들의 서방 국가식 자유 민주주의에 대한 열망을 억압하고 있다는 사실 역시 부정하지 않는다. 다만, 필자는 본인이 직접 중국에서 보고 들었던 경험으로, 왜 중국인들이 중국 공산당을 지지하고, 심지어는 그들이 왜 중국 공산당에 열광하는지를 이해해 보고, 한국 언론에서 일반적으로 다루지 않는 중국 공산당과 중국인들의 관계에 대해 이야기해보자 한다.

인터넷 시대가 도래하여 종이 신문보다 포털 사이트 뉴스의 역할이 커짐에 따라, 많은 언론사들은 뉴스 제목과 내용을 조금은 자극적이고 편향적이게 업로드하고, 사람들은 그런 뉴스에 자연스럽게 이끌려 뉴스 기사를 클릭하고 내용을 확인한다. 그다음, 기사의 댓글을 확인하고, '추천' 혹은 '좋아요'를 많이 받은 댓글들이 여론을 형성한다. 2022년 1월 현재 중국에 관한 뉴스 기사에 달린 댓글들을 보면, 다수의 한국인들은 중국 공산당, 더 나아가 중국인 자체를 싫어한다. 중국 정부의 자국민들에 대한 정치적 세뇌와 탄압을 통한 통치를 비판하며, 이에 동조하는 중국인들 역시 세뇌당하고 억압받는지도 모르는 우매한 사람들로 치부된다. 필자 역시 중국 유학 초기에 그런 생각을 갖고 있었다. 하지만 중국에서 유학 생활하는 기간이 길어지면서, 조금 다른 관점으로 중국의 정치를 바라보기 시작했다.

그렇다면 한국 언론에서 묘사하는 중국 공산당의 악한 행위는 사실이 아닌가? 필자 개인적인 경험으로 반은 맞고 반은 틀리다. 먼저 일반적으로 한국인이 이해하는 중국의 언론에 대해서 이야기하자면, 중국의 언론은 모두 국가에 의해서 통제되고, 중국인들은 통제된 미디어에서 끊임없이 중국 공산당과 중화사상에 익숙해지고, 세뇌된다다는 것이다. 그리고 중국 공산당은 해외 매체의 중국 유입을 통제하여 중국인들의 눈과 귀 그리고 입을 가린다고 생각한다. 유학생으로서 중국의 유명 신문사와 미디어를 접했을 때, 확실히 중국 정부와 공산당을 찬양하는 내용, 중화사상과 민족주의를 유도하는 내용이 많다. 그리고, 이런 환경 속에서 중국인들은 자연스럽게 공산당의 가치관에 익숙해진다. 그뿐만 아니라, 필자 개인 역시 한국인들이 많이 사용하는 SNS(카카오톡, 페이스북, 인스타그램, 유튜브) 등을 사용하기 위해 VPN이라 불리는 가상 사설망을 사용한다. 그렇기에 중국 공산당이 중국의 언론 매체를 통제한다는 것은 사실이다. 하지만, 그렇다고 해서 중국인들이 중국 밖의 세상이 어떻게 돌아가는지 모른다고 생각하면 그것은 사실이 아니다. 물론 정부 차원에서 이를 권장하지는 않지만, 일부 중국인들은 VPN을 통해 구글, 유튜브 등을 사용하며, 외국 매체들이 보도하는 중국 공산당의 만행과 이에 대한 비판을 접한다. 그뿐만 아니라, 국제 이민 기구(IOM) 데이터에 따르면, 2021년 기준 해외에 거주하는 중국인들과 그 후손들의 숫자가 6,000만 명에 이른다고 한다. 그렇기에 중국인들이 중국 밖의 세상이 어떻게 돌아가는지 모른다고 하는 것은 거짓이다.

필자는 북경의 대학교에서 국제 관계(정치 외교) 학과를 전공하고 있는데, 2017년도 당시 중국 정치 관련 수업에서 강의 막바지에 질문과 토론을 하는 시간이 있었다. 수업 중 한 한국인 유학생이 본인은 중국의 공산당이 자국민들에게 세뇌와 선전을 하는 것 같이 느낀다고 말했다. 그때 여러 중국인 학생이 '세뇌'라는 단어에 민감하게 반응하여, 화를 내는 듯한 목소리로 중국인들은 공산당에게 세뇌를 당한 것이 아니며, 공산당이 자국민의 이익과 중국의 이익을 중요시하기 때문에 국민들이 공산당을 지지한다고 말했다. 그 상황은 필자에게 굉장히 신선한 충격으로 다가왔다. 첫 번째 이유는 필자 개인적으로 한국의 20대 학생 중 저렇게 자신이 정치적으로 지지하는 정당 혹은 세력을 변호하는 것을 본 적이 없기 때문이다. 두 번째는, 그 중국 학생의 단호한 눈빛과 조금은 떨리는 목소리에서 그 학생의 진심을 볼 수 있었다. 개인적으로 한국에는 수백 명의 학생들 앞에서 즉흥적으로 정당에 대한 지지를 표현하고 그 이유를 논리적으로 설명할 수 있는 20대 학생은 많지 않을 것이라 생각한다. 한국에는 다양한 정당이 존재하고, 한국의 학생들도 자신들이 선호하는 정치인과 정당이 있지만, 주로 여론 조사, 혹은 투표장에서만 특정 정당에 대한 자신의 지지를 표현하고, 일반적으로 대중들 앞에서 정치적 선호를 밝히기 꺼려 하며, 심지어는 그것이 금기시될 때도 있다. 중국은 공산당 유일 지도 체제하에 국가가 운영되기에, 다당제 하의 한국에서처럼 정치적 견해가 주위 사람과 갈릴 일이 없고, 그렇기에 중국인은 편하게 자신의 정치적 지지를 표현할 수 있기 때문이기도 하다. 그러나, 만약에 중국인들이 겉으로는 내색하지 않지만, 공산당의 통치를 싫어한다면, 외국인이 공산당을 비판할 때 오히려 긍정적으로 반응하거나 속으로 통쾌해 했을 것이다. 하지만 중국인들은 마치 자신이 가족이 혹은 신념이 부정당한 것처럼 불쾌해했고, 공산당을 옹호했다.

그렇다면 도대체 무엇이 중국인들이 중국 공산당을 지지하게 만드는 것일까? 필자 개인적인 생각으로는, 중국 국민들은 중국 공산당 체제하의 중국이 개인의 성장과 사회의 발전에 도움이 된다고 여기기 때문이라 생각한다. 중국인들은 과거 중국 공산당의 지도 하의 중국의 경제 발전을 목도했고, 본인들의 삶의 수준이 나아지는 것을 보았다. 그들의 공동체 속에 있는 수많은 공산당 지부는, 한국에 있는 시민 단체처럼 각 전문 분야에 맞춰져 중국인들을 위해 봉사한다. 즉 중국인들에게 정치와 공산당은 본인들의 삶에 일부가 되어 떼어 놓을 수 없는 존재라는 것이다.

중국 공산당 중앙 조직부가 발표한 데이터에 따르면, 2021년 6월 5일 기준, 중국의 공산당원은 9,514만 8천 명에 이르고, 당의 내부 조직도 486만여 개에 이른다. 2021년 기준 현 한국의 여당인 더불어민주당의 권리 당원이 69만 명인 것을 생각하면, 중국 14억에 달하는 인구를 감안하더라도, 중국의 공산당원 비율은 적지 않다. 특히, 한국 정당에서 권리 당원은 당비를 정기적으로 후원하는 것이 전부이고, 특별한 자격과 절차가 필요하지 않은데 반해, 중국 공산당은 전 세계 정당 중 가장 까다롭게 당원 심사를 진행한다. 가장 큰 이유는 중국이 공산당 일당(一党) 통치 체제를 유지하기 위해서, 무분별하게 당원들을 받아들이지 않기 위해서이며, 중국 공산당의 엘리트성을 훼손하지 않기 위해서이다. 그렇기에 입당 절차에 꽤 오랜 시간이 소요되며, 입당 지원자들은 중국 공산당에 대한 애당심과 이에 걸맞은 지식이 요구된다. 필자가 2017년 대학교에 처음 입학했을 때, 대학교 산하의 공산당 지부에서 신규 공산당원을 모집을 했고, 그 당시 주위의 많은 중국 학생들이 공산당에 가입하기 위해 노력하는 모습을 볼 수 있었다. 그들은 학과 공부 이외에도, 중국 공산당의 역사를 공부하고, 당헌을 외우며, 공산당 가입 자격을 부여받기를 원했다. 그 친구들 중 아마 어떤 이들은 본인들이 공산당의 일부가 되어, 때로는 중국 사회에 봉사하고 헌신하며 살아가길 원했을 것이고, 어떤 이들은 공산당을 자신들이 중국 사회에서 더 강한 힘을 누리고, 사회 지도층에 가까워지기를 원했을 수 있다. 그 이유가 무엇이든, 중국인들은 본인의 능력이 출중하다면, 중국 공산당의 일원이 되기를 희망한다.

적지 않은 한국인들은 공산당원이 되면, 중국에서 수많은 특혜를 받고, 어마어마한 특권을 누릴 것이라 생각한다. 하지만 그것은 어쩌면 중국 공산당의 최상층 지도부에 국한되며, 이러한 특혜와 특권은 당연히 중국 공산당이 권장하는 바가 아니고, 사회 지도층 개인의 비리이다. 쉽게 이해하자면, 한국의 유명 정치인, 언론인 혹은 재벌들의 부정부패라고 생각하면 된다. 한국에서 법적으로 모든 국민은 평등하고, 동등한 권리를 가지지만, 한국에서 역시 수많은 사람들의 눈살을 찌푸리게 만드는 사건들이 많이 일어난다. 중국이라고 해서 그 예외가 될 수 없기에, 전현직 공산당 지도부의 비리가 심심치 않게 들려온다. 그리고, 일반 중국인들도 모두 그런 부정부패를 비판하여, 중국 공산당 내부에서도 여론을 의식해 더욱더 공산당원들을 엄격하게 관리한다. 하지만 중국 사회에서 지도층이 되려면, 필수적으로 중국 공산당과 원만한 관계를 유지해야 하고, 중국인들에게 있어서 가장 쉬운 방법은 본인이 공산당원이 되는 것이다. 그렇기에 중국인들은 혜택이 없고 오히려 엄격하게 관리 감독을 견뎌야 하는 공산당원이 되려고 한다.

그렇다면, 공산당원이 되지 못하는 남은 13억 인구의 중국인들은 왜 중국 공산당을 지지할까? 그들이 정말 한국의 일반적인 생각처럼 자신들의 처지는 생각하지도 않고, 이념적으로 공산당을 지지하는 것일까? 위에서 언급했듯, 비록 공산당원이 되지 못하더라도, 일반인들은 중국 공산당의 체제하에 자신들이 이익을 본다고 생각한다. 필자의 경험으로 한 예를 들자면, 2020년부터 시작된 코로나19는 중국 우한에서 시작되어 전 세계로 퍼졌고, 각국은 자신들만의 방식으로 방역에 힘쓰고 있다. 중국은 다른 국가들과는 다르게 제로 코로나 정책을 고수하며 타국에서 입국 시 3주 이상의 강제적인 격리를 시행하고, 중국 내부에서 확진자 발생 시 확진자의 거주지 전체를 봉쇄한다. 필자는 2021년 7월에 인천국제공항에서 중국의 북경으로 가는 비행기에 탑승했는데, 비행기 탑승 전 주한 중국 대사관이 지정하는 코로나19 검사를 진행하고 PCR 검사지를 제출해야 함은 물론이고, 비행기의 스튜어디스분들은 모두 방호복을 입고 있었고, 기내식의 취식은 금지되었다. 북경에 도착했을 때도, 공항에서 2차례 코로나19 검사를 진행하고, 비행기 탑승자 전원 중국 정부에서 지정하는 격리 호텔로 직송되었다. 모든 사람들은 그곳에서 일주일에 세 차례 이상의 코로나 검사를 3주간 진행하고, 외부인들과의 접촉이 완전히 차단되었다. 격리를 마치고, 북경 시내로 처음 나왔을 때 큰 충격을 받았는데, 마스크 착용은 권고되었지만, 적지 않은 수의 중국인들은 마스크를 착용하지 않고 거리를 활보했고, 한국처럼 다중이용시설에 대한 인원 통제가 없었다. 필자는 중국에 입국 전 한국에 있는 많은 지인들에게 코로나 조심하라는 당부를 받았지만, 오히려 한국보다 중국에서 코로나19에 감염될 확률이 현저히 적어 보였다. 필자가 한국에 있을 당시, 외부의 시선으로 중국 공산당의 강압적인 조치에 혀를 찼고, 중국에 있는 친구들이 받을 고통을 걱정했다. 하지만 막상 중국에 와보니, 모순적으로 강력한 통제 하에 대다수의 중국인들은 자유로운 생활을 누리고 있는 것이었다. 중국에 있는 비(非) 공산당원들은, 중국 공산당이기에 이런 통제를 통해서 자신들의 생활을 지켜준다고 생각하는 마음이 크다. 그렇기에, 중국 공산당의 강압적인 조치를 개인의 자유에 대한 억압이라고 생각하지 않고, 본인들이 추후에 누릴 자유를 위해 희생해야 하는 '필요악'이라고 여기고 중국 공산당을 지지한다.

뿐만 아니라, 중국 역시 제로 코로나 정책을 유지하려 하지만, 코로나 확진자가 북경에서도 몇 명씩 발견된다. 이때, 중국 정부는 코로나 확진자가 거주하는 아파트나 마을 전체를 며칠간 봉쇄하고, 전원 코로나 검사를 진행한다. 이때 봉쇄되는 거주자들은 행동의 자유가 없기 때문에, 많은 사람들의 도움이 필요하다. 이런 국가적 위기 상황에서, 중국에서 가장 큰 힘을 발휘하는 건 중국 공산당 산하에 있는 여러 지부이다. 각 지부에 속해 있는 공산당원들은 코로나19 위기 중에, 격리자들을 위해 자원 봉사자 되기를 자청하고, 일반인들을 위해 희생했다. 공산당원들은 다른 국가들의 정당 지지자들처럼, 단순히 공통된 정치 이념 하에 모인 것뿐만 아니라, 중국 사회에서, 일반인들을 위해 봉사하고, 국가를 위해 헌신한다. 이런 모습을 보는 비(非) 공산당원들은, 자연스럽게 공산당원들의 도움을 받고, 고마움을 느낀다. 어떤 사람들은 도움을 받고 직접 공산당원이 되기를 희망하고, 어떤 사람들은 공산당에 직접 가입하지는 않지만, 공산당을 지지하는 큰 동기가 된다. 코로나19 사태를 관리하는 중국 공산당과 공산당원들을 보면, 비(非) 공산당원들이 중국 공산당을 지지하는 이유를 이해할 수 있다.

우리는 애덤 스미스가 집필한 국부론을 자본주의의 기초로 생각하며, "모든 인간은 이기적이다"라는 가설을 믿는다. 하지만, 우리가 외부인의 시선에서 중국인들과 그들이 지지하는 중국 공산당을 바라볼 때에는 이 가설을 잘 적용시키지 않는다. 중국은 덩샤오핑 집권 이후 시장주의를 발전시켜왔고, 중국 사회에서 공산주의의 이념보다는 개인주의적인 면이 더 강하게 적용된다. 우리가 외부인이 아닌 중국인의 시선에서 보면, 중국 공산당은 중국인들의 '이기적인 욕심'을 채워준다는 사실을 알 수 있다. 필자는 위의 예시들을 통해 중국 공산당의 코로나19 정책을 지지하려는 것이 아니다. 다만, 공산당이 단순히 중국인들을 억압한다기보다는, 중국인들도 공산당의 집권으로 충분한 덕을 보고 있고, 이 관계가 유지되는 한 공산당이 오랫동안 집권할 수 있다고 생각한다.

중국의 공산당은 단순하게 14억이 넘는 인구를 억압함으로써 그 통치 체제를 유지하지 않는다. 공산당이 중국 사람들에게 이익을 주지 않는다면, 혹은 앞으로 중국 공산당 통치 체제 하의 중국 발전의 불확실성이 커진다면, 중국 인민들도 중국 공산당에 반기를 들 수 있고, 중국이 세계 무대에서의 힘과 역할이 커짐에 따라, 과거와 같은 무력 진압으로 자국민들을 억누를 수 없을 것이다. 우리는 중국의 공산당과 중국인들을 바라볼 때, 겉으로는 보이지 않는 이해관계를 꿰뚫어 볼 수 있어야, 앞으로 변화하는 중국 공산당과 중국이라는 국가에 대응할 수 있을 것이라 생각한다.

3.3 환경오염

43;

중국은 환경오염 문제를 모른 체하고 있을까?

〈김승주〉

대한민국 국민이라면 대중매체를 통해 모두 다 한 번씩 들었을 만한 내용이 있다. 바로 중국발 미세먼지 그리고 중국의 에너지 과소비로 인한 환경문제이다. 만약 우리나라 국민들이 중국에 관해 부정적인 평가를 한다면 그중 하나는 '중국발 미세먼지' 때문이라고 할 수 있다. 그만큼 중국의 환경문제는 우리에게 직접적인 피해를 주는 심각한 문제 중 하나이다. 나 또한 2016년도에 처음으로 중국 우한(武漢)에 도착했을 때 비행기 안에서부터 이미 한국과 사뭇 다른 느낌을 받았었다. 현지 시각 오후 2시쯤이었는데, 하늘부터 그리 깨끗해 보이지 않았다. 비행기 창문을 통해 바라본 바깥 하늘은 한눈에 보아도 미세먼지가 많아 보이는 누리끼리한 색깔이었고, 그 덕분에 중국의 첫인상은 아직 땅을 밟아 보기도 전임에도 불구하고 좋지 못했다.

흔히 우리는 '중국은 비위생적이고, 중국인들 또한 환경문제를 전혀 신경 쓰지 않는다'라는 인식을 가지고 있다. 나 역시 이러한 생각을 종종 하곤 했다. 유학생으로서 중국인들과 부대끼며 살아가는 일상을 통해 편견이 아닌 '경험'을 했기 때문이다. 특히 중국에서 외식할 때 가장 놀랐던 경험으로는, KFC, 맥도날드 등의 패스트푸드점에서 식사를 마친 수많은 중국인 이용객들 그 누구도 당연하다는 듯이 자리를 정리하지 않았고, 점내 몇 명 되지 않는 직원들이 더러워진 테이블을 하나하나 치우고 있었던 것을 꼽을 수 있겠다. 우리나라는 기본적으로 식사를 마치고 나면 남은 쓰레기들을 분리해서 버리거나 본인이 사용한 자리를 정리한 후 가게를 나서지만, 중국은 그렇지 않았다. 이러한 이유에서인지 어느 날은 패스트푸드점에서 식사를 마친 뒤, 한국에서 늘 그래왔듯이 테이블을 정리하고 쓰레기를 버린 적이 있었는데, 직원이 내게 고맙다고 감사를 표한 적이 있다. 나중에 중국인 친구에게 이 이야기를 들려주자, 친구는 문화 차이라고 말했다. 물론 문화적 차이는 존중해야 마땅하지만, 중국은 인구수가 많은 만큼 '본인이 사용한 자리를 스스로 정리하는 것처럼 사소한 행동부터 하나씩 하나씩 개선해 나간다면 더욱 깨끗한 문화가 될 수 있을 텐데…' 라는 아쉬움이 남았다.

이외에도 중국에서 거주하는 동안, 달리는 차 밖으로 쓰레기를 투척하거나 먹다 남은 음식물 쓰레기를 아무 데나 버리는 모습, 그로 인해 악취가 나는 길거리, 공공장소에서 가래를 내뱉는 사람들 등의 모습 역시 자주 발견할 수 있었다. 이러한 중국의 비위생적인 환경 인식은 도심에서도 쉽게 찾아볼 수 있었다.

그렇다면 우리는 당연히 의문이 들 수밖에 없다. 과연 중국인들은 자국의 환경오염 문제를 어떻게 생각하고 있을까? 개인적인 경험으로 미뤄봤을 때, 안타깝게도 현재까지 중국인들의 환경보호에 대한 인식은 매우 빈약한 상태이다. 실제로, 주변의 중국인 친구나 일상 속 평범한 중국 사람들이 아무 거리낌 없이 다른 가게 앞에 사적인 쓰레기를 버리거나, 거리에는 음식물 쓰레기와 일회용 플라스틱 용기 등이 섞여 분리수거가 전혀 되지 않는 쓰레기통의 모습 역시 자주 볼 수 있고, 이러한 모습은 이미 문제 인식을 떠나 중국의 자연스러운 일상생활이 되어버렸다.

물론, 중국인들의 환경 의식 제고를 위한 노력이 아예 없는 것은 아니다. 예를 들어, 최근에는 분리수거를 적극적으로 권장하고 있다. 그러나 개개인이 아닌 주로 정부 주도의 환경교육과 선전활동에 의존하고 있으며, 민간 부문으로 가면 환경단체 캠페인 '환경 NGO 활동'이 있기는 하지만, 이러한 활동 역시 중국 정부가 주도하는 것이 대다수를 차지하고 있는 것이 현실이다. 그러나 다행히도 중국 내 NGO 단체 간의 협력 강화와 공동 발전을 계속해서 모색하면서 많은 사람에게 환경 의식 제고를 위한 여러 캠페인을 진행하고 있고, 이에 참여하는 시민의 수도 점차 증가하는 추세다.

중국에서 환경단체 소속의 캠페인을 제외하면 민간인이 주도해서 환경 보호를 주장하는 것은 드문 일이기는 하지만, 아예 없는 일은 아니다. 왜냐하면 우한대학교에서 유학할 당시 평범한 주민들이 환경오염 문제를 인지하고 자체적으로 시위를 한 사건을 목격한 적이 있기 때문이다. 2019년도에 중국 정부가 후베이성 우한시(市)에 오염물질 배출 가능성이 큰 폐기물 발전소를 건설할 것이라는 이야기가 돌았었다. 우한시에 발전소가 생긴다면 미시적으로는 쓰레기를 줄일 수는 있지만, 거시적으로는 도시 전체로 오염물질이 배출될 위험성이 커지고, 발전소 근처에 거주하는 주민들은 매일매일 지하수와 대기오염 등의 환경문제를 걱정하며 살아야 하기 때문에, 이러한 발전소 건설 계획을 들은 주민들은 당연히 이를 불쾌해했다. 여러 가지 이유로 현지 주민들은 거리로 나와 중국 정부를 향해 시위를 벌였지만, 결과적으로 말하자면 안타깝게도 중국 정부의 언론통제와 시위대 진압으로 인해 현재까지 이러한 사건이 있었다는 것 자체를 모르는 사람이 훨씬 더 많을 정도로 이 사건은 보도가 되지 않았다. 비록 우한시 주민들의 시위가 근본적으로 환경오염 문제를 완전히 해결할 수 있는 방안은 아니었지만, 나는 우한시 주민들이 자발적으로 정부를 향해 목소리를 내어 항의하고, 이에 그치지 않고 시위를 통해 중국 내 환경오염 문제에 대해 조금이라도 더 관심을 가졌다는 것에 큰 의의를 두고 싶다.

중국 환경단체가 환경문제 해결을 위해 민간인 참가 캠페인 활동 등의 노력을 기울이고 있다면, 과연 중국 정부는 자국의 환경문제를 어떻게 바라보고 개선하려고 할까? 다행스럽게도, 최근 중국 정부는 환경오염 문제가 사회변동 문제로 확대되는 것을 차단하고 고도의 경제성장을 유지하기 위해 환경보호 문제에 관심을 가지고 이를 강화하기 시작했다. 자원 및 환경오염 유발 품목에 대해 수출입 제한 규정을 강화하는 등 환경정책이 정책 1순위로 부상했고, 환경보호계획을 국가경제사회발전 계획에 반영하면서, 실질적이고 구체적인 환경 정책을 전국적으로 강력하게 실시하고 있다. 또한 중국 정책분야에 관한 전공 수업을 통해 중국의 에너지 소비 및 환경정책에 대해 연구할 기회를 얻을 수 있었는데, 중국 정부가 어떠한 환경정책을 실시했는가에 대해서는 다음과 같다.

현재 중국이 세계 GDP에서 차지하는 비중은 4% 정도이지만, 석유와 원탄 소비 등 에너지 자원 소비량 비중은 12%에 이르고 있고, 그 결과 중국의 GDP 1단위당 에너지 소비량은 미국의 4배, 일본의 8배나 되고 있다. 또한, 중국의 과다한 에너지 소비는 심각한 환경오염 문제를 유발하여 세계에서 가장 환경오염이 심각한 20개 도시 가운데 중국의 도시는 16개에 달하고, 대기오염에 의한 사망자 수는 매년 40만 명이 넘는 수준으로 조사된 바 있다. 이에 따라 중국 정부는 에너지 소비 절감 및 환경오염 문제를 해결하기 위한 '11차 5개년 계획'을 수립하였고 이 계획을 통해 균형 있고 안정적인 사회의 달성을 모색했다. 중국의 11차 5개년 계획 기간 동안 환경오염물질 배출을 삭감하는 조치를 과감히 단행하였고, 신재생에너지 개발을 통해 풍력 및 태양에너지 사업까지 계속해서 확대하고 있으며, 지난 2015년 1월 1일부터 발효된 새로운 환경 보호법을 제정하고 친환경 산업 정책을 제안하는 등 날로 심각해지는 중국 국내의 환경문제를 개선하기 위해 계속해서 국가적인 노력을 기울이고 있다.

이처럼, 중국 정부가 환경문제를 완전히 모르는 체하는 것은 아니다. 중국의 빠른 성장은 자원의 과소비와 환경오염 등의 문제를 불러일으켰고, 이를 계속 방치하면 지속적인 성장이 어렵다는 판단을 통해 해결 방안을 모색하고 있기 때문이다. 중국 정부의 이러한 환경정책과 민간인들의 환경단체 캠페인 등을 통한 환경문제 개선 노력을 보면서 우리 또한 더욱 환경문제에 관심을 가져야 한다고 생각하고, 무분별하게 중국 환경문제를 비난하는 것보다 중국도 현재 환경문제에 관한 심각성을 충분히 인지하고 정책을 통해 환경문제를 해결하려고 노력 중이라는 점을 많은 사람이 알게 되었으면 좋겠다.

마지막으로, 나는 우한대학교 본과 4년을 졸업하고 현재 화중과학기술대학교 대학원에 재학 중인 한국인 유학생으로서, 직접 겪은 현지 경험을 토대로 많은 한국 사람들과 아직 한 번도 중국에 가보지 못한 사람들에게 다른 시선으로 중국을 바라보고 이해할 수 있는 계기가 되었으면 하는 마음으로 이번 기회를 통해 중국의 환경정책에 관한 내용을 집필하게 되었다.

3.4 정책

44;

차이나 포비아(China Phobia) : "레드콤플렉스에 의한 타자화"에 대한 소고

〈김미래〉

몇 년 전, 웹서핑하다 우연히 중국에서 유학하고 있는 것으로 보이는 학생의 글을 읽은 적이 있다. 해당 글은 유학 생활 중 자신이 보고 느낀 것을 적은 수기로, 간추린 내용은 다음과 같다. "중국 선전부(宣传部)에서 발행한 시진핑 사상의 요약본을 옆구리에 끼고 가는 중국 학생들을 보았다. 나는 한국의 역대 대통령이 연설에서 어떤 이야기를 했는지, 심지어 그들의 대선 슬로건이 무엇이었는지도 가물가물한데 중국인들은 정기적으로 모여 정치 지도자의 사상을 '학습'하고 있다. 지금 중국에서 도대체 무슨 일이 일어나고 있는지 모르겠다."

글의 행간에는 한국과 다른 정치문화에 대한 당혹감과 두려움이 배어났다. 필자는 해당 글을 접한 뒤 다른 의미의 당혹감과 두려움에 휩싸였다. 새삼 우리의 지중(知中) 현주소를 절감할 수 있었기 때문이다. 중국 현지에서 유학하는 학생이 이럴진대 한국 내에서 중국을 바라보는 시선은 어떠할지 가히 짐작할 수 있었다. 다소 자극적인 제목으로 포털 사이트에 업로드되는 중국 관련 뉴스와 여기에 앞다투어 문맥과 무관한 원색적인 비난을 퍼붓는 네티즌들, 이들은 중국의 무엇을 두려워하고 증오하는 것일까? 필자는 오랜 관찰을 통해 그 막연한 '혐중'의 근간에는 '레드콤플렉스(Red Complex)에 의한 타자화(他者化)'가 자리 잡고 있음을 발견할 수 있었다.

레드콤플렉스란 공산주의에 대한 과민한 거부 반응과 공포심을 일컫는다. 평등과 분배, 복지 등 진보적인 어젠다 자체를 공산주의로 치부하는 소위 색깔론적인 태도 또한 여기에 포함된다. 1950년대 미국의 정계를 휩쓸었던 매카시즘(McCarthyism)이 그 구체적 사례이다. 한국의 경우 레드콤플렉스는 이데올로기 대립과 얽힌 민족 갈등으로 인해 보다 복잡한 기원을 갖는다. 한국 사회의 레드콤플렉스는 일제강점기로 소급되는 이념 분쟁과 분단, 한국전쟁의 상흔, 이러한 군사적·이념적 대치 상황을 정치적으로 이용했던 과거 군사독재 정권의 반공 프레임과 이것의 법적 산물인 국가보안법 등이 복합적으로 작용해 형성되었다고 할 수 있다. 최근 사회관계망 서비스(SNS)에서 때아닌 멸공 릴레이가 활개 친 것만 보아도 여전히 한국 사회에 견고히 뿌리내리고 있는 레드콤플렉스를 단적으로 확인할 수 있다.

이러한 레드콤플렉스는 한국 내부의 분열을 가중시켜 사회통

합의 장애가 될 뿐 아니라 다른 체제를 가진 외부 세계와의 공존을 저해하는 갈등의 씨앗이 된다. 이러한 경향은 중국과의 관계에서 특히 두드러진다. 레드콤플렉스는 사회주의 중국에 대한 편견과 오해를 부추겨 중국을 이질적이고 위험한 대상으로 인식하게 하는 타자화의 주된 요인이다. 이러한 '레드콤플렉스에 의한 타자화'는 결국 이해와 태도의 문제로 귀착된다.

중국에 대한 막연한 공포와 혐오는 많은 경우 이해의 문제, 즉 몰이해에서 기인한다. 혹자는 이러한 지적에 의문을 제시하는지도 모른다. 현재 중국 관련 연구 및 사업과 여기에 종사하는 인력은 나날이 확대되는 추세에 있고, 시중에는 상당수의 중국 관련서가 나와 있으며 각종 매체에서 중국을 다루는 빈도 또한 잦아졌기 때문이다. 사실 서적이나 매체를 통할 필요도 없이 간단한 포털 검색만으로도 중국의 행정구획과 민족구성, 음식과 경제, 최신 아이템과 유행어 등 다양한 정보를 손쉽게 얻을 수 있다. 문제는 스낵 컬처처럼 소비되는 단편적인 정보의 축적이 아닌, 중국을 움직이는 핵심인 중국 공산당과 이를 중심으로 형성된 중국의 정치문화에 대한 이해가 매우 일천하다는 데 있다. 앞서 언급한 한국인 유학생이 느꼈던 거부감 또한 여기에 대한 몰이해에서 비롯되었다고 할 수 있다. 여기서는 그것을 해소하는 차원에서 크게 두 가지만 지적하려 한다.

첫째, 중국 공산당이라는 정당의 성격과 그 조직원리에 대해 이해해야 한다. 중국 공산당은 당국가체제(Party-State)의 집권당으로, 특정한 이해관계와 입장을 대변하는 대의제 국가의 정당과 달리 광대한 인민의 근본 이익을 대표한다. 따라서 특별한 자격이나 절차 없이 가입할 수 있는 대의제 하의 정당과는 조직의 규모와 체계 면에서 많이 다르다. 현재 중국 공산당은 486만여 개의 기층 당조직과 9,500만 명을 웃도는 당원을 보유하고 있다. 기층 당조직과 당원은 중국 공산당이라는 초대형 집권당을 구성하는 세포이자 당과 사회를 매개하는 혈관이다.

입당 적극분자-발전대상-예비당원이라는 다중의 검증 절차를 거쳐 입당한 정식 당원은 당과 인민의 이익을 무엇보다 우선하는 조직의 전위(前衛)로서 책임을 요구받는다. 즉 엄밀히 말해 입당한 순간부터 단순한 개인에서 탈피해 일종의 조직인격(組織人格)을 부여받게 되는 셈이다. 앞서 언급한 한국인 유학생은 이 조직인격에 대한 이해가 결여되어 있기에 중국인들이 정기적으로 모여 정치 지도자의 사상을 학습한다고 오해한 것이다. 정확히는 불특정 다수의 중국인이 아닌, 중국 공산당에 입당한 당원들이 정기적으로 모여 당지부 회의를 열고 당 지도부의 사상과 정책에 대해 토론하고 학습하는 것이다.

당의 정책 문제와 관련된 토론과 당의 업무에 대한 건의와 제안은 중국공산당장정(中國共產黨章程)에 명시된 공산당원의 주요한 권리이다. 따라서 당원이 대학이나 직장 등 자신이 소속된 기층 단위(單位)에서 조직한 당지부 회의에 참여하는 것은 하나의 조직인격으로서 그 권리에 입각해 조직의 일에 대해 학습하고 토론하기 위해서다. 따지고 보면 입사한 직장인이 소속 부서 회의에 참여하고 학생 대표가 학생회의에 참여하는 것과 한 모양이다. 여기에 어떤 "무시무시한" 일들이 도사리고 있을 것이라는 지레짐작은 레드콤플렉스가 만들어 낸 허상에 불과하다.

중국 공산당은 사회주의 정당답게 민주집중제(民主集中制)로 요약되는 레닌주의적 정당 운영방식을 유지하고 있다. 마오쩌둥(毛澤東)에 의하면 민주집중제란 '민주를 기초로 한 집중, 집중된 지도 하의 민주'를 말한다. 당의 노선과 방침을 모색하는 과정에서는 자유로운 문제 제기와 토론이 권장된다(민주). 그러나 당의 노선과 방침이 결정된 이후에는 이것을 관철하는 과정에서 개인은 조직에, 소수는 다수에, 하급 조직은 상급 조직에, 당 전체는 중앙에 복종해 당의 통합을 유지해야 한다(집중). 이것이 민주집중제의 주요 골자이다.

당원은 이러한 민주집중제의 원칙에 따라 당의 노선과 방침을 관철하고 솔선할 의무를 지닌다. 당원이 당지부 회의에서 최고 지도자의 사상을 학습하는 것은 지도자 개인을 완전무결한 존재로 신봉하기 때문이 아니라, 당의 총서기라는 조직인격의 발언과 이것을 담론화한 소위 '사상'에 당의 노선과 국정 방침이 집약되어 있는 까닭이다. 실상 정부의 정책 로드맵이나 국정 홍보물을 읽고 토론하는 것과 크게 다르지 않다. 사회주의 국가는 지도자 개인을 신격화하고 숭배할 것이라는 편견 또한 레드 콤플렉스가 빚어낸 전형적인 미신이다. 좀 더 구체적으로 말한다면 북한이라는 한정된 채널로 사회주의 중국을 투영하고, 문화대혁명이라는 역사의 편린을 오늘날 중국에 편집적으로 적용한 결과라고 할 수 있다.

둘째, 중국 정치의 연속성에 대해 이해해야 한다. 우리는 은연중에 대의제라는 정치적 환경이 수반하는 크고 작은 정치적·정책적 변화에 익숙해 있다. 따라서 정권이 교체될 때마다 재현

되는 조령모개식 행태에 염증을 내면서도 어쩔 수 없는 것으로 받아들이고는 한다. 반면 다른 체제와 제도를 운용하는 중국 정치의 템포와 생리가 우리와 같을 수는 없는 일이다. 이를 간과한 국내 언론의 중국 관련 보도는 시진핑 집권 이후 중국 정치가 '심상치 않다'는 어조로 점철되어 있다. 요컨대 시진핑 집권 이후 과거 문화대혁명에 비견될 정도의 급격한 좌경화 바람이 불고 있으며, 최근 승리를 선언한 탈빈곤 전쟁과 새로운 국정기조로 강조되고 있는 공동부유가 이를 대표한다는 것이다. 여기에는 빈부격차로 인한 민심 이반을 막고 장기집권 기반을 다지려는 시진핑의 의도가 내포되어 있다는 것이 국내 언론이 내놓은 공통된 해석이다.

그러나 중국 정치의 연속성을 이해하게 되면 시진핑 집권 이후 유독 좌경화 바람이 분다거나, 시진핑이 자신의 권력을 강화하기 위해 공동부유와 같은 포퓰리즘적 정책을 들고나왔다고 보는 시각은 대의제적 생리를 중국에 일률적으로 적용한 과잉된 해석임을 알 수 있다. 먼저 중국 공산당은 일관된 '좌파' 정부라는 점을 분명히 인지해야 한다. 중국 정치의 저변을 구성하는 4항 기본 원칙(사회주의 노선, 인민민주독재, 중국 공산당 영도, 마르크스 레닌주의·마오쩌둥사상)은 사회주의를 담지하는 정치권력으로서 중국 공산당의 성격을 함축하고 있다. 공동부유는 사회주의 정권에 숙명적으로 부여되는 본질적 과제이다. 다시 말해 중국 공산당에게 공동부유는 정치적 선택이 아닌 정치적 옳음(Political Correctness)이다. 이제껏 중공 내부에서 좌우 노선 투쟁이 없었던 것은 아니나, 그것은 어디까지나 빈곤의 해소와 공동부유라는 사회주의적 이상을 실현하는 시기와 방법에 대한 견해 차이에서 비롯된 것이다.

생산관계를 중시한 마오쩌둥의 경우 혁명적 열정에 기반한 사회주의 개조를 통해 단숨에 공동부유의 이상에 도달하려 했다. 그러나 이러한 유토피아적 열망이 초래한 디스토피아를 경험한 중국은 생산력 발전을 중시하는 덩샤오핑 노선으로 이행했다. 덩샤오핑은 각 지역의 특징과 편차를 고려한 양개대국(兩個大局) 전략을 제시하여, 발전 조건을 갖춘 일부 지역과 인민을 먼저 부유하게 하는 '선부(先富)'와 선부를 통해 축적한 역량으로 모든 인민을 부유하게 하는 '공동부유(共同富裕)'를 순차적으로 달성하려 했다. '선부 후 공부(先富後共富)'라는 순차적 설계는 온포(溫飽)-소강(小康)-대동(大同)으로 구성된 3단계 국가발전론, 사회주의 초급단계론과도 일맥상통하며, 개혁개방 이후 줄곧 중국 정치의 시간표 구실을 하고 있다. 장쩌민 집권기의 3개 대표론과 후진타오 집권기의 조화사회론 또한 이러한 시간표에 발맞춰 제시된 지도이념이다.

요컨대 공동부유는 시진핑 개인의 독자적인 슬로건이 아니라 중국 공산당이 사회주의적 가치에 따라 거시적으로 설계한 국가발전의 궁극적 목표이다. 지금 이 시점에서 공동부유의 전면화가 제기되는 까닭은 '선부 후 공부'라는 시간표에 따라 때가 되었기 때문이다. 공동부유라는 목표를 실현하는 퍼포먼스(Performance)는 중국 공산당의 업적 정당성을 높여 그 집권기반을 공고하게 만든다. 이 과정에서 추진력 있는 리더십을 발휘한 최고 지도자 시진핑의 권력이 강화되는 것은 자연스러운 수순이다.

시진핑 사상에 대한 학습에 거부감을 느낀 한국인 유학생의 사연은 시진핑 개인에 과도히 포커스를 맞추고 모든 정치적 동향을 단순히 시진핑의 장기집권을 위한 포석으로 환원하는 국내 언론의 안일한 보도에 음으로 양으로 영향을 받은 탓이 클 것이라 생각한다. 중국 정치의 연속성에 대한 이해가 선행되어야만 이처럼 무분별하게 덧칠된 비약과 상상을 소거해 보다 정확하고 면밀하게 중국의 연속과 변화를 감지할 수 있게 된다.

그러나 이해만으로 '레드콤플렉스에 의한 타자화'를 극복하기에는 다소 무리가 따른다. 대상에 대한 태도가 바뀌어야만 진정한 이해와 소통이 가능하기 때문이다. 이른바 '라떼는 말이야'가 하나의 밈이 될 정도로 금기시되고 있는 까닭은 기성세대의 경험 자체가 무조건 낡고 나빠서가 아니라, 오로지 자신의 경험에 비추어 손아래사람을 훈계하려는 손윗사람의 태도가 반감을 불러일으키는 탓이다. 손윗사람이 '라떼는' 모드를 고집하는 한, 손아래사람의 불쾌감은 가중되며 결국 세대 간의 불통과 단절이 초래된다. 국가 간 관계 또한 다르지 않다. 우리가 고수하고 있는 잣대가 중국에게 '라떼'로 느껴지지는 않을지 한번 생각해 볼 만한 문제다.

우리는 주로 중국의 정치체제에 대해 논할 때 내가 옳고 너는 그르다는 '라떼는' 모드를 '시전'한다. 정치체제는 정치권력을 조직하는 하나의 형식이다. 인류 역사는 마땅히 그렇게 되어야 하는 '당위(當為)'를 전제로 진행되지 않는다. 그러므로 각국의 역사적 경험과 현실에 따라 다양한 형태의 체제가 성립하고 발전할 수 있는 가능성은 늘 존재한다. 비록 다수의 국가가 채택하고 있는 소위 보편적인 제도라고 할지라도 특정 국가가 그것을 운영하는 과정에서 또 나름의 특수성이 발생하게 된다. 이처럼 보편과 특수는 획일적으로 적용하기 어려운 표준임에도 불구하고 우리는 습관적으로 보편과 특수의 이분법으로 중국을 비롯한 세계를 재단하고, 심지어 이를 우월과 열등/정상과 비정상/도덕과 부도덕의 이분법으로 치환하고는 한다.

예컨대 중국은 하나의 당이 통치하기 때문에 정상적이지 않고 선거를 통해 최고 지도자를 선출하지 않기에 도덕적이지 못하며, 이러한 체제를 수용하는 중국인들은 민도가 성숙하지 못한 우민이라는 시선과 이를 문제시하는 태도가 그것이다. 중국은 한국과 다른 역사적 경험을 겪었고 중국 공산당의 집권과 이를 중심으로 형성된 정치문화는 그러한 역사적 경험의 산물이다. 따라서 특정한 이념에 입각한 규범적인 잣대로 이 자체를 문제시하면서 단죄 또는 계몽하려는 태도를 취하게 되면 중국의 반감만 야기할 뿐 제대로 된 관계를 맺을 수 없다. 이는 곧 중국의 과거와 현재에 대한 부정으로 받아들여질 수 있기 때문이다.

그렇다면 어떠한 태도로 중국을 대하는 것이 바람직할까? 중국의 역사적 경험이 형성한 정치문화 자체를 한 개체의 습성 또는 특정 문화권의 관습처럼 수용하고, 있는 그대로 존중하는 태도면 충분하다. 예를 들어 호랑이의 단독 생활과 사자의 무리 생활은 각각 오랜 세월에 걸쳐 형성된 습성으로 여기에 좋고 나쁨은 존재하지 않는다. 특정 개체의 습성을 다른 개체에 강요하는 것은 자연의 섭리에 어긋난다. 관습 또한 마찬가지로 평가의 영역에 속하지 않는다. 포크와 나이프, 젓가락과 숟가락, 맨손 등 문화권에 따라 달라지는 식사법과 도구를 두고 어느 것이 더 나은가를 논하는 것은 그저 소모적인 입씨름에 불과하다. 요컨대 가치판단이 아닌 가치중립적 태도로 중국을 대할 때라야 비로소 보다 생산적이고 미래지향적인 한중 관계를 기대할 수 있다는 것이다.

대개의 포비아(Phobia)는 다(多)접촉에 의한 극복이 요구된다. 이는 공포와 혐오의 정체를 직시하는 일종의 정면돌파이다. 지속적으로 자주 접촉하고, 접촉해도 큰 탈이 없는 경험을 반복하면서 대상에 대한 혐오와 공포를 차츰 줄여나가는 것이다. '레드콤플렉스에 의한 타자화'는 우리의 경험과 감정이 만들어낸 '차이나 포비아(China Phobia)'라고도 할 수 있다. 따라서 이를 극복하기 위해서는 중국과 자주 그리고 지속적으로 접촉하는 일이 주요하다. 우선 중국 공산당과 중국 정치문화에 대한 연구와 분석이 상아탑을 벗어나 대중과 매체에 보급될 수 있는 경로를 다원화하여 이해의 문제를 해소해야 한다. 아울러 정부는 물론 민간 차원에서 보다 다양하게 중국과 교류할 수 있는 접점을 늘려 중국과 제대로 관계를 맺는 태도를 연습하는 실천 또한 필요하다. 이처럼 이해와 태도에 초점을 맞춰 보다 장기적인 호흡으로 지중(知中) 매뉴얼을 구축해 나간다면 중국에 덮여 있던 레드콤플렉스라는 장막을 걷어내고 한중 양국이 서로의 다름을 존중하며 공존하는 '반려'로 거듭나는 날이 아주 요원하지는 않으리라 생각한다.

45;

중국 플랫폼 규제 충격과 그 배경에 대한 이해

〈한태경〉

최근 Alibaba와 같은 전자상거래 플랫폼 업계, Tencent와 같은 게임 플랫폼 업계, 콰이쇼우(快手)와 같은 온라인 미디어 플랫폼 업계, DiDi와 같은 택시 플랫폼 업계 등 수많은 기업이 중국 당국 규제의 대상이 되어 주가가 폭락하고 일부 사업을 정리하는 등 불안한 모습을 보이고 있다. 한국에서는 흔히 '역시 중국은 자기들 마음대로 입맛에 맞는 기업만 키우는구나', '기업들이 공산당에 밉보여 이렇게 된 것이다. 그래서 중국이 안된다.'라고 말하며 중국에 대한 막연한 편견을 피력하지만, 중국은 과연 어떤 생각으로 중국에서 주축이 되고 이미 중국을 대표하는 초거대 플랫폼 기업으로 성장한 이들에 대한 규제를 시행한 것일까?

이 규제를 이해하기 위해서는 중국 발전 패러다임의 변화를 알아야 한다. 중국 발전의 역사는 덩샤오핑의 1978년 개혁개방과 효율적 발전을 추구하는 '선부론'을 통해서 본격적으로 시작된다.

그러나 중국 내부의 무분별한 발전으로 인한 지역 불균형 발전, 소득 격차의 끊임없는 증가, 계획 출산 정책으로 인한 유례없이 빠른 고령화 문제 등 여러 문제가 복합적으로 얽혀 현재 중국을 이루고 있고, 효율을 중시한 선부론의 유통기한이 다가오고 있다. 이에 따라 공산당의 지지기반을 공고히 하고 중국의 균형적 발전을 위해 나온 새로운 사상이 '공부론'이다.

흔히들 알고 있는 꽌시로 대표되는 인치(人治)에서 '공산당'이라는 세 글자로 우리 인상에 강하게 남은 당치(黨治), 중국식 법치(法治)주의라 불리는 의법치국(依法治國)까지 다스림의 사상은 계속 변하고 있다. 시진핑은 '중화민족의 부흥'이라는 사명 아래 '공동부유론(공부론)'을 꺼내 들며 의법치국을 그 기반으로 삼고 앞으로 나아가고 있다.

이런 시진핑 사상은 이전 지도자들의 지도 이념인 덩샤오핑 이론, 장쩌민의 3개 대표론, 후진타오의 과학발전관과 다르게 '마오쩌둥 사상'과 같은 당의 이념으로는 두 번째로 사상의 반열에 올랐다.

2014년 시진핑 정부는 '법에 따른 국가 통치' 즉 '의법치국'을 선포했다. 또한, 2021년 1월 '법치 건설 계획'을 발표하며 당치에서 법치로의 방향성을 재차 확인했다. 초기 의법치국을 통해 반대 세력과 부패 세력 제거와 공산당 권력 강화를 이뤘고, 이제 만연한 부패의 고리를 끊고 빈부 격차를 줄여 '전면적 샤오캉(小康, 중산층) 사회'를 건설한다는 시진핑의 목표를 이루기 위해 2021년 8월 '2기 법치 정부 건설 시행요강'을 발표했다.

이에 포함된 주요 분야에 반독점, 디지털경제, 빅데이터, 식품·의약품, 금융서비스, 교육, 소비자 권리 보호 등이 있다. 특히, '빅데이터의 분석, 마이닝, 처리 및 적용을 강화하고 빅데이터를 잘 활용하여 행정 의사 결정, 행정 입법 및 행정법 집행 지원', '감독 플랫폼 데이터의 모든 측면을 통합 및 집계'와 같은 항목을 명시하여 엄격한 데이터 감독, 국가의 데이터 사용, 모든 프로세스 공개 등을 예고하며 규제를 암시했다.

다시 말해, 이미 진행되고 있고 앞으로 더욱 심화할 디지털 라이프, 디지털 사회를 대비하기 위해 디지털 데이터 통제를 통한 정보 독점을 예고했고, 실제 행동으로 옮긴 것이 Alibaba, DiDi 등 플랫폼 데이터 기업들에 대한 규제이다. 중국 정부의 궁극적 목표는 디지털 트랜스포메이션과 융합한 '중국 특색 사회주의'고, 플랫폼 경제에 대한 육성과 통제를 동시에 하는 것이다. 또한, 플랫폼 경제 외의 성장 동력의 방점으로 반도체, 배터리, 항공산업 등 하드테크 육성을 골랐다.

이런 현재의 중국을 우리는 어떻게 이해해야 할까? 시진핑 주석은 '다보스 어젠다 2022' 화상 연설에서 중국의 공동부유 정책을 설명하며 성장이 분배에 우선한다고 밝혔는데, 공동부유의 기본은 우선 파이를 키우고 그 파이를 합리적 제도로 잘 나눠 양극화와 빈부격차를 줄이고, 국민의 빈곤을 없애 전면적 샤오캉(중산층) 사회를 건설하는 것이라고 말했다.

중국은 이를 위해 '공동부유'라는 어젠다를 만들고, '의법치국'이라는 구호 아래 법을 통한 부의 분배 구조를 재편하고 있으며, 기존의 양적 성장이 아닌 국가 주도의 '하드테크' 성장을 통한 질적 성장으로의 패러다임 변화를 이끌어 고부가가치 산업 클러스트 형성 및 일자리 창출 등 신성장동력을 만들고 있다.

기존 Alibaba, Ant Finance, Tencent, DiDi 같은 인터넷 플랫폼 기업들은 중국의 규제 샌드박스 속에서 무한대로 확장해 현재 중국을 대표하는 IT 기업이 되었다. 하지만 이런 거대기업들의 무분별한 확장과 수익 극대화를 통해 특정 분야를 독점하여 경쟁 기업들은 넘볼 수 없는 진입 장벽을 쌓고, 과도한 마진을 통해 기업의 배만 불리고 다시 사회로 흘러가는 낙수효과는 볼 수 없었다.

그래서 시진핑의 '공동부유론'의 핵심인 중산층 성장과 이를 위해 필수적으로 선행돼야 할 내수 확대를 위해 비즈니스 환경 정비에 나섰고, 플랫폼 기업들의 수익들은 다시 그 성장을 위해 환원할 수 있도록 강제하고 있는 것이다. 실제로 홍콩 명보에 따르면 지난 1년간 Alibaba, Tencent 등 6대 빅테크 기업이 낸 기부금은 약 30조 원에 이른다고 한다.

이런 빅테크 기업 말고도 규제의 칼날이 사교육, 부동산 업계에도 향했다. 중국은 2021년 7월 '사교육과의 전쟁'을 선포하고 사교육 기업의 국내·외 상장을 금지하는 한편 비영리 기관으로 전환하도록 했다. 이에 중국 초거대 사교육 기업으로 중국의 메가스터디 격인 신동팡(新東方)은 하루 만에 주가가 반토막 나며 시총 7조원이 증발했다. 당국의 정책 실시 배경은 교육 불평등 심화에 따른 자녀 교육비 부담이 끊임없이 증가하여, 출산과 육아에 영향을 미쳤기 때문이다. 이에 따라 학생들의 학업

부담과 학부모의 사교육비 부담 두 가지를 줄이는 '솽졘(雙減)정책'이 탄생했다.

부동산 가격의 폭등에 따른 주거 부담 증가는 한중을 막론하고 모두에게 정말 뼈저리게 느껴지는 대목이다. 그 중심에도 최근 '헝다사태'로 떠오른 헝다그룹의 위기가 있다.

중국 정부는 2016년 중앙경제공작회의에서 '집은 거주하는 곳이지, 투기하는 것이 아니다(房住不炒)', 2017년 중국 인민은행 총재의 '레버리지에 의존하는 형태의 부동산 버블은 결국 끝날 것'이라는 언급 등 끊임없이 시장과 기업에 투기 조장 금지 사인을 보내왔지만, 헝다그룹의 쉬자인(許家印) 회장은 레버리지를 이용해 토지 매입을 진행하고, 사업을 확장하고, 투기를 조장했다. 무모한 확장 끝에 결국 헝다는 아직도 휘청이고 있으며, 중국 정부는 레버리지가 높은 기업들에 대해 최소한의 지원만 행할 뿐 부동산 시장 과열 방지를 위한 정책을 아직도 쏟아내고 있다.

무분별한 확장을 진행해온 데이터 플랫폼 기업, 교육 불평등과 육아 부담을 증가시킨 거대 사교육 기업에 대한 규제와 투기를 조장하고 레버리지로 경제를 위협하는 부동산 기업에 대한 경고 및 제재를 통해 민생에 도움이 되게끔 정책 풀을 만들고, 과도하게 흘러 들어갔던 투자금들이 다시 미래 경제 기반이 될 하드테크 기업에 흘러들어 가게 하면서 중산층 육성을 위한 정책 선순환 고리를 만들기 위해 분투하고 있다. 결국, 모든 규제의 방향은 민생 중시를 통해 중산층 육성을 진행하고, 내수 진작을 도모하는 한편 새로운 성장 동력을 통한 중국 공산당의 지지기반 마련 및 중국의 부국강병을 이루는 것이다.

이 글은 결코 시진핑의 공동부유론과 일련의 정책들이 좋다고 찬양하는 것이 아니라, 최소한 우리가 무작정 비판하기 전 정책을 제대로 공부하여 중국에 대한 편견을 걷어내고, 그 이해를 통해 얻은 통찰력을 바탕으로 건설적인 토론이 널리 이뤄졌으면 하는 바람이다. 중국은 미국의 영향을 받은 한국과 그 정치체계가 확연히 다른 만큼 직관적 이해는 어렵고 기존의 틀로 해석하기엔 난해한 국가다. 그럴수록 우리는 더욱 열심히 공부하고 탐구하는 자세로 중국에 다가서야 할 것이다.

46;

중국의 ODA 활동

〈김소희〉

왜 세계는 빈부격차를 해결하지 못할까? 80억에 육박하는 인구, 외교적 인정을 받지 못한 나라까지 포함하여 249개나 되는 전 세계 국가… 세계 2차 대전 종전 이후 미처 진보하지 못한 수많은 국가가 아직도 가난에 허덕이며 죽음이 도사리는 곳에서 하루하루를 살아가고 있습니다. 세계화된 21세기 현시점에서 가난한 나라가 많을수록 국제무역에 좋지 않은 영향을 끼칠 것이고, 이는 분명히 세계 전반에 경제적 정체로 이어질 것입니다. 그렇다면 상대적으로 부유한 나라가 의무적으로 빈민 국가를 도우면 되지 않을까? 참으로 무지한 이 생각은 고등학생 시절 문득 머릿속에 떠오른 거대한 물음이었습니다.

이 물음은 저로 하여금 국제정치학과 학생으로 만들었습니다. 이후 개인적으로 공부해 알게 된 지식은 첫째, 선진국이 빈민 국가를 도와야 한다는 저의 생각과 같이 이를 바탕으로 설립된 기관 'ODA'가 이미 존재한다는 것. 둘째, 세계적 강대국으로 부상하고 있는 중국은 OECD 회원국이 아닌 사회주의 국가라는 이유로 적극적으로 ODA 활동에 참여하고 있지 않다는 인식이 강하다는 것입니다.

더 나아가 살펴보면 중국은 2009년 가나 프로젝트, 2021년 수단 프로젝트 등의 ODA 활동을 해왔으나 본국에 필요한 자원에 경제적인 투자를 했을 뿐 불량한 원조방식이라는 비판까지 받아왔기에 더욱 부정적인 시선이 많습니다. 하지만 초등학교 5학년부터 중국에서 유학 생활을 해오던 저는 당연하게도 중국 소재의 대학교에 입학하였고 중국의 입장으로 이 문제점을 바라보았습니다. 글로벌 개발 센터의 중국 원조 시스템 보고서에 의하면 중국은 1950년대부터 자국 경제가 어려운 상황에서도 인근 사회주의 국가(북한, 베트남)를 대상으로 대외 원조를 시작하였으며 60년대 이후 아프리카, 남미 등 무상 원조를 공여한 사실을 알 수 있습니다. 물론 근대 사회에 접어들며 중국의 원조가 전략적으로 이익만 추구하는 경향이 있는 것은 맞습니다. 우리는 이를 비판적으로만 볼 것이 아니라 중국이 자국의 이익과 발전을 우선시할 수밖에 없는 이유, 그리고 비록 이익과 발전에 초점이 맞춰져 있는 원조일지라도 원조 국가에 막대한 도움을 가져다주는 동아줄이라는 것을 알아야 합니다.

우리는 중국이란 국가 자체를 매우 편견적으로 바라봅니다. 한 유튜버가 유튜브에서 자체적으로 진행한 약 7만 명가량이 참가한 설문조사 중 '중국은 세계에 도움이 되는 국가인가?'에 90%에 가까운 사람들이 [아니요]를 선택하였습니다.

저는 이 설문조사를 보면서 두 가지 의문이 들었습니다. 먼저 든 의문은 분명 중국이 전 세계 빈민 국가를 대상으로 오랫동안 원조를 해오고 있는 것은 수치화된 사실인데 왜 특히 한국에서 이를 인정하지 못하고 인지하지 못할까? 라는 의문이었으며, 이후 든 두 번째 의문은 왜 한국은 이리도 중국을 편견적으로 바라보는 것인가? 였습니다.

그도 그럴 것이 중국에서 수입해오는 물류 자체가 소위 말해 싸구려 제품이라고 알려진 값싼 제품들이 대부분인지라 우리나라에서는 '메이드 인 차이나'라는 용어가 품질이 떨어지는 물품을 희화화하는 말로 사용됩니다. 이 희화는 즉 아직도 '수준 낮은 국가'라고 생각하는 사람들이 많다는 결론으로 귀결됩니다. 또한 국내에서 조선족의 높은 범죄율, 얼핏 화난 것처럼 들리는 중국어 성조 등 여러 요소들이 우리로 하여금 중국에 편견 어린 시선을 갖도록 만듭니다. 이로 인해 사람들은 편견에 가려진 중국의 대담함을 보지 못합니다.

사실 중국은 매우 대담하게, 똑똑한 방식으로 외교를 해오고 있습니다.

중국이 이렇게 빠른 발전을 이룰 수 있게 된 것은 1970년대 말 덩샤오핑이 흑묘백묘론, 선부론등을 주장하며 새롭게 취하기 시작한 경제 체제 덕분입니다. 흑묘백묘론이란 검은 고양이든 흰 고양이든 쥐만 잘 잡으면 되는 것이라 공산주의든 자본주의든 상관없이 중국의 인민을 잘살게 하면 된다는 경제 체제이며, 선부론이란 개혁개방의 기본 원칙으로 일부가 먼저 부유해진 뒤 이를 확산한다는 이론입니다. 우선 동남 연해를 중심으로 지역 경제를 살렸으며 현재는 경제발전의 여파를 내륙까지 점진적으로 이끌어 퍼트리고 있습니다.

그렇다면 중국은 개혁개방 정책을 펼치고 국가적으로 부유해진 후 ODA 활동을 시작해왔을까요? 아니요, 앞서 이야기했듯 그렇지 않습니다. 중국은 개혁개방 그 이전 나라가 가난했을 때부터 무상원조를 시작해왔습니다. 애초에 중국에게 ODA 활동 즉, 대외원조는 하나의 외교 방식이었기 때문입니다.

앞서 대외원조가 중국의 외교 방식이라고 말한 것에 대해 자세히 파헤쳐봅시다. 중화 인민 공화국의 최고 행정기관 국무원의 신문행정실에서 2014년 10월 발표한 백서에 의하면 1950년 중국은 대외 원조의 서막을 열고 이후 아프리카와 여러 사회주의 국가 더 나아가 개발도상국까지 대외원조의 폭을 넓혔으며 1964년 중국 정부에서 대외경제 기술원조 8원칙을 내세워 본격적으로 대외원조의 기본적인 방침을 갖추었고, 1971년 더 많은 개발도상국의 지원과 철도 등 경제 및 기술 협력 관계를 수립했습니다. 70년대에 자국의 어려움을 이겨내고 인근 국가들과 장기적인 협력관계를 가지게 됩니다. 그렇게 중국은 국제적 이미지와 국가의 위상을 차츰 높이며 대국의 모습을 갖춰갔습니다.

개혁개방 이후에는 단순 원조를 넘어서 상호 이익 협력 관계로 발전시키고 경제적인 효과를 얻으며 실질적 이득을 취하기 시작합니다. 1990년대 중국은 계획적 경제체제에서 사회주의 시장경제체제로의 전환을 가속하였고 그 과정에서 대외원조 자금의 공급원과 방식을 다양화하는 것에 초점을 맞추었습니다.

1993년에 중국 정부가 개발도상국이 무이자로 이미 상환한 대출자금을 이용해 펀드를 설립했고, 이 펀드는 중국의 중소기업과 원조국의 기업 생산, 경영 등 협력을 지원하는 데 쓰입니다. 1995년 중국수출입은행을 통해 개발도상국에 정부 지원 형식의 중장기 저금리 우대대출을 제공하면서 해외 지원 자금줄을 넓혔습니다. 이와 동시에 인력 자원 개발 협력을 통해 원조 국가의 인재를 발굴했습니다.

2004년 급속한 경제 성장과 종합 국력 증대를 바탕으로 중국의 대외 원조 자금이 연평균 29.4%의 성장률을 보였고, 전통적인 원조 프로그램 이외에도 여러 차원에서 원조국과의 협력을 강화하고 있습니다. 2010년 중국 정부는 전면적으로 새로운 정세 아래에 대외원조 사업을 강화하고 개선하여 한 단계 더 나아간 발전 단계에 진입하였습니다.

간단하게 ODA 활동의 방식에 대해 짚고 넘어가자면, 플랜트(成套項目), 일반 물자(一般物資), 기술제휴(技述合作), 인적자원개발협력(人力資源開發合作), 대외의료팀(援外醫療隊), 긴급인도주의지원(緊急人道主義援助), 자원봉사자(援外志愿者), 채무 감면(債務減免)까지 총 8가지 방식의 대외원조 활동을 이어왔습니다. 이렇게 다양한 ODA 활동으로 인해 국제적 입지를 다진 중국은 본격적인 해외 진출을 시작으로 세계의 공장이라는 타이틀까지 거머쥐며 2021년 기준 전 세계 GDP 2위인 강국이 되었습니다. 국가적 이미지 중 '미개한 국가' 또는 '패권국', 혹은 '일말의 세련된 면모도 없다'하는 일종의 편견들은 중국의 외교 방식을 안다면 가질 수 없는 것입니다. 약소국 시절부터 천 리를 내다보아 대외원조를 통해 국가적인 위상을 높이고 세계의 공장으로 부상한 중국의 외교는 가히 대담하다고 할 수 있습니다.

제가 중국으로 유학 가는 것이 확정되었던 것은 12살 때였습니다. 친한 친구에게 중국 유학 소식을 전했을 때, 가장 먼저 들었던 말은 "중국은 위험한 나라라고 하던데 너 괜찮아?"였습니다. 당시 초등학생들 사이에서 카카오스토리에 공유된 중국의 10대 여자 무리가 한 아이를 둘러싸고 폭행하는 영상이 화제였는데, 폭행당하는 아이가 한국 아이라는 둥, 10대 여자 무리가 사실은 삼합회의 자식들이라는 둥, 중국은 길거리에서 폭행 사건이 일어나는 것이 일상이라는 둥 중국이란 국가적 이미지에 공포를 조장하는 주장들이 거셌기 때문입니다.

중국으로 유학 와 수년간 생활하며 느낀 것은 전부 편견쪼가리일 뿐이었다는 것입니다. 한 반에 60명이나 되는 중국 아이들 사이에서 적응하기 어려워하던 유학생인 저를 챙겨준 따듯하고 순수한 중국인 친구들, 쉬는 시간마다 중국어를 가르쳐준 선생님, 학교에서 집까지 안전하게 태워 주신 기사님 전부 마음씨 착하고 고마운 사람들뿐이었습니다.

하지만 이런 제가 놀란 것은 대학생이 된 후 다시 연락을 취했을 때, 나에게 중국은 위험하다고 했던 친구들이 아직도 편견을 사실이라 생각하고 있었다는 점이었습니다. 대학생이 된 친구들은 더 이상 출처를 모르는 영상들로 중국을 비판하고 있지 않았지만 나아가 외교적, 정치적으로 중국에 대한 수많은 편견을 가지고 있었습니다. 친구들은 대부분 중국은 대외원조 활동을 하지 않을 것이라 생각했으며, 정치에 관심이 있는 친구도 중국은 대외원조 활동을 하기는 하지만 자국에 이익이 되는 활동만 할 뿐이라 오히려 세계적으로 비난받고 있다는 편견이 있었습니다. 제가 중국의 발전과 대외원조 활동에 대해 설명해주자 그제야 친구들은 중국에 대한 편견이 조금 사라졌다고 말해줬습니다.

중국이 저의 모국은 아니지만 잘 자랄 수 있게 해준 고마운 나라로 애정이 깊습니다. 그리고 아픈 손가락처럼 중국이 인터넷상에서나 주변에서 편견 어린 시선과 비난을 받는 것을 볼 때면 마음이 아픕니다. 이런 저로 인해 한국 친구들이 조금이나마 편견을 덜어냈다는 것에 표현하지 못할 큰 기쁨을 느꼈습니다.

중국은 빠르게 성장 중입니다. 초등학생 시절 중국 위해(威海)라는 도시에서 유학 생활을 시작한 저는 방학 두 달여 만에 다 쓰러져가고 삐걱거리는 학교 내 모든 나무 책상과 의자가 깔끔하고 편안한 플라스틱 책상과 의자로 바뀐 기적을 경험했습니다. 곧이어 낡은 초록색 나무 칠판은 전자 칠판으로 바뀌었으며 휑하던 주택단지 앞에는 난데없이 백화점이 생겼습니다. 시내에는 대기업 프랜차이즈 가게가 있는 상점가들이 늘어났고 길거리에 한국 못지않게 세련된 스타일로 꾸미는 사람들이 점점 많아졌습니다. 무섭고도 빠른 발전을 이루고 있는 중국을 절대로 만만히 봐서는 안 됩니다.

아직도 많은 사람이 편견을 가지고 중국을 낮잡아보고 무시합니다. 우리나라는 단기간 내에 빠른 경제성장을 이룬 나라이기 때문에 오히려 중국의 외교 정책같이 장기적이고, 계획적인 국가 운영방식을 인정하고 참조하여야 합니다. 한국의 ODA 활동은 전 세계적으로 비교하여 평균에 미달하는 수치를 보유하고 있습니다. 무작정 배척하는 것이 아니라, 배울 점은 배우는 것이야말로 '똑똑한' 국가가 아닐까요? 우리가 중국에 편견이 있는 것처럼 우리나라는 어떠한 편견적인 시선을 받고 있는지 돌아봐야 하며, 이제는 진보하는 길로 걸어가야 할 때입니다.